丁悚 著

丁夏 编

四十年艺坛回忆录

（1902—1945）

典藏本

上海书店出版社
SHANGHAI BOOKSTORE PUBLISHING HOUSE

丁悚（1891—1969）

左起：丁悚胞弟、母亲、胞妹、丁悚

左起：张聿光、丁悚、刘海粟

丁悚夫妇合照

丁悚夫妇与子女们合影（于恒庆里天井内）

丁悚与长子丁聪

丁悚与他的孙辈们（怀抱中的是其孙丁夏）

英美烟公司的同事合影

"华社"成员合影
左起：祁佛青、丁悚、邵卧云、张光宇、郎静山、石世磐、胡伯翔、
张仲善、胡伯州

目　录

目 录

2

民国视觉文化巨人丁悚

/// 顾　铮

　　这是一个我们用现在"斜气"（很）时髦、非常流行的"斜杠""跨界""跨媒介"等说法来形容其工作与事业而绝无半点违和感的人。

　　在他活跃的当时，他的"斜杠"，一"杠"又一"杠"得是如此的自然，其"跨界"，又跨得是这样的风生水起，而他"跨媒介"的一招一式又都是那么地道得法，总之，他所付诸实践的一切的一切，都显得自然而然，没有任何刻意为之的嫌疑。

　　此人，名叫丁悚，字慕琴，1891 年出生于浙江嘉善枫泾（今上海市金山区），1969 年在上海去世。

　　丁悚在艺术上活跃的时期，可说与民国时期相始终。举凡民国时代的各种视觉表达与传达样式，他无不与事。他少小先习洋画，再水墨，而后又投身商业美术，画技名震沪上。美术教育方面，他曾长上海美术专科学校的教务。而长该校者乃与军阀孙传芳就人体模特儿"斗法"的"艺术叛徒"刘海粟。他也曾执教于沪上大学与中学，传播美术美育的种子，作育艺术人才。至今为人津津乐道的月份牌，为民国商业美术中的大宗。他因画技高超而被中外烟草公司"猎头"青睐，成为月份牌绘画的最早纵笔者之一。当时上海纸媒发达，大量见诸报章杂志的封面画、插图以及平面广告设计，他多主其事。他亲自操刀的这些图画，画面清新，构思独特，令各报刊版面生辉，读者争睹。而在那个可以放论诡谲多变的时事民情的时代，漫画更是丁悚发表意见，参与推动社会进步的重要手段。无论是以连续画的方式展开的时事针砭还是独幅漫画的一针见血，都是他的拿手好戏。丁悚，因其漫画与平面图像而有功于民国纸媒的发达甚大。上海这个大码头，日日上演各色戏剧。作为票友，他欣然客串，活跃舞台气氛，甚至撰写剧评，道尽其中奥妙。当时跑上海这个"大码头"的名伶名角，丁悚靡不相熟甚至相知。当民国早年的新兴城市中产们流行摄影时，他早已是摄影的行家里手了。民国，是声音与图像借不断进步的技术手段飞入寻常百姓家的时代。艺人灌唱片求更多传播，中产市民置备留声机（电唱机）居家听唱片，成为当时一大时髦。丁悚热衷于此，谈此中掌故于他如数家珍。电影，是当时大众最喜欢的文艺休闲活动，丁悚当然是电影院的常客。久而久之，与沪上电影圈极其熟稔的他，也曾经起意拍摄，而且叫得动的大牌明星竟是周璇。更有甚者，他还执笔弄管，写过多篇小说，给上海文坛灌入阵阵清风。

丁悚，从来没有畛域观念，且样样来得，无一不精。而他所活跃的大舞台，是上海，是当时远东（此地理名词今已弃用）的最具活力也最潮流、最时尚的地方。在战火没有打破上海的安宁与繁荣时，交友开阔的丁悚，常常呼朋引类，"啸聚"于他所居住的"天祥里"（后为恒庆里）这条弄堂。从某种意义上说，他家客厅，就是当时上海文坛交际的沙龙，丁悚本人则是当年上海艺坛各种信息中转的交通所在。他所亲历亲闻的种种，早年曾经刊发于沪上《东方日报》，名为《四十年艺坛回忆录（1902—1945）》。其回忆录里的各个篇章，娓娓道来，风趣幽默，可长可短，道尽民国上海艺坛的各种逸事奇闻。

今天，他的这部回忆录终于结集出版，自是可喜。其回忆所具有的一手性质，为我们深入迷宫般幽深的民国都市文化提供了一条别样的路径。他的记忆或可有不确之处，但光是由其回忆所打开的天地与提供的线索，就足以引人入胜了。这个"胜"，就是丁悚本人投身其间的民国文艺界，他所称的"文坛"。这个"文坛"，包括了文学、新闻、电影、戏剧、音乐、美术与摄影等各界。那些后来在另一个时期被称之为"牛鬼蛇神"的并不芸芸的艺坛众生，在丁悚笔下，可说是倾巢而出，精彩、风采目不暇给。

值得一提的是，收入《艺坛回忆录》中的老照片弥足珍贵。这些照片，最珍贵者无疑是丁悚本人所摄。此外还有丁悚本人珍藏的友朋之间相互馈赠的照片，其中有些照片上还有当时馈赠者的亲笔签名。由于战火离乱，丁悚经手的这些照片能够安全存留至今者实在不多。幸亏丁悚后人仍有少许收藏，现在终于可以在书中与读者相见，幸何如之。

丁悚热衷于新事物，而摄影在他当时是一等一的最新成像手段，他当然不会轻易放过。丁悚既经常身挎照相机，随时为身边红男绿女朋友们"影相"，也以创作心态拍摄各种事物，涉及题材广泛，包括都市景观、家庭肖像、人体摄影等。尤其是他的这些摄影"创作"，使他当仁不让地成为中国摄影史上一个不可忽略的人物。而友朋间相互交换照片，作为一种当时的社交方式，也使得珍重友情的丁悚先生得以保存许多珍贵的赠照。幸运的是，这些照片在经历了历史的大动荡后，穿越历史风云幸存下来，来到我们面前，让我们目睹了那个时代的方方面面。无论是他拍摄的照片还是他珍藏的照片，我们都可从各色人等的身上穿着窥见民国时尚之一斑，也可见当时人物的心气与精神。所有这一切，在在跃然（相）纸上。后人如欲考订当时人物形象，这些照片也成为重要线索（可与其他照片交相印证相貌）与证据（一些在场与相互交游关系的证据）。

更有意思的是，丁悚在《四十年艺坛回忆录（1902—1945）》中不时夹杂苏南沪上方言，这些今已弃用的词语，成为了方言的化石。书中丁悚绘声绘色所描述的一些事相，被他以方言描述，更显生动。有些语言表现，比如"急得吊人中"（第 47 则）读来不禁令人莞尔。

丁悚及其活跃于中的时代，大致可以 1937 年抗战军兴为界。其纷乱与动荡，以及在文艺各方面的成就之辉煌、耀眼与驳杂，无法不让我想起欧陆同时代的德国魏玛共和国

（1918—1933）。将丁悚身处的民国时代与魏玛时期做比较或许颇可商榷，在可比性方面可能需要更多的陈说与争辩。但至少，我觉得，在民国上海与魏玛柏林（魏玛文化的主要生产地）这两个不同地方，在政治、经济与社会各个方面的各种力量的博弈之下，迷恋于两地现代气氛的艺术家们，趁势而起，争取一切可能的表现自由这一点上，是有着一致性的。借用美国学者雷勤风（Christopher Rea）的形容，那是一个"大不敬的时代"，尽管有种种审查与压制，但他们头上的政府都受各种制约，在上海，更复杂的是上海还多了殖民地当局这一重管辖与管制。因此，无论柏林还是上海，那些当局者不是那么强势，或者说无法强势是可以想象的。也因此，在这两个地方生存的、天生追求表现自由的艺术家们，无论上海还是柏林的艺术家们，在享受、利用文化自由的特殊的历史条件的同时，也都以各自的卓绝才华，在复杂的历史条件下，催生了令后人瞠目结舌的灿烂无比的文艺之花。

柏林的艺术家们由于一战大屠杀所引发的幻灭，他们的"新客观主义"艺术具强烈的批判性。而上海艺术家们或许虽同样沉浸于资本主义消费所带来的享乐，但面对的贫富分化、政治压力与殖民耻辱，所激发的批判性并不弱于他们的德国同行。在回忆录中，丁悚曾忆及在西安事变时，因一幅时事漫画而被国民党中宣部党部老爷叫去南京"问话"的事。当然，所幸结局还好，属有惊无险。从与现实密切相关的视觉表达上说，丁悚他们当时最可活用的表达与传播空间，是大量发行的漫画杂志与报纸副刊。包括他本人的大量创作在内的时事漫画作品，由于其批判性与时事性，已经成为 20 世纪中国现代文化画卷中最为璀璨的篇章。

而且，魏玛柏林的一些艺术家，尤其是视觉艺术家如乔治·格罗兹等，作为民国漫画家的同时代人，其工作直接影响到了民国的一些艺术家。比如蔡若虹、陆志庠的有关上海都会生活，尤其是都市庶民的日常的漫画作品，可以明显看到格罗兹的影子。如果考察丁悚的工作，能够稍稍着眼、着力于这样一个比较视角，或许会获得更为有趣的成果。这是我看他的回忆录所获得的，也是很想与读者分享的所感。

近期，国内学界有关民国时期的视觉文化的研究渐成热潮。对于过往不入主流美术史的摄影、漫画、平面设计与商业美术的大家巨匠们的实践的研究逐渐展开。比如张光宇、陈之佛等人的工作开始受到较大关注。这一趋势或可视为一种美术史向视觉文化的"转向"。就丁悚在视觉文化实践方面的整体来说，从某种意义上说，属于张氏上一代的丁悚，由于其工作需多摸索而更具开拓性，所遇困难似更大，所求理解也更难。尤其是他的商业美术实践，如何在"美"与"商"之间取得平衡的经验与宽容是当时所缺，因此他要面对的不解、误解甚至是轻视往往要比张氏当时更甚。但丁悚通过自己的出色工作，让当时的人们意识到，商业美术作为生活之必需，也是生活本身之一部分。尤其是其所反映的时代趣味，更为后世了解当时提供了重要的视觉参数。与此同时，更有一个重大难关需要他以及后人、同人们去努力达成的目标是，来自欧美的商业美术形式与传播要求，无论是在语言风格上还是在传播方式上如何转化为中国人乐见的形式令国人接受，所谓在地化，是需要付出巨大努力深加探索的。所幸有包括了丁悚在内的诸多先辈的开拓与摸索，使得包括张光宇在内的后来人才得以在此基础上进一步克绍箕裘，展开更为深入的探索，终至形成民国时期视觉文化有声有色的壮观局面。

丁悚活跃其中的时代，正好是商业美术（月份牌）、漫画、默片、有声电影以及摄影等开始成为信息传播的新形式，并且日益与都市大众发生密切关系，逐渐成为大众娱乐与消费的主要形式的时代。这些新兴的"低"视觉样式，与当时占据优势地位的"高"精英艺术如水墨与油画等并存于世，并迅速涌入大众日常生活，形成一种视觉生产与消费的新趋势与新现象。在丁悚的回忆录中，既有江新这样的掌握雕塑这种"高艺术"样式的海归高手，也有如沈泊尘这样的曾经与他并肩作战的漫画先驱，但他都一视同仁，以幽默的文笔兼收并蓄于自己的亲切回忆中。这些"高""低"之间的边界、壁垒、门户，在他这里早就烟消云散，不成问题。

丁悚以及他的同时代人的全面开花的视觉文化实践，给当时中国现代都市文化的发展以及趣味转向带来了很大的影响，为都市大众打开了眼界。从根本上说，他所活跃的时代，是一种现代意义上的都会开始生成、都会文化开始发育发达的时代。在民国上海以自己的三头六臂打开一片新天地的丁悚，为都会文化的形成贡献了自己的才华，而丁悚本人也成为了都会文化的一部分。丁悚的包括了社交在内所有文化活动，都在为上海这个当时的东方"巴黎"的都会文化的形成做贡献。可惜的是，至今对于他的工作的研究还不深入，因此人们也比较难于把握他的历史贡献与影响为何。而他的这本回忆录，则是让我们得以重新审视他的这种贡献与影响的重要材料与证据，相信也会为重新评价他的工作带来新的契机。凯文·林奇曾经说过："狄更斯和伦敦的建城者同样帮助我们认识了伦敦。"我们今天看丁悚的贡献，或可将林奇此话稍作更改敬献于他：丁悚和上海的建城者同样帮助我们认识了上海。

"亦玩亦专"的丁悚

/// 陈建华

有时与朋友谈起 20 世纪 80 年代,不免壮心激烈,时不我与之慨,但是我想无论是怀旧还是失落,在今天都不过是圈子和流量时代的记忆碎片。的确,80 年代大部分我是在复旦校园里度过的,碰到老同学,仍有一种集体记忆的东西,记忆碎片中却有一页熠熠闪亮,那就是每次一翻开《读书》杂志,就看到丁聪先生的漫画,简练有神,幽默中富于睿智和现实关怀,予人启益。

90 年代我在大洋彼岸,渐渐熟悉的是丁聪的父亲丁悚先生。因为研究周瘦鹃,常接触到丁悚的材料,两人都是《礼拜六》周刊同人,丁悚是美术编辑。看到他的许多画,各种文艺杂志的封面,报纸上的漫画以及"百美图"等,觉得有趣,为他专门做了文件夹。后来在香港教书,文件夹愈加扩大,有时对他的兴趣更甚于周瘦鹃,在研究上颇有功高震主之势,大概图像比文字更来得直接,像学界所说的"视觉转折"在我身上发生了作用。

2017 年 5 月顾铮兄为刘海粟美术馆作了"来自上海"的系列策展,我受邀作了一场题为"亦玩亦专——丁悚与民国初年的上海画风"的讲座,以讲解图像为主,首先是几张他的"美男子"肖像照。1912年乌始光、刘海粟创办了上海美术专科学校，不久丁悚担任教务长，与正副校长张聿光、刘海粟的西服照不同，丁悚一身中装，浓眉大眼，细气妩媚，和蔼可亲。他画的杂志封面林林总总，每期《礼拜六》的封面都是他画的，还有《上海滩》《香艳杂志》《游戏杂志》《女子世界》等，虽是百年之后色彩仍相当鲜艳。那时丁悚已名闻遐迩，各杂志争相邀约，他也十分多产。

1912年7月《申报·自由谈》副刊连续刊出丁悚的讽刺画：《某都督之手》画一手执手枪，另一手拿"军用钞票"，下面兰花般妓女之手在接这叠钞票。当时上海"都督"是国民党的陈其美，吃喝嫖赌，还搞暗杀，市民当中口碑很坏。另如《某都督之病》画两只杨梅，指陈其美嫖妓而得杨梅疮，民间叫他"杨梅都督"。这类画开了后来讽刺漫画的先声，丁悚把矛头直指陈其美，胆子不小，足见他殊具正义感。报馆不敢得罪当局，故而在《自由谈》上昙花一现。他的漫画大多讽刺社会不公或表达平头百姓在日常生活中的喜怒哀乐。

1913年王钝根创办了《游戏杂志》，次年又创办《礼拜六》，均刊登了一张"编辑部同人"合照，包括他与陈蝶仙、周瘦鹃、丁悚等十一人。为了招徕读者，他们玩各种博人眼球的时髦花样。如照片中，左边是穿西装的王钝根，斜靠着椅子，向站在右边的丁悚示爱。丁悚穿中式长衫，一手撑腰，目视前方，一副正气凛然的样子。这在模仿当时流行的西方爱情图，题作"游戏小影"，逗人发噱。这类男女易装的扮相具一种"自我时尚化"（self-fashioning）的表演性，蕴含着当时盛行的男女平权和自由恋爱的观念。20 年代初在《半月》杂志上也有相似的"游戏"照，丁悚站立，一条五四式长围巾将近膝盖，周瘦鹃坐着，扮作窈窕淑女。此时王钝根在他主编的《社会之花》上撰文回忆他们当年的"情史"，称丁悚"琴艳亲王"，周瘦鹃"文艳亲王"。他们乐此不疲，有点怀旧，似把他们与都市大众传媒的"情史"作自我传奇化写照。

民初的文苑艺坛"美女"十分行俏，无论文人诗词、月份牌和"百美图"，随便翻翻小报与杂志就会看到。丁悚的数种《百美图》风靡一时，画中女学生、普通妇女与闺阁淑女，从家庭到城市空间，千姿百态，生动且有韵味。女性成为传达时代价值变迁的符号，画家更发挥其现代性想象，如打羽毛球、游泳、开汽车、驾飞机、火车旅行等，表现她们未来生活的蓝图。

当时沈泊尘也是百美图名家，人体比例常犯头大脚短的毛病。丁悚在美术学校教人体写生，当然更胜一筹。相较之下，但杜宇的人体更标准、更现代，但缺乏丁悚的从古代仕女图借来的绰约风神，也由其折中性格所致。

20 年代丁悚画得不很多，转玩照相，作品见刊于各种刊物，在促进艺术照方面也属一位先进。1916 年他与金素娟女士结婚。各种刊物中不时出现他们和子女的照片——一个恩爱和睦的家庭。

不料这次讲座带来意外的感动与喜悦，先是在展览会上认识了丁夏先生（丁悚之孙）和他的堂兄丁小一先生，他们专程过来听讲座。从此一回生两回熟，他们请我们去参观了在枫泾的丁聪美术馆。我也应丁夏之嘱为丁悚先生的展览厅写了千字小传。传中说丁悚："为'海派'新文化的发生与发展做出了不可磨灭的贡献。"丁夏微信我说"特别赞同"这个评价。我很高兴，好像跟他有一种"心灵感应"。这回他又嘱我作序，我欣然应命，只觉得非常有缘。

我说的"海派"新文化其实与"礼拜六派"有点关系。这两天读这本《四十年艺坛回忆录（1902—1945）》，如走在山阴道上风光无限，笑话百出，叫人捧腹翻船，欲罢不能，也提供了不少新材料。"礼拜六"编辑部里丁悚与周瘦鹃、陈小蝶皆年少翩翩，十分投契。周瘦鹃也说到他们常常一起去四川路上看影戏而对卓别林倾倒备至，丁悚的回忆录远不止此。如多次说到王钝根，民国伊始他在《申报》开辟了《自由谈》副刊，因为"游戏文章"涉及时政而受到袁世凯当局的打压，于是办《自由杂志》，仅出了两期，遂转向文艺办了《游戏杂志》和《礼拜六》。正逢郑正秋提倡新剧，生意并不好，回忆录写到王钝根拉他和周瘦鹃去看戏，并写剧评登刊在《自由谈》上，新剧的繁荣与此有关。说到王钝根事多忙不过来时："中华图书馆那时靠了《游戏杂志》月刊和《礼拜六》周刊的销数浩大，盈余了很巨的利润，于是聘天虚我生来沪，编《女子世界》和王大错编的《香艳杂志》两月刊。"（按：《香艳杂志》主编是王均卿，并非王大错。创刊号封面为丁悚所作，上面有王大错的题名，可能因此致误）聘陈蝶仙来沪，与出版方中华图书馆有很大关系，丁悚提到其"总经理是叶九如，协理席复初"。这些细节涉及印刷资本的运作环节，使我们对"礼拜六派"的发达史有个较立体的了解。

为什么《游戏杂志》和《礼拜六》"销数浩大""盈余了很巨的利润"？当然是因为得到广大市民的欢迎，也说明王钝根他们把握到城市文化的脉搏，代表了一种新型的文人，也在传播新的时代观念。其实把周刊称作"礼拜六"，目的是为都市工薪大众提供周末消闲读物，这在王钝根的《礼拜六出版赘言》中讲得很清楚，我在别处不止一次提到这一点。他许诺将为读者提供"轻便有趣"的"新奇小说"，作为周末消遣，比那些"戏园顾曲""酒楼觅醉"及"平康买笑"等赏心乐事是更为健康而省俭的。这跟以前"文以载道"的观念大不一样，首先强调文学的娱乐性，与由商业机制所决定的。文人借以为生，须尊重读者的自由选择，同时寓教于乐，须讲求新的传播方式，而提倡一种新的阅读文化旨在提升市民的文化品位。

上海自开埠以来，随着经济发展与人口增长而产生文化需求，起先是传教士与西人经营文化产业，尤其对华人来说，直至清末渐渐形成自己的文化圈。从这样的历史脉络来看，民初"礼拜六派"代表新型文人的结集，牵动文学、美术、戏曲与电影各个领域；在文人、出版与读者之间达成某种默契而形成一种新的都市文化消费的模式，也意味着华人文化圈上升到新的历史进阶，这对"海派"的现代发展意味深长，其中丁悚的贡献有目共睹。

从史料层面上这本回忆录让我大开眼界，填补了一些认知空白。我以"亦玩亦专"来概括丁悚，仅限于民初时期。正如回忆录所示，数十年里丁悚的生活极其精彩，从摄影到唱片，到无线电，不啻为一部民国时期上海的媒体传奇。他不单单是喜欢，如搞美术摄影、灌唱片、录电台播音等引领时代新潮，深入到制作层面，是公认的专家。他是个大玩家，也是大专家，其文化贡献非道里计。他的交游也极其广泛，从苏滩、评弹到京剧各路艺人，歌星影星到技艺工匠，三教九流无所不包。回忆录中许许多多他们的故事，皆为记忆中的精彩片段，映现出浮世沧桑，人间冷暖，织成都市心态流动的网络，也显出作者的同情和悲慨。

这类著作如陈定山（即陈小蝶）的《春申旧闻》、陈巨来的《安持人物琐忆》与郑逸梅的掌故之作属佼佼者，而此回忆录皆出自作者亲见，持论平允厚道。如有关美术专科学校的几则，叙及与周湘的师生之谊、雇用模特儿的经过及刘海粟"艺术叛徒"的别号等，皆可作信史观，能纠正坊间的一些传说。

书中附有八十余张照片，是丁悚私藏，十分珍贵。约一两年前丁夏兄告我发现了这些照片，欣喜异常，我竟一个都认不出，不胜惭愧。经过他和朋友们的一番辛苦搜证，遂将影中人物一一标出，这种精神实在令人动容。

这本回忆录"海"味十足，读来感到亲切。许多沪语勾起我的回忆，小辰光听大人们说笑，如"瘪的生司""邪邪乎""眼眼调"等，在他们的嘴边溜达。碰到有些词看似相识，却耐人寻味。如"出送"一词指丧失某物，含懊丧之意，而丁悚用"出松"，摆脱某人或某物，一身轻松。又"宿货"，我一直以为是"缩货"，缩头缩脑，胆小鬼，而丁悚自称"宿货"，过时落伍之意。说"嬉话"，我以为是"死话"或"戏话"。沪语不分四声，因时代与习惯不同，不免意思分歧，正造成方言的丰富复杂性，而在丁悚笔下显得更为文雅了。

我应该就此打住，正儿八经说了这么多，故意不剧透周璇、金焰、王人美等故事，不然太煞读者风景。但是内容实在太丰富，最后忍不住稍谈一点感想。丁悚回忆四十年往事，不免感慨系之，譬如："无论是人的品行，物的价目，口头术语，笔底成句……总没有像现在的上海，变迁得迅速，在短短数年中，真不知产生了许多新的，泯灭了不少旧的。"对此我也感同身受。在我的住处对面是武康大楼，每天俊男少女来为这个网红地打卡，如风和日丽，更是成群结队。看上去大多是九零、零零后，人人用手机狂拍一阵，算到此一游过了。这或是一种时兴的文化消费方式，如果有人说这是热爱上海的表现，也是天晓得，那全是表面工夫，武康大楼也进不去，更遑论上海。

感慨之余，我不由得掩卷而思，想见丁悚先生之为人。1940 年正值他 50 岁生日，友朋们假座沧洲饭店为他祝寿，艺坛名流一百多人出席，报道说："友朋加入者甚踊跃，足见蜚声艺坛，且平素人缘之好也。"（《百合花》）丁悚母亲 70 大寿时，各界人士群起恭祝，寿宴办得非常热闹。试想他既非军政要人，亦非工商大佬，为何能风光如许，深孚众望？所谓"人缘好"，中国人的人情世界大有学问，的确，读这本回忆录，字里行间可见丁先生的音容笑貌与品性操守、对人情世故的洞见达观，"苗头弗是一眼眼"，读者可自己体会，必有所得。

上学期我在复旦给研究生上课，座中有两位来旁听的——胡玥和高鹏宇，都是顾铮兄的学生，分别在写丁悚和张光宇的博士论文。我为此感到欣慰，也希望更多的年青人来从事这种研究工作。而丁夏兄弟们为发扬家风不遗余力，令人钦佩。归根结底是因为丁悚先生的人缘好，使大家能聚集在一起，也使我能为"海派"文化的传承尽点绵力。是为序。

2021 年 2 月 18 日于沪上兴国大厦

他的人生就是一部精彩的回忆录

/// 张 伟

说到丁聪，现在的人几乎无人不晓，但提起丁悚，则茫然的人居多，甚至读不准"丁悚"这个名字的也大有人在。这并不奇怪，丁悚辞世超过半个世纪了，我们又长期将他的绘画归入鸳鸯蝴蝶派一类，不加重视，逸出人们的记忆就很正常了。

我们回顾丁悚的人生履历，却不能不为我们的无知而羞愧。

丁悚（1891—1969），字慕琴，枫泾镇人。他从小在乡下就喜东涂西抹，并能代人经记账目，被乡邻夸为"画神像神，画鬼像鬼"的"神童"。1902 年到上海老北门内昌泰典当行当学徒，仍一心钟情美术。初师承周湘，后又刻苦自学，晚清时即发表漫画，针砭时弊，笔调清秀，颇受读者欢迎。2004 年，国家图书馆汇编出版《丁悚漫画集》（中国文联出版社），搜集到作品几近 500 幅。丁悚以漫画起家，擅长写生、素描，凭此得以跻身海上艺坛，并成为 20 年代上海漫画界的中心人物和组织者。他是上海美专的第一任教务长，也曾在同济、晏摩氏、神州、进德等多所学校教授美术，桃李满天下。他还曾受聘于上海英美烟公司广告部，从事招贴画创作，是广告界的大前辈。他的《丁悚百美图》《丁悚百美图外集》《上海时装百美图咏》等作品当年曾风靡一时，引领一时社会风尚。他在贝勒路天祥里 31 号（今黄陂南路 847 弄）的家绝不亚于北平北总布胡同 3 号院里林徽因的"太太客厅"，堪称海上沙龙。按照丁聪的回忆：弄堂那个过街楼，叶浅予当年就住在二楼，楼下住过陆志庠，特伟住在后面，张光宇住的是 19 号。丁悚的 31 号则是群贤毕集的大本营。丁家比较宽敞，一楼是客厅，丁悚夫妇住二楼，他们的长子丁聪住在三楼。当时的丁家几乎成为艺术家聚会的固定场所，平日三五访客不断，每到周末假日，这里更俨然就是他们碰面交流信息的热闹沙龙，无论身份地位，绝无繁文缛节，也没有固定主题，更不会规定钟点，丁氏沙龙里有的只是海阔天空的聊天和不分彼此的灵魂交流。每天各界俊杰进出，说事聊天，八卦散心，甚至蹭吃蹭喝，一时天下豪杰云集，张光宇、叶浅予、黄文农、鲁少飞、王人美、黎莉莉、周璇、金焰、聂耳、黄苗子等更是这里的常客。而被年轻人称为"寄爹"和"寄娘"的丁悚夫妇则是出了名的大好人，茶水瓜果不停添加，还经常招待朋友们在家里聚餐。丁家的这种热闹场面，当时是闻名沪上的一道风景线，为很多人所向往，并且持续了很多年——就是忙坏了丁师母，也多亏了丁师母，脾气既好，又烧得一手好菜。

丁悚一生，值得我们回味、研究、景仰的地方实在太多，岂是一句"鸳鸯蝴蝶派"可以形容的。

我是 20 世纪 80 年代才知道丁悚这个名字的，那时在徐家汇藏书楼工作，日常接触的大都是晚清民国的刊物。1910年前后，正是彩色石印蓬勃发展之际，为凸显这一优势，这些杂志的封面多以手绘图装饰，主要形象大都为女学生和时装妇女，画得比较多的有徐咏青、但杜宇等，当然更有丁悚。

石印工艺的诞生和发展，可以说为商业美术的发展插上了一只翅膀，尤其是彩色石印工艺的进步，更助力商业美术画迅速起飞。上海最初的石印都是黑白印刷，偶尔有些彩色印刷业务，也都只能委托英商云锦五彩石印公司运往英国承印。19 世纪 80 年代后期，上海的富文阁宏文书局也掌握了彩印工艺，上海始有五彩石印，但这个五彩需大打折扣，因其技术比较粗陋，色彩无法细分，最多只能印四色。1904年，文明书局进口彩印机器并雇佣日本技师，上海始能承印色彩比较丰富的印件。翌年，商务印书馆在总经理夏粹芳的筹划下，聘请日本著名技师和田满太郎和细川玄三来华指导业务，并设立彩色石印部，上海的彩印业务至此始更上了一层楼。进入民国以后，上海的印刷企业已经掌握了非常复杂的"十三套彩色石印业务"，可以承印分色丰富细腻的彩色印件了。

商业美术腾飞的另一翅膀则是社会的发展。进入 20 世纪以后，随着工商业的繁荣发展，商业美术的市场也更加庞大，一些社会需求大、生意红火的行业，大都有宣传自己商品的广告画发行。同样，也可以反过来说，凡有大量广告画宣传的商品，其一定来自生意最兴隆的行业。当时，胡伯翔、谢之光、丁悚、但杜宇、张光宇、杭稚英等一流画家，都是广告招贴画的大将，他们从事的商业美术已经蔚为大观，事实上已然和国画、西画三分天下了。

丁悚他们当时画的彩色封面画，也是广告画的一种，他们服务的是书局、出版社，载体是书刊。这些封面画，形象多为女学生和职业女性。女子天生唯美，为人所喜，爱看的人多，本身就具有广告性，自然对书刊的销售有利。当时为杂志画封面的，丁悚的作品最为多见，显然也是最受欢迎的。那时，他在这一行业已经位居名家之列了。丁悚比张光宇大 9 岁，张光宇称他老丁，当 1916 年张光宇遇到丁悚的时候，"老丁在上海滩已经颇有成就、颇有名气了"。这是张光宇的感受，也是当时丁悚在社会中的真实地位。

汪曾祺曾说：丁悚的画，"笔意在国画与漫画之间，这样的画，现在似乎没有了"。这里点出了丁悚画的独特韵味。1914 年，陈小蝶为丁悚的画《二分春色图》题诗，感慨道："读慕琴的画，往往有诗，惜予笔不能达其意。"这有客气谦逊的成分，但也是真实的感觉。大概，似漫画又似国画，画里有诗又有生活，这应该就是丁悚绘画的独特魅力吧。

1920 年前，他的代表作《丁悚百美图》《丁悚百美图外集》和《上海时装百美图咏》均已问世，这些画当年就曾红火一时，时隔百年，今天来看仍觉精彩。丁悚的画，首先就是他那个时代女性的真实写照，所以称呼"美女"，当然是出于营业的考虑，并不是传统意义上大门不出，二门不跨，只供男性欣赏的那种纤弱美女。画民国初年的女学生和职业女性，丁悚大概是画得最多也把握得最准的，他笔下的女性形象，一举一动，一颦一笑，甚至画中的四季景色和各类配物，都和那个特殊年代有着强烈的融合默契，仿佛民国初年女生芳华就应该是这样，这种感觉就好像：周璇的《天涯歌女》缓缓响起，杭稚英的月份牌慢慢打开，然后心中就荡漾起那种人人心中有的感觉。在丁悚的画里，我们感受到的是那个时代。正如徐廷华在《丁聪的老爸：丁悚》一文中所说的那样："在丁悚的百美图中，或大家闺秀、小家碧玉，或时髦女郎、窈窕村姑。她们短衣中裤，梳辫挽髻，时尚可人，居室的陈设也充溢着流行的空气。另外，在当时西风东渐的时代环境中，新思想影响着年青一代的生活，也同样作用于丁悚。画中女子骑马、溜冰、踏青、写生、素描、拉提琴、跳交际舞、开车兜风、打电话谈情，无不摩登，反映了当年新女性与画家审美意识的超前。女子们个个楚楚动人，精神盎然，一派新生活的风貌。"

丁悚的这部《四十年艺坛回忆录（1902—1945）》，是应蒋九公之邀而写，从 1944 年 8 月起在《东方日报》上连载，历时逾年，有几百篇之多。我当年在藏书楼陆陆续续看过，印象很深，前几年我为某出版社策划海派名人散佚文集，其中就包括丁悚的这部回忆录。现在由丁悚文孙丁夏兄整理，交杨柏伟兄所在的上海书店出版社规划出版，提前圆了我完整阅读的夙愿，其快何如！

丁悚在这部回忆录的"开场小引"中透露，友人九公在劝他开笔时曾允诺："至于写作，可以妄顾前后，毋须统系，不管死活，更无论古今，或流离远散四方，或早成陈年宿货，也好拉来篮里就是菜地作为资料，这样大概不至于缚手缚脚了吧？"而丁悚也的确是按此行事，一路写来，行文流畅。没有时间顺序，也无刻意掩饰，有话则长，无话则短，有长近两千字的，短的则只有一百余字，不为名人讳，也敢曝自己糗，快意潇洒，毫无阻隔，保证了这部回忆录的真实透明感，而这也正是回忆文字最难能可贵的。

丁悚的《四十年艺坛回忆录（1902—1945）》有鲜活生猛的艺坛八卦，更包含大量他亲历亲闻的珍贵文献。他写聂耳、王人美、英茵、陈云裳、刘琼与严斐，乃至周璇和严华由结识到婚变，客观而生动，不偏不倚，也绝不掩饰；他写新剧《黑籍冤魂》的故事来源，写张璜、张弦昆仲为黎锦晖代笔作曲，写丁聪最早预言陈云裳将来一定会超过胡蝶，写陆士谔清末办小说贳阅社，尝试出租说部弹词，写鲁少飞早年在商务印书馆绘石印画，写祁太夫人收藏的晚清京剧戏单，写周錬霞酒醉吐真言等等，这些在普通读者眼里是艺坛掌故，有心人读来则是第一手的文献史料，大有文章可做；他写的《观影沧桑记》，可以看作是外国影片进军上海的一部简史；而《亡友江小鹣轶事》里，写江氏清末留日时，曾以"可柳"为艺名，参加春柳社，担任主角出演《新茶花》，则是很多研究戏剧史的专家也闻所未闻的。诸如此类珍闻轶事，文中所记多多，举例只能万中见一，读者自可见微知著，随心所欲，各取所需。

上海书店出版社的这本《四十年艺坛回忆录（1902—1945）》，还有一个特色值得称赞：丁悚除了绘画撰稿，在摄影方面也是一位资深发烧友，并且是中国早期几个著名摄影团体的发起人和参与者。他自己拍摄过很多艺术照片，也收藏了不少反映当年文人活动的纪实照片，虽历经劫难，但还是有幸保存下来一些。此次丁夏兄从这些劫后藏品中，根据回忆录文本，精心挑选了几十枚相配，除了增加历史感烘托气氛之外，有些本身就具有珍贵的文献性，其中不少甚至是首次披露。读者借此不但能阅文看图，享受左图右史的乐趣，还大有可能从中挖掘出宝藏，得到额外收获。

最后说些感言：虽然历史上不乏父以子贵、师因徒荣的现象，但这种现象出现在丁悚、丁聪父子身上，却不免令人有点啼笑皆非。希望这本《四十年艺坛回忆录（1902—1945）》的出版，能有助于大家重新认识丁悚。

2021 年 2 月 26 日元宵晚于沪南上海花园

丁悚先生点点滴滴的细节

/// 李　辉

2002 年清明时节，终于与丁聪先生一起，前往枫泾，为父母扫墓。七十年之后，他第一次重返故里。

吉林卫视的"回家"，丁聪与沈峻走进枫泾，留存着父母的记忆。

1999 年的秋雨时节，我与丁聪来到上海老弄堂——黄陂南路八四七弄。"我生在南市，八九岁时父母搬到这里。这里过去叫天祥里三十一号，我们家住第五弄第九家，后来又改叫恒庆里，然后叫现在的名字。"

"小时候，父亲带我到故乡去看祖父的坟，可是没找着。是在嘉善枫泾，地处江浙两省交界，现划归上海市。父亲 12 岁就背着包袱来到上海，当了十年当铺学徒。在此期间自学画上了画。后来既画讽刺社会现象的政治漫画，也画月份牌上的时装女人，成了当时的出名的画家。刘海粟创建中国最早的美术学院上海美术专科学校时，请父亲担任教务长，教过素描。接着，成家立业，生儿育女，为养一家老小，在烟草公司上班画广告画。"

我们穿过窄小的弄堂，找他的家。丁聪走到家门口，指着右边门墙说："父亲当年组织了中国的第一个漫画协会，招牌就挂在这里。50 年代才捐给博物馆。"

"你看，那个跨街楼，叶浅予当年就住在二楼。那个窗户就是。楼下住过陆志庠。特伟住在后面。""这是张光宇住过的。当时叫十九号。"

丁家一时间成为明星、艺术家们会聚的场所。每到周末假日，这里俨然是上海一个热闹的沙龙。张光宇、叶浅予、王人美、黎莉莉、周璇、聂耳、金焰……

黄苗子先生回忆过 1932 年第一次走进这里的情形："那天大约是个星期六晚上，一大堆当时的电影话剧明星分布在楼下客厅和二楼丁家伯伯的屋子里，三三五五，各得其乐，她们有的叫丁悚和丁师母做'寄爹''寄娘'。由于出乎意外地一下子见到那么多的名流，我当时有点面红心跳，匆匆地见过丁家伯伯，就赶快躲到三楼丁聪的小屋里去了。"

作为长子的丁聪，虽然还在上中学，却已成了这些明星们喜欢的小成员。他坐在他们中间，听他们谈笑风生。聂耳来到丁家，与年少的丁聪成了好朋友。一次他曾这样对丁聪说："你想过没有，为什么你姓丁，我姓聂，写起来，一个最简单，一个最麻烦。"丁聪也曾缠着聂耳走进在"亭子间"里的小房间，给他讲一个个恐怖的故事。

"有一次聂耳喝醉了酒，走到天井里，顺着墙爬到阁楼上去睡觉。"走到天井，丁聪指着墙角告诉我：聂耳就是从这里爬上去的。

聂耳 1912 年 2 月 14 日生于昆明，籍贯玉溪。1927 年考入云南省立第一师范学校。1930 年到上海，参加反帝大同盟。1933 年初，聂耳由田汉介绍加入中国共产党。1934 年，田汉与聂耳合影，这应该是他们的第一张照片。聂耳儿时开始弹奏三弦，后来成为著名的音乐家。他为田汉歌词《义勇军进行曲》谱曲，顿时引起轰动。

聂耳一直爱写日记。从 1926 年，一直写到 1935 年。我策划的日记文丛，由大象出版社出版，2004 年便出版了《聂耳日记》。

1935 年 4 月 1 日，聂耳准备启程前往日本。在日本期间，他一直在写一些日记。最后一页日记是 7 月 16 日。谁料想，第二天聂耳在日本海滨下海游泳，不幸溺水身亡，年仅 23 岁。多年之后，1959 年，导演郑君里拍摄《聂耳》电影，由赵丹出演。

这一天，枫泾丁聪祖居揭幕之日，可谓最为开心的时刻！参观过程，意外发现周璇写给丁悚先生的三封信。

周璇 1920 年 8 月 1 日出生于江苏常州，1931 年加入明月歌舞团，因演唱歌曲《民族之光》而受到关注。1932 年发行个人首张唱片《特别快车》。1934 年凭借歌曲《五月的花》成名。1935 年进入电影圈。1937 年主演的剧情片《马路天使》成为其表演生涯的代表作，她演唱的影片插曲《天涯歌女》《四季歌》亦在华人地区流行。1946 年周璇赴香港发展，1947 年主演爱情片《长相思》，由她演唱的影片插曲《夜上海》成为华语歌坛的代表作品之一。1950 年从香港返回上海，1951 年因突发精神病而被送入医院治疗。1957 年 9 月 22 日在上海病逝。

周璇逝世时才 37 岁，整个中国文艺界为之伤痛，周璇的治丧委员会名单有诸多爱戴她的同仁。唐大郎先生得知噩耗，写下一诗缅怀周璇：

送周璇入殓

悠悠从此失香魂，各把深怜付泪痕。
但使泉台衔旧恨，再难张眼沐新恩。

每一个朋友在送周璇入殓的时候，几乎都是这样互相叹息说：她过尽了坏日子，现在遇到好日子了，病又不让她过了！

周璇的饰终典礼，都是由生前好友筹划的。身上的衣服，也是经过大家设计。给她穿了深绿色的丝绒旗袍，带上白手套，加上项珠，手里捧着一束玫瑰花。

她在几个月前，神经失常症医复以后，已经养得很胖，但得了脑炎症以后，又瘦了。

（香港《大公报》1957 年 10 月 5 日）

一个美丽的周璇女士，就这样离开了我们。那一年，我才 1 岁。

五天之后，唐大郎又写下另外一篇文章，谈他一年之前去黄宗英家中。唐大郎与兄妹两人聊天，这时，几个孩子回家。唐大郎写道：

> 宗英是那样爱惜孩子。但是，她突然问我，你知道这孩子是谁吗？我奇怪起来，反问她：难道不是你的孩子？她点点头，又轻轻地说，不是的，是周璇的儿子。
>
> ……过了片刻，我同宗江兄妹，一道出门，上文化俱乐部吃茶点。在茶座上，我又问起方才那个孩子的情况。宗英才告诉我，他是周璇生的，孩子生下以后，母亲已经得病，无法管理孩子，所以她把孩子接受过来，代替周璇尽了抚育的责任，已经好多年了。
>
> 从孩子身上，宗英又给我谈起了周璇的病状。当她的病在不正常的时候，"上影"厂的朋友们，都会自告奋勇地去服侍她。很多人都受过病人的"虐待"，但丝毫没有怨言。她们只盼望周璇能够早日恢复健康，使她在新中国的银坛上，再露几年光芒。
>
> 可是周璇终于不治。
>
> 在万国殡仪馆里，朋友们向她临吊的时候，宗

英带了周民（周璇孩子的名字）也向灵前参祭。在本文附刊的这张照片上：金焰正在读祭文；黄宗英悲痛地带着周民站在旁边。尽管周璇之死，旧社会给了她万千创痛，但她若地下有灵，知道自己留下的一块肉，在她生前的友好家中，被照顾得十分周到时，也会稍稍瞑目的吧！

（香港《大公报》1957 年 10 月 10 日）

唐大郎笔下所写的周民，一直由黄宗英带到家中，细心照料，尽到了抚育的责任。

周璇在 30 年代写给丁悚先生的三封信，都没有写具体日期。

在秋雨时节，我一直在听丁聪先生讲述着这间房子里的故事，讲述父亲的故事。

"母亲不到 16 岁生我，94 岁过世。生我那年，父亲 25 岁。他们一共生了十来个孩子。我长大后，家里每多添一个孩子父亲就要给我道一次歉。他的意思是我是老大，以后要负担他们。1935 年中学毕业后，家里困难，有一大堆孩子要养，我就没有继续上大学。第二年由黄苗子介绍我进了《良友》。我挣的钱，统统交给父亲。离开上海后，固定往家里寄钱。"

丁聪还说到了父亲的死。

"'文革'中，我父亲被打成'反动学术权威''鸳鸯蝴蝶派'，我们家也被说成是'特务联络站'，因为我的一个大妹妹在国外。有次抄家，父亲很生气。他吃完饭后上楼洗脚。过了一会儿没有动静，上去一看，人死了。他患有肺气肿。叫了辆黄包车送去火化。我和弟弟当时都在干校。"

"父亲去世时我在北京的'牛棚'里，没有和他见上一面。"说完，他长叹一口气。

清明时节，丁聪与沈峻终于回到枫泾，拜祭父母。这是我第一次看他在父母墓碑前面，泪流满面……

从此，丁聪与沈峻落叶归根，回到故乡枫泾。

丁聪先生 2009 年 5 月 26 日逝世，沈峻将丁聪遗体留给医院处理。转眼之间，丁聪离开我们十年了。经过几年时间，丁聪祖居终于落成，2019 年 5 月 26 日正式开馆。

这一天，来自美国的《国际漫画杂志》兰特博士、编选《丁聪年谱》的加拿大医生朱鸿桢，留存下这些难得的记录。

我相信，这一天，将成为枫泾最为美好的日子……

八卦中的时代风气

/// 沈嘉禄

最近有一本书挺火的：《四十年艺坛回忆录（1902—1945）》，作者丁悚，漫画家丁聪的父亲，一百年前现代漫画先驱者之一，同时还活跃于摄影、文学、新闻、电影、戏剧等各个圈子。他的《丁悚百美图》《丁悚百美图外集》和《上海时装百美图咏》曾轰动上海滩，引领社会风尚。1995年，为纪念抗日战争胜利 50 周年，我在苏浙皖转了一个多月，采集与抗战有关的人与故事，回程途中在富阳采访了郁达夫的孙女郁嘉玲。郁嘉玲时任富阳市政协副主席，陪我上鹳山拜观了双烈亭——这是当地政府为纪念郁曼陀、郁达夫昆仲而在郁家柴屋基础上修建的。然后来到松筠别墅，其实也不过是一幢简朴的两层民居而已，是郁曼陀在上海担任第二刑事法庭庭长时盖起来的，用于奉母养生。在别墅的正堂我看到了丁悚手绘的郁曼陀遗像，感觉好像比一张桌面还大，寥寥数笔，生动传神。郁曼陀先生的目光穿过厚厚的镜片，注视着我们，注视着家乡的一草一木。郁嘉玲女士告诉我，上海沦陷后，郁先生因为坚持抗日立场，拒绝与汪伪合作，有一天早晨准备坐三轮车上班时被特务暗杀在家门口，时年 55 岁。身居南洋的郁达夫惊闻噩耗后，含恨写下一联：

天壤薄王郎，节见穷时，各有清名闻海内；乾坤扶正气，神伤雨夜，好凭血债索辽东。

这也是我第一次仰观丁悚先生的真迹。

《四十年艺坛回忆录（1902—1945）》由上海书店出版社出版，杨柏伟兄在新书尚未上架前就寄了一本让我先睹为快。一个星期内我看了两遍，仍意犹未尽，许多故事是第一次知道，增加了不少见识。

据此书的编者、丁悚文孙丁夏兄说，这部书里的文章是丁悚应蒋九公之邀，从 1944 年 8 月起在《东方日报》上连载四百余天，差不多每天一篇，集腋成裘。数年前，丁夏为配合枫泾镇修建丁聪祖居，开始收集祖父丁悚留下的资料、遗物，又从长辈口中得知有这样一批回忆文章，然后得朋友鼎力相助，在上海图书馆里找到这段时间的旧报纸，将微缩胶卷上的连载文章整理编辑成书，在丁悚诞辰 130 周年之际出版。

上海图书馆原研究馆员张伟在序言中说："丁悚一生，值得我们回味、研究、景仰的地方实在太多，岂是一句'鸳鸯蝴蝶派'可以形容。"

为什么讲述前尘往事的这本书一经问世就引起读者的青睐？张伟说得十分到位："不为名人讳，也敢曝自己糗，快意潇洒，毫无阻隔，保证了这部回忆录的真实透明感，而这也正是回忆文字最难能可贵的。"

这本书的背景，是新旧交替中的中国，是中国人民饱受列强凌辱和内乱之苦的时代，但是知识分子的启蒙和市民阶层的成熟，也使得上海文坛一扫颓废之气，呈现百花齐放的景观，文化市场的各种生产要素虽然稀缺，但特别活跃。丁悚那批知识分子从旧文化桎梏中挣脱出来，结社、办学、办报、办杂志、开专栏、打笔仗，指点江山，月旦人物，言行举止所流露出来的舒张和奔放，激进和乖张，令今天的后辈低回不已。

丁悚是刘海粟初创美专时的第一任教务长，在《艺术叛徒》一文中写道："刘海粟作画，曾自署艺术叛徒，人家辄目为狂妄夸大。我认为他这个别署，并不过分。"继而谈及美专的"裸体画事件"，放在今天的文化背景下，美术学校请一位女模特来不算什么事，但在民国初年保守势力还很强大的情景下并不容易。回忆录澄清了一段历史：刘海粟请来的第一位女模特并非今天有人所说的四马路青楼女子，而是他姐姐身边一个唤作"来安"的丫头，穿了随身服装勇敢出场，全裸则由刘海粟家中一名唤作"阿宝"的"粗做大姐"喝了头啖汤。第一个男性模特是美专的茶房，"先从半裸入手，渐达全裸"，以后则向外界征求，比如在荐头店里寻找待聘的娘姨。为了减轻模特的心理压力，刘海粟还采取"男女有别"的做法，女学生画女模特，男学生画男模特，过段时间再"男女混合"。

邵洵美的红粉知己项美丽，近年来在上海作家的笔端满血复活。1935 年项美丽以《纽约客》杂志社中国海岸通信记者身份来到上海，与邵洵美相识、相恋，并联手创办了《声色》双语画报，两人还一起翻译了沈从文的《边城》。某天，张光宇昆仲邀宴文艺界朋友，邵洵美与项美丽联袂而至，老朋友相聚，"殊尽欢乐之能事"，翁瑞午和陆小曼走进今富民路一条弄堂里，是偷偷摸摸带着烟枪来的，但更好笑的是到了张光宇家中，"在一张矮得不能再矮的榻榻米上，铺设好了一幕《万世流芳》的镜头后，你们猜第一个横下去表演的是谁？竟是这位年轻美貌碧眼金发的外国女郎，而且姿势极其老练，手法相当纯熟，因为是外国女郎，看上去却另有一功似的"。项美丽会抽大烟，手法纯熟，后世作家想不到吧。

丁悚与梨园界名家也相当熟稔，回忆录中对梅兰芳、杨小楼、余叔岩、谭小培、程砚秋、荀慧生等都有记述，在《程砚秋赴宴受窘》一文中，披露了当年程砚秋南下申城受到的一段委屈。文章一开始说："……其实一个唱戏的能成为名伶，做到红角儿地位，千人中能有几人呢？况且其中甜酸苦辣备尝，非身历其境者，谁都不知。"接下来讲有一次高亭公司老板徐小麟为欢迎程砚秋而招宴于大西洋餐馆，邀请文艺界四五十人作陪，排场着实不小，程砚秋迟到足足两个小时，姗姗而至，用过一菜一汤后即向主人作揖告辞，作为特邀嘉宾的徐朗西击桌而起，"直指砚秋谓：'你是什么东西，不过是个唱戏的，瞧得起你，请你，搭那么大的架子，一到就走，太不把我们放在眼里，不准走！'一时主宾尽窘，几无法下台。"

徐朗西是于右任的同乡，早年追随孙中山，二次革命失败后，与邵力子创办《生活日报》《民国日报》，后与汪亚尘一起创办新华艺校，抗战时期避居上海租界，顶住了日伪的威逼利诱，保全了民族气节。徐朗西是洪门大佬，辈分很高，也经过新文化狂风暴雨的洗礼，但他性格峻急，脾气暴躁，对伶人存有偏见，这也算"时代局限性"吧。

在《市长醉后失态》一文中，丁悚讲述了一件事，近年来以《春申旧闻》重燃海上文坛兴趣的书画家陈定山，抗战前夕住在愚园路，交游广泛的陈定山有一次大宴朋宾，许多社会名流及歌女、交际花等躬逢其盛，当晚与丁悚同桌的有邵洵美伉俪，及某市长。"讵市长年少兴豪，频以巨觥向在座女宾劝酒，而本人被酒，已渐入醉态状况，故言语动作，也渐越出常轨。对于洵美夫人盛佩玉，似更不敬态度，致触洵美兄之怒，以堂堂市长，在高贵华筵之中，竟无赖若此，是可忍，孰不可忍，便声色俱厉地当席严辞斥责，某仗醉肆性，也不甘示弱，反唇相讥。"邵洵美无惧威权的"霸凌"行径，不负郁达夫对他"有声，有色，有情，有力"的评价。

丁悚在这本回忆录里还写到了许多至今仍为人津津乐道的明星，比如聂耳、王人美、英茵、胡蝶、周璇、陈云裳、黎锦晖、刘琼、严斐等，令人有目不暇接之感。他披露周璇和严华由结识到婚变的经过，不偏不倚，不加掩饰，客观生动，可信可叹。他还写到了不少挣扎在社会底层的女性，沉鱼落雁，心比天高，但往往命比纸薄，鲜有善终，也让人扼腕，并对那个时代的凶险与黑暗有所了解。所以丁悚笔下的八卦，不乏声色之娱，却有着知识分子的气节与立场，也表明了他的政治态度。更多曲折，更多隐秘，有待读者探幽发微，这将是一趟愉悦的文史掌故之旅。

周 璇 致 丁 悚 的 几 封 信

/// 丁　夏

　　当周璇十二三岁的时候，在黎锦晖办的明月歌舞社里当练习生，我就开始认识了她。她原名小红，周璇的名字是锦晖给她取的。其时，王人美、黎莉莉、薛玲仙、胡笳、英茵、白虹等都已成名，经常到我们家里玩儿，周璇也在这个时期跟随了她们来到我家做客。她们来了，吃吃喝喝，弹弹唱唱，无拘无束地宛如家人一般。明月社解散后，周璇等组织了新华社……（香港《大公报》1957 年 10 月 4 日）

　　这是 1957 年周璇去世后，我祖父丁悚为香港《大公报》写的纪念文章中的一段。

　　民国时期，我祖父因工作关系结识了很多文艺圈的朋友，他随和好客，远避是非，因此，性情相投的朋友也乐意跟他来往，家里经常宾朋满座。

　　关于和明月歌舞社的交往，祖父在他的《四十年艺坛回忆录（1902—1945）》里有过这样一段文字：

　　　　大概九 · 一八之后，明月社方隶于华联影业公司的那年，为了九·一八之后，该社为发起救国捐事，假座黄金大戏院公演筹款，笔者震明月诸女之名已久，过去未获机会，一睹其艺，现在既公开表演，岂有交臂失之，遂连日往观，相形之下，明月实较梅花（即梅花歌舞团）高明多多，于是拨冗致函梦云（冯梦云），和他讨论此中优劣，不料梦云将函公开答复披露报端（《大晶报》），此来彼往了好几次，引起了个中人的注意。是时张光宇适编《时代画报》，也当我是此中内家，要我专写一篇关于歌舞的稿子，作为特载，固辞不获，观感所及，就将四大天王作为题材，并向联华友人，间接要了四大天王的照片，草草不恭地写了那么一节，敷衍塞责。孰知此稿一刊，影响更大，凡明月社方面的人物，引起密切注意，其后由但杜宇作曹邱，先介见玲仙和我认识，复由玲仙再介识人美、笳子、莉莉们……

于是在日后的交往中，祖父也经常利用自己在社会上的人脉关系，为他们的事业发展提供帮助。1934 年，在明月社解散后，严华带领原明月社的几个艺人组建了新月社，但仍很不景气。当时恰好有机会，我祖父介绍了有一定资金实力的金佩鱼与严华认识，他们便又创办了新华歌舞社，其时，周璇已在该歌舞社当小演员。陈定山在他的《春申旧闻》中有这样一段记载：

大悲（陈大悲，剧作家）所播观音戏（电台广播剧），即其自撰小说《红花瓶》，叙述南京女学生风气，而难主角之选。画师丁悚夹袋中最多人物，乃以周璇荐。周璇吴人，娇小而貌不甚美，吐音清脆，最宜电台，遂请兼任报告。时有苏州女儿以京白报告"无敌牌牙粉"者，即周璇也。……周璇初不善歌，闻人美、白虹而好之，性慧甚，每于电台，试唱一曲，电话即纷至，询：为谁？（《春申旧闻》P98.周璇的疯狂世界）

可见，周璇也是从电台的广播中开始被大家认识的。她给我祖父的几封信，大多没有署明确的日期，但应该都是在1935年之后。唯有日期的两封信，都是在1957年周璇回上海治病期间所写的，信中周璇还称病愈后要去看望祖父，祖父自然十分高兴，还把此事告诉了几位好友，当时唐大郎在香港《大公报》上对此也有记述：

……昨天，老画家丁悚先生打电话给我，说小红（周璇的乳名）写给他一封信，信上说她有了空，要到他家拜望丁先生和丁师母，她还要丁师母留她吃饭。

老丁高兴得不得了，对我说，她来的那天，你一定要来，我们要像二十年前一样，闹他一个通宵。

二十四年前，我认得周璇，地点便在丁府上，那时候小红还留着童式的头发，唱着"砰砰嘭嘭，砰砰嘭嘭，啊，谁在敲门？"和"吹泡泡泡泡向天升……"的黎派歌曲哩。丁府上，她是常客，现在她特地写信到丁家，一定想起了丁家老夫妻俩当年待她的恩义。（香港《大公报》1957 年 8 月 12 日，刘郎是唐大郎的笔名）

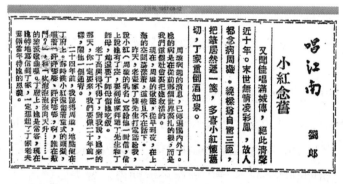

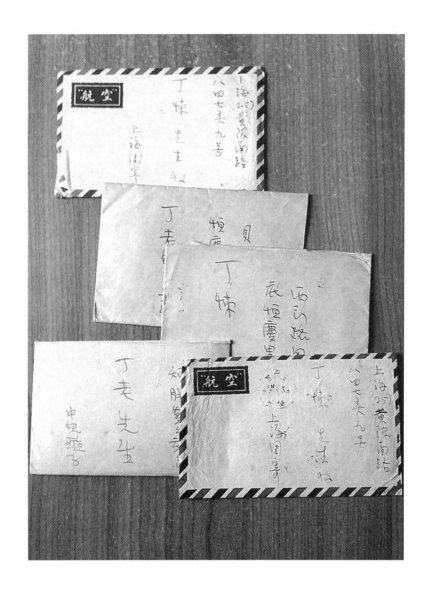

　　但是不曾想在最后一封信写后仅仅两个多月，周璇却溘然去世，实是令人不胜唏嘘。

附信

第一封

丁老先生：

　　近来忙着拍戏，昨天晚上（星期六）拍到三点钟才回家。播音也没去，因此你家也没有来。今天下午一点还要拍。在早晨空闲时候特地来信问候你与丁师母的好！

　　近来报上又一段消息说我说美云、王引什么，丁先生，你想我会这么不乖吗？而且我们在公司又常常见面多不好意思呢！所以我这事根本就没说过，一点也不知。还是陈耀庭告诉我才知。我想到社会日报去找陈先生与我更正一下，不知可以否？我真急死了。王引更恨我，我真是没办法，都是这封信弄出来事情。因此他们就谣言造出来了，假如再说什么，那我一定要公司开除我吧！以免他们再说到美云与王引之事。我真对不住他俩，我也不愿意干了，因为我太难过了。丁先生你怪我吗？我想明天上社会日报去，要陈先生更正一下再说吧！丁先生你说呢？

　　我要上公司去了，祝丁先生好！

　　　　　　　　　　　　　　　　　小璇子草

丁老先生：

正事忙着拍戏，昨天晚上星期六拍到十二点钟才回家，摄影地方又离此很远，也没有车。今天下午一遍还要拍，在那高空间睡俊辉地来信问你为丁师母的墓。

正要报上又一段消息说来说高璇了什么，丁老先生你想我会走吗？我不赚钱而且我们这个公司又难得见面多么好意思呢，所以这是事根本就没说过一定也不知。只是陈耀廷先说我才知，我想到社会日报去找陈先生可以更正一下又知可以了，我真急死了，这样也把我，我真是没办法，都是这班搞出来的事情，因此他们就能乱造谣了。假如再说什么，那我一定要公司开除某呢。

他们这班乱造谣害了我这些事，我真对不住他俩，我也不愿意动了因为我方便也了。丁老先生你怪我吗？我想明天上社会日报去，要陈先生更正一下再说吧。丁老先生你谅我。

我要上公司去了，现在就好。

小璇敬意

第二封

丁老先生：

明天星期三拾四号，我来你家玩。还有岳枫先生也要来，他有一件事与你谈。所以要我来信请你老明天不要出去，我们来的。

同时我还要听你老训话呢！明天见！

周璇草上

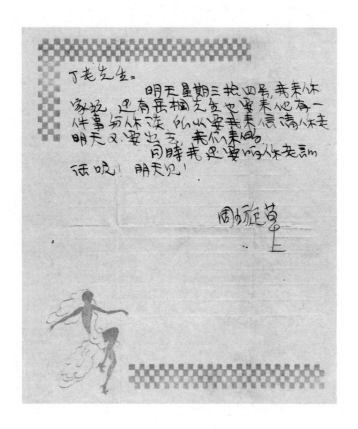

第三封

老丁先生：

你老好吗？告诉你老就是新华借我去拍《狂欢之夜》，我到很喜欢，钱他们不会给我吃亏的。

吏［史］（东山）先生导演真仔细呢！好极了。大概你老也知道了吧！已拍了二天，戏不见得多，不过是很好玩的。

徐健已回杭，已时间不够没来见你老，她要我向你老说一声。

没什么话了。等有闲来拜访你老。这几天不敢出门，只怕公司白天来电话要有什么事，因此不出来。晚上仍就去播音的。

祝好！

小璇子草

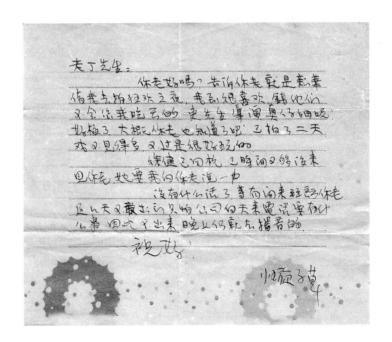

第四封

老丁先生：

好久没见你老人家了，想必安好。

我在廿三日早车到杭州，廿四日就是健子的红日，也怪热闹的，等结婚照印来也送丁先生的。还有健子说她望望丁先生。假如丁先生去杭话，可请到她处玩，一定要去玩的。

廿六日早车我也回上海了，因为晚上时间太晚，恕不能来拜望你丁先生与丁师妈，请原谅！

那天我到公司补戏，陈先生告诉我，说是《两姊妹》袁美云不给我演这妹妹一角色，她要自己演二角色。他要我别生气，也不要说。我晓得告诉丁先生是不要紧的，大概丁先生也知道吧！本来单子上也印好了美云与我的名字，现在她同徐苏灵先生说是不愿与我一块儿演戏，她要自己演。我不会生气的，同时我只要别的戏努力，对吗？

假如丁先生有什么事要我来的，那么丁先生可以通知我一声，下午来府上玩。

《化身姑娘》还没拍完呢！等太阳好，就要拍外景了，所以这几天没时间。

因不能来府拜望，只得来信问候！请丁先生丁师妈原谅我这孩子！

丁先生丁师妈哪天来我家玩吧！

静安寺愚园路庆云里一号，三号也是！

小周子草上

第五封

老丁先生：

是的，天气非常热，我们还是在拍戏。虽然拍戏时候热得难受，可是又觉得很开心的，拍完了大家抢吃冰淇淋啦！闹成一片！

真巧，照片刚从"沪江"拿来现在就寄来了。

丁先生，《百宝图》与《狂欢之夜》都快完了。艺华又给我演《喜临门》，本来是美云的，不知她怎么不愿演，公司也就不要她演了。

八时我来拜望你俩老！

周璇草上

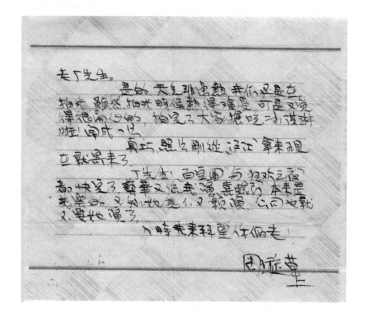

第六封

丁先生：

好久不见了，你老很好吧！璇因拍戏忙，没工夫来拜访你老！新华拍戏工作到很好，这几次老拍到天亮回家，那边乡下地方空气真好，阿斐住在那边是真开心呢！因时间急促，每次都没机会去望她，有一次我请一个人去叫阿斐来公司玩，谁知他们都不在家，我到有好久不见她了，你老替我望望她。

这二张照片是拍《狂欢之夜》时拍的，不像我了吧？寄来给你老看的。问丁师妈好！

周璇草上

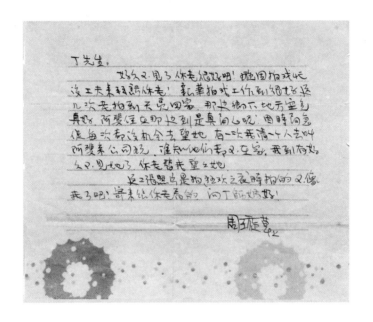

第七封

丁先生：

星期六我不能来了，公司说要到共舞台练习步法，《茉莉思想》衣服没有，也不知怎样了！

关于合同事，说好了，再告知你老吧！上次一封信想必接到了！祝好！

周璇草

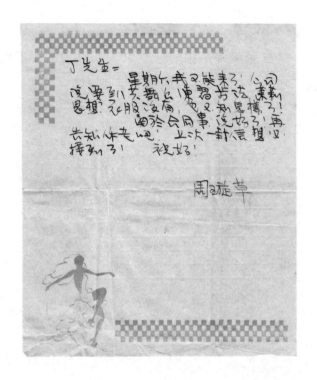

第八封

丁先生：

那天晚上很平安地到家了，承你丁老先生每次这般热心地指教我，我一定听你老话的。

星期六没戏或不拍外景，我一定在二点钟到你家，不来那我是在拍戏了。

这二张照片是给雯仙的。劳驾！

祝好！

周璇草

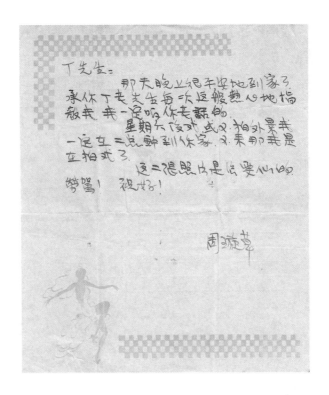

第九封

老丁先生：

　　你老人家近来可安好，告诉你丁先生，那天王引对我说，不必向报馆更正，以免还要多事。同时也没有恨妳，因为妳是小孩子，以后可以不必多说了，我喜欢直爽的说话！丁先生，既这么说那更好了，我也不去说更正了，以后再不多说了，真是害怕死了，也再不上当了。

　　丁先生！《花烛之夜》快完了，我镜头是很少的，我也不知怎么做的。他们说是还不错呢！我真惭愧，等公演时，一定要笑死人了。明天还要拍二个镜头，就拍完了。丁先生！等公演时，瞧璇子的小丫头吧！哈！丁师妈前问候，因近天气不好，又要念着字句，恕我不来望你俩老人家了，祝丁先生丁师妈，圣诞快活，并祝康健！

周璇敬上
廿八日晚上

第十封

老丁先生：

照片给你寄来了，本想星期六带来，后因几

位朋友他们快回杭了，所以我得同他们玩，不来你
丁先生家了。

这张小照是席与群先生昨天送了我五张，知
道丁先生喜欢，所以也送你一张，不过几个字弄
坏了。

对于去南洋事，昨天张少甫先生来同我说，不
过我是不成问题的，就公司答应就好了。你丁先生
愿意否？我希望这次去能很快活的回来，对吗？好
了，有话我还要同丁先生说呢！祝丁先生好，丁师
妈好！

                                        璇儿草

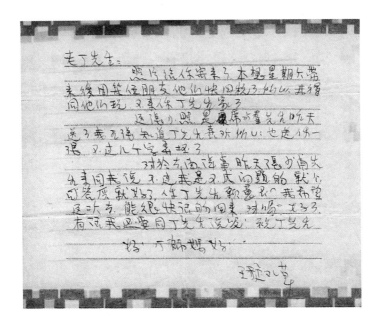

第十一封

丁先生：

　　真是好多年没有见面了，我也常常想念着您。上月廿二号收到您给我的信，我是多么的高兴，谢谢您这样的关心。本来我早就回信给您，因为这几天忙着拍新闻电影及电台上录音，因此到今天才给您寄信，请您原谅！

　　我在医院里住得很好，我的病也差不多完全好了，现在不过是在休养了，过一个时期我也快出院了，等几时有空的时候，我还要来望望您。

　　您的信上说您和丁师母的生活过得很好，我听了也很高兴。这都要谢谢党的关怀，您的几位弟弟妹妹们也都很好，我也很想念他们，我也希望看看他们的照片，有空的时候寄给我，非常感谢。好了！我们下次再谈吧！

　　敬祝

　　健康！

　　请代问候小丁、一英他们都好。

　　　　　　　　　　　　　　周璇敬上

　　　　　　　　　　　　　　1957.7.3

　　王人美请您代问好，很是谢谢您。

第十二封

丁先生:

连收二封信以及照片, 谢谢您, 这样的爱护我, 尤其是我住在医院里养病, 您这样的关心我, 真使我不能忘记您的恩情。

我也很想见见您，这里医院是在郊区，路很
远，我很不敢当您来看我，待有机会我出院的时
候，我一定来拜望您，就此恭祝您
身体健康！
望望丁师妈。

周璇敬上
1957.7.12

小 引 开 场

///

编者介绍：老画师丁慕琴先生，乃艺坛老前辈，其法绘名重鸡林，实则慕老不仅为大画家，且亦为写作前辈，于三十年前画报杂志上，已散见其评剧作品，特以近年惜墨似金，不易求得其大作耳。此次本报力谋革新，以十分诚意，求得其鸿文，内容又为记述四十年来艺坛逸事掌故，以慕老在此方面交识人物之多，阅历之丰富，可谓对工之至。今日为此，艺坛老伶工登台打泡之日，字里行间，谦和备至，亦见前辈风度，越老越纯青，此犹白发鼓王，首夕登场，先作一番多棒的酬应客套，然后以生平绝活，一一搬出，此为本报之光荣，抑亦读者之眼福也。

九公˙兄来，要我写些艺坛过去的回忆，真使我吓一大跳，年纪虽然活了那么一把，叫名总算常在这个艺术圈子兜兜，但是考其实在，没有一样可以说拿出来见人的，所以到了今日地步，识与不识，都称我老某某，真比打我骂我还厉害，使我背脊上冷汗直流。人家说文不能拆字，武不能挑担，纯盗虚名，叫我如何老了面皮应得下呢？他说艺坛范围很广泛，并不指定画画等人云亦云的几类，低至如文明宣

卷，滑稽苏滩，都可包括进去，至于写作，可以妄顾前后，
毋须统系，不管死活，更无论古今，或流离远散四方，或早
成陈年宿货，也好拉来篮里就是菜地作为资料，这样大概不
至于缚手缚脚了吧？不过，我向来健忘，于今益烈，常常会
抱了孩子寻小儿的活把戏表演，要我追忆三四十年前的过去
印象，如何不会弄错呢？总之，这篇东西登下去，我的招牌
是砍定的了。谢谢九公的好意，要我好看！

（原载 1944 年 8 月 1 日《东方日报》）

*注：九公，蒋九公。

后排左起：陈念云、李云止、章秀珊、董天野、卢一方、张剑秋、徐晚苹
中排左起：王效文、申石伽、唐镇支、顾卧佛、宋大仁、王小逸、张晦安、沈苇窗、荀慧生、
程漫郎、谢啼红、苏少卿
前排左起：丁悚、汪霆、周錬霞、朱凤蔚、蒋九公、金小春、梅花馆主、周小平、干兰苏
（© 丁悚家藏）

上海美专的原名

///

我国自有设置最完备、历史最悠久、造就人才最众的艺术学府，大概除了上海美专之外，谁也比不上它了吧？上海美专创办，假使用丑表功方式来表演，我大可以写上数万字的文章，但是太没有意思，好在我们的大师还很健在，他是知道我的，而且他的毅力、精神……一切的一切，都有始有终的埋头苦干，是值得在野老友暗中鼓掌喝彩的。现在我来谈谈美专初办，至历届的校址，和它原来的校名，我大约还记忆起一些，虽不十分准确，但也决不会离事实过甚的。它初名"图画美术学院"，民元成立，第一学期校址在乍浦路七号（即过桥不到几武），第二学期迁爱而近路＊十号，三迁北四川路横浜桥，四迁海宁路（北四川路东），五迁西门方斜路白云观东的宝隆里，六迁同路南洋女子师范原址，七迁即现在菜市路＊自建的校址了。上海美术专门学校的定名，也就在自建校址的时候改的。短短三十余年，沧桑几变，真有不堪回首之想。我爱护美专的心，形式上虽然与该校脱离已久，精神上和在该校时，初无二致，这句话请问刘校长承认否？

＊注：爱而近路，今安庆路；菜市路，今顺昌路。

美专教室（© 丁悚家藏）

我们的老师周隐庵先生

///

上海美专既为我国最先最完全的唯一艺术学府，那么，饮水思源，数典岂可忘祖？在上海美专之前，还有一只略具规模的"上海油画专门学校"，不能把它撇脱，校址在昔称为法租界羊尾桥杀牛公司的那一段，现在早已泯无踪迹可寻，继迁南诸家桥宝裕里（现改锦裕里），沿马路两幢的小洋房，假使现在走去看看，真太不像腔了。这个地段当时的确幽邃清静，兼而有之，而也很有一种艺术气氛，所差不过地方小点而已，好得那时学生不多，最多不过五十名，所以尽够应用。油专的校长兼教授，就是我们的老师周隐庵先生，单名一个湘字。周先生擅国画金石兼善书法，诗词也很好，西洋画是半路出家，似不如国画来得纯善，间亦常为报章作讽刺画，作风似丰子恺，而笔力造意皆胜丰而无不及。他的署名周湘两字，并行横写，开现在各家签西式名之先河，我作画的署名，就受了他的影响，也可以说完全模仿他的，他签得非常生动美观，我签得笨拙恶形。现在有不少知名之士，都是当时的同学，如艺术大师刘海粟弟，就是其中之一，不过后因事与老师闹翻而破门的（为了这事，我也吃了个很大的流弹，经过事实，当另文详述）。所以大师对于老师，几不愿一提了。记得在一二十年前，有友人（大约是

周湘（© 丁悚家藏）

朱应鹏兄）办一种艺术刊物，要我写些这类稿子，我就"直言谈相"写了几段，大师就说我太老实了。我是恪守"一日为师"的名言，对于老师素所敬尊的。知止老人丁健行先生，翔华世兄贤乔梓，也是老师的及门弟子，不过，我们未曾同时受诲罢了。健行先生称我老世兄，虽然叨长几岁，终觉受之有愧，因为他的学艺和事业，一切都比我大好几万倍呢。老师独立办的这只油专，因为组织欠健全，兼之人力物力全不够，所以，不到十年，就此成了过去的历史。我不提起，人家恐怕更不知从前有过这么一个艺术学会。除我之外，还造就了不少不出世的奇士呢。老师性极刚愎，不愿为趋势媚俗之作品，因之，不为世知，据说垂老境况凄凉，遂没入无闻，捐馆舍于太仓原籍，痛哉。老师的遗容和手泽，我还保留着不少，假使铜锌版的制费，仍旧是五六分一方的话，我就要制版付刊，公诸读者了。

艺术叛徒

///

刘海粟作画，曾自署艺术叛徒，人家辄目为狂妄夸大，我认为他这个别署，并不过分。他自信力特强，一切不肯人云亦云，生平对于作品，力主创造。惟在初期，他的书画实在谈不到独具一格，魄力确伟大的，世人毁誉，皆置之不顾，我行我素，无论对于洋画国画，一股蛮力，可以在他的画面上观察得到。他事业的成就，也全恃他的一往直前的蛮干。假使要像我这样的个性，实事求是，按部就班的，恐怕一百个也抵不了他一个。所以，我很佩服他的。他是武进人，在排行中为最小，有时他曾自称为武进刘九。长兄昔为滇吏，已早殁。生一子，即刘狮。次兄庸熙，向供职美专，无所建树。姊一，名慕慈，擅恽派花卉，嫁岭南画家周勤豪。海粟本名季芳，脱离师门，遂废用。艺术叛徒云哉，望文生义，或疑破门时所拟，实乃离师门十年后事也。

刘海粟与夫人张韵士（© 丁悚家藏）

夫 导 妻 演 需 要 翻 译

///

　　艺海鸳鸯，在早期的电影界，但杜宇和殷明珠，可以说不平凡的一对。殷吴江黎里人，幼肄业中西女塾，有校花之誉，不但饰貌艳丽，而修短合度，浓淡适中，适合标准健美条件，在四十年前的女性，像殷这样的标准健康美，的确凤毛麟角。和杜宇的结合，实在很不平凡的。记得他俩初认识时，杜宇还住在南阳桥地方，两人都属伤心人，别有怀抱，每次相晤，终把白兰地酒痛饮一番，但殷皆能尽一瓶之量，我有时遇着，无法避免，当然只好跟进。在事变前的某年，殷常与史东山夫人华姐妮，结伴宵游，杜宇十分反对，闺房静好空气，为之一变。当时，适在摄片，是但的导演，殷的主角，两人既已反目，不相交谈，拍戏时，乃倩一人为之传话，吾人见之大笑。王美玉和王君达，也有过同样的表演。殷的年龄，大概已届四十左右了，近从内地来友说：她的容颜，还是明靓照人，并不见老云。

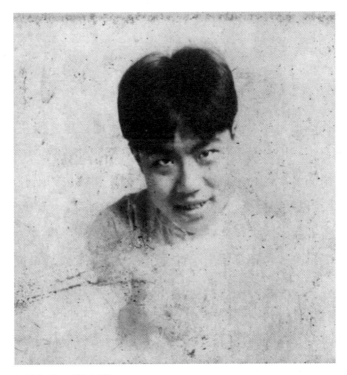

但杜宇（© 丁悚家藏）

一幅讽刺画几引起国际大交涉

///

　　我国报纸上登载插画，从健忘的我记忆里，似在逊清光绪三十年间，有《南方日报》，白报纸印（彼时，申新两报皆用油光纸印行。同时，《同文沪报》和该报的附刊"消闲录"，也系白报纸印的）。插画用木刻，画面之大，几令现在读者不会相信，有全张四分之一的一版，画手庸劣，刻工也非高手，故也记不起出于谁之手笔。复报又每逢星期×，必有英文评论一版，此事可请询前辈包天笑先生和钱芥尘先生，一定有极详细的答复。现在我谈的是《申报》在第一次欧战时，一幅插画几引起国际大交涉，吓得该报从此不敢再登讽刺画的一段故事。

　　清末民初，沪报纸之有讽刺画，除前说《南方日报》外，比较有历史性的，当然是《时报》《申报》《新闻报》和民呼、民吁、民立、大共和、神州等报了。从前锌版尚未发明，大都木刻或石印（民呼等报皆附送石印单张画报），我的处女作插画，即在《申报》初开报屁股——"自由谈"，由王钝根先生主编时最初露脸的。当时，治讽刺画的不多，惟亡友沈泊尘兄（按即同文苇窗兄之堂兄），可称此中权威。他的作品，能说前无古人，后无来者，蓄意深刻，结构缜密，而且国学极有根底，书法也很挺秀。第性颇倨傲，不肯随波逐流。同时，艺坛英隽的作品，能邀他一顾的，简直寥若晨星，足见他的怀抱不一般了。闯巨祸的插画，就是我们的这位亡友。画题已经忘却，画面是座宰猪的屋子，一德人赶一群猪猡进这宰猪的屋子，猪猡是协约国，因此，大触了英美人之怒。当时，英美人的势力还了得，况且尤其在他租界范围之内，竟发生这样反乎常情的作品，是可忍孰不可忍？于是大动乾坤，几引起国际大交涉，《申报》当局好容易费了极大的努力，方始告平息。所以，《申报》吃了这个大惊吓后，一直到战前，不曾登载过任何讽刺画。有的不是连续性的滑稽画，便是无关痛痒的漫画。不信读者检查检查过去的《申报》吧。

因 祸 得 福

—— 插画一帧白相一次南京

///

《新闻报》副刊"快活林"刊插画，最初似马星驰先生，马先生是该报广告课美术设计主任，署名用一"星"字，治插画年代很久，颇得一般普通知识者的欢迎，因为容易看得懂也。后马因病逝世，该报当局汪伯琦先生和老友严独鹤主编，要我来担任此职。自问恐不能胜任，因为要每天一幅地继续下去，所以敬谢不敏，荐贤自代，并举杨清磬任其艰。好得清磬与鹤兄，本系素识，而才也堪以胜任愉快，清磬遂为《新闻报》治插画基本的一员了。后来伯琦先生似恐清磬独自不够号召，商我和他秋色平分（这时，大概它报常有转载拙作之故）。几度磋商，友情难却，遂答应了，我每月供给十幅，余皆由清磬担任，于是定局。不过，《新闻报》作风，一向以中正和平为宗旨，所以，我的插画也画得不痛不痒，从未有过较有力的作品刊登，不料在西安事变的那年，时杨虎城还负隅西安，不肯南归，我遂作画一幅，画题是"独撑破伞何为乎"，画面正中画一大伞，伞上书"三民主义"字样（天晓得，我自治讽刺画以来，从未把"三民主义"作过题材的），伞下画了无数的避雨人，天空正在下着大雨，老远看一小人，撑一极小的破伞，这是隐指杨虎城在西安的意思，这里既有躲雨的大伞，何不早弃破伞呢？画意之明显，就是初小学生也能一目了然的。不知何故，南京中央党部的几位先生看豁了边，当日一个急电打给《新闻报》当局。电文上说："请该栏主编和丁悚，即刻来京问话。"（还好，并不用训话字句）

汪伯琦先生和鹤兄恐我不肯去，先电约到馆，加以慰藉，谓决不妨事，而且该画稿经新闻检查处通过，绝对无问题的，并由鹤兄同往，到京由驻京办事处派员招待，并询我南京曾否去过。说句笑话，的确不曾去过。伯琦先生就说不妨借此游览一番，明陵、孙陵、燕子矶、汤山、玄武湖等等，不费分文，尽你白相个畅快，不过今晚十一时夜车须要动身的。我想时已届下午五时许，而个人私事很多没有了结，家里也来不及通知，这如何能够？后来终算赶三关般的赶好，如期赴京，下榻中央饭店，日包汽车一辆，作游览乘用。党部方面，见原稿，大呼奇怪，他们原说严、丁两位是老前辈，决不有反革命色彩的，于是，一天星斗，片言立解，反要作拉台子表演，结果，用该报名义先请，继由他们答席。因此机会，观光上都，得拜谒叶楚伧先生们几位老友，而楚伧这时，还不知我们晋京何事，也是一大笑话。所有南京胜地，虽走马观花，可说十遍其九，因有该报驻京办员曹先生做向导，时值农历腊月二十左右，旅京友好知我们来京，莫不认为奇迹，排夕欢宴，几无术分身，乃并晨午两餐也有人邀约，时张恨水先生们都在，我识小鸟王熙春就在此时。在京三天，极视听口福之乐，而竟不名一钱，实在是这一幅插画挑我。

严独鹤与丁悚（© 丁悚家藏）

评剧家靴鞋之争

///

记得二十五年的评剧，为了一出《打渔杀家》剧中萧恩穿快靴和穿洒鞋的问题，在《晶报》上面，打过了一场很热闹的笔头官司，结果，还得不到一个标准的答案。这件事至今还有人在津津乐道。现在我可以告诉读者，在那时，他们正在争得不分皂白的辰光，恰巧老谭的快婿王又宸携带了王太太谭小姐（鑫培最小的女儿）莅沪，搭亦舞台出演，下榻于四马路迎春坊。他们知道我和王氏夫妇很熟，要我就近向这位王门谭氏讨救兵，想从她嘴里吐出我们"老爷子"唱这出戏的萧恩，是穿快靴或穿洒鞋的？这样一来，就总有一方面可以得到胜利了。不料这位王氏夫人谭小姐，说得也很圆滑，她说：老爷子上这出戏的时候，我倒并不留心，不过有时听老爷子的跟包说过，快靴和洒鞋都带去的，似乎是打渔的时候穿上洒鞋的，演到杀家，就换上快靴了。这也等于不说，所以这靴鞋之争，仍得不到标准的答案。我以为名伶并非个个没有错误，太崇拜偶像是要不得的。想起上次过宜和菊禅，为了《御碑亭》考篮网篮问题，甚至不惜涉讼公庭，真够使人捧腹大笑。

老谭快婿王又宸

///

说起了老谭快婿王又宸，又想起了他的二三事。他很服从夫人的，当我们会面的时候，总由他夫人指挥招待，她每次总是这样地说："丁先生来了，你们应该多亲热亲热。"他自言他老丈真正教他的，只有一出《托兆碰碑》，其余都系私淑。有一次，我和他街头散步，他在路上就把"金乌坠玉兔升……"托兆的一段二簧倒板教我，说这的的确确是老谭的腔调，可惜我这个笨蛋，到现在忘记得干干净净。他私下对于苏少卿，十分佩服，说他的咬字，较内行还要准确。他在未登台前，总要把老谭的几张唱片，开听过明白，最妙他在台上常常会吃螺蛳。熟门戏像探母、捉放，也会唱错。我总不懂他为了什么，一天好奇地问他，他说见了徐兰沅的腿抖，就会心不在焉的。我说你唱你的戏，何必去看拉胡琴的腿呢？也是怪事。有一次同荀慧生合作，上座并不美茂，拟排《贩马记》，已定荀慧生的桂枝，陈桐云的赵宠，派又宸去李奇，不料他没有这出戏，预备临时钻锅。后来因演期已满，就此作罢。他的嗓子的确很嘹亮，拔高处也极够用。不过，我总嫌他淡而无味，像火腿炖冬瓜汤一般。

张丹翁、沈泊尘为插画而打架

///

诗翁张丹斧，故世已久，日前谈及亡友沈泊尘，忽然想起一件他们俩为了题画诗，几致挥拳动武，值得实我回忆录。在钱芥老和余大雄兄接办《神州报》时，芥老邀我主编《神州画报》，特约泊尘每月担任百美图若干幅，张聿光等之插画，余皆由我任之。题画之诗，向请丹斧执笔，且泊尘在《大共和报》作百美图时，十九也由丹斧题写的，丹斧书法和绝诗，堪称双绝，不过他的行草，在画面上落笔时，不能了解画人心理，在仔细审慎，在题诗的地位上着笔，因此，一张很好的画面，为了题字地位的不得当，画面结构，因之大受影响。丹斧本是神州基本编辑，钱、余两公也很器重他，况他的诗本来很好，何必外求，所以因循下去。泊尘为了这点，常有不好听的闲话，似乎张诗并不精彩，字也恶劣万状。闲话一多，当然给丹斧知道了，于是，大家存了很深的意见。一天，我们正在馆中晚膳，丹斧则在自己房内（他寄宿在馆中），不知如何，两人忽然为了一些极小的问题，就大吵起来。初则破口大骂，张一口扬白，沈带些湖州口音，且有口吃毛病。后来他要闯进他的房间，上过明白。张也不甘示弱地要跳出来，拼个你死我活。好容易给我们拉开了，一场风波未曾扩大。从此张永远不题沈画之诗。这也是一个小小的回忆。大雄与张、沈三位，墓木早拱，芥老大概终还记得一二吧。

雪艳琴印象

///

　　读了昨日《海报》所刊刘郎*先生"雪艳琴"失明一记，就使我回忆到我认得她和赏识她演技的一段过程。说句笑话，从前我听戏，对于坤伶的演技，似乎终不够劲，大概这是因当初髦儿盛行时代，在群仙女丹桂里，看得太腻之故吧？凭心说来，此中具真才实艺，的确是百不得一。所以，我对于坤角戏，无论生旦，不感兴趣，且不过瘾。雪艳琴初次南下搭大舞台，就拜峪云山人徐朗西先生为义父，朗老当然为干女捧场定座，屡次要我去鉴赏她的演技，力绳她的艺术，怎样精湛，非看不可。我说这是你干爹和干女儿感情作用，决不能相信你的，所以，虽同席数次，台上确一次也没有见过。等到她第二次搭上海舞台时（就是现在的天蟾），朗老又在我耳边絮聒，说她的演技有进步了，我还是笑他捧干女儿的作风，淡然置之。后来几位向来不肯胡乱评人的老鸳评剧家（并不贾），在我面前也说她的玩艺儿真不错，值得一看，于是，我固执的心，给打动了，何妨一试罢。在一个日场看了出《审头刺汤》，印象就佳，上装后侧形看，极像梅兰芳，而且唱做俱好，嗓音宽亮而结实，行腔有四大名旦的优点，无四大名旦的劣点，个儿也够标准。

　　后又听了夜场一出全本《鸿鸾禧》，也精彩万分。当时

雪艳琴（© 丁悚家藏）　　　　　　雪艳琴和徐朗西（© 丁悚家藏）

这出戏，南推王芸芳，北让荀慧生两人为绝唱。不料她比他两人更好。从此我不但对雪艳琴有特别好感，就是其他坤伶的戏，渐渐也要听听了。一日，朗老要我给他摄些照片，约在兆丰花园*。我自己带了一具镜箱，又约了康镜元先生同去，他是摄影专家，有杨盛两位小姐*，崇拜雪伶已久，坚要我同去参与摄影。我们一众五六人抵达兆丰时，时已不早，而且这天的天气，云多日隐，光线并不明朗，摄了二十余种，成绩并不佳妙。雪艳琴在台上活色生香，在摄影时，竟呆头呆脑，一些显不出她的美点。那天去的时候，穿了平底鞋，更不好看，临时盛小姐给她掉换了高跟皮鞋，还是不灵，我认为摄女艺人照像以来，第一次的失败。所以说有人上镜头，有人不上镜头，就是这个原因。不过其中一张，她们正在脱鞋换鞋时偷拍的，比较还精彩，另一和朗老合摄的，两人并立，距离相当的远，朗老一定不许我付诸报张，不像现在凤老和白玉薇，肯那样的亲近热络也。

　*注：刘郎，唐大郎；兆丰花园，中山公园；杨盛两位小姐，杨秀英、盛守白。

生面别开的金焰、王人美婚礼

///

大凡艺人的举动，终有些出奇制胜匪夷所思，连一生最重要最庄严的结婚仪节，也有出诸特里特别，生面别开的，有之，自金焰、王人美始。在他们正式结婚的一星期前（当时根本不知他们有结婚的消息透露），忽然接着金焰的来信说："在这个阳历的大除夕，我们联华同人预备狂欢个通宵，有特别余兴，六时开始聚餐，以后以固定节目次第举行，绝对不邀外客，除你和师母、小丁外，还有龚之方先生而已，务请早临，不胜欢迎，地点霞飞路底第一厂"云云。我们接着了信，当然预备准时参加，好得联华同人，上至经理，下至茶房们，大都相熟，预料一定有很有趣的玩意。打电话一问之方，之方也是不知有他，说我们准时出席吧。不料到了那天，报上登了他俩的结婚启事，方始明白其中原故，我们就买了一只花篮带去。到了联华，厂内各部份，已稍加点缀，在一个搭好了的宫殿式的内景两大间里，设了四席酒筵，一间叫什么厅的，悬挂了许多彩纸，中间壁上搁一收音机，并有英文恭贺新禧字样，另一大间，沿壁搭的四围长条木板，板上放满生的、熟的、甜的、咸的、荤的、素的，千奇百怪的食物，比了一爿吃食店储的货色还要充足，据说全是同人们各出心裁，采办来作为贺仪，预备礼成后，给大家大嚼的。七时入席，所备是正式菜肴，大概是喜酒了，我们也不去管他，开胃畅饮吧。

联华同人，像孙瑜、蔡楚生、聂耳、金焰、吴永刚们，哪个不是视酒如性命，酒杯嫌小，倒在玻璃花插里，倾"插"痛饮，高声歌唱，四座欢呼。金焰醉了，就喜欢爬高，那堂宫殿布景多高，他会爬得上去，急得人家吊人中，布景上面是没有屋顶的，我们正冷得在发抖，给老金这一吓，反吓出一身冷汗。十时左右餐毕，开始余兴，节目是《瞎装驴尾》。集同人于一堂，派一人发令，把人双目用巾扎紧，手执纸剪的驴尾，瞎摸至屋的一端，把驴尾瞎装在绘有一黑驴的纸板上，无论如何终不会合式的。我和内人，因为年龄较大，就派我们第一对出马，以后，一对对地照例行事。那时，黄绍芬和陈燕燕还在私恋时期，当然也算一对。有许多无对象而乱配的，真让人笑痛肚皮。还有驴尾的瞎装，也够发噱。结果，装得不错的，说有奖可得。结果，黄筠贞获得，奖品为纸包一很大的方形物件，须要她站得很高，当场出采的，黄站上一高处，将第一层纸拆了后，内系一唱片纸匣，掀起匣盖，内还包有不少纸张，于是，一层又一层地拆了十几分钟，始得其物，乃花生米一粒。众乃哄堂大笑，还有种种余兴，都很好玩。到十一时五十分钟左右，始复集厅上，举行正式婚礼。由孙瑜主婚，新郎新娘的打扮，还是平常随身穿的青布衣服。聂耳司仪，黎莉莉、胡笳、白虹唱特制的婚礼进行曲，霎时礼成，就开始痛饮大嚼。既没有座位，更没有碗盏杯筷，全用五爪金龙和花插代替，逢着原只熏鸡烤鸭，就用手撕吞食。酒有花雕、茄皮、啤酒，水果有生梨、香蕉、橘子等，应有尽有，吃得皆大欢喜。东西吃光，天也大亮。不过都是满手油腻，无从洗涤。幸我袋内所藏手帕尚在，乃不至于有无处安放的窘态。这样的婚礼，生平只逢着这么一次。

金焰、王人美合影（©丁悚家藏）

李广数奇之张辰伯

///

　　本报阿冬先生所记《雕刻家张辰伯为履老塑像》的张辰伯，就是从前执艺坛权威，我们的"天马会"中几位基本会员中的一位。天马会的发起是江小鹣、杨清磬、张辰伯、陈啸江、王济远、刘雅农和我等一共七人，其中尤以江、杨和我三人为中坚分子，但现在江、陈墓木早拱，杨、刘从政从商，尚不寂寞，王则远客海外，惟张和我，还局处在这个一环里，所以，要写天马会过去历史，那决非这回忆录这些地位，可以容纳，得暇当请清磬摘录点重要史实，给我作有系统的参考。现在我先来谈谈辰伯的艺术罢。辰伯的雕塑，在我个人的评价，确比小鹣为优，好在都是我的老友，决不有偏见的。好为人师地说起来，六人中除江外，都是我的学生。辰伯秉性忠愨，不善媚俗，而生忠于艺术，完全艺人风度，油绘水彩俱擅胜场，塑雕尤佳不过。他和我犯了同样的毛病，不善国画，而不为世重，于是，频年蹭蹬，为稻粱谋，甚至屈任某商业上之美工设计，且不得主者重用，处境之窘迫，较我更甚。同病相怜，时代老友扼惜，现知见赏于汪啸水先生，足见实艺自有真赏，深为老友庆幸。

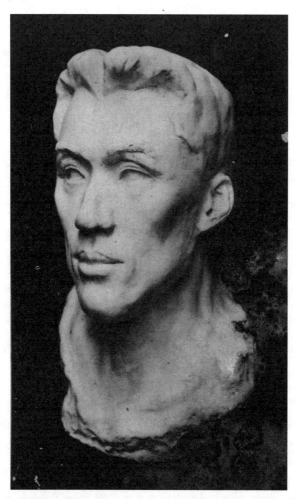

张辰伯为友人薛保伦所塑石膏头像（© 丁悚家藏）

张 素 兰 当 年

///

张素兰阿姊，在女子苏滩盛行的时候，真红得发紫，王美玉、蒋婉贞们，真可以说甩着远点。民十八，我和梅花馆主郑子褒兄主持蓓开唱片灌音时，素兰和她妹妹月兰及叶筱荪们来灌收《戏叔》等唱片，当时因为和她们并不认识，故事前托王美玉介绍的，在灌音时，素兰的色艺，和清脆宛妙的喉咙，竟把个梅花害得失魂落魄似的着迷了。私底下对我说：倘能和她共饭一次，就死而无怨了。这不过一句闲话，说过算数。足见当时素兰的魔力。后来我认识了郎虎*先生，素兰也常作舍下座上客，共饭也不计次数了。一日，馆主适下顾，邀与共饮，谓今夜使君死而无怨，他听了很惊奇，问此话怎讲？我说事后便知，因为那晚素兰也在，便同席邑饮，但是馆主意态不属，甚为淡然，暗谓："怎么十年还不到，竟似换了个人了，哪里像灌音辰光的动人？"当同席时，素兰年已三十左右，丰韵尚不恶，能饮。饮后，伊歌各种苏滩小曲，无不应。实一老实人。美人迟暮，自古已然，记此良用喟慨。

　　*注：郎虎，唐大郎。

陈大悲大呼 "阿姐"

///

昨报载陈大悲于本月十九日下午二时，患伤寒症，病殁于汉口，身后萧条，善后事由中日文化协会鄂省分会设法办理云云。大悲在早期话剧界，的确甚为努力，但是一生坎坷，从未干得十分得意。艺人生活，实可为而不可为也。在民营电台播音极盛时，他编了一种"观音戏"，由家庭工业社委托，在李树德堂和友联等几个电台播送，作无敌牌牙粉广告节目。当时，金佩鱼和严华合作之新华社，拥有歌星周璇、严斐、欧阳飞莉、叶英（已故）、叶红（嫁姚敏）、虞丽华等十余人，阵容相当坚强，也接有好几家商行，歌唱节目播送。由是陈和她们常在电台相值，熟极而流，而小儿女大都好弄，常使大悲啼笑皆非，此中尤以虞丽华最稚，也最顽皮。如相值于道，必拦住大悲，不令前行，说："叫我声阿姐，放你过去。"陈有时急于赶场，无奈蹙紧了眉头，只得呼："噢！阿姐。"虞则朗声答应："嗳！"始大笑跳跃如飞而逝。陈躯矮肥，虞体娇小，此境此情，似犹在目前，今陈已作故他乡，不知虞的归宿如何？顽皮也一如往昔否？

抛皮球招亲，马徐维邦之艳遇

///

　　王宝钏彩楼抛球招亲，叫《彩楼配》，是出青衣正工戏，女主角把彩球在楼上抛下，给在楼下的薛平贵接着了（戏里是由土地拉的皮条），如演全本，乃衍成了一出很热闹《红鬃烈马》的群戏。我这回忆录里的故事，男主角反在楼上，女主角则居楼下，"球"倒的确是个"球"，不过是个"皮球"，没有结上彩绸的"彩球"，只好算它"倒串"了。男主角是谁呢？就是现在华影名导演马徐维邦，女主角是小南门马家厂（地名）的马小姐。马徐维邦，从前并不姓马，徐维邦三字是他的学名，杭州人，上海美专正科学生，一个不大开口（即使开口，也有些口吃），沉默寡言，好学不倦的好学生，功课十分努力，成绩十分优越，所谓"好人家佳婿"也。那时，美专校址在西门方斜路妇孺医院隔壁南洋女子师范的原址，九上九下的大屋，是姓朱的产业。朱姓住宅和校舍毗邻，内有花园，占地颇广，平时不许美专学生进去溜达的。不过，沿朱宅花园的几间，俯窗下瞰，可以一览无遗。马小姐是朱家的表亲，常至朱府盘桓，闲时，结伴游园，当时是小姐们天经地义的常事。一天，她同了几位小姊妹，在园内玩球，不料一个不当心，把个皮球抛进了美专的窗内，也是五百年前早缔结下的良缘，眼眼调给这个"好人家佳

婿"拾到了，一望园里丢球的主角，是一位豆蔻年华、容貌
秀丽的小姐，真个失魂落魄。那位女主角马小姐，见了他的
一表人才，不禁也含情脉脉地种下了爱苗，从此，两人开始
的设法接近起来，暗地结交了朋友，于是马小姐的探亲，越
发地加勤了。两人直将要达到超过了友谊关系的辰光，遂有
私订终身后花园的演出。维邦怙恃早失，马家因伯道无儿，
要徐入赘，徐便无可无不可的答应了。就央我担任现成的媒
人，在成人之美的条件下，我当然一诺无辞，于是徐维邦，
便变成了马徐维邦。

吕碧城、张默君吃西洋醋

///

人家都说，女子气量狭窄的居多，初犹不大相信，后来处世渐深，见闻稍广，接触的女性渐多，始深信前说，甚有见地，彼学识丰富，地位崇高，像吕碧城和张默君两女士，尚且难免，何况是庸脂俗粉的女子了。当时，我兼执教鞭于神州女学，张长该校。一年，自游欧返国，见她无论在开会演说，或晤谈之中，对于吕颇致不满之词。而吕则在文字诗词内，也隐隐地常发非张论调。我们初不明所以，以为两人平日似甚相得，一旦何忽发生裂痕？嗣从多方探讨，始知症结所在，乃种因于国外，因张和吕同时多国游历，在国外社交上，互有争胜之心，不期竟因此失欢，实属可笑，女子气量狭窄之说，诚铁一般的事实。

拎 夜 壶 箱 郎 静 山 的 摄 影 生 涯

///

　　识郎静山甚早，在民初，申报馆馆址，尚坐东朝西的老屋内，静山自办一"静山广告社"，在申报的对面楼上，楼下店面，乃居一乐姓医生。郎静山兼职申报广告部。这个时候，他已很喜欢摄影了，所置的镜箱，虽不十分崭新，但牌子甚好，而且是大四寸的反光镜。当时，用反光镜，算最新颖的了，像现在用"徕卡"同样的时髦。我用反光镜摄影，比他后得多呢！不过这具反光镜，不特形式四方难看，而份量也特别沉重，有时我外出旅行，终给要我摄影的人代携的，否则，爬山越岭，有些吃不大消。静山则乐此不倦，无论到哪里，他这个像夜壶箱般的反光镜，总是随身携带，片刻不离的，加了他一副温吞水的腔调，真有些使人发笑。我们就给他取了个绰号，叫他是"拎夜壶箱度日"。

林黛玉的印象

///

十七日《力报》，无须老人所著《人妖林黛玉》一文中，忽涉及我转她的堂差事。事确定有的，不过，并不是我发现了叫堂倌去转过来，是大雄弄的玄虚，有意来窘我的。是晚，地点在小花园的都益处，同席有包天笑、钱芥尘、张春帆、刘山农、余大雄、毕倚虹等诸公。条子也是大雄所写，初不令我知道，待她来时，问了哪位丁大少，我方知他们来作弄我了，因为她那时已近望五之年，我不过二十左右，相差几一半，在灯光底下平视，确并不见老，至多一徐娘丰韵，装点得也不算俗，故还不讨厌。说到应酬功夫，那真使人有"蘸着些儿麻上来"之概，名不无虚，不愧为花业尤物。

恕不迎送，钝根编自由谈趣事

///

在钝根先生主编《申报》自由谈时，大有所有天下文士，俱来归我之概。所以他的编辑室里，常宾至如归，害得他大好光阴，大半消耗于招待宾朋，况他又是位毫无架子的好好先生，朋友去拜他，委实使他受罪。那时，在王先生的座椅后壁上，恰悬有巨大黑板一块，记录发排要闻等稿件之用。有同室工作之本埠编辑青浦项成夔先生，与钝根同乡，性极幽默，眼见钝根每天跋来报往地迎送宾朋，油然起不忍之心，乃潜代其在黑板上大书"诸亲好友，恕不迎送"八字，见了无不大笑。项先生直把王先生当作了说书先生，且把编辑室当作了书场了。

王钝根（© 丁悚家藏）

华慧麟灌片，迭个小娘囡真难服伺

///

华慧麟在用华小姐名义客串的时代，一出《打花鼓》，的确很有点号召力的。那时，王小新要捧师妹（他是芮庆荣的徒弟），托我替她在蓓开灌收唱片，酬劳随便，决不计较。借收间接宣传之效，经过我们商量之下，叫她灌两段《打花鼓》，较有把握，几度磋商。不料她本人一定还要带灌《玉堂春》的快板，但这戏是荀慧生在高亭所灌，销数大得惊人，打破历来纪录的一张唱片。假使她照样拷贝一下，再有谁来请教呢？至再婉拒，奈她坚执非此不可，否则，即"花鼓"也不灌了。初则"含悲忍泪"，继则掩面娇啼，吓得她的寄父芮庆荣"无计奈何"，暗央我们帮帮忙罢，连叹"迭个小娘囡真难服伺"。

伯伯来白相啊，王雅琴丫角时代

///

　　王小新的儿媳，"未亡人"王雅琴，在现在申曲地界里，总算红得发紫了吧。像日前九公也曾在本报记起有一班着迷她的发魔朋友，为了她产后安全与否，大起奔头，电话连连打到电台上去慰问，也可见她的魅力了。这位东乡美人，在我认识她的辰光，年龄还不过十三四岁，真是浑浑噩噩，一点不懂什么。这时，她们王家班申曲是住在恩派亚*对面一条里弄里。记得雅琴幼年时代的面貌，长得并不十分好看，后来不知怎样，会出落得亭亭玉立，艳冠东乡。当初我是常到她家去玩的，授烟捧茶，总是她的专职。当我每次临行时，她总是说这么的一句："伯伯来白相啊！"大概是王小新教她的，假使现在她见了我，一定会忘记得干干净净，再也记不起她公公有位朋友，常到她家里去接洽灌片的。

　　*注：恩派亚：恩派亚大戏院，1949 年后为嵩山电影院。

惧内美术家，孙雪泥有季常癖

///

新世界南部新屋落成的时候，孙雪泥和我们在这个世界里，都是挺活跃的分子，参与《新世界》报编辑，同一切广告设计。孙雪泥那时不仅能动笔作插画，居然还自撰、自书、自画，遂引起了他办美术公司的兴趣，在邻近新世界的九江路大庆里，租了一幢沿马路房屋，开起生生美术公司来。初感到人才缺缺，独木难支大厦，遂聘张光宇、谢之光们协助，兼要我来主持其成，谓每天无论何时，到一二小时即可。我从前对于治事的兴趣，远不及游乐为高，唯以生生邻近新世界，得地利之胜，遂乐于承受。雪泥眷属悉居于该公司，太夫人和嫂夫人姓韩，与吾侪亲如家人，介弟光节，时年犹稚，性耽嬉戏，常遭母兄嫂之呵责。夫人饰貌至美，且端庄温淑（其妹更艳丽，嫁钱瘦铁，惜不永年，早卒），故雪泥至敬爱之，因敬生惧，对于夫人，不敢有违言，惟夫人未尝学问，雪泥或有外来邀帖，恐渠作狎邪游，辄让吾侪为伊释述，是否正当酬酢。苟为花丛双叙之符，则严厉执行，不许践赴。雪泥苦之，遂暗通关节于同人，允吾侪以好处，从此只瞒住夫人一人。惟近年雪泥已有齐人之乐，初不知如何给他打的过门也。

雪泥赋性至聪明，为人也诚实可亲，早年虽能绘事，但并不高妙。不料十年来，艺事大进，书画诗俱已入化境，兹悉其在中国画苑有个展之举（时期八月一十九日至九月七日），闻之感奋，得暇当共欣赏，藉资观摩，定使我人有十分美满之收获也。

孙雪泥（©丁悚家藏）

周璇堕胎记

严华和周璇在北京结婚后，回到上海的那一天，就来看我。待他们走后，即连来了位爵士社代表陆培芸小姐。因闻得他俩抵沪消息，就要我给他们介绍他俩进该社播音，增强阵容，藉资号召。当时，各歌唱集团正在大事竞争，各倾全力，不惜重币和闪电的手腕，到处物色人才，作有力的奋斗。周、严俩尤为他们心目中最相当的对象，故一获抵沪之讯，马上就进行此项计划。最初，我对于他俩的生活，的确是十分关心的。不过此时他俩的地位，已非昔比，一时不敢擅代作主。即嘱培芸自去把周、严寻来，使他们直接面谈，较为妥当，事实我也不愿做正面的难人。当夜，他们齐集我的寓所，除严、周外，爵士方面到该社主办负责人张俊（律师张福康介弟），及朱婴、陆培芸等数人。由严、张两人开谈判，周则稍参加些意见后，即进亭子间和我家人玩牌去了。谈判结果，由严提出条件五种：（一）每月两人播音费的数目（十分优越，数目打破历来纪录）；（二）须刊登新申两大报封面广告两天，说明系由我介绍而答应的，以示郑重；（三）凡逢新新电台播音，不能出席，因新新电台共游戏场一处，人头庞杂，进出惹人注目；（四）将来如摄电影时，在拍戏期内，须停止播音；（五）先付定洋若干数。爵

周璇（© 丁悚家藏）

士方面全部接受，定洋当即交付。

双方交涉办定后，就假电台透露周、严已为该社聘定，不日可以播音消息。一时引起听众极大的骚动。次日，新申两大报的封面广告，果然也皇皇在目，各商业行号，见该社已请到周、严确讯，自动签订播音合同的，竟有多处，且都感到异常兴奋。讵趁日，周璇忽神色仓惶地临我治事之所，谓她寄爹反对她播音，要央我向爵士悔约。我谓此事何不早说，现在最感棘手的，是该社已登报并已与好多商家签订合同，在明事理的人，实难启齿。但周一再哀求，甚至声泪俱下，谓她寄爹拟荐她进电影公司当主角，倘使一进播音圈子，降低自己身份。可是我却怪她事前何以守口如瓶，即拜寄爹一事，也将我瞒在鼓里。千不该，万不该，在开谈判时候三面议定时，大家都没有异议，现在忽成僵局，只问如何善其后。不料这天她回去，不知如何忽和严华争吵起来，结果，竟将她已怀有四个月的身孕吵落了。于是，在医院里疗养了七天。关于双方废约交涉，仍由他们直接谈妥。待周病好后，替该社播送节目一项，以谢签订合同的各商家，和维持我介绍人的面子。不过，他们第一结晶品的孩子，却就此白白牺牲。否则，有了孩子，后来婚变结果，也许要改变作风了。

吴玉荪改行，登台说书专吃女人豆腐

///

在民初的时候，光裕社书坛红档吴玉荪，知道的人，现在还很多吧。《玉蜻蜓》和《描金凤》两部书，真不知颠倒了多少太太、奶奶、小姐们，凭你在他书里吃足了女性的豆腐，甚至说得女听众颊上飞霞，但对于他的书艺，总是风雨无间去听个明白，足见他的绝活一斑了。当时，新、大两世界的日夜场，可以说场场满座，其中听客，尤以上海有名的阀阅门第的家眷居多数，我和杜宇、瘦鹃，也每夕作书场巡礼。玉荪见我们莅场，逢到穿插处，像志贞描容等，常指着我们说："对于绘画，我是外行，还是少说几句吧，因为今天名画家某某先生们都在座，'班门弄斧'，不要给人笑话……"我们几人，便引起女坐方面的注意，我认识四大金刚之一的金小宝们几位有名人物，都在这个时候。我三十岁的一年，玉荪早已弃行改业西医，为老友故，特在我生辰的一天，亲自来弹唱《描金凤》助兴，不料栩园*丈老兴更高，也带了全副武场面（他最欢喜敲锣鼓，场面家生常随带在他汽车里），一方面说书，一方面大敲锣鼓，事缘栩丈不赞成玉荪的书艺，再加瘦鹃有意作弄他，小扇子一扇，于是变本加厉。我曾问玉荪，初代异性医花柳病，动手术时，有动于中乎？他说：起初的

确难以自制，几乎当场出丑，后来见多识广，就毫无意
思了。

　＊注：栩园，陈蝶仙。

忘年交孙菊仙，白头供奉爱好文明戏

///

我和已故一代伶工老乡亲孙菊仙，乃是忘年交。他的戏我听的真不少，而且尤爱听他的几出拿手好戏，像《逍遥津》《骂杨广》《鼎盛春秋》《七星灯》《三娘教子》等等，有时串演《戏迷传》里的县令，也足使人捧腹。那时，上海正在盛行新剧，此老对之，似很感兴趣，常在汕头路的笑舞台后台蹓跶。当时，我也是笑舞台前后台的常客，马二先生叔鸾走得比我更勤，并且不时登台客串。他和老乡亲是熟友。一次，我作了一帧《游戏杂志》的封面画，画一半身老儿，头戴皮帽，目架宽边眼镜，身穿枣红皮袍，外加菊黄马甲，面貌极像老孙。给他见了，认为奇事，询问谁人所作？那晚，相值于笑舞台后台，马二遂为我二人介见，这是认识之始，后乃时常晤面，成为忘年之交。孙老最后一次出演在上海舞台（即今之天蟾），寓一品香，我还去看他。那时，他双目已失明，听觉也失聪，提起往事，还依稀记得，时香君五娘（曾嫁吾友陈肃亮兄）订座邀我听戏，她也是孙迷，接连听了《逍遥津》《七星灯》等剧。这是最后的一次，可惜口劲已差，但典乐犹存，上下场已需人相扶。九十余龄的老人，还粉墨登场，真令人有白发李龟年之感呢。

副号梅兰芳，昔日美男今已老去

///

梅兰芳成了伶界突出人才，因此，副号梅兰芳应运而起，层出不穷地产生了许多，像前天所谈光宇夫人，即其一，不过是属于女性。有一次，真老牌梅兰芳忽和这位光宇夫人小梅兰芳在宴间相值，我们特为介绍，一时颇传为佳话。至男性的副号梅兰芳，各界都有，除他们梨园同事中的南铁生、李世芳外，于是，报界有报界梅兰芳，律界有律界梅兰芳，北里有北里梅兰芳，绍兴戏有绍兴戏梅兰芳。一时也记不起许多，像往年金雄白、刘云舫、沈秋雁等几位，都是少年翩翩，博有梅兰芳之雅号。雄白先生，年来以致力于事业，两鬓渐斑，然丰神尚俊朗如昔。秋雁在战前，忽日渐肥胖，也不及从前漂亮，远客内地，不审近况如何？刘云舫近于樽边数度相遇，似也失去早年丰采，但他已不识旧时共饮宴之人，足见贵人多忘事了。至于唱四明文戏的小阿友，称宁波梅兰芳；尚有一浴室擦背的，称混堂梅兰芳，这真近乎恶谑了（无须老人按：你老当年，也风度翩翩，有画苑梅兰芳之称呢）。

琴票周驼子，菊仙老伙伴最近逝世

///

日前记述老乡亲出演上海舞台的最后一次，操琴的是驼子周梓章，是位琴票。他的琴艺属质朴古茂，不尚耍弄花俏媚俗，所以，老乡亲的老腔古调，非请周操琴不可，且周对于孙调，也研究有素。彼时孙双耳失聪，须由琴夫凑他，所以也非周不成。往年，孙老的唯一高足天罡侍者陈刚叔，要保存孙调余韵，托我向大中华唱片公司接洽，灌收孙调杰作《骂杨广》《七星灯》等戏，结果，也请周操琴。周不啻成了孙调专门的琴票了。最近，得知周忽患胃出血症，病起仓卒，先后未逾二十分钟，不及延医，竟告逝世。时适深夜，初夫人尚欲致电其婿与女（周只育子女各一，子远游未归，婿业医）。作万一之想，周自知不救，谓恐无及见面矣。俄顷，果瞑目而殁，可谓无疾而终，享年六十七岁云。

模特儿祖师

///

习画的不经过人体写生实习（国画除外），等于唱戏的，不明西皮二簧和板眼，同样荒谬。所以，研究绘画的人，对于人体实习，是必经的阶段，不可或少的。当年上海美专，为谋学术上伟大贡献，不惜排除万难，创模特儿写生。现在让我告诉读者，美专初次雇用模特儿的一些过程，倪也算艺坛小小的一段掌故吧。

按当美专初试模特儿时，是从穿了衣服做起，那位女模特儿是就近向海粟姊氏商量，要她身边的丫头名"来安"的，穿了随身服装，来充第一次的模特儿。男的则用美专的茶房，先从半裸入手，渐达全裸。女的也由半裸做起（穿汗马甲），全裸则系海粟家雇用的粗做大姐名"阿宝"的为始。不过，最初怕她不惯当大庭广众之间，作赤裸裸的表演，故先充海粟私人的练习，意在消减其畏羞观念，及时间渐久，再派至女生部实习。时美专虽已男女兼收，但男女生分校上课（女生部在林荫路），以同性关系，或也使她不致十分难受。于是，此计划竟告顺利解决。这难关给我们打破后，嗣后渐向外征求，初以荐头店为目标，继各界具有，而作模特儿的本人，也就视为正常职业之一，无所用其羞耻，甚至有毛遂自荐的。驯至今日，那更觉司空见惯了。

几 张 名 贵 唱 片

///

　　初期之留声机，唱片用软蜡制的简形，针用钻针，后改坚硬蜡制，平圆形的单面唱片，用钢针唱的，有"物克多"（胜利）、"哥伦比亚"等等。用钻针唱只有"百代"一家，而"物克多"唱片，所灌片，所灌名伶，大半冒牌，绝少真角，所以"百代"灌片，时在片首取报名法，表示他们所灌的是真材实货。"物克多"唱片内的老谭，据说是小培代的居多，老孙唱的，由吕月樵和冯二狗庖代。徐乾麟丈曾否认此说，因丈系谋得利洋行华代理，"物克多"片是该行经理发行，灌音事，丈大都参与，庶非讳言，且曾送我"教子"一张，谓确是孙老乡亲自所灌。但依吾人细辨，唱腔声调，终疑不像老孙。或许徐丈年久健忘所致，不过敝处有一十二寸片《忠臣不怕死》，即骂杨广，运腔使调，和老孙在台上唱的极像。虽然这张唱片太旧了，发音已极低微，然不难在依稀仿佛间，辨其真音。我还有汪笑侬和董长清合唱的《胡迪骂阎罗》，也十二寸大片，二六加念白，十分精彩，外间恐怕也早绝版了吧？还有大面刘永春的唱片，存者也恐绝少。旧友任子木先生，藏的何桂山的唱片，更为名贵，我曾听过，我都当它海内孤本藏书般看待，保存一些过去老伶工的遗音杰构，以留作后来者的参考。

作弄李涵秋·一群海派文人之恶剧

///

李涵秋先生的文章，和他的为人，真值得我们后生小子十分佩服的。他的吃亏处，大概是路走得太少吧。所以，在他的作品里，常常闹成许多笑话，像从前马车可以进苏州阊门，帆船在杭州西湖里出现，描写火车开驶，竟如轮船启椗等（据说李先生初年，只由扬州到过汉口）一类不合逻辑的描写。一年，应《时报》之聘，编《小时报》，来沪就职，因年龄关系，不常出外，甚至对电梯等新的设备，也感怀疑。不知怎的，当时作者严芙荪等，不满于他，嫌他卖老。事实上他老人家是一位好好先生，闲话也不大会讲，也许他们是年少好弄，想出了一个恶作剧念头来作弄他。原来芙荪等明知道他不熟悉上海地方的情形，就投一稿于《小时报》，原文大概是"昨夜天蟾舞台，因某伶登台，卖座奇盛，四层楼包厢，顿告客满，而电梯上下，更形忙异常"云云。事实天蟾舞台根本没有四层楼，又何来电梯使乘客上下呢。李不察，一字不改付排，明日报上刊出，见者无不大笑。这真是恶作剧之至了。

谢 之 光 屋 顶 相 亲

///

　　谢之光幼从周慕桥先生习国画，继投张聿光先生为师，攻西洋画兼舞台布景，复入初期的美专，考正科生，堪称师承有自。可惜后来太趋重于商业化，没有特殊的成就。之光和我们在生生美术公司的时候，一日下午，忽来一年轻女郎，说是由李耀亮*的太夫人介绍来的，找某某谈谈（我已记忆不出是谁，有人说是光宇，有人说是我，但决不是之光）。一时不知如何的一缠，竟把之光作了目标物，不到两天，即论到嫁娶。女的约他在一个晚上，相会于先施乐园，细谈终身。之光胆怯，拉我同去为识途老马，藉决取舍。事后，据我观察所得，暗谓此女可疑之点既多，弱点也不少，怕不是你的终身佳侣。之光是素来口快的，我就叮嘱他千万别在她面前，吐漏真言，并希望他还得慎重考虑，并随时留心她种种的举动再说。孰知他目迷于色，也许求偶心切，在极短期内，竟大功告成，并且把我背后批评她的坏话，在她面前全部吐露。等到佳期择定，当然邀我喜酒一叙，我想想这顿喜酒有些不好意思去叨扰，见了新娘的面，叫我如何过得下去？之光一贯"郎德山"作风。说无不道理的，包你咽得落，结果，新娘不记前嫌，倒十分热络，反使我有些难以为情。这位夫人，后来不出我所料，脱离之光而去的。

*注：李耀亮（？—1935），苏州人，袁寒云弟子，曾为萝春阁书场经理（萝春阁书场位于上海浙江中路天津路口原萝春阁点心店楼上。20世纪30年代初由黄楚九创办，李耀亮经营）。

怀琴票林如松

///

《神州日报》在民元辰光，报纸也辟有"神州杂俎"一栏，收纳花花絮絮的小品文字。常投稿的有严芙荪、张枕绿、陶雪生们，拾社会琐闻为资料。当时，琴票如松还执业于界路某转运公司，平时很喜欢弄琴，为人吊嗓，或登台客串，都是瞒着上级，偷偷摸摸玩。几位投稿家知道他的隐衷，便时常开他玩笑，故意在稿内提起他玩琴、玩票的事，他怕招惹闲话，或许有饭碗打碎可能，急得要命，来和我打招呼，要他们笔下超生，不料后来名气一天天响起来了，索性下海为袁美云和袁汉云操琴为职业。那时，美云和汉云还只有七八岁吧，小得好玩，每逢堂会出演，如松必携至宾客之前，郑重介绍，后来且出过码头，合作了好些时候。如松怀中皮夹内，藏有一张两小和他合摄的照片，常常出来示人，谓两小的玩艺儿，似乎全是他教会的。我说我第一个就不信你的话，事实他对于剧艺，也不过是一知半解罢了。与如松别已数载，不知年来游踪何处？不胜怀念之至，我确很爱他的一派天真作风。

生平艳遇·与某女士的短期热情

///

三十年前，有一位报坛的权威，也是作者的好友，早年在北京时，因公认识了一位极摩登而漂亮的女友，她的叔叔是在政界很有地位的，堪称名宦之女。我友既南下就某报之聘，这位漂亮的姑娘在一个冬季，以年假回籍，路过上海，顺便来探望我友，我友特邀我作陪客，在四马路望平街口的万家春，给她洗尘。乍在楼头相见，给她的艳光四射，几乎照得我睁眼不开，尤其是她的态度，雍容华贵，谈吐京苏俱擅，暗忖世上竟有这般貌美的尤物，无论在哪一点上，竟找不出一些缺陷，一时自惭形秽，局促几不克终席。在昔我并不是像现在般木讷，也好算擅于辞令的了，不知如何，当时坐对丽人，竟会噤若寒蝉，一言不发，事后自思，不禁失笑。她说在沪须逗留好一些时期，拟要我友共同游宴，岂知我友是位惧内季常，兼之辑务繁冗，在事实上无论如何不能分身，伴陪这位腻友，但在情在理，又不能不稍尽地主之谊。于是，想出倩我作庖代之举，藉解对方岑寂，幸承她乐允。于是，我就担任了这个美差，先和她每天下午在康脑脱路*的徐园写全身油像，有七八天之久，有时逢着下雪，就在园内，围炉对酌赏雪，吃吃小食，谈谈古今，此情此境，无异神仙。每夕晚餐，总携她遍及各式菜馆尝新，我友得暇，则三人同席，否则，惟她和我两人。她的酒量也很来得，欲必尽饮，有时彼此被酒，辄有不能抑制热情之势，我总把理智来克服自己，热度达到最高时，就效西片上爱情最后一霎的表演，来满足双方欲望。倘再要超过，那就对不起我的好友了。

　　* 注：康脑脱路，今康定路。

小麻皮夫人

///

在太平洋战争未爆发的前一年吧？一天的中午，忽接小麻皮沈吉诚电话，约在新雅午膳，非要我去不可，并说还有他夫人也在座，乃是从前我们寒舍中的常客。当下他坚欲我偕内子同去，我给他从天而降来这么一个电话，又知道他向不在上海，何以忽从香港回来？又何以突然有了夫人？问他的夫人究竟是谁，他老是不肯说破，叫我们猜，只说在座还有老友郎静山、周瘦鹃、张珍侯、胡伯翔等几位，其势非去不可了，到了新雅，吉诚就给我介绍他的夫人。不过，室内光线不足，面貌依稀难辨，竟记忆不起她是谁，初疑是万里香，因为在先曾得到她香港嫁人消息，继想万嫁的是朱血花，虽然也是我友，决不能瞎缠的，苦思不得。他夫人在旁已含笑而起，说丁先生你怎么连我林莺都认不得了吗？给她一说，再仔细的辨别她的面貌，果然是林莺，她从前是新华歌舞团的社员，不过身体很肥胖的，现在反长得俊俏而美丽，叫我一时如何认得出？原来这时她已是两个孩子的母亲了，他们的结合，据说是在香港，吉诚十分爱护她，说她十分贤惠。她在社时，原是挺老实的。从前她曾送我一柄小茶壶，一直用到了现在，还没有破损。不过，我们这一起人倒大家都老了呢。

王无能灌片绝技

///

现在开听收音机，偶然旋着了滑稽节目，说句不客气的话，实在没有勇气去收听，赶快把旋盘旋过，实在现在电费昂贵。时间短促，一做广告，不免就要穷凶极恶，喊救命般的宣传了。其次，滑稽人才太缺乏创作应世，搬来搬去，总是几个拾人牙慧的老调，听得人家耳内生茧。这里，就使我想起从前王无能们几个老脚色来了，王无能的阴噱，确是空前绝后，该是他天份特别高的缘故吧。所以，人家是学不像的，他对于每一个作品的成功，似乎不大动脑筋，大都临时凑成。记得一次，我同他到蓓开去灌音，约定的辰光已到，他还刚刚从被窝里钻出来，我对他说辰光不早了，人家都等着你呢，他还是从容不迫，慢条斯理的抽足了大烟，把顶罗宋帽往头上一套，随手取了两块小木，说我们去吧。在灌音时，他什么也不预备，照样头头是道，照样还临时抓哏，而时间也并不事前校准（唱片每面三分钟限度），至到达时，结束得也非常自然，因为逢到灌片子，无论你一等一的老资格，经验十足的人，事前总要一番准备，唯有他却随便得出乎意料之外，而且噱头十足。至于后来的陆啸梧、江笑笑、刘春山们，虽然也算一时杰出人才，但却没有他这副温吞水派头，我认为他独赋的绝技，不特空前，只怕还后无来者呢。

市长醉后失态

///

　　老友笃定居士*，战前住在愚园路的一年，有一次大宴朋宾，被邀的都是当时有声于社会的名人，除军政商学之外，向有海上艺苑名流、影星、歌女、交际之花等，几尽为居士坐上之客。是夕，非特酒肴特别丰盛，所备余兴，也应有尽有，且雇全班乐队，以备来宾餐后起舞。那晚，和愚夫妇同席的，有多子王、某市长、邵洵美兄伉俪和女主人八九人。讵市长年少兴豪，频以巨觥向在座女宾劝酒，而本人被酒，已渐入醉态状况，故言语动作，也渐越出常轨。对于洵美夫人，似更不敬态度，致触洵美兄之怒，以堂堂市长，在高贵华筵之中，竟无赖若此，是可忍，孰不可忍，便声色俱厉地当席严词斥责，某仗醉肆性，也不甘示弱，反唇相讥。我们恐怕事态扩大，讵非扫兴，就把双方拉开，洵美兄愤无可泄，也算居士一小室内的摆设晦气，给他甩坏了很多，后来总算没闹成话把戏。洵美兄、笃定居士，你们还记得起这一次笑话吗？

　　*注：笃定居士，陈定山。

美 女 作 家 吞 吐 妙 姿

///

一夕，张氏昆仲光宇、正宇，邀宴文艺之友，在他们古拔路*古拔新邨寓所邀宴，出席的，有邵洵美、叶灵凤、江小鹣、陆小曼、翁瑞午，和美籍女作家项美丽小姐们十数人，吃喝玩乐外，因为都是熟友，殊尽欢乐之能事。当时，有一事映入我眼帘，使我认为是罕见奇迹，原来那位项美丽女士，乃是初次相识，年纪很轻，容貌也很美，是一位碧眼金发的西洋女郎。当瑞午和小曼来时，以汽车不能直达张寓，进弄须步行一段，时翁、陆都已染有嗜好，且翁之程度相当的深，家伙（烟枪）常随带出入，这样一位和王无能典型相似的瑞午兄，偷偷摸摸地挟了这根东西进来，已够使人刺眼发笑，孰料等正宇在一张矮得不能再矮的榻榻米上，铺设好了一幕《万世流芳》的镜头后，你们猜第一个横下去表演的是谁？竟是这位年轻美貌碧眼金发的外国女郎，而且姿势极其老练，手法相当纯熟，因为是外国女郎，看上去却另有一功似的，但是，其他友好视若无睹，盖已司空见惯，在我则初次识荆，不得不认为是奇迹了。

　　*注：古拔路，今富民路。

几位女性美的文艺人

///

在目前上海，我认识的写作家，年龄最高的，要数前辈包朗生先生天笑了，今离古稀之年只差一数，精神矍铄，腰腿仍健若中年，每天不废写作也如故。我十二龄来沪，拜读先生大作时，大约在十六七岁，先生在《时报》撰的时评和小说，还有"月月小说"的作品，我无一篇遗漏的，盖不啻包迷也。及识先生，已在民四五年之间吧。在那时不自量力，居然挤在这几位前辈之间，随同游宴。包先生性向和蔼，皮肤皙白，加之一口吴侬软语，他们几位老朋友，都呼他"包小姐"的。一年，我担任晏摩氏女校教授，包先生代我担足心事，说唯女学生最为难教，稍严则哭个明白，稍宽则她们会爬到你头上来，因为先生曾执城东女学教鞭有年，固过来人之经验谈也。文友中，男性有小姐之称者，还有《新闻报》编辑潘竞民兄，倘使读者认识了他们，以小姐相呼，他们答应了你，还认为是他老友呢。还有位杨清磬，我的长女一英，从小一向叫他杨家阿姊惯了，到现在还未改口，前天途中相遇，照样大呼阿姊，旁人当她发痴，因为杨已嘴上留髭了，当年姣好如小女子的美男，现在都垂垂老矣。

杨清磐（©丁悚家藏）

潘雪艳的疯父

///

潘雪艳，初登红氍毹时，吾友顾宏声、洞僧昆仲，及嫂氏王夫人，捧之最力，我认识雪芳、雪艳姐妹，也是他们介绍的。时潘居嵩山路仁和里（今已改名）口。一日，同游徐园而归，雪艳坚邀我上她家去晚膳，初因事固辞，而雪芳也不放我行，反至楼头，见一中年汉子，口中喃喃，细辩皆詈人之辞，我大惑不解，一时局促不安，疑指我而发，觉得这顿夜饭，如何能下咽？但她们的母氏，仍很殷勤地招待，我总不明此中年汉子为何人，不得不暗向雪艳探问。据说是她的爸爸，因经营失败，受了很大的刺激，神经变态，乃患的疯癫之症，不论谁到她家去，总是这样的詈人，好得向不动武，叫我不必去理会他好了。膳时，他另据一隅，照样黄汤三杯，白饭两碗，不过口中詈人之辞，稍减而已。雪芳后嫁一嘉兴商会会长高姓的儿子，婚后生活颇优，雪艳后数年始下嫁盖派名票郑君，光景也颇不恶，姊妹的归宿都佳美，也是她们平日为人忠厚之收获。

谭小培的贵族血液论

///

　　近来为了一位女作家说起"血液"问题，平添同文笔下许多材料，鄙人未能免俗，也在我这回忆录里，来凑趣一段。

　　谭富英初次莅申，是和他爸爸小培同来的，百代总经理张长福委托我接洽富英灌片。我知道小培既好货，又好名，富英本人是向来百不管事，只要小培答应，其他一切都可以迎刃而解，绝对无问题的。于是对张说：要富英灌片六张，至少也得请小培带灌三张，代价当然不是一例，否则，谈判进行，必多障碍。张从我计，惟对于小培戏目问题，极难选择。后来忽想起老谭早年在该公司所灌的坐宫两段，因时间关系，唱到"我的娘，领人马，来到北番"处戛然而止，未及灌全。小培的嗓子，既很像老谭，何妨叫小培接续下去，再一面来段见娘，也许有人要的，就此决定了这样的办法。这次会晤，小培对我忽大发血液议论，说过去和现在学谭调的，真不知多多少少，谁能像我们一些？贤如小余、又宸，也差得太远，这是勉强不来的，我们是有贵族血液关系，所以，行腔使调、嗓音等，无论如何，总比他们要强得多。我听了几乎喷饭，心想像你这只老饭桶，除了嗓子的确有十分之七八相像外，其他有哪一点及得到他爸爸一些脚丫泥？足见"血液"这样东西，其吃价自古已然，不过于今为烈罢了。

新民社时代之罗曲缘

///

　　名票罗曲缘（铁臣），患肺病达第三期，体弱又加刺激，遂于十五日下午，突告不治而死。曲缘和我同庚，都是五十四岁，属兔的，我们的相识，是在春柳前身的新民社，假座南京路近外滩"谋得利"琴行公演之日。他艺名叫罗曼士，饰小生角色，扮相演技都好到极点，颇得观众热烈的拥护。新民公演之初，以"谋得利"地处偏远，知者甚鲜，加之当时未知利用报纸宣传，上座甚惨。王钝根先生，代为扼腕，乃约我排夕往观，说定每天两人互作剧评一篇，刊诸其主编之"自由谈"上，以文捧场，借此引起爱好戏剧者的注意，这一来，果然如响斯应，收宣传之宏效，座客日盛，口碑载道，来者胥属上流社会人士，时公共租界会审员关炯之，也携其姬人每夕必至。不料其姬人忽倾心于罗，渐久，果作姬入幕之宾，后为关所侦悉，心所不甘，有不利于曼士之谋。

　　曼士自审卵石非敌，就易名改姓，出亡扶桑，及关势稍衰，罗始携一日侣返国，匿居旧八区多年。关姬貌既非美，服装也并不入时，那时，还穿着极阔镶边滚的马甲，面目无润容，似染有嗜好，而尤以裙下双钩，形状至恶劣。关则体胖，如肉庄老板，脸则横阔，亡友泊尘暗指谓：这个真像

"忘八蛋"（横摆蛋），视之至肖，不禁失笑。罗行一，人恒称他罗老大，其玩票乃在东渡后，擅谭派须生，其弟绮缘行三，人称罗老三，票青衫，娶高第七娘，生一女，拜定山居士为义父，我和罗最后一次相晤，在周（瘦鹃）、郑（子褒）联姻时之华懋座上。不谓未届一载，已人天永隔，人生如朝露，不胜感慨系之。

流行歌曲名作家李隽青

///

在前旧上海县前，东首有一街衕，名五福弄，为上海道署刑名幕友陈仲周＊太姻丈自产，太姻丈的私邸，即寓于此。房屋尚宽广，是老式五楼五底，我曾数见袁海观＊和瑞辛儒＊两位观察，亲莅陈府商讨要公于此。居夫人二、子二、女公子四等数十人，颇不寂寞。太姻丈学问渊博，性耽格物，著有《算学大全》三十六巨册，廉洁自守，治下綦严，生平从未轻许一人，人也畏之如虎，我去时常避去他的视线，往往向楼上一钻，好得几位男女公子年龄和我相仿，虽长幼有别，故亲若友朋。彼时，我已头角初露，似已邀太姻丈青眼，屡向他属下说及他所赏识之两人，一为陆吕庭先生（擅文学，是他幕中的属员，早年常投稿《新闻报》"快活林"，笔名律西），怀才不遇。一就指我少年老成，赋性敏慧，将来大有成就。一年，次女公子于归，宾朋满座，大概因平时常听太姻丈齿及我名之故，所以多欲请老人家介绍一见，使我非常拘束，从此，出入陈府的宾主，对于我却另眼相看。回顾今日的我，这样的低能，草草劳人，竟至一无成就，回忆前事，真觉愧对我去世的太姻丈了。

太姻丈之长公子慕潜，婚后早卒。次琛，也早逝，都是品学兼优，不谓都天不永年。女公子四，长婉德，嫁前洋务

陈仲周先生及婿俞千顷、女公子陈婉芳结婚照片　丁悚夫妇（© 丁悚家藏）
（© 丁悚家藏）

局秘书毛协和。次婉芳，嫁俞千顷，后以意见相歧，中途仳离，即弃家远走，致力于教育事业。内子素，即为婉芳所赏识而介绍给我的，我们的结合，全恃她的玉成。近年久未得到她的消息，真使我们缅想为劳。三女公子曼雅，嫁昆山李氏，就是现在红极一时的《卖糖歌》《疯狂世界》《渔家女》《不变的心》等歌曲的作者，李隽青姻丈，我和他多年未见，因为鼎革后，又经过多次的人事变迁，相晤的机会更少。年来，各歌谱常刊有李隽青作词的佳构，颇疑名相如而实不相如，继询周璇、严华们，始知确是李丈，很想抠衣晋谒，特勿知李丈尚忆我们时不离口一句"不成问题"口头语否？苦不知丈现寓何所，深盼李丈见报，能赐示地址，予企望之。

　　*注：陈仲周，陈维祺，字仲周，嘉善人。光绪四年诸生，官候补知县。工书法，尤精篆草，善算学。与人合辑有《中西算学大成》；袁海观，袁树勋（1847—1915），字海观，号抑戒老人，湖南湘潭（今湖南株洲天元区群丰石塘村）人；瑞莘儒，瑞澂，清末曾任江苏营务处提调，苏州藩台。

一场世界人体美官司

///

　　司法界名流吴经熊博士德生，因不畏权势，公正无私，素有吴青天之称。但是，我们在私底下，也乱皮得很，记得洵美结婚时，一册鸳鸯谱的开端，他就用法院判决书的笔调，来代颂辞，真是匪夷所思之至了。一天，他对我说："你们应该常常和我表示热络，万一打起官司来，要便宜得多。"我对他说："不要触人家霉头，我们文艺界中人，与世无争，是决不会来作成你们法院生意的。"孰料那时《上海漫画》，因为翻刊我一部《世界人体美》的插图，捕房认为有伤风化，竟向法庭提起公诉。向来《上海漫画》上面，并不刊列发行人和主干的名氏，而以特约作稿的人列名于报首，区区笔画最少，当然名列前茅。捕房所举被告，我就被列于第一名戒首，于是给"阿德哥"一言道中，幸亏这案件用不着我出庭，而法院宣判下来，又判被告无罪，捕房打下风官司，是罕见的，于是，不服初判，提起上诉，哪知这回恰巧告到了他的手里，再审结果，仍维持初判，宣告无罪。后来他问我"那光景"。我说："放心！即使判罪，也轮不到我丁某担当。"他大笑说："我也知道的，这件案子，决不至于有罪的，因为这册《世界人体美》，在外国公然发行，在中国何以就会有伤风化，这是捕房里的人，无常识所造成的。"

天 马 会 义 演 笑 料

///

某年，为了我们的"天马会"要筹措一笔基金，发起借座"夏令配克"（即现在之大华）义演京剧两天。凡天马会的发起人和会员们，无论如何都要登台表演，像江小鹣和陆小曼的《汾河湾》和《思凡》，徐志摩、翁瑞午、小曼、小鹣、光宇、正宇们的《玉堂春》，戎伯铭、杨清磬、光宇、正宇的头二本《虹霓关》等等，不足之外，再烦友好像苏少卿的《桑园寄子》，天罡侍者的《七星灯》，鄂吕弓的《捉放》，戏码相当弹硬，上座成绩确很可观。平时的我，自问难免有些假老鸢色彩，现在反忝居发起人之一，粉墨登台，他们岂能容我规避？不料一上正场，我的面皮竟无论如何老不出来，主角戏固毋庸论了，另碎角色，终要凑一脚的，于是主持人皇恩浩荡，就派我配一个《玉堂春》里替医生背药箱的童儿，以为这样一个角色，总不致于怯场吧。岂知临时还是做了扶不起的阿斗，竟弄僵在后台，不敢出场，终于叫救命，由正宇替我代劳。

这天的《玉堂春》，是光宇去医生，瑞午去王金龙，小曼苏三，小鹣蓝袍刘秉义，志摩红袍潘必正。志摩患极度的近视，一旦去了眼镜，等于有眼瞎子，上场时，不知如何一急，把一柄折扇忘了，检场的忙给他放在屁股后，暗暗关照了他，他双手向屁股后面乱掏，引起台下哄堂大笑，瑞午本擅推拿术的，光宇有意寻他开心，和这位按察大人，用足了气力，像和小儿推拿般的给他推拿，并且临时抓哏，台下又是哄堂，一方面急呼："轻些，轻些，吃勿消了……"我们在后台又是大笑。吕弓演《捉放》，犹是初次，不免羊气十足，及唱至"听他言"一段，操琴的过门拉得很花俏，他也得意忘形，颠头播脑，把身躯摇摆地唱着，宛如像小学生背书一般，四座笑声又大起。资人笑柄的事尚多，一时也记不起许多，可见当年一班年轻艺人，也很会白相吧。

陈栩园一门风雅

///

　　王钝根先生任职中华图书馆时，主持《自由杂志》（只出了两期，蜕变为《游戏杂志》月刊）《礼拜六》《女子世界》《香艳杂志》和《戏考》等辑务，虽有王大错先生和周瘦鹃兄们襄助，事实上还无法应付，遂专函敦请泉塘栩园丈蝶仙来沪，共同分任，我认识陈氏贤乔梓，就在此时。时小蝶（定山）、介弟次蝶（乳名阿宝）、令妹小翠，年龄都小得很，但笔底下都很已来得，文是文，诗是诗，书是书。不过，对绘画却尚未感到兴趣。初住在老北门内，每天由李常觉先生（新甫）、吴觉迷兄（已故）们，常川到陈府从事著作写述，李、吴擅英文，担任口述，由小蝶或小翠分别笔录，最后，经丈润色，然后分授各报纸和各杂志，间也出单行本。小蝶、小翠间或也单独写作，诗词歌赋皆精，由此竟引起外人疑窦，谓两小作品，恐皆老蝶捉刀，其实，我敢立誓担保，证明绝无半点虚伪。记得一次丈对小翠说："你诗中的郎，何其多？"这是老父怜爱女才的表演，故有些豆腐气息，不谓小翠口才也来得，就反唇相讥说："那么爸爸诗中的郎，指的是谁？"他们父子母女们，都很风趣，因为懒云夫人也雅擅文字，以身衰多病，日与柴炉茶灶为伍，小蝶、小翠们，有伤风咳嗽，丈因知医，也必开方服药，弄得一家大小，常在服药之中度日子，我说他们不是"一门风雅"，乃变成"一门风（炉）药（罐）"了。

十云夫人之慧婢

///

前记定山居士（小蝶）之华龙别业，建筑别致。兹又记忆起十云夫人所雇之女仆"阿小妹"，为了这"阿小妹"，我暗地里曾代小蝶，肉麻烟酒菜肴，一个月至少要多耗百分之四十的开支，因为"阿小妹"太美了，太会招待宾客了，一个朋友本来每月去四次的，为了"阿小妹"，至少多去四次，就像区区算得规矩了，不免也会多溜几次，好得我们不去，小蝶会派车来接的。这种有趣的游宴，再要放弃，那就太对不起自己了。不过有一件事，我最怕的，乃是去了不放你早走，我是天天要起早上治事所的，十云心生一计，来百般慰留我。计分三部曲，第一是软禁，是知道我挺爱听她的小生戏，就叫黎秋觉来调嗓，说明是专唱给我听了，不能早走；第二是把汽车夫打发回去，让你们深夜有出无车之苦；第三就将前后门一齐封锁，使你们插翅不能飞出关去，害得我常常失眠。那时，李祖夔和祖韩昆仲，也是华龙座上常客，对于"阿小妹"，更倾倒备至，和小蝶面订君子约定，不准擅自解"阿小妹"之雇，假使主人肉麻工资，可由他代付之，小蝶说："工资你们代付了，那么还有饭食呢？"祖韩说："我来我来。"这也是新鲜旧笑话，不知现在的"阿小妹"，怎生光景？

金素娟与郑十云（陈小蝶夫人）（© 丁悚家藏）

丝袜夫人许淑珍旧事

///

从前许淑珍，为穿了廿五元一双丝袜，大受舆论抨击。一次，我在南京大戏院看戏，给她的妹妹看见了，就过来和我寒暄，并说胡（汉民）太太造她姐姐的谣言，简直不应该。我说："当令姐未嫁刘纪文前，我是知道得很详细的，可以说四德具备，嫁后虽不常来往，但她还能不忘其旧。一年，趁刘因公赴外机会，特在新闸路江海关督署私邸，招宴往日晏校师友，作园游，到者甚众，知我最喜欢冷饮，特自制冰淇淋，供我畅吃，全校诸生要像她这样的温淑娴静，真不作第二人想，那么，外间流言，可不攻自破了。"淑珍嫁后，对于音乐图画兴趣，仍极浓，曾向我表示，谓尚拟倩我授她较深的画学，以求深造，但事实上她哪里来的空闲。她和刘的结合，是凭外祖母介绍的，在事前并无一些消息透露，迨事决定，始来走告。时《晶报》江红蕉兄，曾作一稿，谓刘、许情书不绝往返云云，我力保其必无，因她在校时，不特同窗对她有极好的印象，就是每个教师，也无有不敬爱她的，因为她功课门门好，无论在哪一方面，没有一些给人不满的地方，所以，谁都不相信她会写情书，不料树大招风，许淑珍竟也不能免俗。

许淑珍（◎丁悚家藏）

电音灌片·百代初始失败记

///

电气灌音未发明的时候，各公司灌收唱片，都用喇叭，倘使唱的人没有较好嗓音，往往极难灌入。最初，汪派童伶刘天红，倒嗓后，百代公司要灌他的《哭祖庙》，几大段的反二簧，结果制就后，因声浪太低，未曾正式发售。当时，我曾取到样片一份，现在不知流落何所了。据天红（叔诒）说，他那里有，味儿真不错呢。记得后来我们拉周信芳灌音时，他也怕蹈叔诒的覆辙，不敢轻于尝试，不过这时我们已采用电气灌音了，和他说明原因，即使低哼，也能不差毫厘地摄入，于是，他才放心灌唱。这电气灌音，倒是胜利、高亭、蓓开等开的先河，百代反最后使用。该公司在机件装置完成后，还不敢遽请大角儿灌唱，恐失败枉耗巨资。于是，先倩就近的杂耍作试验品，不过，该公司那时还不肯放弃钻针唱片，每次灌音，须钢钻针唱，兼收并蓄，这样的试验，如何能获较优成绩？因此，屡告失败，后来比较有了把握，就趁我们（蓓开）灌梅兰芳片子时，也继续灌了《祭塔》等唱片，承他们看得起我，拒绝外客参观，要我去指导，但他们仍一贯守秘的作风，仍用老法，一忽儿掉易唱盘，一忽儿较准唱头，十分费时，兰芳等候得大怨谓："刚刚喉咙唱得痛快，给它一停，就那么些辰光，怎能办得了？"（恰巧唱的《祭塔》反二簧）梅博士不知该公司里的毛病，我也不便泄漏其中机关。所以，初期百代用电气灌音的唱片，成绩没有一份好的，后来大概放弃了兼用法，始告完美的。这一局戏，我现在不说，恐怕知道的很少吧？

文艺叙餐会·狼虎会起源

///

　　"狼虎会"并无规则，惟有几个信条，出席的人，应绝对遵守：一、不准假借名义向外利用；二、席间只许谈风月，不准谈正事；三、时间绝对遵守。苟有人违背其一，必群起攻之。"狼虎会"发起之初，根本没有什么名目，那时，不过常觉、瘦鹃、小蝶和我一共四人，每星期必往桥北看影戏两次（桥南影戏院还没有）。每次从中华图书馆出来，就往武昌路倚虹楼夜饭，有时，或在别的菜馆进膳，膳后再观戏。每逢星期一、五换新片之日，风雨无阻，兴致之好，真不作第五人想。后来给老蝶知道了，大跳说：岂有此理，你们倒会独乐其乐。当下一定要我们扩大范围，老少同乐。我们就依了他老人家的主张，凑成一桌之数，遂定老蝶、钝根、常觉、独鹤、瘦鹃、倚虹、小蝶、小鹣、清磬和我十人。后来又加入了任矜苹、周剑云两位。"狼虎会"的得名，因为独鹤和瘦鹃两人，每在席间，总是穷凶极恶地抢菜吃，我就说他们像"狼吞虎咽"，后来就叫它"狼虎会"了。"狼虎会"是笑话的制造厂，口头禅的出品所，会外人无论如何不会懂的，而且日新月异，层出不穷，那时，老蝶很有编纂"狼虎会辞源"的伟举，后以事不果而中止，我们认为莫大损失。

李常觉（© 丁悚家藏）

左起：周瘦鹃、陈蝶仙、严独鹤（© 丁悚家藏）

极有趣的亲友诞辰

///

日前，因吊吴兴包蝶仙丈去世百日之期，于净土庵遘袁老伯、五良兄等。席间，互谈年龄生肖趣事，五良兄和我同庚属兔，袁老伯长我们十二岁，也属兔。邱橘农先生五十二属蛇，严大生牙医师三十三属鼠。于是说十二生肖中，惟我们兔最没用，小若鼠类，庞大如象，尚且怕它，我们对蛇更觉恐惧。五良兄说：在上海友好中，和我们同庚的，约有五十余人，明年不妨来一个五五兔子大会，因此，我想起了几位诞辰使人不大容易忘记的朋友来了。已故世的江小鹣，是正月初一。张秋虫二月十二，故有"百花同日生"笔名。本报九公兄诞辰是四月十四纯阳生日，因此，他的八十四磅身坯，有飘飘欲仙之概。《新闻报》总主笔李浩然先生，五月初五。亡友毕倚虹六月初六，有"天贶生"笔名。我友顾夫人，七月初七是。小鹣介弟江揆楚，是七月半赤老生日。严独鹤兄九月初九。这几位都是我的好友，至于舍间老老小小生日，也可约略一记：先慈四月十八，和次女一蔷同日生，是大佛生日后十天。长女一英，八月初六，和张文涓同年，而张迟出世一天。中秋前一天是我的母难日，内子素，诞生迟我一星期，所以在一个八月里，我们一家就有三个生日。长儿一怡十二月十二，他说和国父同日生（不过阴阳历不同），次儿一琛，送灶前一日。出世最迟的朋友，要让位杨清磬了，是十二月二十九日。所以，人家都称他马尾。

宋子文夫人的旧事

///

宋子文的夫人张乐怡女士，也是晏摩氏的学生，班次比许淑珍低两班，长得十分漂亮，不输淑珍，不过她的功课确不如淑珍远甚，对于图画一课，更似感不到兴趣，所以一待我上图画课，她的座位就坐得很后，可以避过我的眼光，倩旁座的同学捉刀代作，但却时常被我发觉而制止她的。乐怡平素爱好修饰，即在校上课，也事浓妆艳服，一次我和瘦鹃、云兔们几位友好观影于北四川路的"奥迪安"散场时，云兔忽发现在我们前面人丛里，有一个极漂亮的女郎，怂恿我们："何不上前，一饱眼福"，这时我已看清了是我们的高足张乐怡，说："万万不可胡来，那是我们的学生，如此行为，师道何在？"云兔们都倒抽了一口冷气。这样的笑话，从前是常有的，因当时的我，担任的学校有好几处，男女学生也多，所以在游乐场中，往往连野眼都不敢多看，并不是自命为君子，实在是在其位而谋其政，地位犯就，不得不如此也。

一群烂醉的电影明星

///

嗜饮啤酒的我，每逢暑季，总是大量的轰饮。从前酒价也贱，一元可喝三瓶。在亡友谢鹏飞先生经理"烟台啤酒"的辰光，每年他总送我两大箱，恣我畅饮。后来他谢世了，义成公司也收歇了，又认识了上海啤酒公司的营业部主任凌剑鸣先生，他是位富热情笃友谊的朋友，有一次要我代邀电影界朋友参观该厂造酒的内容，备了大量的啤酒，请我们痛喝，并且说"越喝得多，越有面子"。那时邀到的有金焰、吴永刚、刘琼、殷秀岑、顾梦鹤、史超、陈天国、王人美、黎明健、杨枝露、金焰的妹妹等十余人，都是视啤酒如命之人，真所谓得其所哉。参观全厂，越二小时以上，诚洋洋乎大观，储酒之室设在地下，虽在盛暑，温度之低，只二十余度，几欲穿棉，始克支持。参观完毕开始轰饮，所备下酒之品，全合乎饮酒之用，故更觉乐胃，所备之酒就像目下的生啤，不过黄黑兼有，各人放开大量，靡不兴高采烈的大喝，一直喝到六时许，无一不酩酊大醉，遂由该厂雇了团体汽车，把这班醉明星送到了舍下，随车又携带冰啤两大桶，以备在舍间晚膳时再用。时凌先生的酒喝得还未全醉，尚能照料我们上车下车，岂知到了夜洗盏更酌之后，他也支持不住了，醉得几不能回府，后来由王伯笙兄送他回去。当时各人醉后话把戏层出不穷，我也是醉人之一，有许多已记忆不清了，不过记得有位 B 小姐，素倾心于老金，那天人美恰巧拍戏先行，造就了他们一幕热烈恋爱的活剧，在我们亭子间里偷偷的表演，不巧的被我们撞见了，弄得他们窘态毕露。还有个陈天国，要想登楼，但无论如何醉得寸步难移，就抱了扶梯脚下的栏杆大呕大吐。从此我们的家里，要不请客，如请客用啤酒为便利计，总托凌先生代买，不过他太客气了，往往给我一个免费供饮，吓得我不敢再托他代劳，但他是营业部主任，凡送到舍间的酒，逃不过他的耳目，还是常饮了他的免费友酒。试想这样的朋友，够交情吗？现在生啤要卖到四十元一杯，不要说我没有这个资格再像从前那么的畅喝，即使可能，也下不落这只辣手，钱究竟是肉痛的。

双十节的恋爱话剧

///

前曾记"天马会"义演，他们派了我一个最无关重轻的零碎角色，会老不出，临阵脱逃，结果拉张正宇庖代。孰料我在民四五之间，也不知哪里来的一股傻劲，在上海美专任教时，每逢令节，例有同乐会之举行，如化妆聚餐，登台演剧等等，兴致最高的就是我，可以说无役不兴。记得有一年的一个双十节，那时已男女同学了，他们编了一个恋爱故事短话剧，男主角派的是我，女主角是潘玉良小姐担任，就在大礼堂上表演，台下师生台上居然变了恋爱的对象，大谈其恋爱，演出成绩如何，自己也莫名其妙，真不知那时的我，面皮会这样的厚。回忆当年，重思今日，不禁冷汗直流。

梅花馆主能画工笔仕女

///

梅花馆主郑子褒兄，谁都知道他，做的一手好文章，写的一手好字，南北的梨园行，假使说不认识"梅花馆主郑五爷"，那么他（她）们的吃饭资格还有些问题。你们看他高居群玉山头，这个"干爹"那个"老师"，多么的亲热。他也能自己上胡琴哼哼京调。初次开金口，唱《八义图》，由琴圣陈彦衡给他操琴，你想抖不抖？谁都知道他多才多艺，还有一件为人家所不知道的他还会作一手好画呢。而且画的并不是擘几笔兰花，或涂几叶墨竹和松石之类的写意画，的的确确是白描工笔时装仕女，假使现在谁要请求他的墨宝，恐怕办不到了，因为现在他对于文艺，似乎没有像从前那么高兴了，大概也是公私繁冗，力不从心吧？他的大作，只有区区拜读过，这又是一件老话，他那时在南京路精华眼镜公司服务，我在编辑《神州画报》，他忽然高兴，作了一幅工笔时装仕女画给我发表，我一看很好，就给他付印，我们的认识就从此时开始的。

郑子褒（©丁悚家藏）

郑过宜的临场镇定功夫

///

郑过宜，初名醒民，知者恐不多，他的态度和服装方面，完全是落拓名士派，在民四五时的穿着，活像海上漱石生孙玉声丈所著的绣像小说《海上繁华梦》里的人物一般无二，书中叙述的是前清时代的故事，所以图中花花公子的装束，也是清代的时装，一到民国便成为落伍的衣服，那时过宜年龄还不到二十，穿着这样的不伦不类的古服，我们都讲他为"怪物"，他也乐于接受，不以为忤。他对于戏剧的确见的比我们多，他要谈到老谭如何如何，我总要吃他的豆腐，他曾撰《梨园新记》一文，在《上海生活》发表，此以谭鑫培故事作题材，内有一段竟说一个捧老谭的戏迷，当面唤老谭为"英秀"，他这个漏洞，委实错得太大了，原来"英秀"两字是老谭死后，旧都梨园行的，对他老人家的私谥。英秀是他们谭家的堂名，他活的时候，无论如何，熟不拘礼的朋友，没有死总不会唤他"英秀"的，所以我们当了面，常和他开玩笑。

过宜对于演戏天才，也使人十分佩服，第一次在一家鸿运楼酒馆票了一次堂会《卖马》，成绩不错，乃引起了他的彩串兴趣，八·一三的上半年，适先慈七十诞辰，承友好发起公祝，过宜极力主张加添盛大堂会，好让他过过彩串之瘾，我回答他说："谢谢你的好意，铜钱用豁了边，我可不管的。"不知他们怎样的一搅，居然搅成事实，过宜义不容辞，独立的为我们奔走，我看他太劳苦了，遂添请了刘叔诒和子褒两兄分其劳，代他担任些后台事务，他自告奋勇，宁唱开锣戏《汾河湾》，差不多头场闹过，加官跳过，马直山的《别窑》也已将成尾声，下场就要挨着他上。那时他的《汾河湾》身段还没有练熟，口中尚念念有词，独个躲在新新旅馆的房间里踱方步，我真代他急煞，不料他倒从容不迫地照样上装，照样出台，照样一丝不懈地演下去，而且唱念做和身浪都十分到家，我真佩服他这一手的能耐。过宜可惜没有嘹亮的嗓音，和名票朱耐根犯同一毛病，否则真所谓"那还了得"。

从"天乐窝"说到"长乐"

///

在"天乐窝""小广寒"（不是现在的）听群芳会唱的时候，我的年纪的确还不满二十，只见小先生掮在龟奴的肩上，龟奴手里还拎了一只琵琶，来来去去，大先生轿出轿进，那时候还没有用包车，场上的设备装置，也和现在大不相同，台上大概用三四张方桌，拼成一长案，案前系了绣金大红缎桌帏，大小先生（妓女）们坐满了左右正中三面，轮流的弹唱。听客分榻座（是烟榻）和茶座两种，榻座分列在两旁，茶座设置正中，点了戏，也用水牌悬挂写明，例由跟局大姐，捧了水烟筒（多数是银制的），到点戏客人的座上装烟致敬；妓女下了台，也来敷衍一番，或打合客人去打茶围。这是从前嫖妓的前奏曲，近年来风气胎变，大异往昔。在三四年前，几位同文在小型歌场"时代"发掘了几位出类拔萃的人才，把我也掮了去，常作歌场座上客，那时除时代小广寒外，又增了一家长乐。岚声、方松风诸兄都是长乐的老主顾，有时饭后无聊，也常被他们带到长乐去蹓跶，因此认识了徐雁秋先生。一年徐先生的尊翁七十大庆，忝在友谊，当然恭祝一番，事后承徐亲笔妙绘"芦雁"便面一页，方知徐先生不但是歌场老班，还是位擅画"芦雁"的专家呢。最近他和老友方慎盦兄，在宁波同乡会开个展，曾特地前去观赏一次，诚洋洋乎大观，芦雁之外，还工花鸟，都二百余面，不遑一一尽述，至于方兄大作，可说多才多艺，凡山水、人物、花草、翎毛等等，应有尽有，真赏自有人在，不敢再事辞费，恐遭捧场之嫌疑。

敲脱牙齿充老的吴天翁

///

小胡子吴天翁，读者大概还不觉得十分陌生吧？擅书画文三绝，不过秉性奇懒，作事无恒，行为也十分古怪，常有奇峰突出的表演。在二十五年前，大世界共和厅群芳会全盛时代，他也是其中最活跃的一份子，和高第老七打得火热，一次老七远行，他竟不辞跋涉之劳，像千里送京娘般地一直护送到南京，足见他们俩的热络一斑了。后来不知如何，大家都冷淡得像陌生人仿佛。他在年轻时，就喜欢学老，结交老年朋友，据他乡友说，髫龄时，在嘉兴故乡，已有这种派头了，所穿着的服装，也每与众不同，鼻下留了一撮小胡子，红结尖顶瓜皮小帽，身穿玄缎坎肩，枣红袍子，足登双梁粉底缎鞋，手杖一根，腋下还挟了十余册线装书，成为一刻不离的随身法宝，问问他的贵庚多少，事实不过二十三四而已。试想这样的一副装束，无论在民国十几年时候，早已变成宿货了，所以大家都叫他小胡子。曾任事颐中烟草公司，担任撰述香烟画片背后的说明，公余多暇，恐西人见了说闲话，欺西人不谙华文乃搜了许多古籍，用硃笔不厌其详地圈点，表示工作忙碌，有时竟觅得了人家家谱之类，也会大圈特圈，一天我和他开玩笑，取了一册《时宪通书》（旧历本），叫他圈点，害得同事们大笑。他常常迟到，已成家常便饭，初进去的时候，西人见他这副派头，还当他是小政客，倒有些另眼相待，后来染上了嗜好，又加性好甜食，一口牙齿，早已风流云散，十不剩一，尤半狂说他"吴天翁是敲脱牙齿硬充老"。

吴天翁夫妇（© 丁悚家藏）

余 叔 岩 和 叶 庸 方 的 交 恶

///

　　亡友叶庸方兄，甬籍，少年有为，居常好客，有孟尝君风，性耽剧艺，文武兼擅，自称"宁波老生"，所聘教师，皆剧坛第一流名宿，剧学深邃，内行辄自叹勿及。庸方尊翁事业胥在天津，故叶氏在津的地位殊崇高，独资创刊《天津商报》行世，并增《五日画刊》随报附送，内容丰富，印刷精美，读者爱不忍释。庸方于南北梨园行，可谓无一不熟，凡途经天津，叶辄尽地主之谊，招待得很似剧院主人对待角儿的三管办法，如此手面，乃使伶界大小名角，对他的印象都好到极点。记得梅博士于游美之前，因旅费不充，他也慨为筹措；杨小楼和他物质关系，据说更深且钜，后来他创办长城唱片公司，梅、杨合唱《霸王别姬》全套灌音代价，有人说就是划账性质，足见他和梨园行交谊的一斑了。一年华北赈灾筹款，在津筹备一次盛大的京津名伶合演义务大会戏，以庸方在多方面的交情论，总提调一职是职无旁贷的，刚巧那时余叔岩也在天津，庸方要他唱台义务戏，哪知别人都允他的面子，满口答应，惟有余因身体欠佳，恐临场不能胜任，竟婉辞谢绝，以是庸方就感不快，因为义演中没有了小余，的确精彩不够，而且他本人又恰在天津，于叶的面子上也觉得下不过去，也是庸方年少气盛，翌日，在他主办的商报上，刊了一幅很大的余叔岩半身肖像铜版，上注"余公叔岩之像"，旁尚有联语一对，字句我已记不起了，用意是触触他的霉头的，从此，余叶交恶，意见日深。迨长城成立，要灌叔岩唱片，叔岩当然不应，后来由李征五先生和郑子褒兄们去挽商，余以情面难却，不便坚拒，摘面子来个折中办法，要求在他灌音时，叶庸方必须回避，因此庸方只得避面。本来长城灌片时，庸方不但出席，还要担任报名差使，长城京戏唱片，除余叔岩之外，其余都是亡友庸方兄的遗声，不信，则请读者一听便知。

天 马 会 之 诞 生 与 湮 灭

///

在我这回忆录里，曾一再提及"天马"和"狼虎"两个集会，后者是个聚餐集会，已经在本录里详细地报道过，关于前者的"天马"，还未曾述及其始末情形，读者且莫疑神疑鬼，意为以兽名会，准是什么不纯正的可怖集团，实则是当年曾被人视为艺术界极有权威的一个艺术团体，几个基本的发起人，为江小鹣、杨清磬、张辰伯等和我七人，也曾在本录里记过一二，不过内容和性质，略而不详。其实，当时上海正式的艺术集团，除上海美专是艺术学府外，可说寥若晨星，我们的"天马会"就应时产生，命名之初，也没有什么深意，在开成立会时，请大家各提出一个适用的会名，有提"骷髅"的，有提"玫瑰"的，最后我主张不如用"天马"两字，较有意义，因为"天马行空"，极切艺术崇高的意思，当下付表决，就准用"天马会"为本集团固定会名。会徽由小鹣制图案，辰伯雕刻，极古色古香之雅致。本会采用委员制，一切责任，皆由各委员分别负担，用意为杜绝有首领欲之辈，莫利用本会名义，在会外作其活动的工具。

天马会每年议定举行展览若干次，由本会发起人主持，凡国画、洋画、雕塑、摄影、金石等艺术出品，须经本会推定之审查会审查委员的通过，始可陈列，抱大公无私，提高艺术风格，宁缺毋滥宗旨。一时全国风从，认为不易多得的纯正艺术机构，一般野狐参禅，及粗制滥造未入流之作家，莫不大起恐慌，甚至不惜用尽种种卑鄙手段，请求加入"天马"或设法和"天马"发起人接近，冀在展览时容一席地，我侪一秉至公，绝不为友情怂恿而变更本会的信条，以此历届展览结果，博得极崇高的地位，艺林德高望重之前辈如吴昌硕、王一亭，咸表示兴奋和钦佩。有一次举行展览，吴昌老大概因身体不适，不克躬亲与会，乃委其令子东迈持其大红名片莅会致歉意，足见当时"天马会"的盛况，不幸嗣以人事变迁，战祸频作，会务因之停顿，驯至湮灭，回首前尘，不胜感慨系之。

初 期 "自 由 谈" 刊 登 作 者 小 影

///

　　近来，同文拟继《小型报精华录》后，编纂《小型报人物志》行世，使向日欲一睹小型报执笔人之庐山真相而不可得的读者偿其素愿，计固两得。从前在《申报》副刊"自由谈"最盛时代，也有类此同样的事实，因读者和作者之间，平素以相互景慕的关系，由缔文字之交而打成一片，时同文散居各埠的也很多，每苦神交已久，无由把晤之机，在最低的希望下，思藉画里真真，偿识韩之愿，故也屡有发起刊登作者肖像之举，经几度磋商，始议决请各写稿人自由投寄，每"自由谈"执笔人，规定寄半身小照一张，附纳制版费五角，一时投寄的纷至沓来，次第在"自由谈"栏刊出，极得读者和作者的兴感，后来有改刊单行本《自由杂志》等的动机，就脱胎于此，因报纸刊印网目铜版，总勿逮重磅铜版纸精印为清晰也。

两位夫人的桃花命

///

　　相面和算命，向来不大相信的，日前本报第二版曾提及"陈克武"命相家其人，遂使我回忆三十二岁那年，内子素和祁佛青夫人们，因震陈克武之名，曾往请教过。时陈常川居东亚旅馆，她们去时是瞒了我的，待回来，把陈批的命书示我，一看批的全部胡扯，未来的不必谈，过去的一字也没有道着，她们也觉得太奇怪了，批人家的都是十分准确的，何以我的会全部瞎缠？最后我再将命书一看，原来内子把我的八字中，一个"时"辰弄错了，所以算不准。翌日再去叫他把我准的"时"辰改正，带回来的命书，果然过去的统统给他道着，连得将我的个性（我是我自己知道的），也说得一些不错，我这才认为他名不虚传。而更使我惊异的，有三位夫人的命，批得太妙了，现在我不便宣布她们真姓名，奇在此三人都不是亲自上门去就教，全由祁夫人和内子们暗下替她们代算的。一位夫人的命，陈说："啊呀，这位是否吃生意饭（指娼妓）的吗？""不要瞎说，人家是很有地位的太太。""不，照我以命而论，假使是位规规矩矩的太太，那么她一定要夭寿的，至少是个再醮妇，否则暗地里必有些花头花脑，万一不这样，无论如何，病终要生的。"当下她们不禁暗暗佩服，原来这位夫人的确是位再嫁妇，而且在和后夫同住时，暗中却又和夫友某某等发生了苟且事情。

　　还有一位夫人，据陈克武说："这位姑娘十二岁就交进桃花运，十六岁嫁人，嫁过去，夫家可以家破人亡，现在已和夫家脱离关系，又嫁了人了，嫁的很有钱，不过不能出面，到廿七岁那年，无论如何要和现在的男人离开的，而且身上还有隐疾，收成结果也十分不好。"这几句话又是千准万确，铁一般的事实，原来她是妓女出身，十二岁进堂子，十六岁嫁给我们的友好作如夫人，隐疾是有痛经毛病，果然他娶了她，父死，涉讼，和夫人仳离，她也下了堂，暗中嫁给另一友人，先是瞒着我们，的确是不出面的，那时她还只有廿三岁，不料到了廿七岁那年，男的待她算得优渥万分了，洋房汽车全有，不知如何她会丢了甜蜜的生活，不要享受，作死作活的吵得要和他走开，因为我们都是很熟的朋友，一再的警告她，"不要叫算命的说着"。但是忠言逆耳，结果造成了陈克武的铁嘴。这是过去二十余年的事了，这位如夫人，现在弄得狼狈不堪，走单帮度活，境况至惨，今年春还到我家里来过好几次，真使我难受，她也懊悔当时不听我们愚夫妇的忠告，因为最后的那一位，现在还很过得下去呢。此外还有一位夫人的命更趣，因为字数太长了，将来另行记叙吧。陈克武现在是不是仍在上海，我可不知道，我和他根本不认得，否则人家当我在和他作宣传呢。实在我所记的两位夫人，名气太大了，当时陈是不知道的，所以不嫌辞费的也将它收拾在我这回忆录里。

为王引、袁美云恋爱险吃流弹

///

　　王引和袁美云同住在霞飞路宝康里的时候，两人的感情已很融洽，那时王引还未十分得意，美云怕袁树德反对，总是偷偷摸摸地相晤，结果仍会给树德知道，当然加以严厉地管束，但是效果甚微，只要瞒了树德，一遇机会，私下里还不是卿卿我我地谈情说爱吗？树德感到棘手，知道美云是很肯听我话的，在每次带了美云到舍间来时（至少每周一次），总是背了美云，要我替他劝告美云，和王引"不能过分亲热，否则要自毁前程的"，我总唯唯否否，从没有给他做传声筒。那时我们家里可以套一句龚满堂的奎派宣传："明星歌星多得造反"，常川不断地来往。每逢周末，更闹得不亦乐乎。周璇还小，我们两人私下相谈，从不避她，她听在耳里，不知如何的，一次把王、袁恋爱情形在信内告诉了她的一位女友："美云真不应该，我们都代她可惜，就是我们丁老师也算得常常劝告她了，她不听，怎样办？……"这一套"闲话"都是隔靴抓痒，事实上树德要我劝告的，我一句话也没有亲自对美云说过，我认为男女恋爱，无论如何，第三者不能加以干预，虽然当时美云年纪尚稚，我总不能越俎代庖，从中劝阻，周璇信内所说，一定是"想当然"的意思，动机大约是常听得老袁要我去劝告美云而起，不料这封信竟会落在报纸上披露，从此，美云、王引我们家里绝迹不至。初很奇怪，后来一想，一定为了周璇一封信引起的误会，王引怕我从中挑拨，使他们婚姻受到阻力，就产生了禁止美云到丁家去"釜底抽薪"办法。他们来不来倒不在我心上，不过这个代人受过的误会，不能不申辩个明白，一天樽前恰和王引相值，就把往事申述，叫他去问问美云，我丁某曾否在她面前劝过她，叫她不要爱你？王引力辩："决无此事，不常到府，实因另有种种关系，或病，或为事所羁之故。"最近一夕，我又和王引相晤于伊文泰，旧事重提，他更郑重地声明："我们对你老，决不会生这样心的。"迩闻美云已梦罴有兆，希望他们诞生一麟儿，一份红蛋，总不会吝啬的吧？

介绍"江潮生"小姐

///

在颐中烟草公司治事时，一日忽添一女同事，身裁娉婷，貌甚映丽，既经主任介绍，始知史姓字人宇，吴王台畔人，系美专最近一届的正科第一名毕业生，年事虽轻，旅展所及，已遍历名山大川，及与我人接谈，觉和煦迎人如被春风，诚佳女子也。史除擅绘事外，复工国学，书法笔力遒劲如宿儒，绝不类出于妙龄女子之手，嗣悉史之父母叔氏，皆有声于教育界，家学渊源，初非幸致，战事后只身赴内地，从事农村生活有年，客中承通鱼雁，报道竹头木屑，字里行间极尽幽默之能事，读之每使故人展颜，信能者固无所不能。昨岁史以丁父忧，重返沪壖，而所居尤邻近我寓，故与吾侪又获常相晤叙矣，迩邓主干蒋主编，为本报充实内容起见，屡欲予代本报罗致写稿人才，猝忆及人宇之文字风格，极合本报之需，即代本报敦请执笔，第女士始终婉谢，谓实不娴文墨，反荐张开先生自代，本报期在必得，一再坚邀，始勉允执笔。往时类多未名作家，假女性笔名，以炫人目，唯史本十足女性，反署类似男性之"江潮生"为本报写稿笔名，斯殆反常之一例欤。

（编者按：江潮生女士大作，本报先后刊过三节，允推杂文小品中之上上作，妙在轻松风趣，刻划入微，充满情感活力，现本报已不辞三请，恳其长期执笔，今日起已有续稿刊载。）

歌星四大天王和白虹

///

在明月社时代，有所谓歌星四大天王，乃为王人美、黎莉莉、胡笳、薛玲仙四大，至于白虹和黎明健们那时年龄还很小，尚未走红。她们一得空闲，总是成群结伴的到我们家里来玩耍，内中玲仙最为跳跃，一切把戏是她主动的居多。其时小儿一怡年龄和她们仿佛，玲仙于是常吃一怡的豆腐，说"以小白子（白虹）配给小丁，我来作媒"，人美、莉莉、胡笳们从中和调，一怡大恚，见她们来了，常常避席，他独居的亭子间，有时被她们占住了，他只得不进去。时白虹身躯尚矮小，当她来时，我终拉她站到我们房间内一口大橱前的一个"拉手"下去比量她的身躯长短，初来时距"拉手"尺许，后来渐离渐短，甚至只离寸许，最后一次和"拉手"几相齐，完全是成人的标准尺寸了。今年春季她又来望我，因为穿高跟皮鞋，再一比已高过"拉手"，短短数年，沧桑几变，从前的小白子，现在已做了三个孩子的母亲了，我们岂能不老吗？

白虹（© 丁悚家藏）

中日名流的风流胜会

///

日本第一流画家桥本关雪，一年携带了一位夫人，两个艺妓，来上海作短游历，忝在文艺无国界，我们"天马会"当然要发起欢迎一番。知道这位老先生是诗酒风流，无女不欢的画家，于是我们就假嵩山路韵籁妆阁和他洗尘，好得韵籁本人也是位风雅宜人的名妓，梅花馆主背后曾经说："假使韵籁脱得浑身一丝不挂，要我上去真个销魂，会感到自惭形秽，勇气顿消的。"这也足见韵籁的举止行动，娴静温婉，文雅得确使人只有敬爱而不生亵念的。好得小鹣、瘦铁们和韵籁都系熟人，而韵籁也乐于和我们这班人接近。她还有一个收集名家书画的癖好，知道这一次借她的地方，欢宴桥本关雪，一定有很可观的收获，就慷慨得连任何开支都不收一文，不过在事前预备了许多纸笔颜料，给我们酒酣耳热时挥毫所用，她就可以坐得其成，这一计果然给她料个正着，那晚到的，桥本关雪、桥本夫人、田中竹香（日艺妓）、徐志摩、陆小曼、唐吉生、张小楼、余大雄、钱瘦铁、江红蕉、吴经熊、周瘦鹃、江小鹣、汪亚尘、刘海粟、潘天授、诸闻韵、张辰伯、郑曼青、滕固、王济远、俞寄凡，还有日报记者们三十余人，也可谓极"人物尽东南之美"了。当时能画的就画，能写的就写，我也得到幅桥本的人物立轴，兴会淋

漓，堪称空前，不过那时参加这盛会之人，已有好几位，早
已到另一个世界里去兴高采烈了。唉！

韵簃家合影，主桌左起：刘海粟、桥本夫人、陆小曼、徐志摩、桥本关雪、经亨颐、余大雄

从明月社到新华社

///

黎锦晖的明月社将散伙时，严华拥有周璇们七八人，都没有较好的出路。那时西门内翁家弄有一益智社业余歌唱集团，为金宏基律师的儿子，金铭石、佩鱼弟兄俩合办的，铭石居东厢房专玩魔术，佩鱼占西厢房研习声乐，各征集了男女社友十余人，全系业余研究性质。时江曼莉俨然为该社特出人才，以江歌喉嘹亮，跳跃好弄，已具交际花风仪，金氏弟兄，则常率男女社员，乘了自备汽车，往来各电台义务播音。一日王人美、黎莉莉、胡笳、薛玲仙们适在一起，无意中收听着益智社的播音，一闻江的歌喉，金以为可造之才，不过咬字尚欠准确（以江系苏州籍），似未经锻炼，故缺点甚多，殊属可惜。厥后在永生益智社的金、江们相值，由该电台主任作曹邱，他们知道我与此道中人相熟的很多，马上拉我到他们社里去，来负指导之职，一时为之大窘，极力推辞，不获允，乃举严华为他们导师，固两得其所，幸片言立决，严率前明月的旧人，如周璇、严斐、欧阳飞莉们七八人，作基本社员，改名"新华社"，金供给资本，另赁社址，倩我作证人，社务生利范围为：一、播音，二、公演，三、灌片，四、或代摄电影中的歌舞场面。严华个人除外，普通社员皆支月薪，将来盈余利润，则金、严平均对派，自此协力同心，社务蒸蒸日上。我又代他们拉拢了几档播音节目，几次灌片生意，黄金、金城两次公演，成绩都十分优好，只有在电影方面，稍吃倒账。不过佩鱼年幼识浅，完全是一纨绔子弟，踵事奢华，视金钱如粪土，且对于稍具姿色的女社员常不怀好意地追求，严华知非久计，急流勇退，遂在金城最后一次的公演结束后，即宣告解约，历时适恰一年。这是新华社过去历史，也是严华、周璇结合的前奏曲。

《桃花命》补遗

///

日前拙作《两位夫人的桃花命》一文内，说因字数冗长，还有一位另文补述，现在来实践诺言，否则读者当我开了空头支票了。在祁夫人和内子们要陈克武算第三命时，照旧把时辰八字一一报给他听了，陈闭目搯指一算，说："这位夫人，在七岁那年，无论如何要入一入娼门的，现在嫁的虽似正室，但是她丈夫真正的正室还存在，变成了个似妾而非妾的地位；而且将来要和丈夫化离的，不过事实上是似离而实不离而过其一世的。"那位夫人乃是艺坛上第一流人物的太太，那天她也亲自去的，给他说得汗毛凛凛，句句道着。妙就妙在当陈算到"似离而实非离"的一段命运时，那时还未达这个阶段，而现在竟会全部吻合。此外还有一位太太的命运，当时也给他批算，也准确万分，不过不是桃花命，乃是莲花命，他说："这位太太的命格太高贵了，清奇得似纯洁的白莲花，可惜只有二十个月的同命鸳鸯，在廿一岁的那年，她非为寡鹄不可，不过后福弥佳，能享大寿。"

这一下子，又是给他算着了。这位太太，就是吾友邵洵美、霄松、啸越、云骧诸兄们的嗣母史太夫人（武林籍）。这位邵老太爷是洵美兄们的伯父，年龄和洵美兄们的尊翁相差甚大，授室年余后，也不知为了一些什么家庭细故，竟会吞金自尽，他们的门第既高贵，庭训又严，金认为异事。据说在事前，他每次出去，马车（他们有自备马车进出）的玻璃窗上恒有人形隐约其间，但仔细观察又杳无所见，归语于夫人，夫人就劝他少出去为妙，但是结果还不能避免这惨局，无缘无故的用他自己的手结束了自己年轻宝贵的生命，还抛下一位只度过二十个月同衾之人，这位史太夫人从此扶孤守节，度其孤单形只，攸攸无情的岁月，贤声远著，母仪足范，而清纯高爽之节操，果如白莲一般，后来享寿六十余仙逝。从此我对于命运之说，稍稍相信，认为非绝无哲学根据的。

从歌坛跃上银幕之周璇

///

有优秀演技的演员，没有优秀的导演来导演，决不会有成功的希望，周璇从役电影，就是一个实例。周璇自新华解散后，之方和我就把她荐于艺华，这是她踏入电影界第一步，艺华初不重视，像《三星伴月》等片，从未显出她的优点来，迨史东山《狂欢之夜》一片摄成，因剧本好，导演好，演员也好，支配得宜，成绩大好，周璇在片内，饰一县长之女，导演善用她的所长，结果演出方面，好评潮涌。在周璇未进艺华之前，我曾屡向东山推荐，东山要我邀周小叙一次，俾在冷眼观察之下，对她的举止行动，悉数印入脑际，一旦实践，便丝丝入扣，可得到意外的收获了。时明星袁牧之拟摄制《马路天使》，片中姊妹俩的典型，多方物色，先得赵慧深女士客串为姊，深合剧中人的个性，再好也没有了。妹子一角，牧之早属意于周璇，谓除她之外，影圈中竟找不出第二个人来，当就向艺华商借，艺华一听要借周璇，不免奇货可居，多方留难，牧之志在必得，谓一切任何条件都可接受，假使借不到周璇，宁使牺牲《马路天使》不拍，后来总算如愿以偿，结果此片公映后，袁牧之成功，《马路天使》成功，周璇也成功了。老实说：自《马路天使》后，周璇一直没有好戏演着，比较最近的《渔家女》和《鸾凤和鸣》还不错，她自己也很感到痛苦，尤其是《红楼梦》一剧吃力不讨好，在未公演前曾和我说，"你看我多瘦，摄演时害我流了很多的泪，连饭也吃不下，变了神经衰弱，假使一兴奋过度，就患失眠，真苦透苦透；而且这部片子出来，一定要给人家臭骂的，可否请你向诸位文友面前，疏通疏通，帮帮忙，应原谅我以演员地位，无法拒绝导演的。"不过，《红楼梦》我也看过，还不十分使人失望，总算难为他们了。她对于朱石麟也很崇拜，这次《各有千秋》不接受，大概的确为了体弱关系吧。

周璇的"小白狗"

///

不晤周璇已两三个月了，近来知道她患神经衰弱，常常失眠，《凤凰于飞》也为了病体不支而请假停拍。周一下午，天气甚佳，闲着也就闲着，不如去望望这位孤零零的她吧，好得熟门熟路，用不着愁老远赶去，遭着挡驾或出外不遇之忧。及登三楼，门上果然写着"因病谢绝接待"的挡驾标语，自恃忝为老友资格，不用迟疑的推门而进，她的妈见是我，就招待着，周璇也很兴奋地从房内奔出来，始知她的病症不十分严重，不过失眠和头痛等症，问她胃口如何？她说"食量倒很好，并不因病而减弱"，又问她："现在请谁医治？"她说是红十字会的粟医师，《疯狂八月记》那位作者的病就是他治愈的。又告诉我《真善美》一曲已灌好了，不过尚未发行，《凤凰于飞》，插曲有六段灌好，若病体好转，两星期后，就可实行；《各有千秋》一片，因体弱无法接受，这是我的损失，因为对于朱石麟先生的导演是素所崇仰的。

她所灌《不变的心》一曲，受到听众热烈的欢迎，就我个人而说，也最爱听，因为曲调最谐美。她灌此片时，我也在旁听，当时她认为成绩不会好的，谁知出片后，却出乎意外之佳。凤三先生说，片中有"唉唉唉……"一节，非她所长，反为白璧之瑕，她也承认是对的，说"那天灌音时，练

周璇与丁悚（© 丁悚家藏）

的次数太多了，正式发行的，'唉唉唉……'之音反见比较难听，真是遗憾。至于现在人家唱《不变的心》时，率都唱两部音，那就更不好听"，此外，"《新夜来香》唱三部音更不取"。我们又谈了许多往事，关于袁、王恋爱事件，她说，王引到现在像还很恨我。最近，有人送给她一头小白狗，她抱来给我看，说是雌的，曾唤它"莉莉"觉得拗口，要我替它重取个较易呼唤的名字，我就随口说了不如叫它"杰美"吧，她连声说："很好，很好，一定叫'杰美'罢，这是丁先生给它取的，作它的纪念。"又谈及最近各影星家中遭骗事，她妈被骗去绒线衫一件，因为周璇本人不在，骗子定要她妈签收条，只得到房里去盖章，出来时骗子已偷了绒线衫不翼而飞了。接着我们又谈及大郎先生，她说："那天龚之方先生在国际请我吃饭，得晤唐先生，很觉得快慰，不知什么缘故，你们两位，从我认识到现在，总是这个样子，永远不会老的？"她认为这是异数，谈话至此，我觉得谈的差不多了，怕她受累，就约了后会之期而别，临行她在五斗橱上取了盒人家望病送她的肉松给我，我大笑说："望病的人空手而来，岂有反带了病人的礼物回去之理？"她笑道："反正人家送我吃不完，您替我带去给丁师母吃吧！"

天马会失画纠纷

///

旬前拙作所记的"天马会"，有一年假霞飞路尚贤堂（就是现在尚贤坊的旧址），开某届展览会，忽发生了一件小小纠纷，言之足以知当时一班技巧未臻成熟的画家因急于将作品问世，而又不择手段，结果就酿成一绝大话柄，贻笑识者，真是太不值得也。

按当时在"天马会"，陈列展览的作品，规定须经审查会审查委员多数通过，始有陈列资格，其间决不会徇情容私，开方便之门的。有某君者（不够称画家，还在上海），作品幼稚，虽与"天马会"会员都系素识，然就作品立场而论，绝对无入选资格，于是他异想天开，乘人不备之际，自顾自的把自己作品一件，悬挂在一隅，我们发见后，如秉公办理，则势必立即勒令卸除，继念彼此都是素识，不便破脸，就替他想了个折中办法，不列入目录，来一个"号外"等于"未入流"地位，这样安排，总算公私兼顾了，岂知话把戏也就此发生，展览了两天，他自来报告，说他的某一号作品失踪了，问我们"是否有人定购，不待闭幕先自取去"。答他"根本没有"。于是他就大跳闹地吵起来，说这幅画，已有某人拟出重价定购，这样不明不白地失去，会中是应负全责的。我们听了几乎气得发昏，说"本来大作的陈列，没有经过正式手续，亦未列入正式'号内'，完全是你自悬自落，焉得要我们代负其责？"但他一味强词夺理，每天来胡缠不休，缠得光宇光火透顶，几乎和他打起架来，结果由我出面调解说："等闭会时，会中苟有盈余，就照数赔偿，否则酌量贴补裱糊之资。"结果竟如他的愿，全数赔偿了事。从此同人对于这位老兄，都远而避之，让他去自说自话，自得其乐，后来他竟有类此的同样手段出来，不过趋途稍异而已。

1920 年 8 月第二届天马会于上海国恩寺办展览
后排左起：王季眉（王一亭之子）、丁悚、杨清磬、江小鹣
中排左起：刘雅农、王济远、陈晓江、徐笃人
前排左起：祁佛青、张辰伯、汪亚尘、戈公振、刘海粟、李超士、俞寄凡（坐椅者）（© 丁悚家藏）

唱片附送歌词溯源

　　写回忆文字，总想避免卖老，实在很不可能，今日所记，又要重蹈此弊，并非故犯，不得已耳。周前本报晓霞兄大作述及翻译唱片词句一文，虽系事实，但语焉不详，兹姑溯本追源地补述一下，以飨读者。按唱片附有唱词，原为舍予和我两人的倡议，给百代公司实行的，在当时有三个最喜欢玩留声机器的同志，舍予和我之外，还有一位任子木先生，他收藏的名贵唱片，比我们两人还要精警丰富，有不少片子，连唱片公司里也早已绝了版，我们得暇辄互相聆赏，阳春白雪，绝非一般人所能得到的耳福。且子木尚有几张更名贵的唱片，非遇知音，决不轻易开唱，因多唱易损，惟所灌都是老腔老戏，可毋庸藉唱词，即能领会，所以从前发行唱片，向无唱词附送的，后来杨小楼和李连仲、鲍吉祥、苏廷奎们灌了几张《连环套》《落马湖》等唱片，舍予认为精彩绝伦，听得兴起，就随听随把唱词抄录，偶遇一二难辨的，即大家各藉听觉的经验来互联辨别，几经改剔卒告完成，目的无非是自娱兼以娱未谙京戏的友人，因为一有歌本可对，自觉兴趣倍增，于是我们一得空暇，就把几张比较有名的唱片，逐渐逐渐地随听随录下来，日积月累，数亦可观。

舒舍予、贯大元（ⓒ丁悚家藏）

后来我们就把这计划供献给百代公司张长福先生，他认为确是推广销路的极好办法，就去印了薄薄的一种小册子，随片附送给购片者，销路果因此骤增。自此凡遇新片发行，唱词例不可缺，如不及订入册内的，则另印单页，随片附送，页数积多，在小册子再版时逐一加入，时日既久，越积越多，小册子几不复能容，乃改印较大的版本赠送；继又以页数过多，排印装订等需费颇巨，则又每册收回纸张印刷成本若干，以资挹注。时上海无线电收音机尚未盛行，中上之家，视留声机几为家庭必需品，唱片公司逐日增，唱片销路也日广，随片附赠唱词，也萧规曹随，莫不效法于百代。徐小麟兄为购片者便利起见，始集各公司全部唱词之大成，编纂一《大戏考》应世，内容丰富、印刷精良，分门别类，检查极易，不但为听唱片者所必备，就是喜欢哼几句的朋友，也莫不奉为研究剧学的津梁。想不到这翻译唱词，事最初不过是我们一时好玩，谁知今日竟成不可或缺，甚至盛行不替，此岂吾人所逆料哉。附带正误，日前晓霞兄大作《用耳翻译》文中，贯大元《困曹府》唱片，并不是百代所灌，乃蓓开公司出品，合亟更正。

步薛玲仙后尘之周文珠

///

听说近来周文珠为了染上了恶嗜，渐渐也将步薛玲仙的后尘了。鸦片的害人，的确甚于洪水猛兽，使每个人在不知不觉间，会自毁其一生，造成令人不忍卒闻的惨果！周文珠和王次龙的结合，已是第二个时期了，我认识她还在初期，见面时候，比较多些。她和次龙同居于甘世东路*时，我曾去过两次，在王美玉家里也曾会晤过数次，以后就无缘相见了。今春曾与孙老乙、殷秀岑们从华影第三厂出来，在泰山路广州大饭店晚膳时，忽来一中年女，首裹绸帕，一如"吉普赛"装束，面目憔悴无润容，状极颓唐，说是找韩兰根来的，殷胖暗暗指点，说这就是周文珠，一时几不相识，幸她也未曾注意，即使见我，可也记忆不起了，因为我们早年既不常相晤，近复暌隔日久，倘无人从中作介，就决不会记得的了。那夜兰根先叫她在靠里面的一张桌子果腹，菜肴倒也不错，所以见她吃得津津有味，殷胖说她常来和他们借钱的，瘦猴遇着她到来，辄感到疾首，据说近来已在丁香花园门口，实行其伸手生活了，言之慨叹！

* 注：甘世东路，今嘉善路。

因周文珠而想起薛玲仙

///

　　昨天谈起周文珠之堕落，又连想到和周同样命运的薛玲仙，薛在明月社四大天王中，乃长得比较最好看的一个，肌肤白皙，不似王、黎、胡们的糙黑，在台上表演，轻歌曼舞时，也足使观众"心旌摇荡"，杜宇和我似有同好，他是极赏识玲仙的，知我也爱好玲仙的歌舞，一夕特设宴大雅楼为我介见，这是我认玲仙之始。其次玲仙的阿公严工上先生，为我的朋友，大伯个凡，是美专的学生，薰砧折西，又系绘画同志，有此几层关系，似乎更形热络。她个性本来是好动，热情奔放时，什么都做得出的，兼之口才便给，擅于词令，嘴上能说得使人死心塌地，整个明月社里，她是最为活跃的一个。有一次，忽谣传她在香港因产身故，内子竟为她落泪，她的缺憾处，是身材太矮，国语不大纯粹，所以在影圈中不为导演重视，且加秉性疏懒，不争上游，是她毕生致命之伤，遂不能如王、黎们的得意了。一年远游西蜀，淘金归来，贪图安逸，似无永穷之日，即染上了嗜好，于是日趋没落之途，驯至为家人所不齿，携带三雏，在外流浪了三四年，弄得不复成人形，在一个岁暮，竟冻毙在自家的门首！

文明戏的盛迭兴亡

///

现在给人贱视的所谓文明戏，它的前身是由当时艺坛的奇葩春柳社蜕变而成的，后来到了汕头路民鸣社时期，所剩春柳老脚色，已寥若星辰，后生新进，份子复杂，于是内部秽德彰闻，不过营业反而奇佳，或也因此造成了这畸形的发展。正秋每感慨地谓之："新剧的中兴，可说全仗你们两位（一指王钝根）的笔底春风，乃有今日，反言之，无昔日之成功，何来今日之罪恶，故两位也不能辞其咎。"我们闻之，不禁矍然。在当时，溜达戏院子，已成为我们的日常功课，和他们的相熟，也为当然之事，不过平时，因目睹这班不图上进，私生活不检，日趋没落的仁兄，我们在后台，也就渐渐地裹足了。那天我听见正秋加了我们这个罪状，所以越发吓得从此不敢和他们亲近，驯至绝迹，否则同流合污，人言可畏，局外人谁来给你们清算这笔细账？后来该社为营业计，上演的戏，一天天的低落下去，就是非驴非马的古装戏，像《三笑》《双珠凤》等等，也连一接二不断地排下去，只顾迎合低级趣味的观众，于是新戏这块招牌，给文明戏取而代之，渐渐不为人所重视，仅所为游艺场的附庸品而已。迨今话剧中兴，反顾尚剩留几些文明戏的遗骸残迹，在我们眼里，诚不胜今昔之感！

史东山是画家出身

///

　　二十日本报晓霞兄大作《鲁少飞发奋成名》里，谈及晨光画会，因晨光画会，又使我记忆起史东山兄来了。按晨光画会为朱应鹏兄所创，乃研究会性质，一天叫我们去参观时，踏进门口，就看到一幅很好的人体素描（木炭画）陈列在入口处，署名"匡韶"，就引起我的注意，要应鹏给我介绍，遂认识了这位未来震惊艺坛的名导演史东山，要不是我在此说穿，怕读者不知他原来也是一位画家呢。他的尊翁史文钦，我认识于先，乃环球学生会会计主任，他令姊史曼华，也认识很早，东山本人，则在晨光里才识荆，他的介弟史廷磐则还在上海影戏公司时认识的。晓霞兄说少飞商务印刷厂画毛石出身，我倒不知道，他在美专时，使我另眼相看的，也是为了他的人体素描实习，乃线条画得最好的一人，和史东山的作品一样动人，如同一辙。

贵 族 化 的 晏 摩 氏 女 中

///

　　二十余岁时的我，曾去担任教会女中的美术教授一席，那时在朋友们看来，任你平日做人如何规矩，总对我有些豆腐论调，认为我一旦和年龄相仿的异性时常接触，那危险性的巨大，真难以设想，但我竟在这个年龄，这个时候，实实在在地担任了浸会堂所设晏摩氏女中的教席，当时我专教高中班的美术一课，余下时间，还兼授该校特别班已毕业女生三人。兼亘七八年来，风平浪静，从未有一些话把戏发生，全校师生对我翕然，有好感。脱离以后，该校几度改组，但还忘不了我，辗转设法找我，要我重作冯妇，事实上，我已绝对不可能了，乃坚欲我荐贤庖代，遂推荐杨清磬去抵挡。当一·二八事平后，他们又来找我，那时更没有办法，乃命小儿聪去担任，初时聪也为了师生的年龄相差无几，自问学识不够为人师资，坚不肯就，我乃教他放胆前去，绝无问题，这是我的经验之谈。八·一三事发，该校再度停顿，小儿远游，我和该校始告一大段落。按该校美术的一课，向由校长美人 Miss Hannah Fair Sallee 施小姐担任，一年施回国，由 Miss Pearle Johnson 强生小姐代理校长，美术非其所擅，乃征询同学有无专教美术的教授，时内子的表妹戴月冰小姐在该校肄业，把我举荐，强生小姐是一位很随便的女

校舍（© 丁悚家藏）

后排左二为许淑珍（© 丁悚家藏）

性，也不问年龄大小，是否教徒，冒然就要我去担任，幸我教授法，比较还新颖而且实用，故学生们都十分欢迎，甚至说某科以中西出名，某科以圣玛利亚为擅，本校得有丁师的图画，和其它两校可以分庭抗礼，不致十分淹然无生气了，所以我也感觉兴奋。翌年施校长返校，一见我那么年轻，又非教徒，而衣饰翩翩，恐非正人君子，万一发生意外，校誉有关至重，所以使她担足了心事，常常在课室作逡巡，以每个课室门的上端有一玻璃窗，她身子很高，内窥可以一目了然，她见到了我的教授法，自叹勿及，于是注意我的品行，暗中遍询同学，众口一辞地说"好得不能再好"，她遂放了心，但不过见我不信教，还认为遗憾，自己不好来劝，乃暗嘱几个优秀生，如许淑珍们，常来絮聒，并不是我坚拒，实在一信了教，要我每星期赶到北四川路底，后来索性远到西宝兴路底去做礼拜，如何吃得消呢。

亡友江小鹣轶事

///

留日时趣事

要写亡友江小鹣的轶事，委实是太多了，反觉有无从下笔之慨，兹姑先述他留日时的一段罗曼史，容当将记忆所及，再一一实我这回忆录中。按小鹣的家乘，大概知道的很多，不必再劳我词费，总之是位贵公子身份，可惜他的老太爷江建霞太史，戊戌政变后，为西太后所忌，从此韬光养晦，闭门家居，虽少年得第（廿二岁点翰林，廿三岁外放），曾放任湖南主考等显职。但名士风流，不善居积，及归道山，家中只剩些名瓷古籍，所以小鹣家境并不富有。

白岩龙平报恩

其东渡留学斧资，全由巨富日人名白岩龙平者所供给。盖白岩幼年贫乏，为一笔铺学徒，江太史游日购笔时，见其敏慧异恒，乃携之返国，居于现在新世界地段之寓所。后白因江之援引而渐入佳境，既跻巨富，以念旧恩，故视小鹣如家人，凡小鹣正当所需，白必尽力供给，在所不吝，假系无谓浪费，则不名一文，实存鼓励其上进之意。但小鹣貌既美若子都，性情复温厚如处子，因此到处自有许多的异性为之倾倒，尤其是日本，甚至他足迹甫履日境，警署即派便服暗探，亦步亦趋的跟随，杜防有桃色纠纷，而报纸竟也为之大书特书"江新（江初单名新字颖年）样来日"新闻报道，实则也寓意警戒之意也，足见那时小鹣的锋头了。

六个铜元

但实则小鹣在日，阮囊羞涩，口袋里常常"瘪的生司"，向朋友借债度日，已视为恒事。一次几位老朋友有意作弄他，知道他袋里只剩铜币六枚了，暗中联络好了，一致拒绝他的借贷，看他如何度这一个星期的生活，因为一星期后，白岩的正常费用要拨给他了。不料小鹣见他们不肯通缓急，仍旧如平日一般，照样天天搭电车上料理馆，纸烟是纸烟，稳稳地过了一星期舒服日子，于是朋友莫不佩服他的手腕，事实上还不是全恃异性朋友给他安度的吗？

东京美专

赋性聪明的人，率多不肯用功，而造就自佳，我观于江小鹣，乃益信此说，小鹣自父见背，即赴日，进东京美术专校为正科生，专攻西画，期以三年毕业，然而他在校能专心正式上课，实不满一年，其余时日大半消磨于游乐，迨毕业期届，三门考试：人体、风景、自画像，固无需人代作，也能完全及格，非天份过人，安有此成绩？毕业回国，我乃邀其入上海美专主教务，此为小鹣以艺术家姿态与沪人相见之始（小鹣留日时虽在春柳社，用"可柳"艺名演《新茶花》

主角于红氍毹，不过游于艺性质，不当一回事也）。居恒自觉学识尚嫌不足，即蓄游法之念，但困于资斧，迟迟未果。

留法惨状

后小鹣忽思父老门生故旧，彼时多居显要于燕京，乃萌华北之行，作将伯之呼，一方面函请白岩龙平资助，几经奔走，幸底于成，遂与陈晓江两人买舟赴法。在临行时小鹣不但法语片言未谙，即英文程度亦殊浅薄，不料留法未及一载，法语居然通顺，迨返国之年，出言吐语，纯然已无异于法人。一日曾偕志摩赴一法人所设之烟肆购烟草，见其与法人接洽，对答，熟极而流，不禁使我心折。不过他在法时，以所携资斧无多，恒告缺乏，在法所识同胞，究不如旅日时之多，且皆因离祖国遥远，汇兑为艰，故虽有心力，亦无暇援手，吾人时获小鹣告急之信，但也爱莫能助也。至白岩龙平处，当然不能例外，白岩深悉小鹣性情，且以小鹣离国已久，高堂慈萱，早倚闾而望，即以归国为条件，谓由任何路线言归，所有旅费，都能独力担负，如得资而仍留恋不归，则分文不汇矣。

艺术精品

那时小鹣在法，诚困苦不堪言状，日以冷面包度日，闭户三月不出，日在一木箱盖上雕成一罕有之艺术精品，正中雕弱冠时之自造像，四周背景，以图案作风雕成其所历之各地名胜，再施以彩色，精湛绝伦，吾人一致认为此是其平生最成功之作品，曾在"天马会"公开展览，非聪明绝顶之人，曷克臻此，实亦真正艺术家之本色也。

江小鹣（© 丁悚家藏）

执教同济的回忆

///

　　一个连幼稚园未尝踏进，遑论高中或大学毕业的我，竟会老着面皮，南面称师，不独在普通学校，甚至于做起大学和专门学校的教授来，虽然图画一课似乎例外，但"胆大妄为"四字的批评，想总不能逃避。同济大学在吴淞炮台湾时，阮介藩先生长该校，适该校预备科缺一图画教授，托顾珊臣先生物色，久悬不得，都鉴于同济学生的难弄，教授稍有差池，或教授法不善，常遭学生当面侮辱，甚至有驱逐可能，曾有一留美而得博士衔的教授，一日上课也因教法不满学生所望，当时竟被逐下讲台，所以一闻同济之聘，莫不视为畏途。

　　珊臣邀我时，虽不明言，我早已风闻，不知如何的，竟会一口答应，真可说初生牛犊不怕虎了。当下言定每周授课六小时，分星期三、四的两个下午，共授四班，迨到了那天正式上课，履上讲堂，忽想起了两件窘事，第一点名册上倘遇学生冷僻的姓名，如何办法？第二同济学生的籍贯，非特各省皆全，甚至日本朝鲜的都有，我的普通话是向来不兴的，总不能在讲台上"对哦，是哦，好哦……"地用上海话来教授他们，为了言语不通，不将给他们轰下台来，那倒不是玩的，于是心生一计，先自我介绍一番忠实的报道，之

1921 年同济大学合影
前排右起第四位：丁悚（© 丁悚家藏）

后，就见他们四下里交头接耳地在指指戳戳了，这一下知已得相当效果，因那时我已薄负虚声，其次点名，遇着了生涩的姓氏，就不客气地询问他们，就算识错了，也不要紧，好在我不是国文教员，他们居然肯情情愿愿的告诉，并无讥笑我的神气。正式开讲了，那怎么办呢？急中忽然又生一计，不如自己先来声明不擅国语吧，说用本地话，恐诸位不能明了我的解释，还是在黑板上用书面教授，那么无论如何，总不致隔膜了。此法居然很顺利的敷衍下去，难关已过，其他便不放在心上。这样的在同济也当了五六年的教授，师生也很相得，从未曾闹过一次风潮，现在有声于医工两界的诸大博士如孙克锦、丁惠康、顾毓琦、顾鹏程、费昆年们，当时都在同济毕业的，问问他们就知道了。还有一点我觉得最感兴趣的，就是该校课堂的轩敞，设备的完备，在上课时，推窗四望，面临吴淞口，披襟当风，俗尘尽涤，那是上海各校所不有的。有一年因建筑新校舍（初借中国公学，继借水产学校，皆因期满收回自用），曾一度迁在威海卫路的德国学堂，也极壮丽宏伟之至。弹指光阴，不过二十余年，从前的几处校址，现在不知成何境像？诸大博士便能告我一二否。

风流艳迹数江郎

///

第一次欧战将告和平的那年，时王钝根先生尊翁长太原某矿局，以产铁运销华北日商，由钝根主其事，邀江小鹣为舌人，同莅津门作业务上之进行，特辟东洋旅馆为办事所，为期近一月，谈判尚称顺利。讵双方签订合同之日，即欧战宣告和平之时，运铁计划全部取消，钝根毕生事业之失败，此役受创最惨巨，兹姑不述。第小鹣莅津，在此短促期间，乃构成一件空前风流韵事。时其大姊及大姊丈潘绶三兄等胥卜寓津门，以小鹣深陷脂粉阵里，惧罹巨祸，几为之寝食不安。此时小鹣已年近而立，犹为一般妖姬荡妇所颠倒，不得不认为异数。不过小鹣为人，自有其令人钦折处，固不独异性对之发生好感也。

小鹣既下榻旅舍，酬酢频繁，未数日而与异性之交接尤伙，一夕竟辟室至十余所之多，以利于分别接待，诚属骇人听闻。尤有可哂者，每逢小鹣将出或有事离舍时，如电话铃鸣，侍者必请小鹣暂止，谓"大概又是三爷的电话"，聆之果十九属于异性之致江者，其交际之忙冗于此可见。

在追逐小鹣的一群女性中，此中尤以长腿将军*第七如君，与之最称莫逆。甚至公然同乘车沿站立卫队之汽车，风驰电掣，往来于京津之间，招摇过市，绝不避人耳目，因此小鹣家人为之急煞。嗣小鹣憬然醒悟，觉长此以往，后患无穷，毅然排除绮障，始乘隙悄然南返。迨小鹣既婚，而长腿将军之七姬人热恋之心犹未绝，曾投情书于江，谓"现蓄有现款一百八十余万，饰物无算，如能与妇仳离，愿从偕老"云云。此函为小鹣夫人所获，曾出示吾侪传观，字里行间，充满浓情蜜意，江夫人留中不发，加以没收，此事遂不了了之。其外尚有南方已故某伶之妻，时尚在津门有声于交际场中，貌极昳丽，性复温淑，同时亦为追逐小鹣之一，热络之情，宛如鹣妻，侍者不察，辄以江太太称之，亦不以为忤。总小鹣寓津一月所耗，几达三千余金之巨，闻之咸为咋舌，当时此数，固属浩大，而其他游宴取乐之资犹不在内，盖皆出于对方自愿供应也。

    *注：长腿将军，张宗昌。

长腿医师艳遇

///

德医庞京周君，亦为友侪中以富于风趣称于时者，诊余执笔为文，辄多佳构，笔名龙厂，与徐慕邢兄（徐君以丰神俊朗，有特别照会雅号，娶名妓蓝桥别墅为妾，别署南虎），同时以龙虎两健笔见称于《晶报》。庞体格修伟，两腿特长，吾侪戏呼为长腿医生，设诊所于南京路大庆里口之利济大药房，庞固擅书，该药房市招，即出庞之手笔。每日下午五时许在该药房候诊。一年小女一芬（已殁）患肺炎症，倩庞治疗，配购药水及复诊改方之役，辄由愚独任之，去时，诊室之门恒紧闭，以为诊务忙繁，绝不介意，且医室定例，无论至熟亲友，不经延请，不能擅入，盖恐妨碍诊察时工作也，惟是久后忽现去时十九皆门闭，每见一中年盛饰艳妇，跚跚而出，面容丰腴，绝鲜病态，庞则双眉紧蹙，频摇厥首，愚不明所以，询之，始知妇为粤人，不知因何忽对庞发生单恋，假就医之名，按日往其诊所挂号求治，经庞诊察，殊无病兆，而妇则坚称有疾，每去必藉故留恋不肯遽归，恒久留至一小时以上，而室外待诊有人，不顾也。庞苦之，于是要愚来时，不必待启门相延，尽可闯入，行之数次，颇见效果，至此，妇始知落花有意，流水无情，从此绝足庞之诊所。亡友毕倚虹以此收入其《人间地狱》说部，描写各人性情状态，刻划入微，活跃纸上，读者如有《人间地狱》，不难复按之。

钻 了 一 次 篱 笆

///

教师之对付女学生，要宽严相济，否则不特得不到校方的谅解，同时且失去学生们的信仰。当我执教女校之始，即抱此宗旨，故前后十余年，从未有事故发生，而且能始终保持师生们的地位如一日。当我于晏摩氏女校授课时，常见女生和国文教员阮老先生开玩笑，明生在此青春活跃期，大都好弄，也系最可贵的黄金时代，天真未鉴，至性流露，无一些虚伪谲诈之心，诚乐园中之一群天使也。一年远东运动会举行于北四川路底的公园靶子场，我由校方派购入场券数纸，当时未曾注意及券有特别和普通之分，届时持券入场，只及外围，不能深入，盖我所得之券，乃为普通的，例在外场遥瞻，要进竹篱看台，须易特别券方可，一时踌躇不定，顾在我之左，见一仅能容一人进出大小的窟窿，有不少观众在此钻入，我一时好奇心顿起，也随众跟进，讵一入窦穴，即被一童子军所执，及互相照面，系为素识，不特不为难我，反承他引领入座。当时也没有其他笑话。越数日，我上晏校授课时，坐在第一排课桌上有一位平素最顽皮的崔爱华（崔通约牧师的千金），忽然含着神秘的笑脸仰着面向我说："丁先生，你前天在看远东运动会？"我一听知道那天钻窦穴被执的一幕趣剧，已映入她的眼帘，所以今天特地提出问我，看我是否抵赖，假使推诿抵赖，定有妙文在后，幸而我即很率直地承认道："不错，那天我是从篱笆洞里钻进去的，而且还被一位童子军的朋友捉牢，后来居然引我高居看台观赛。"爱华见我一字不遗的回答，就无所使其诡计，彼此一笑而已，要不然，那一定会遭她一次的调侃作弄的。所以对待女生只好处处率直，不能虚伪浮滑，过于严厉认真，她们非当场饮泣，便事后怨恨，过于宽松，或近于轻薄浮滑，不但失去师道尊严，给她们留一恶劣印象，积久弊生，或竟引起其他严重事故，和你开玩笑，真还是小事呢？所以最好唯有用不亢不卑的态度去对付，那么她们就不敢常来找你麻烦了，我对付崔小姐，就是一个很好的例子。

王君达的三个半朋友

///

王美玉既和王君达结合，就抛弃了舞台生活（这指初期的），合小姑爱玉、宝玉们从事苏滩，生涯奇茂，是为她们三玉鼎盛的时代。初寓香粉弄，我代百代公司邀美玉灌音，始与君达（当时名林继青）相识，倒是一见如故，因君达平时好浏览大小报章，知我已久，故对我有相当好感，甚至于美玉灌音代价，不需索重酬，百代方面以初次所灌唱片销数奇佳，乃央我去请她再度灌唱，王以我作介，仍不索巨资，照初次原价成局，可说放足交情，而却间接便宜了百代，从此我们的交接日频，和他们全家老小也熟如家人仿佛。后来他们迁至云南路裕德里后，往返益勤，有时办公下值，无处溜达，必向裕德里走走，君达虽多疑善妒，但对我信仰备至，譬如他不在家，任何亲友，不能直达其卧室，他认为大多数友人和他们表示好感，必有其它企图，但对于我则例外，且郑重告其家人："假使我不在家，丁先生来，请他直接上楼，不必等我，叫美玉或小妹子们招待好了。"美玉私下曾谓君达自说生平朋友，只有三个半，一个是城内开红木家庄店的杨某，一个就指的是我，还有一个我已经忘了，至于半个是钱无量，那时钱无量还未曾搭上爱玉。他所以只算作半个，是因为君达见无量待王无能不错，笃于友谊，在无能落薄时，无量不忍舍之而去，同甘共苦地给他做下手随带跟包，在友道凌夷的时代，已算不可多得，他认为做新戏的没有一个"全人"，所以他只当他半个朋友。这句话，日后竟给他一言道中，后来无量和爱玉因同台关系，果然被他勾搭了去，于是在王君达心目中，如今连钱无量半个朋友的资格，也全部取消了。关于美玉们的事太多，让我逐渐记出来吧？

王 美 玉 的 减 瘦 方

///

　　在王美玉的黄金时代，她在鬻艺上收获既多，身心舒泰，因此娇躯也不能例外，日趋肥皙，所谓身发财发者是，美玉大忧，时适在大世界演话剧，对于饰貌，当然有极大的影响，一再和我商量，拟以饮鸩止渴的办法，吸阿芙蓉以减损其肥体。时彼夫妇俩绝无嗜好，君达并纸烟也不大抽的，我力止之，谓如上瘾而消瘦，面容肤色成青灰，不啻鬼物，且成瘾而不消瘦的也常有，还是另觅减肥之法较妥。美玉听了我的话，那时的确未敢尝试，但后来因拍摄《梨花夫人》，工作频烦，心绪恶劣，人家借酒浇愁，而他们则以烟代酒，终至成痼癖，而不克自拔，缅念已往，不胜感慨系之，以两人宅心都很忠厚，不过个性互异，君达优柔寡断，美玉则反是，半生积聚，初伤于日夜银行，几去其十分之九，次耗于电影事业，于是一蹶不振，日趋窘境，在其心雄万夫，蓄意创办玉成公司时，我曾一再加以劝阻，奈其不听何。

贴满标语的香闺

///

王君达以我替他办了几桩使他心悦诚服的事件，所以常说我言而有信，从未失约时间，不尚虚伪，待人以诚，富有判断力，无轻举妄动，不作非分之想，和择交谨慎等等，但他的个性就恰巧与我相反，于是他有两句标语道："要成事业，须学丁先生"，这不特变了他的口头禅，而且在他卧室内贴满了此类自警自惕五光十色的标语，一踏进去，人家还当它是开的广东小食铺子呢！美玉常指点我看说："他的神经真有些反常了，但是言行仍多不符。"这又有何用？当我傍晚到他们府上时，必留饭，他们平时浸有不少佳酿，自己涓滴不饮，似专供我一人独享的，而且，他们全家常常茹素，我一人又所食无多，他们每次必备了冷盆热炒来款留我，好像非如此不足以敬宾客似的，比较美玉老实一点，说："丁先生最欢喜的是王大吉弄内的臭豆腐干，和牛肉果肉之类的下酒品，反较实惠。"有时携内子同去，那更大动乾坤，使吾侪几视去王家为畏途，亡友汪仲贤，也为了他客气逾分，竟不敢和他直接谈判公事，要我做他代理人，岂非笑话？

汪优游最怕客套

在王君达和王美玉接办大世界话剧场时，小生一角，目标看中了汪仲贤（即汪优游），以增强其号召力量，他们知道我和仲贤系老友，夫妇俩双双地驾临寒舍，要我作曹邱，聘请仲贤为双头牌角色。当时他俩卑辞厚礼，极尽谦逊之能事，而意在言外，似此事非我加以促驾，仲贤必不肯俯就，孰料仲贤早已料到他们俩有此一着，也知道他俩对我是言听计从的，而且料到必以邀聘一役来烦我，所以已在上日也下顾敝寓，不特要我设法去婉辞，并要我坚决地不能接受登台条件，于是一槽双驴，一聘一辞的关键，全系在我一人身上，教我如何办法呢？但王氏夫妇期在必得，非要我竭全力为他们拉拢不可，一再缠绕，苦无术摆脱，乃不得不代他们奔走，经过好几次的折腾，说得我舌疲唇焦，幸承老友重我，勉强屈就，不过有一最重要的条件，就是一切公事他不愿和君达直接谈判，必须由我代理，即于缴付包银之微，也须由我转受，我因此大受其累，可见君达逾份客气，而碰着拙于词令不尚虚套的仲贤，却感到头痛。他们每种事业的失败，这点或许也系一大原因也。

记折衷画派先进高剑父

///

在民元前，河南路交通路口对过，有一单开间的出售美术书籍和明信（非星）画片等物的商店，名"审美图书馆"，是岭南画家高剑父、奇峰、奇僧昆仲所设立。营业范围，全是美术品之类（当时吴稚晖在巴黎所出的《世界》等，就在这里寄售）。并发刊一《真相画报》行世，当然也偏重于艺术作品，印刷很精美，内容图文并茂，取材精警，令人爱不忍释，凡研究美术人士，视"审美图书馆"和《真相画报》，不啻最亲热的友侣，暇时辄多过往逗留，作贪婪的浏览。我也在这时和高氏昆仲们相识，忝属同志，过从益密，差不多每天以审美图书馆为艺术朋友相集之地。高氏昆仲，皆擅折衷画，作品推剑父最精湛，奇峰次之，季奇僧，艺似更不如其次兄。高氏昆仲之设此肆，虽以鬻画经营美术商品为幌子，其实内容乃一鼓吹革命的秘密机关，也是同盟会有力的一个支部。其时"民"字报尚未出世。剑父为人极和蔼，矮矮的身材，胖胖的圆脸，奇峰、奇僧比较瘦长，面貌清癯不类剑父。后来以人事变迁，审美收歇，就和他们不相晤叙，惟剑父们的作品，有时还得观赏。嗣国民政府定都南京，奇峰大得军政显要的重视，把他捧得很厉害，死后甚至享"公葬"之隆重典仪。剑父的折衷画，目前研求这一派的画家很多，但谁都不及其造就之深邃，他可说是介绍折衷派画的先进，也是折衷画派的忠臣，但不知高先生现在乔迁何处，不胜系念之至。

神秘影星和漫画家

///

　　最近在报间见漫画家胡考已返沪消息，使我十分的怀念了。他从前离沪似在聪儿之后一二年？他的作品，的确有特殊风格，任何人所不能模仿，笔触线条虽粗笨古拙如木刻，然与黄文农、高龙生又大异，所以艺术作品是不许有仿效的，各画家秉性互异，作品当然各别，国画之师承有自，大都束缚个性，剥夺天才居多，因此国画殊少创作特殊佳构，原因或许在此。当张氏弟兄办《上海漫画》时，为这班青年优秀漫画家最活跃的时期，艺人生活辄多不羁，一时盛传某神秘影星，一夕和胡考在上海漫画社宵谈，因时间过久，不及言旋，遂以写字台作阳台，度了个甜蜜的良宵。这件事，不独友朋间相晤，资为笑谈，甚至不惜形诸楮墨。时隔未久，读者或尚能忆及之。

三个著名"温吞水"

///

谭光友从前和严折西常在一起，同进同出，两人个性很相近，都不大喜欢多开口的，两人好饮，也有些仿佛。谭光友我们都叫他"阿谭"，有人用谐音就叫他为"鸭蛋"，有时江揆楚来时，凑成三个不开口的"温吞水"同志，那真妙极。薛玲仙说他们在楼下客堂里，从下午五时坐起坐到吃夜饭七点多钟，三人大家闷声勿响，足有两小时以上，没有说过一句话，不过，香烟却烧脱了不少，原来这三人都是大瘾。有时我们高兴了，要玲仙化妆表演一番草裙舞（玲仙平素不大修饰，不施脂粉时居多），于是她从我们所请，其薰砧折西，便也不声不响地捧了只吉他在旁伴奏，两人情调殊异，辄使人发生遐想。今玲仙早作古人，折西和阿谭已届中年还是光身独汉，揆楚虽时常下顾，而欲回复当日的胜概豪情，已杳不可得，光阴诚残酷无情哉！

胡 蝶 临 场 心 跃

///

一年浙省某地（健忘的我，竟记不清了），为了灾荒，旅沪同乡，辗转的委托了徐来等，拟假康脑脱路徐园，举行一个明星游艺大会，以所售券资，救济灾区。事前假北京路大加利邀宴电影明星和报界同文，以期商讨节目和宣传事宜。那天胡蝶因在家中度中元节，并当夜有戏待拍，所以迟到早退，当时报友疑其架子太大，深致不满，事后胡蝶特托我向同文缓颊，要求谅解，遂平静过去。到了举行游艺会的那天，我偕内子同往参观，先在后台溜达，当胡蝶将登场时，忽觉胆怯，谓内子："你来摸摸我的心看，正在跳得厉害呢？"说时牵了内子的左手，伸入她的胸怀，叫内子抚摸，内子果觉着她的心脏在剧烈地跳动。当时我歆羡内子的艳福，说"只有你们同性的，能享着这软玉温馨的酥胸，真使我神往不置"。

有 趣 味 的 酒 令

///

　　从前我们宴聚频繁，差不多每周至少有一次，在席间常常想出许多闹酒的笑话，普通有豁拳和"捉曹操""拍七"等许多老酒令，后来玩久生厌，已感不到兴趣，于是想了两种易于使人发笑的酒令来：一种"咬耳朵传话"，又名"接电话"，虽是含有很深的意义和丰富笑料，但是没有饮酒的机会，好饮的率都不大欢迎。另有一种饮酒机会既多，举行简易而且多笑料，假使席间有善笑的，那非次次受罚饮酒不可。其法是同席人数不拘多少，能多最好，取其热闹也，当下公推一不善饮的作公证人，以便监察阖席人的违规，和执行罚酒事宜，之外随便那个先起立，将自己面前的"门面杯"斟满饮尽了，就可作令官发令。这时令官并不马上执行使命，饮后坐下，仍让合座的照常饮食谈笑，冷静的等待着，一遇阖席谈笑或饮食骤然停止，而有使人好笑的状态时，令官马上用手在桌上重重一击，此时顷刻间在席谈话的，将这句未完的话永远照旧地谈下去！例如说："这虾仁倒很新鲜呀！"就不断地将"这虾仁倒很新鲜呀！"联续地念，不能中止；假使那人刚用筷将菜肴夹在半途的，那么你这一筷的菜肴，也永远停顿在半途，不许你放下，或有刚欲起身离座，那么你就半离半站地僵在这个老地方，不准你越雷池一步。

　　总之，此时全体宾主，像影片演到中断时那股神气，各样的动作，都呈着"冻结"状态，那方算合法，如欲解除，必须等公证人用手平均地击了二十下，各人始可恢复原状，这时善笑者，目睹全席都像活死人一般，无有不捧腹大笑，但一见有人发笑，即由公证人，检举罚酒一杯，或数杯不等，视同席饮量宏浅为定。罚饮后，再由被罚的开始重行作令官，时间和次数可增可减，绝无定例，假使公证人击满了二十下而无人发笑，那么令官自罚，不过不笑的很少，除非令官发令之时，在席的动作太平凡了，并不使人发笑，所以令官发令时，就要注意到这一点，否则失去本意了。从前我们举行这酒令时，薛玲仙最最善笑，总是她第一个大呼"吃勿消哉"，自愿干杯饮罚。一次在舍间晚膳，正在行令后阖席都呈着"冰冻"状态，严华站得很高，从火锅里夹着了些菠菜和线粉，口中念着："吃点儿菠菜，吃点儿菠菜"不止，我呢，正离席就痰盂，不住地吐着空痰，刚巧袁树德带了袁美云来舍，一踏进客堂，猝然间见了这个画面，真像"丈二和尚摸不着头脑"，对了我们尽是发怔，后来恢复了原状，说明原因，不禁相与大笑。

毕倚虹与小老爷

///

　　前海上名妓小老爷乐第，悬艳帜于三马路沿时，芳誉之盛，实不下于后来的富春楼曼千肖红们几个红伎，不过她是以小先生的姿态，周旋于灯前樽畔耳。乐第饰貌至妍，丰睫巨目，明靓照人，很有几分像现在的包涵小姐。那时亡友毕倚虹正在征歌选色，角逐欢场最起劲的辰光，见了乐第，目为"这般可喜娘罕曾见"，就此疯魔了这武林才子，他对她是轻怜蜜爱，一往情深，乐第妆阁，几成了倚虹的第二编辑室，假使无法分身去温存，也必藉电波通款曲，可见两人情为之笃了，小老爷当然不以常客视倚虹，而倚虹本亦年少俊逸，风度翩翩，手面也很漂亮，于是两下惺惺相惜，似漆如胶；惟以小先生关系，却保持了最后一道防线，未及于乱。一年小老爷忽罹"猩红热"险症，倚虹大忧，宁放弃了正务，不顾自身的危险，衣不解带，在榻畔任看护之劳。幸天佑尤物，卒离险境，而履康健之途，于是经此一病，两下柔情，益加爱好。

周噱头初恋活剧

///

吾友世勋，得"周噱头"的雅号，恐还不到十年？昨忽在静安寺路大观园邻近相值，遂想起了他从前几件真崭实货的"噱头"事件，爰濡笔述之，实我回忆录中。

当舞场尚未旺盛时代，有人约世勋筹备一桃花宫舞场，特辟常房间于一品香老屋作办事处，我们多了一个宴游消遣的去所，乐乃无艺，每当下午，少长咸集，群贤毕至，异性也独多隽品，叶仲芳几视此室为其第二家庭。有吴爱娜者，本系小家碧玉，以家境清寒，曾一度置身舞榭，知世勋与影圈中人接近，拟藉世勋之力进影圈，所以也天天为一品香座上客，吴貌颇秀丽，世勋对之极有好感，很存染指之心，苦乏勇气进攻，因那时他的行为尚称拘谨，不似后期的世勋，碰碰一搭就牢，成立分厂。时独鹤和现在的夫人也正热恋期中，一品香也为他俩谈情说爱之地。一天我邀他们四人到舍间夜膳，大概世勋多饮了几杯，翌日相晤据他忠实地报道，说"向来对爱娜手指也未敢一触，当夜回一品香后借酒盖脸，勇气陡增，居然和她同圆鸳梦"，言下喜形于色，似十分感谢我杯酒之力，成就了他好事，从此他和她益发亲密，如影随形，寸步难离。不过世勋伉俪之情本笃，也由自由恋爱，而告同居，所以每夕无论如何宵深，必须归号，从不敢

吴爱娜 1928 年摄于徐园（© 丁悚家藏）

在外边过夜，现在彼此在热恋白热化时，虽尚顾忌到阃令森严，终不免时有越轨的时候，至此世勋就运用其偷天换日的手腕，弥补其缺陷，在彻夜未归之晨稍进点膳后，即四出遍觅相熟友好，来作他摆噱头的工具，好得他友朋甚多，俯拾即是，倘不幸被他撞着，那就把你抓去同见他的夫人，要你做他的伪证，谨称："昨夜同在某处打牌"或"某牌你不应这样打，某牌打得使人吃了辣子"，用种种的鬼话来哄骗他的忠厚夫人。

周噱头的夫人真老实得可以，见有稔友伴归，总是深信不疑，因此他的胆越弄越大，彻夜不归，渐视为常事。但日子一久，不免引起夫人之疑窦。一夕又不回家，翌晨周夫人乃亲临一品香探察，本来世勋对于茶房方面，总是事前安排妥当，不料那天接早班的，刚巧未曾接洽，见周夫人贲临就老实说世勋睡在室内，周夫人就扣门叫唤，这时世勋和爱娜正同衾共枕，交颈而眠，忽闻夫人从天而降，吓得面无人色，急急地披了上衣，穿上了被面上的一条夹裤，可怜衬裤连裤带都放在床内，急切不及找寻，就下床叫醒了常常给他们巡更守夜睡在沙发上的小陈起来（这小陈也是一位很熟的朋友，不过地位低些，平时给我任任奔走之劳，有时不及返家，就随遇而安睡在这里）和他扳位，要他赶快睡在床上去，和吴爱娜同被，自己则装作睡在沙发上神气，以避夫人之疑。小陈被逼无奈，只得向爱娜脚跟头被窝洞里钻了进去，剩上半身窝在被外，世勋布置就绪，乃启门引夫人入内。周夫人一看情形，竟深信世勋睡在沙发上，并不怀疑，床上虽有女性，而同睡的，乃系小陈。她见小陈半躺半睡的倚在枕上，心上老大不安，还说："陈先生，快快睡下去，不要着了凉，真对不起，反来吵醒你。"小陈口上只得敷衍着说："不要紧不要紧，没相干的。"但事实又如何睡得下去，因为被内的吴爱娜，正一丝不挂的躺着呢。幸而周夫人为人老实，并未觉察，当时逼了这位内无衬裤，外不系带（两样东西，都丢在里床，无法出挡。）的外子，打道回府。事后我们想起当时这一幕活剧，每为喷饭。现在世勋已届中年，再不像从前那样的荒唐了。据说近来他专心一志，研究盆景术有年，颇有成就，行将在静安寺路大观园内陈列，以冀识者观赏，想不到他还会这一下子，值得敬佩。本文所述，是世勋初恋的一幕，还有他最近失恋的一幕，我也是其中一位配角，几时让我再来报道如何。（按：前日所刊毕倚虹与小老爷一文，尚有续稿，准明天刊登。）

毕倚虹恋人之归宿

///

亡友毕倚虹生前，曾以其所嬺名伎小老爷乐第为题材，写成中篇小说《猩红热》，刊诸《游戏杂志》月刊，情文并茂，传诵一时，两情缠绵之状，很像今日之凤三和包五，而该文即以自己所经过的罗曼史作题材，衍为说部。孰料好境不长，爱河多幻，也许小老爷年稚意薄，不克自守其葳蕤初夜权，暗中竟为我另一友人，一木三友郎所袭，迨倚虹闻悉，懊伤万状。数年后倚虹物化，一木三友郎远游，小老爷则嬺人撤帜而隐，从此若侪消息，沉寂至久，一年往存问王美玉，闲谈中涉及弟媳事，知剑心（美玉夫弟）演剧时忽为一女垂青，以重币作饵，令其弃离糟糠（妇名王瑶琴貌尚秀丽，亦能苏滩与新剧），愿从白首，兄嫂俱不置所为，以彼夫妇胥属恂恂庸流，行将后悔。结果金钱万能，美玉弟媳敌不住四面包围，卒含了辛酸之泪，生离王氏之门。及新人进宅领见，不禁愕然，孰料十余年未晤之小老爷乐第归宿于此，旧识重逢，颇多感慨，不过少女丰采，早已无存，娇体渐肥，远不如曩时可爱矣。

毕倚虹（© 丁悚家藏）

周 嚎 头 失 恋 之 一 幕

///

在执笔之前，先和老友世勋打个招呼，恕我不客气地写了你的"初恋活剧"，又要写你生平唯一"失恋"的一幕悲剧了，好在你是位旷达者，决不致和我翻脸的，所以我胆敢来讨好读者了。

世勋和吴爱娜一度缱绻之后，数年来，他以业务上的便利，和异性一搭就牢，因而成立分厂，或中途宣告流产的，实繁有徒。他的第一分厂，平时黄包车算得顶得紧，但他还是不肯安稳，几有成立第二第三分厂的可能，那时我不大和世勋同游宴，所以知道的不很详细。在他主持云裳舞厅那年，忽发现了一位歌手隽才，芳名董妮，他对她发生了特殊好感，便不惜出全力捧之成名。但董对他则阳示亲热，心殊不属，若即若离，使周猜透不出小妮子的意向。董妮歌艺本不弱，于是他无孔不入地想把她捧得红里发紫。后来想到歌手若能由唱片公司灌成唱片发行，是登龙最捷的径途，他知道我和各唱片公司大都有渊源，一夕忽招宴于大陆游泳池的福致饭店，并当面介见董妮，嘱为曹邱，向公司方面推荐。我当然义不容辞，代他们进行，先和胜利公司接洽妥当，继请范烟桥兄作歌词，又请严华谱曲教练，几经返往磋商卒底成就，然此役所耗腰包，其数实很可观。一夕又宴我和内子于福致，座有董妮，周被酒后，坚邀我入往游云裳，时董已不在云裳鬻艺，主乐队者乃为海力生，见董入座，乃商请一试歌喉，以飨座客，董以情面难却允之，和海同歌《爱相思》一曲。不知此曲有何宿因，顿触周之积愤，当时对董即有不愉之色，在言辞之间极尽丑诋之能事，而董则饮泣座隅。愚夫妇一时无法劝慰，窘不堪言，自此以后，即不闻周董两人之事，后于报间见董与作曲家李厚襄之弟订婚启事，知名花有主，至代欣慰。周则几年来未闻有桃色纠纷。倒是董妮几张唱片的盛行，迄今未衰。饮水思源，我想董小姐总不能就把周璇头和你拉拢的功劳忘记吧。

周世勋（©丁悚家藏）

王 雪 艳 的 天 真

///

　　写过了王美玉，乃联想到她的小姑"小妹子"王雪艳（旧名王宝玉）有许多可爱的趣事，也是我这回忆录里的好资料，故非写不可。当雪艳丫角之年，就为《晶报》余大雄所赏识，录为义女。那时拜干父的事，不像目今那样盛行艺坛，传为佳话，雪艳在姊妹行中年最稚，大家都唤她"小妹子"，连她的父母也是这样称呼，于是我们也就一例以"小妹子"呼之了。小妹子心地温良，秉性忠厚，天真伶俐，活泼可爱，长得也秀靥丰容，娇艳若滴，尤其是一口吴侬软语，闻之魂销魄夺，有神不守舍之慨。她在台上演剧，每视剧中人的善恶为善恶，假使同台饰良善悲苦的角色，下了台她就会马上买点小吃，或叫碗面来请他，表示她的同情心。反之，在一二小时内会对你怒目而视，不声不睬，恨之切骨。试想她这种单纯的头脑，多么天真可爱？她从前也很能饮，在我家里曾屡屡醉倒，有数次几不能归，醉后更觉至情流露，胸无渣滓，无话不谈，真使人对她不敢存一些猥亵之念的。更妙的是她一醉之后，假使有她的戏份，不能登台，后台当然倩人庖代，但是她非要自己上台不可，有一次竟弄成僵局，同时台上忽发现了双演，急得后台管事发愕，马上把她搀扶进去，一时台下弄得莫名其妙。这个镜头，也够捧腹了。最近她在金门出演，在台下相逢，于归途中谈了不少的家事，她的老父老母现在几全恃她奉养，说起她的终身大事，也为了双亲而蹉跎，诚一可怜女，愿天佑之。

程砚秋赴宴受窘

///

不唱戏的总是歆羡着大角儿的幸运，会赚大包银，能得管接、管送、管吃、管住的四管待遇，还有人家天天来邀请饭局，似乎天下营生，要以唱戏为第一了。其实一个唱戏的能成为名伶，做到红角儿地位，千人中能有几人呢？况且其中甜酸苦辣备尝，非身历其境者，谁都不知。笔者少时恒与若侪交接，故其中甘苦知之较多。大凡每个唱戏的角儿，任你一等一的红，都有他们不堪告人的苦事，小而言之，就以人家请他们去赴宴来论，他们已视为极端痛苦事，角儿愈大，宴会愈多，那就够你麻烦了，所以京角儿都有随行记室，记录请柬日期和地址姓氏等职务，不可或疏，偶尔失检遗漏，往往酿成不欢事件。又对曾经邀宴和捧场馈送礼物之客，临别须辞行，返后须函谢，设再度重来，又须登门拜谒，较重要的，还得购些土产奉献，偶一遗漏，捣蛋之事就立至，此岂又出诸角儿本意哉？当十五年前程砚秋南来时，也曾因赴宴不守时刻，而引起峪云山人徐朗西先生的误会。

峪云山人平日最痛恨赴宴不守时刻，而砚秋却适逢其会，讨了一场没趣。原来有一年砚秋南来（时尚未改名，然早成四大名旦之一），高亭公司徐小麟兄招宴于大西洋，并邀文艺界四五十人作陪，峪云山人为特客之一，约定六点钟入席，哪知七时主客犹未莅，而陪客已悉数报到，山人向恶人失约误时，认为不可为训，见砚秋衍时过久，已啧有烦言，至八时许砚秋始姗姗而来，山人已不多言，第含怒而已。当砚秋用过一汤一菜后，即起立向主人兴辞，于是大触山人之怒，击桌而起，直指砚秋谓："你是什么东西，不过是个唱戏的，瞧得起你，请你，搭那么大的架子，一到就走，太不把我们放在眼里，不准走！"一时宾主尽窘，几无法下台，大家又素知他是一位出名的"大炮"，谁也不敢开罪，好得从中有几个比较和他亲近的，一再劝譬，说明"今夜砚秋饭局很多，实在不能多事逗留，须请原谅"，经此一番解说，始放砚秋出松。事后我们常以此取笑山人，他亦自知早年的火气太大，一夕，他又在私邸宴章遏云，我们又谈及往事，资为笑乐，遏云本慧黠，乃谓山人："我知道你老这脾气，所以我今天特放弃了不相干的宴会不去，非到你老人家来不可，而且还是第一个报到，最末个告退呢！"读者试想，砚秋身为红角儿，还会遭到这样的冤气，足见名伶也是可为而不可为，所以他现在宁愿放弃歌衫，去躬耕陇亩了。

荀慧生与小双珠

///

在荀慧生以艺名白牡丹鬻艺时代，正是绮年玉貌，妩媚动人，不知疯狂了多少男女观众。一年搭三马路大新街口亦舞台，和马连良合作，上座之盛，打破历来纪录。时苏妓小双珠，悬帜金阊，烟视媚行，颇饮艳誉，服饮起居，备极奢豪，为了她颠倒的，实繁有徒，闻荀慧生南下登台，特买车来沪，排夕作座上客，既钦其艺，复恋厥色，乃辗转央人，欲与荀图一夕之欢，结果耗了很大的物力，由某案码拉拢，隐瞒了白党的几位健将，辟室逆旅，作幽会之所，好事卒成。当夕小双珠即馈荀现款三千，为市欢代价，一度缱绻，妾情益热，要求联续一宵，荀允之，事后又为荀剪衣料数身与其所御者色样相同，衣制成后，服之赴院，于是引起白党诸子怀疑一再盘诘，荀始吐露以上真情。自此以后白党诸子逢荀南下，如不携眷属，则必分任监护之职，恐其为海壖淫娃诱惑毁其前程也。一年南下，亦未带夫人，下榻于圣母院路梵皇宫旅邸，追求荀的花丛尤物如香田老七等等，亦皆辟长室于该邸，且特择邻近荀下榻之卧室，以冀近水楼台，易于交接，固此引起白党大忧，私下拟定一釜底抽薪办法，每夕至少留两三人在荀室不归，以示监视，但室只一榻，不得已双人沙发与单人沙发悉数假作临时卧具。一日我临荀室，

荀含笑指着好梦正酣的几位伴宿人叫我看，我一看他们的狼
狈情形为之忍俊不禁。

  注：圣母院路，今瑞金一路。

目 不 识 丁 的 名 旦

///

　　小宝宝撒尿，连一连再来谈谈荀慧生吧。我第一次见他，在天蟾舞台的台上，演的倒第三《醉酒》（那时北伶南下，共隶一台有杨小楼、尚小云、谭小培等，这还是他初次南下），在喝酒醉后，手扶着宫女时，见他用手指按在宫女肩上点拍，认为异事，所以印象很深。时老友杨怀璞（丩丩又名怀白）正出全力捧桐珊，见桐珊娶新妇貌寝，他亦竟代抱不平，似乎冤屈了桐珊，真是个捧角的忠实信徒了。后慧生南来，杨乃与舒舍予、沙游天（大风）们转移目标，改捧慧生，一时外界目他们三人为"白党中坚分子"。慧生北归，杨、沙两人竟设法把行事（时同任事交通银行）北调，遂了他们的心愿，也可说开捧角家的新纪录。慧生出来时目不识我（丁），由沙游天每天教他识方块字，兼亦临摹字帖，也算他的天资聪慧，居然进境甚速，甚至后来连绘画也给他学会。慧生有一最大好处，乃是肯受人指点，每值下台后，总是遍询在座的，今天台上有何缺点，或须改革处，我们总是据实地告诉他，下次重演他必改正，他能居四大名旦之一，初非幸致也。

荀慧生（© 丁悚家藏）

描 王 与 某 姬 之 热 恋

///

　　描王夏荷生是嘉善人，和我同乡，他的大哥康年、介弟天金都是学画的，又和我先后同事，因此和他们的爸妈和夫人都相识（日前本报梁君述夏父早殁，不确，夏父似方于去年故世，曾在贝禘鏖路莲花寺设奠）。老家居于萨坡赛路，新厂则分设贝勒路。他从前曾演出过一段罗曼史，而对象却是我一位老友的爱宠，姑且恕秘。最近在我本录里，也曾涉及他的真姓名，他大窘，特打电话来打招呼，因为他一向很有地位，现在更加崇高了，他说那天见了我的拙作，踏进办公室，他两腮飞红，几无地自容，要我以后笔下留情，闲话一句，就姑存忠厚不把他的姓名披露。现在说到本题吧。我的那位朋友在年少时，既拥厚资，事业复蒸蒸日上，因其措置一贯以稳健谨慎出之，故在他的生命史上可以说从未有过失败。一年他瞒了我们，秘密地从妓院中冶游，发掘了一朵奇葩，就暗暗地给她赎身营金屋藏娇于某处，不给我们知道，后迁贝勒路的永庆坊。一夕我和另外几个友好，在一个变相夜花园的场所宵游，忽在园中和这位老友相遇，见他身边还携带了一位千娇百媚、体态轻盈的少女，同游者当然要诘问他和她的关系，他知无法推诿，遂含糊其辞，当众介绍，才知这是他新纳的宠姬。我们要他在金屋设宴请客，否则给他宣扬出去，他情急，只得一一承允。

这位新宠，不但媚艳入骨，而且待人接物，复极温婉柔腻之能事，洵尤物也。嗣愚夫妇也常往金屋逗留，此豸亦洵也为寒舍座上客，亲热如家人。时描王年轻貌秀，搭大世界日夜档场子很吃香，一般异性，为他颠倒的很多；又加一部《描金凤》说得红里发紫，故桃色事件时有所闻，而这位烟视媚行的如君，大概两下里前世已种下了孽缘，听听书，竟成了莫逆，继且发生了肌肤之亲，永庆坊的金屋，我那位老友，又不常去留宿的，于是反给他作了入幕之宾。一次给描王德配侦知，曾表演捉奸活剧，被他跣足从帐后溜走，逃到隔壁人家脱身，凡此种种，只把我的老友瞒在鼓里。这样的偷偷摸摸有好些时，若要人不知，除非己莫为，结果究竟给我老友识破了奸情，她自己下不落台，就服毒自尽，因为我的朋友一向未曾亏待于她，她自知太对不起我那位老友，乃出此下策，从此香消玉殒，魂归离恨之天。她生前甚喜摄影，我家里还有她不少照片，本来可以范铜飨读者的眼福，奈于私德有关，只得付诸缺如了。

* 注：贝禘鏖路，今成都南路；萨坡赛路，今淡水路；贝勒路，今黄陂南路。

邓尉探梅光福夜泊

///

曩执教于神州女校，在一个春天，该校美术科及普通班学生六七人，忽发游兴，要作邓尉探梅之举，事前特邀杨清磬和我作领导，约期车站相集，买车赴苏，届时学生七人齐至，车将发，清磬竟失约不来，至此我不得不独任其艰，伴她们一走，七女一男，谈谈说说，故途间颇不寂寞。及抵苏，投利昌旅舍辟室安顿，夜膳上宴月楼果腹，在阊门外所见一切，好像都换了个新环境，席间逸兴遄飞，照样能饮者饮，能歌者歌，并商定明晨出发程序，当晚先嘱旅舍茶房代雇定"无锡快"一艘，停泊船埠，早点过后下舟，一路直向光福而进，那时租小汽船拖带价昂，所以特雇较廉的无锡快乘坐，但快慢却相差太远，待船达光福，已是万家灯火，又加行至途中，天忽下雨，八人局处扁舟，十分沉闷，夜膳后，大家才发愁，今宵一男七女的睡卧问题，因为天雨，只有一小小的中舱可用，船头漏水不能睡人，后舱又为船子起居之地，况且也有船婆，我们终不能秉烛达旦而不眠，况明晨更须早兴，于是大家想出一不得已的极法，便是在中舱船底平睡四人，余四人在中舱四周，搁上宽不盈尺的平棋板四块，头尾相接，搭成口字形，每块勉容一人可睡，我当然是四块上的一个，无可奈何，大家就马马虎虎地躺下再说，但谁也不敢乱动一下，倘睡至半夜，偶然不慎翻身，就有下堕可能，尤其是我，一翻身，就有跌在下面四位高足的身上之虑，同时还要顾到双脚一头，不能过分伸直，因此我无论如何，不敢睡熟，真是窘不堪言。好容易一宵挨过，及旦东方还未全白，大家都已起身，草草梳洗，预备出发，但看舱外雨虽停，而地尚潮湿，当命船子上岸，购买草鞋八双，以利山行，这样总算偿了邓尉探梅的心愿。此行有一件事，不得不提的，就是光福地近太湖，为海盗出没之所，游客被劫，常有所闻，我们事前并未先知，否则那夜谁敢冒这大险？幸叨天之福，未曾遇险，总算仍带着八块完璧归沪，事后回想，真有点汗毛凛凛的。

五 马 奔 苏

///

五马，并不是真的五匹马，乃天马会里五个中坚分子——江小鹣、汪亚尘、杨清磬、王济远和区区，因江、汪、杨三人都是属马的同年，所以更加贴切。奔苏乃是赴吴作短期的旅行写生之简写。此事时隔多年，但尚有不少回味，今江物化已久，王远客海外，汪杨虽尚不时相晤，但昔日豪情胜趣，如今早已荡然无存，饥来驱食，天天为稻粱谋，言之慨喟。

游苏之举乃在一个明耀的春天，我们五人平素本意气相投，志趣相契，不啻异姓手足。事前预期五天往返，公推清磬掌会计，所有各人公摊的一切费用，悉数交他保管度支。抵苏后，税阊门外"铁路饭店"作我们的下榻所，五人须辟两室，方够敷用。但当时皆不愿分室而居，致减兴趣，故决合宿一房，第室仅两榻，问题遂生，谁愿三人同寝？谁肯放弃双宿？结果只得拈阄决定，乃为汪王双宿，江杨我三人同寝。分榻既定，纷争又起，三人中又以左右中地位为争点，重再拈阄作卜，结果杨获中睡之权，我和江作左右弼。小鹣好嬉，吵得清磬终宵不得安宁而叫苦，在旅邸消磨一夕，已笑话百出，极诙谐之能事，厥后游踪所至，不外虎丘、灵岩、天平等等，因我们到处还要工作（写生），所以只择风物宜人的地方逗留，并不普遍展其游展。

五人中以清磬最跳踉好弄，到处招惹，资人笑柄，上天平偶一不慎，两足陷入泥潭，满染淤泥，几不克自拔，惟有将袜子脱去，跣足纳履，不以为怪，复插野花满冠而蹒跚入闹市，路人几目为疯汉。亚尘足劲亦欠健捷，登天平，频表演《金钱豹》中猴子摔跤身段，也属笑话。小鹅擅阴嗫，每一启齿，率使人啼笑皆非，比较济远安稳，大家公上常州孔夫子之徽号。如是闹闹吵吵的三天过去，这位杨会计的祸事来了，他素来落拓，所服洋装，乃天知道的货色，口袋七穿八洞，并不加以补缀，偶然疏忽，竟把我们五人所有的资产，从他的破洋装的口袋里溜滑得无形无踪，不幸我们各人身边又都不留一文，于是大家对他发怔，预定五天之游，因是不得不打折扣，但是回沪车资，行将安出。这就不得不大动脑筋，穷思遍索，幸而后来猛然想着在苏尚有几个美专的学生，去向他们借贷，想不致碰壁。结果总算天无绝人之路，找到了一位陈福田的，说明原委，得知五位老师落魄穷途，不加援手，势将流落他乡，乃义薄云天的，不但给我们买了车票，还替我们祖饯一番。一到上海，各人十一号照会车晦气，只好步行回府。这次经过，我们不得不感谢这位杨会计（现在要称杨科长了）的赐予，据说他现在的举措，尚不脱当年的作风，笔者希望他再不要将满口袋的旅资，悉数便宜了马路瘪三，要老朋友好看，不禁馨香祝之。

天马会合影
左起：张辰伯、杨清磬、丁悚、唐吉生、王济远、汪亚尘、江小鹣（© 丁悚家藏）

刘春山的《热水袋》

///

柳絮兄日前在他报述及冬天坐咖啡馆，因小溲频繁，出入厕所，殊多不便，莫如各携"热水袋"一具，典出刘春山所唱《热水袋》一曲而来（原文不在案头，大意如此）。因此忆及当年蓓开灌收《热水袋》一曲之经过，以及我和刘春山间的一段关系，觉尚有一记价值。原来在我任事颐中烟草公司时，每天午膳，和同事们合定包饭，在治事所进食，饭后或下棋，或打乒乓，或午睡等，各事所事，藉此消磨一二小时空闲，以解寂寞。吾人所居在五楼，有时偶然凭窗下瞰，见二楼一隅，常拥集了不少人头，似在讨论什么事件，又类在听取故事或演讲，观个人面部，时紧时弛，形诸于色。初不为意，后来常觉如此，乃引起我的好奇心理，询之左右，始知二楼洋账房，有一刘姓先生，擅口才，能效故事家现身说法，每天饭后，为同人所嬲，日讲评话一段，以为消遣，又谁知此人即日后红遍海上之滑稽家刘春山也。

有一年夏令将届，楼下忽送来便面一页，附函一通，署名"刘春山"，乃央我作画者。见其函中字迹潦草，几不成章，文亦浅陋粗俗未能达意，虽多"久仰"等谦挹之词，实须加以详测，而署名之下则注"一九××，×，×"西式年月字样，洋派一络，这是我认识刘春山第一次。后来他因事触西人之怒而停职，遂恃其辩才辞令，与夫小聪敏，与盛呆呆搭档，改业唱独脚戏，自号潮流滑稽，颇能得听众拥戴，几与老牌王无能争一日之长。刘自此也踌躇满志，惟对于旧识，谦恭如昔。时我方主蓓开灌片事宜，脑筋即动到了他，他在台上，《热水袋》一曲，已脍炙人口，称盛一时，百代公司已早挽人同刘接洽，愿出重价灌收此曲，刘奇货可居，不为所动，实也因百代账房向有一陋习，凡艺人灌片，他们都要拿回扣，所以刘不愿灌唱。但我们经手接洽任何事件，向不屑为此，与艺人谈公事，从不于中取利（半生贫困落拓，原因其在斯欤），故艺人大都对我们很敬视，当时我将收灌《热水袋》一曲向刘申请，承他一口答应，且并不索重酬，又因我亲自去接洽，更使他不安，说道："你老的事，通个电话好了，何必亲自驾临。"又说："从前你老是上级职员，我们是仆欧，更不敢当了。"结果此片出后，销场大好，几夺王无能的《哭妙根笃爷》。这便是我和《热水袋》唱片的一段源渊。

刘 琼 与 严 斐

///

刘琼在今日的艺坛上，不失为一个优秀人才，而尤以最近于影剧两艺，所获的成就更伟大，平日也束身自爱，生活严肃，不似其他稍获成就，即不可一世的艺人可比拟，不知因何，迄忽为《平报》周小平兄所不满，迭遭严谴，初以"粗制滥造"四字，诋及其剧技，继以酒醉不获上演《蔡松坡》，目为与北平李丽牵涉男女之私，读后颇引为诧事，得暇当向双方询问原委，以明真相也。按刘琼之进影圈，是金焰一手包办，当时他寄食于金家，交谊甚笃，在影圈同人中，金的生活比较安定，但是还谈不到富丽，同时在金家宿食的，也不止刘琼一人，所以等于开大锅饭，大家都要相帮动动的，不能衣来伸手，饭来张口的坐食。那时刘是绝对无地位的一员，很惧怕老金，但性奇懒，每天总睡到午饭起身，起身后就吃现成饭，吃饱午饭后，又拍拍屁股，往外就溜，人美就说："刘大个儿（当时的混号，后来又改叫老刘）挺懒了，也不帮帮我们洗涤洗涤碗盏，收拾收拾台凳，吃饱就走，很像大少爷派头……"这可见当年他的"吊儿郎当"脾气了。后来他就踏进影剧坛，地位渐高，乃是得力于几位好友的提携，吴永刚就是其中最出力的一位。他娶严华妹妹严斐做夫人，新婚后，就租了斜土路邻近联华摄影场（现在华影第四厂）吴永刚家里一个小得不能再小的亭子间作新房。

　　一天我和内子到老金家去玩，出来路过吴宅，弯进去看看刘琼和严斐的新房，老刘已出去了，严斐在家，极力招待一番，并告诉内子说："这两天够苦了，老吴的女佣返乡，灶下事，都要亲自动手，一向做不来的，所以都拿不上手，尤其是生煤球炉子，永远生不旺的。"言下凄然，内子也代为她难过，想她一向傻头傻脑小孩子一般，一旦做了人家媳妇，当然要下厨房的；又加上住在那这个冷静偏僻的所在，六亲无靠，举目凄凉，内子几为之泣下说："我有女儿，决不肯嫁这样的人家。"于是下厨房，代她生旺煤炉，并教她烧煤炉的诀窍。早年我们真把他们当自己亲子女一般的看待的，有年谣传老刘和陈燕燕如何如何，内子又代她发急，一天在席间遇老刘，询及此事，刘自誓决不敢有此，请我们信任他的人格，并谓请转告内子，"老刘决不做对不住人的行为，请丁师母放心好了。"严斐初来时，真像乡下人，她哥哥带到我家里来，叫她唱个《吹泡泡》歌给我听，她还像怕难为情似的唱了，后来一熟，不得了，像自家人一样了，一到就去袜跣足，有时搁起了双腿捏脚丫，捏了自己还把上鼻子闻闻香臭，我问她："什么味道？"她说："酸的！"现在他（她）们都成名了，虽然不能像已往那么的时相过从，但是前尘影事，如在目前一般，我们反一年不如一年了。

周 璇 、 严 华 婚 变 前 夕

///

近来艺坛报道，盛传周璇与柳和锵结婚消息，周、柳恋爱之说，前既风闻已久，小女在周璇处碰着过小柳，一次，我曾面询周璇，究竟有没有相当的对象？她坚决地否认说"绝对没有"。这是男女之私，我们也不便多所干预，男婚女嫁，事极寻常，只要双方相契，白首可期，惟冀不再蹈从前覆辙，则幸甚矣。现在我以述的，乃周、严婚变的"前一夕"事。

在周、严婚变的这一年，由小女一英发起约其同学们，每月举行蝴蝶（壶碟谐音）会一次，率在舍间举行，周璇、严华、白虹、张帆们也每次参加。在他们婚变的前一夕，是一个周末，照例举行这蝴蝶会，他们俩从霞飞路方面步行而来，严华手里还高擒着"烤鸭"一只，偕周璇欣欣然出席参加，席间当然仍有说有笑，兴趣不减往时，不过对于我的劝酒，她总以"今天头痛不舒服，不能多饮"为辞，不似上几次的来者不拒痛快畅饮，细察其形色，似也不及上次的兴高采烈。曾记得一次餐毕，她和白虹都含了醉意，在洗盥处化妆，见我至，乃攀了我肩头说："你待我们太好了，我们永远总不会忘记你的！"这大概是酒后心话，发自肺腑，但是那夜她不肯多饮，也就罢了。饭后仍歌唱助兴，除对唱流行曲外，严华唱京戏"探母"，周璇刚在拍《夜深沉》，乃嘱其唱"起解"一段，相当精彩。翌日星期，他们俩还赴蒲石路﹡吴寓手谈之约，不料星期一夜十时许忽接严华电话说："周璇不别而走了。"他要我们少待，不一会就偕百代傅祥巽君同来，报告出走经过，这是周、严婚变前一夕的事实。

　　﹡注：蒲石路，今长乐路。

周璇、严华庵堂相会

///

周、严既闹婚变，不幸卒至仳离，当时经过的花花絮絮，当时各大小报章，多不厌求详的巨细靡遗的予以登载，所以这里不必再加以渲染，重贻炒冷饭之讥，我今所述，为周与严分离后相值于九星大戏院的一幕，原来在他们闹婚变纠纷时，严华曾假敝寓邀新闻记者出席，报道周出走事实，在我固义不容辞的应允了，在周、柳方面，也许视我左袒严华，心中不无耿耿？一夕，越伶马樟花、支兰芒在九星初次上演，由沈廷凯兄们订座邀观，友人忽来报告说："周璇和几个女友坐在下场第二排观戏。"我乃假作小溲，特经过其座位，试她尚和我招呼否？迨我从厕所出来，她已见我，即从座上起立，扬手呼唤，虽时别未久，亲如久违，乃问内子和小女们好，并嘱代为问安，始知周对我尚无恶感。一次，蒲美钟夫人五七假牛庄路清凉寺设奠，严华约我同往，去时见签名簿上，周璇已先在，我谓严"今天你们要庵堂相会了。"及登厅堂，即为周觇见，托李厚襄君独邀我过谈，既面，欣然倾积愫，谓"大块头（指严）又胖了些了。"临走频说："你替我望望他。"但那时严华实未尝和她觌面，盖双方俱感不好意思也。实则周、严两人，初无此离必要，初误于周携带物资出走，复误于严登报措辞过份，致成僵局，设从中无挑拨离间，预料决不至此，人心险恶，言之深堪浩叹。

袁寒云卧榻挥联

///

在未认识袁寒云之前，在《晶报》上常常看到他的作品，以为这样的一位贵公子，能写这样的好文章，一定是骄气凌人，不易接近的人物，不料后来他南下，作寓公于白克路*，由大雄作介，竟一见如故，我觉得他不但和蔼可亲，且绝无骄傲态度，从此我们就游宴相共，意气相投，驯至成为知己。袁擅书法，名闻艺林，来海上后，识与不识求书者踵相接，颇以为苦，因为他每天起身，总在万家灯火之后，又兼嗜好綦深，天寒几不下床，写作即在被窝内为之，如书楹联大件，亦平睡而写，惟需两人将纸携直，送至榻上，高高举起，他就握管仰面挥书，工整一如案头所写，绝无倚斜歪曲之弊，诚绝技也。后迁霞飞路，起床较早，写作也不再就榻上为之。友好知我和他很熟，代求之件纷至，我很不好意思常去麻烦他，遂想出一个以有易无的交换办法，我素知他爱好秘戏图籍，好在手头收集甚多，中西皆备，就秘密地和他订了君子约定，互相交换，他乐于承受，且大为高兴，一方面我又和老万（他的侍从，兼研墨的）联络，因是有求必应，人都视为异迹，时有笛师某，每日上袁寓给他撇笛理曲，曾求他书联，好久未应，至是也来走我门路，居然如响斯应，他们不知我们弄的玄虚，但拆穿了却是可发一笑的。

有时，他要去一种秘密的场合问津，也常拉我作识途老马，最后卒带了赠品回来，羞于公开求治，又要我代他设法。亡友李耀亮，虽是他的门生，但实一胡调健将，故也能时时参与其盛。袁和毕倚虹同庚，少我一岁，他曾自动赠我一联，写撰具佳，联语是临时特撰的，是："名画追南羽*""清才思钝丁*"，溢誉过分，有些担当不起。今袁、毕、余、李四位墓木早拱，思之凄然。

　　*注：白克路，今凤阳路。南羽，画家丁云鹏的字。钝丁，篆刻名家丁敬的号。

唱片报名记趣

留声机唱片片首之报名，创自从前的百代公司，因以往各公司所灌唱片，皆无此例也，故当时市上有许多假冒名伶的唱片；尤其是最早的"物克多"、谭鑫培等片子，竟全没有一张是真的，百代欲表示其真崭实货起见，遂首创片前报明唱者艺名，这办法到百代改了英商以后，方始将这才告取消，不过胜利"物克多"在有一时期，有好几张杨小楼等的唱片，也行过报名法，不过戏名在前，唱者的名字在后，最后方殿以胜利出品，后来百代有几张歌唱片，像龚秋霞的《心上人》等则将名字插入歌曲和音乐之间，连作曲者的姓名也报入，十分特别，到现在可以说全部取消了。至于高亭、蓓开、长城、大中华、得胜、开明等公司，后来都依百代之例，在片首报名，到了现在，这几个公司，有的在停顿状态中，有的早已停办了，于是使我想起那时有几件关于因唱片报名而引起不欢的趣事，值得一提。记得一次百代灌罗小宝和吴彩霞合作《武家坡》《三娘教子》及单唱《举鼎》《乌龙院》等唱片，因一时无人担任报名，就托吴彩霞代劳，吴就义不容辞地担任下来，有几段高低轻重恰到好处，当无异议，及灌《武家坡》，首段灌后，经外国技师试听之后，其他都佳，惟嫌吴的报名声音太低，定要重灌，吴当然不乐，报名又属义务性质，且报名高低，与唱片本身无关得失，所以他绝不愿再为，几连正戏也不愿唱了，一时拼成僵局。

后来由我们作鲁仲连，向吴彩霞反复劝解，吴在无可奈何中，怏怏不快而重复报名，所以片出后，《武家坡》的"坡"字，特别的响，这可知当时是吴愤而造成的结果。三麻子所灌虽都是京戏唱片，而报名却是念的"上海白"，也属例外。双处、时慧宝和张桂芬的一批片子，都是张的四弟所报名，其声奇尖，十分刺耳，因这批片子是由张介绍的，所以由他的老四担任报名。王美玉在蓓开所灌的唱片是由我代报，待片出开听，全然不像我的口音，真是奇迹。潘雪艳灌片，唱的京戏，当然须用国语报名始佳，不料一时因更深夜静（潘灌片都在午夜二时以后），找不到擅长国语人物，硬拉梅花馆主代表，梅花的国语是邪邪乎的，他也自知不兴，无法推辞，只得勉任其难，等片成开听，真要命的，全部是余姚土音，难听到极点，现在读者倘使要开梅花馆主玩笑来窘他，只要预备了几张蓓开出的潘雪艳唱片，像《晴雯补裘》等开给他听，保管他会掩耳疾走，大呼吃勿消的。

刘公鲁的怪状

///

　　近来天气恶寒，所处治事之室又系北面，（今日已南迁，温暖几差十度）握管写作，手僵几不能成字，双脚更如入冰窖，乃忆及亡友刘公鲁冬令随身携带铜脚炉进出游宴之场的趣事。公鲁本前清遗少，年不满而立，脑后发辫，誓不剪除，兼之不修边幅而嗜恶癖，其状之怪，殊令人侧目。对于戏剧十分爱好，尤其于杨小楼推崇备至，偶效小楼唱念做工，亦极神似。一次暑季，共游花丛，一时兴发，摹仿小楼《恶虎村》身段，偶一不慎，忽将裤裆绷裂，袴下物毕露，房中莺燕掩目疾避，但他仍若无其事，我行我素。有时约同观剧，总是姗姗来迟，当进场觅座，时以其身躯颀长，已十分触目，复睹其脑后大辫长垂，摇摇摆摆的怪相，莫不引起观众极大的特感，和他同座，也常觉面赪。一次在一品香宴客，是个寒天，他向乘自备老爷汽车代步，车身既大且老，式样十分难看，复加车灯时坏，则于车前悬一纸灯笼照明，不伦不类，绝似其人。那天从车里来，一手擎一剥皮（已无粘纸）香烟罐，还宕一铜制老式手炉，一手携一铜脚炉，头套老式风兜，脚穿过时旧样棉鞋，蹒跚登楼，读者试闭目一思，如此装束，出现如此场所，成何腔调，

所以识与不识，莫不对他摇头称怪。他虽如此怪模怪样
不顾他人讥笑，但他夫人服饰倒极入时，面貌长得也很
好看，同站一起实不谐和。

圣诞狂欢之忆

///

今日廿四，为耶稣圣诞前夕，假使在世界和平的时候，不要说全球，就是上海一隅，不论教徒，或非教徒，莫不兴高采烈，视为一年中最大的盛典，但年来生活日艰，盛况已远不如昔，耶稣有知，当也为之叹息也。不过，回忆总是甜蜜的，想起从前，曾度过不少有意义和饶有兴趣的圣诞节，更其是在教会女校执教时，学生们每热烈地举行庆祝同乐会，辄多浓厚而富情趣的表演，记得我在晏摩氏女中执教时，每逢圣诞节将临，学生们大起忙头，事前分组筹备，或练音乐歌唱，或编导戏剧，一方面由学生向教师们募集有限的款项，多则十元，少则五元、一二元不等，随意输将，绝不强求，会场舞台等等布置，皆由学生亲自设计，争奇斗胜，各极其能，所以五色缤纷，鲜艳夺目。届期邀请学生家属、邻近贫苦儿童和师长们参加。晚膳后，节目开始，顺序次第演出，有说笑话故事和戏剧歌唱、滑稽杂耍等。演至一半稍停，乃由一学生所扮的圣诞老人从幕后出，肩荷巨囊，当台启囊中礼物无数，先遍分在场贫苦儿童，以糖果饼干食物居多，次再出其他礼物若干份，按名赠馈师长，则颇多文具日用之品，也有稍带开玩笑的礼物，如教国文的阮老先生，每次所得必属小孩玩具像小喇叭、小铜鼓、小钹等等，面授他时，要他当众吹吹敲敲，藉博来宾一笑。还有一位英文教员俞锡九先生，和一位女教师丁露得小姐，所得的更使人捧腹，一次丁所获的乃小雨伞一顶，俞所获的乃小钉鞋一双，寓有幽默趣味，以学生们早知道他俩将成佳偶，遂借此开他们的玩笑，盖俞的绰号"雨伞"，丁的绰号"钉鞋"，都是黠狭的学生给他们取的，钉鞋配雨伞，可谓恰当之至。我每次所得，倒全系实用品，像玻璃瓷器等，或文具特号洋信封笺等等，所捐之资至微，所获则反丰，有时还可大嚼一顿，普天同庆，莫不笑口大开，又加这天学生和师长们打成一片，亲热如家人，一股和煦迎人的作风，益使人无尽低回。

因奸堕落之一女性

///

　　四十年艺坛回忆录，献丑到如今，已五个月了，所述故事里的人物，虽然间有早已作古的，但都属真名真姓，绝少隐蔽，以存其真而已。今日所记乃不得不例外一次，以此中男女主角，其一虽已物化，其一尚生存在世，且现尚厕足艺坛，颇有些地位，所以不得不暂时恕秘密一下，否则他实有难以容身社会之感，闲言表过，且谈正传。

　　原来从前我教过一位女生，她长得还不错，个儿与现在的潘柳黛小姐仿佛，天资绝顶聪敏，图画本能不必说，而对于其他娱乐，都会动动，尤其是于京剧，工须生，嗓音高亮，须眉辄叹不如。时有友某为寒舍座上常客，素擅剧艺，乃由我作介，向他请益，于是出入相共，俨然师生。女生秉性也向极豪爽，绝无一些小儿女态度，况且某年龄比女几差二十余岁，人也不之疑，岂料某实一衣冠禽兽，一年夏季，忽偕女作西子湖游，据说那夜在逆旅，女受某之诱逼，遂发生了关系，这是谁也不会预料的。据我知道，女生门第向来清高，不过到现在已成破落地步，父早殁，堂上只剩一老母两寡姊一女甥，五口之家全恃女一人所入为生，我因其家道中落，遂又为介绍执业于某公司，藉以维持其一家极低的生活。

　　大概冰清玉洁的女子，一被人玷污后，总是容易趋入歧途的，一年女忽诿称病体不支，向公司辞去职务，预备休养一时，再向外埠发展，对我则称随一国民革命军某军官家眷们（那时尚未达公开地步），作随行记室，去后每次来函，总是怀念我们往时的恩惠，不过每函地址都不注明，实则那时她为了生活的负担，竟已堕落到在汉口作卖笑营生，言之慨喟。翌年，我家因浙卢战争，迁寓于牯岭路的毓麟里，在一个新岁的上午，女家忽托人来报凶耗，说四小姐已死了，我们猝听之下，大为惊诧，因为一向未曾得到她的返沪消息，她家住在派克路*，与我寓相离固至迩，何以忽来报死讯，因问来人何日来申？得何病症身死？据说在轮船上业已病笃，抵家即身故。至此我就偕内子同往女宅，一探究竟，女母及女姊们见了我们，都号啕大哭，指着搁在厢房板铺上的女尸，并把盖尸面的黄纸掀了起来，得瞻其最后遗容。事后探悉女在汉口为妓，受了孕，因堕胎受伤而致死。这一副惨绝人寰的画面，我们真受不住了，又因她家实在贫困得紧，就由我们设法办理后事。棺木是这位好友独力设法的。当时我还不知他们有过这一段孽缘。以为他穷虽穷，还能念旧，谁知他是抱着"伯仁由我而死"的隐痛呢？从此，他在她死后便每天早晨念金刚经一遍，每月则稍贴补女母家用垂数年。这件公案的内情，除女家母女外，知道的只有我和一位禅门老友，其他友好全都不知，因为那时某一向在禅友处耽搁，每晨念金刚经也是因禅友之劝，教他痛加忏悔，可使九泉之女，早离地狱。

*注：派克路，今黄河路。

"小方卿"拥吻"苏滩女"

///

　　林垦＊先生要我在本报多写些"说书"道中的回忆，说也惭愧，认得道中的人，不好说少，要富有趣味性的故事，并不觉多，姑且先让我来写一段"小方卿"和"苏滩女"电话间偷吻的趣剧应应景吧！在民营电台鼎盛时代，我差不多常常作各电台的巡阅使，尤以南京路的永生电台跑得最勤，因为地段适中，其中上下职员又都系素识，而永生电台的设立，我也参与其事，不啻有些顾问性质。"小方卿"当时适从苏铣羽归来，非特场子没有，连电台播音节目，也无人顾问，由是我乃代某公司出面邀请，他们长期乃隶属永生播送，其上档则为苏滩节目，唱苏滩者，有姊妹三人，最长的一个，不知如何，忽垂青于"小方卿"，芳心款款，一往情深。在那时参观电台播音的，蔚为一时风气，播音时，不但人迹不断，而同班播唱的又不离左右，故殊鲜打情骂俏的机会，只有待上档将下，下档未上之先，找个隐僻所在，作偷偷摸摸之举，以期逞快一时，因此不择地不择时地两人竟会假电话小间内两相拥抱着接吻，作很热烈地演出，恰巧给公司学徒撞见，就暗地里来告诉我们，自此一见"小方卿"，我们总和他开玩笑，问他演进到如何地步？他辄含笑不答，揣其意，傥来艳福，不

过吃吃豆腐而已，后来两人之间果未曾有其他桃色纠纷发
生了。

* 注：林垦，民国时期上海小报专栏作者。

怀春时的江曼莉

///

女歌手江曼莉，今岁一度鬻艺于高乐，一夕醉后偕周小舟先生登高乐相晤后，曾来我家两三次，共话前尘，不堪回首，近又不闻其凤泊鸾飘，止于何所。江本属女小开阶级，父设绸布庄数处，母系侧室，所以江的行为，十分自由，年十七八即进金佩鱼所办之业余歌唱团体益智社为社员。歌喉奇佳，兼之烟视媚行，俨然交际花姿态，该社乃倚为中坚人物，刚出道，即在各电台播唱流行歌曲，颇受一般听众所欢迎，各唱片公司又请她灌收《永别了弟弟》等许多唱片，便也在这个时期内。江的身段长得骨肉停匀，极合健美标准，肌理也很白皙，不过饰貌并不昳丽，且在左眼角下有一小小疤痕，所以在她青春期内，虽少女怀春，热情奔放，奈尝鼎无人，坐视其年华如逝水般流去，殊令我辈代为扼腕。当共舞台王虎辰、常立恒们演连台本戏《红羊劫》鼎盛时，江因观剧，竟垂青于常，排日定座捧场，且私下馈赠钻戒等等，我们也常被拉去作座上客，殊感头痛，又把常介绍给我，有时竟共饭于敝庐，相当热络。嗣又不知何故，两情竟告中裂。回忆当时，如此手面豪放，完全一络小开派头，后来竟以鬻歌为生，岂始料所及哉。

除夕狂欢回忆

///

　　民国几年的一个大除夕，年份记不起来了，大概在十年以上了吧，那时年纪还轻，精神也好，生活也感不到十分的艰难，因此兴致也特别的好，这夜先在定山家里聚集，到的江小鹣、揆楚、张光宇、正宇昆仲，徐氏三姊妹，九云、十云两姊妹，陈太太、定山和我等共十二人晚膳后分乘自备汽车三辆，从陈寓出发，周历环游各舞场，预备畅快地玩个通宵达旦。先到霞飞路几个场所，都客满而打回票，旋至天主堂街＊一舞场，座客也已大集了，不过勉强可以插足，于是分坐数台，各偕配给舞侣，下池蹁步，小鹣配芝英（即现在的江夫人），揆楚配陈夫人，十云配定山，九云配我，徐二小姐和三小姐两姊妹配光宇、正宇两弟兄，恰成六对，绝无向隅。女侣唯陈太太和三小姐身躯较壮硕，揆楚和正宇反较稍羸弱，似觉不称，他俩时常感到吃力，欲与吾人互易，吾人拒之，其余长矮肥瘦相等，尚不惹眼。池中遇陈肃亮兄，偕一浓妆艳抹、美丽绝伦的舞伴在舞池中舞着，女伴手腕之间还装着小电珠闪闪发光，耀人眼睫，全场靡不注目。肃亮见我即为介见，并欲让我和她蹁步，我对于舞艺根本不懂，不过随着人走走而已，这样出锋头的舞伴，跟了我一个拖黄包车的，岂不要大砍她的招牌，又不能面拒，一时窘不可言，又加人多室暖，热不可耐，再加一窖，真急得我极汗直流。后来还是照实地婉谢了她，否则下台型之事，有继续表演可能。巴黎兴尽，又游了数处，有的客满即退，有的尚可歇足，则不妨小作逗留，然而满坑满谷的居多数。继赴外白渡桥"客利"比较最清静，且西人居多，音乐时间也长，这六对舞侣，遂畅其所欲地舞着。我虽然在晚膳时饮的酒量已多，但每莅一处，人家唤咖啡等饮料，我仍非酒无兴，或饮啤酒，或饮白兰地不等，兴致愈饮愈高。"客利"将散，天尚未明，又至现在"大沪"原址的一舞厅玩到天亮，十二人中除我以外，都喊有些吃不消了，尤其小鹅，平日舞兴算他最浓，舞术也为他最佳，那晚竟会第一个退排，我就诽笑他没用。想想现在这个年夜，虽都没有这个兴致了，尤其是个我苦得行将沿门托钵，写到这里，内子来说米缸里的米剩七八升了，我不禁打个寒噤，唉，天哪！

    ＊注：天主堂街，今四川南路。

元旦应时文章

///

从前我最感到头痛的，除金钱外，要轮到每年的几个如双十节、耶稣圣诞、国历新年等节日，因为这几个节日，不特大小各报都要向素来动动笔头的朋友征求几篇特写应时文章，还有远在京津港粤各埠的，也会老远地挽人来央求恳请，就以我个人来论，最多撮几页插图塞责，还可以敷衍一下，不过每年如此，已经够你受用了。实在应时作品题材贫乏，总不脱千篇一律的毛病，还要我写些文字，那真应了句"造屋请箍桶匠"的话，不知所云了。记得以前为各大小报年常老规，绘应时插图外，申新两报及其他个小型报也写过不少文稿，民十四年元旦，《申报》有拙作小说《母亲的主义》，故事似以一模特儿作主角。民十六七元旦，给《新闻报》写《我的绘画经验谈》散文，还有一篇《搁在门板上的她》，特别体裁小说，就以十二月廿七、廿八两日书录内所述的故事衍成，登在《申报》上，那个节日，已记不起了。尚有一篇《新嫁娘》小说，载于后期田寄痕所编的《礼拜六》里。其他零零碎碎的实记不胜记，总之，平日他们是不来烦劳我的，一逢纪念节日，就不容我逃避，就等于戏院唱封箱戏，来演几句反串，使观者哈哈一笑而已。所以我每年逢到几个纪念节日，总感到心惊肉跳，坐立不安，这也算我对新历元旦一个回忆。

恼人春色与柳暗花明录

///

汪仲贤所著章回小说《恼人春色》一书，昔曾按日刊登于《金钢钻》报，以其结构精警，故事动人，颇得读者欢迎。后又刊单行本发售，也风行一时。年前国华影片公司复取以作银幕剧本，由周璇主演，卖座也历久不衰，足见此书自有其价值。不过仲贤的《恼人春色》取材，并不出于自构，乃有所本，系剿窃英国爱情小说名家却而司迦维斯原著，曾由我国天虚我生和常觉合译的《柳暗花明录》一书，由中华书局出版，绝版多年，在初版时我早已浏览过，后读仲贤的《恼人春色》，觉书中故事绝类《柳暗花明录》，继将两书对照，虽稍经更易，然仍不能脱胎换骨，仲贤智慧过人，一则《柳暗花明录》行销不久，故未为人发觉其抄袭改变之手腕。日前偶遇常觉，询此书英文原名，也以隔时既久，苦忆无从。年前乡友徐君，托代征《柳暗花明录》译本，承九公假社日公开征求，结果由某君应征送来一册，虽破烂不堪，幸首尾尚无残缺，可称幸运。读者中如藏有此书，肯割爱者，当以相当代价为交换，不禁企予望之。

沈俭安、薛筱卿《啼笑因缘》唱片之捉刀人

///

朱（耀祥）、赵（稼秋）档《啼笑因缘》未盛行以前，沈（俭安）、薛（筱卿）档手中早有《啼笑因缘》的片子若干段，是陆澹盦手笔，乃代蓓开公司所作，预备灌收唱片之用的。在灌片之前，一切都已筹备舒齐，灌音日期也择定，不料那时适当一·二八沪战爆发，是日下午炮声忽响，沈、薛两人已达灌音目的地，以主持人胆怯，临时改期，就此一搁，未曾灌成，沈、薛也开码头到苏垣弹唱，有时在场子上，高兴时就将这几段片子讨好听客，听客倒着实欢迎，可惜只有片段唱词，总不能满听客所望，于是他俩颇有意请澹盦把全书改编，作为新书，号召座客，但当下又因事仓卒未果，致被朱、赵捷足先得，沈、薛反落人后，及返沪，乃另托戚饭牛改编，惟以沈、薛活书死说，叫座力远不逮朱、赵，实非始料所及。一·二八停战后，蓓开主持者，重申前议，继续要灌《啼笑因缘》，期在必得，澹盦原作，当然已归朱、赵所有，沈、薛无权擅用，公司方面不得已要我设法，另倩捉刀代编片子唱词以备灌收，我乃央同事陈子谦君，即本报之"闲人"代笔，因子谦平时好作书场座上客，对于弹词片子等等，都熟极而流，预卜定能胜任愉快，因嘱其仿珠塔《痛责》《哭诉》等片子着笔，必获美满成功，结

果不出所料，沈、薛一读子谦大作，认为较澹盦所作尤易上口，以是《旧地寻盟》《绝交裂券》两片行世后，竟不胫而走，各弹词刊物都把它作为主要片子刊入，电台播音点唱，竟垂数年如一日，后来长城公司梅花馆主，也重视此曲，复由子谦编词，沈、薛灌唱，可见当时《啼笑因缘》深入人心有如此，而不知幕后捉刀者，实另有其人也。

沈能毅能文

///

十六日，本报君仪先生大作《政海逸闻》，述老友沈能毅办报"大刀阔斧"，说"能毅虽报人，但非执笔为文之士，只擅长于报纸之经营方法……初未有文学在报上发表"云云。读此文毕，乃知君仪先生大概未知能毅在未主《新申报》营业部之前，曾一度任《神州日报》本埠编辑之职。其实沈不但擅于经营，文字固亦优为，那时又和泊尘主编《上海泼克》画报，为出版界权威之作，我因主编图画关系，所以和他同事甚久。沈为人倜傥不群，干练通达，中英文根底皆优，书法也极挺秀，一如其人。亡友泊尘是他胞兄。他本人在南洋公学毕业后，即只身赴燕京创办新闻事业（似为北京《新中国报》），时年尚未满二十，可见其干才早具，迥非庸流可比。任事《神州》时不克展其骥足，月薪只三十大元，较我尚差十数，是故颇不得志。时由戚属之介，得娶巨富刘听彝之独生女公子为夫人，妆奁至可观，并有西门林荫路精致三开间兼小花园之洋房一所，汽车一辆。

能毅本擅交际，因此得识卢小嘉、张学良等当时几位名公子，于是一帆风顺，前程万里矣。当沈、刘议婚时，泊尘即来告我谓："能毅行将发迹，与品貌俱佳之刘女士结褵，诚无上幸运也。"刘小姐固身长玉立，仪态万方，时敝寓离林荫路至近，能毅婚后，曾数数被邀为沈府座上客，新夫人招待也极殷勤，有宾至如归之乐，泊尘与能毅个性绝相反，一则拘谨消极，一则圆通富于进取。泊尘不寿，或亦因于此乎？能毅腾踔后，绝无机缘相晤，一年能毅衔张少帅命南来公干，时我任职颐中，广告部主任英犹太籍人邦基，本自东北南调，故与老少张交谊至笃，一日能毅来会邦基，随引领参观图画部，不期和我相遇，握手道故，邦基甚以为奇，孰知我人本属老友也。能毅素有"炒蛋"口头禅一语，"炒蛋"即糟糕之意，不知现在口边还常常流露否。

我的玩票经验

///

对于京剧有特殊好感的我，听戏的资格也不为不老，但到如今不要说不能上台来个配角充数，就是上胡琴哼几句，也会荒腔走板不知所云的。

不过在当初，那倒并不如此的不成器，虽不能上台彩串，而在私底下清唱还能对付裕如，肚子也相当宽博，往往生旦净丑末连配角，都可以一脚踢，后来认识了几位剧学深邃的朋友，如陈彦衡、王玉芳等，天天在一处谈剧说艺，知道的太多了，方始悟到要剧艺精湛，有那么多的学问，自觉浅陋，难望成就，遂知难而退，不去再求深造，还是做个旁听者，反觉有趣。惟戏虽不学，几家老牌票房，像久记、律和、明星歌剧社等，会员录上收有我的贱名，实际不是去学戏，乃是他们拉我加入的。此外我对昆曲倒正式聘请教师学过，开蒙是出《楼会》，唱到了"轻轻试扣铜环响"，因嗓音不够，就此扣不下去，也不去学它了，其时我们有几位同志，差不多三日两头在舒舍予家集会，像杨怀白、沙游天、鄂森（吕弓）、刘语冰、刘叔诒（天红）、许筱圃、郑过宜、顾森柏、苏少卿、徐慕云、倪子乔、林老拙等，伶人如小翠花、荀慧生、杨宝森们，皆属舒宅座上客。好得舍予是在家纳福的人，空闲得很，夫人和男女公子也全系戏迷，所以家中文武场面齐备，每天下午到了那里，大家便是敲敲打打，唱唱喊喊，没有人来干涉。舍予拉得一手好胡琴，所以操弦一职总属于他，有时吕弓也好弄，但技巧未臻成熟，有许多戏跟不上，一次语冰歌《法场换子》，快三眼一段还能对付，唱到反二黄那就不来事了，吕弓即将胡琴一搁，说着带鼻音的镇扬口音道"不办！"我听了觉得十分妩媚，以后遇着了，总学着他的口音问他："办不到"，他每含笑的答"不办！"我想他现在是大律师了，还是"多办"的好。

琴圣三迁记

///

言菊朋初次南下，是同梅兰芳合作，搭共舞台，并携陈彦衡俱来，假辣斐德路 * 三十四号（现张文涓亦居此屋）为下处。愚识陈彦衡即在此时，是由苏少卿绍介。少卿曩在北京曾师事彦衡，及彦衡抵沪，少卿遂日往起居。彦衡脾气至古怪，不乐交接所谓大亨闻人之流，既与梅言同处，来存问梅言者，势必随带一省彦衡，况彦衡琴艺，声誉早著，因是彦衡之室亦宾至如归。彦衡苦之，倡议易处，乃秘密迁一品香六号一室，所知者为少卿及愚等不过四五人而已。彦衡兼擅山水，认愚为画艺同志，空暇无聊，常以信笺作画纸，漫写山水遣兴，愚所获至多，后因迁家，一时不知搁置何处。

当时海壖名琴手，如周梓等辈，亦日至陈室盘桓，藉请教益。彦衡兴发，对来客不生厌恶者，辄尽指导之能事，反之则恒掀冠掷案，面壁置来宾于不顾，客往往为之奇窘。犹忆彦衡此次南游，适值与余叔岩失和之后，彦衡恶小余之不义，乃力事痛诋小余艺事之不及老谭种种谬点，巨细无遗，尽量加以诽议，如"失""空""斩"中之种种身段也、念作也、唱腔也，老谭如何如何精警，小余又如何如何不合，其他如《琼林宴》《状元谱》等等，连念带做，较之教师说戏，尤为周详明晰，吾侪因是亦获益非鲜。有时彦衡因谈琴艺，势必亲自动手，使学者知所以，第彦衡之琴音知音者众，坐是六号室又日告客满，不得已再度迁地为良，自此欲闻其佳奏，只有日赴台下饱聆矣。

　＊注：辣斐德路，今复兴中路。

苏少卿点戏"夹背"

///

我写这回忆录的故事里友人，像写点将小说般的，点着谁，就写谁，现在点着这京朝烈士派的评剧家（近年来他似已改变作风，大概饥来驱食，生活熬人，所作文字，远不如昔的有棱有角，历年来竟恃说戏为生，故不能单称他为评剧家了）苏少卿了。我识少卿，倒是徐慕云介绍的。那时徐在大同大学肄业，我有陈李两亲戚与徐同学，同嗜戏剧，所以意气相投。少卿来沪，已在投身话剧界之后，艺名"苏寄虫"。记得那年陈李徐三位假大新街的悦宾楼（现改会宾楼）为少卿洗尘，当席以少卿为介，少卿即袖出"徐州苏少卿"五字名刺授我，倒是很特别的。自后少卿常为寒舍座上客，并为其介见沪上各报同文，兼约其为各报写稿，得暇且往三马路德医朱寿田处盘桓。朱也是爱好戏剧的同志，遂日约老伶工王玉芳至寓说戏。

时尚有严既澄、高璞等四五人，参加旁听，每日夜膳总赴菜馆就食，酒酣耳热，玉芳必引吭高歌，由少卿操琴，满宫满调，自庆耳福不浅。少卿本擅谭派，在这时又得着了玉芳的王（九龄）奎两派老绝诣腔，剧艺造诣益精。我本来很爱听少卿的清唱，歌喉虽不响遏行云，但咬字纯准，韵味十足，王又宸背后也常称许他字音纯准，内行不如也。时少卿在申，渐有地位，曾在大中华灌过几种唱片，惟并不如何畅销，后来偆开灌片，我力为推荐，时适返徐，因函促其来，灌成六片，为《南阳关》《摘缨会》《蒲关》《卖马》《斩谡》《洪羊洞》，并和蒋君稼合唱《南天门》等戏，由孙老元操琴，成绩奇佳，足为后学模式。他从前处境并不优裕，囊空如洗的日子居多，有时来舍，及归，车资常常无着，那时我必要挟他来几段，那么回去车资由我来开支，他半真半假地说："每出二角，点戏加倍。"不过他学上海话"加倍"念成"夹背"，遂造成了我们取笑他的资料。

苏少卿交友受"考"

///

老友任子木先生，一名悔初，是合肥李文忠的最小祖腹东床，向居北河南路图南里，生平酷嗜剧艺，兼擅丝竹，尤爱养金鱼，寓所极广大，天井里能容排列最巨的金鱼缸（较七石缸尤大）几二三十缸。屋内另辟陈列乐器之室若干间，分门别类，有条不紊，如品箫则另有品箫之室，一室周围墙壁所悬悉数为箫类，多至百余，其他如琵琶、胡琴、笙、笛、三弦等等无不如是，诚洋洋乎大观。尤其使人向往的，在前清末季，他府上已有自置大型的灌音机，不过不是用电灌收而已，历年所收藏名贵绝版唱片之富，吾人诚瞠乎其后。我曾在本录提过，他和李瑞九们都是很会白相的公子哥儿，一位创造私人电台（李树德堂），一位自玩灌片，可谓无独有偶，当时凡京伶来申演唱，必大都亲自登门拜谒，以示敬尊，藉请诲教，倒并不希望捧场也。苏少卿久震任名，意欲我作曹邱，俾遂识韩之愿。时少卿常在报纸发表其剧学理论，颇得读者的景仰，但在任视之，目为野狐参禅，欺世盗名之作而已，及闻少卿要我作介相晤，即表示须先请他解答疑难字音数个而不谬，则愿下交，否则大可不必。于是我就把他提出的几个疑难字音，教少卿解答，幸答的都对，两人遂成相识。当时他所提的字，其他都给忘了，惟独还记得有一个"蜀"字，昆曲和京剧念音互异而已。

谭延闿书联开玩笑

///

从前治插画时，大都以讽刺政治为中心题材，那时军阀飞扬跋扈，世所诟病，故对于军阀的攻击，尤其不遗余力，谭延闿任湖南督军时，在我的笔底下，也不能幸免，常不客气地把他作为攻击目标，这是在作画的立场而论，绝无恩怨可言。一年谭下野作沪游，他本为江建霞太史门生，以笃于师谊，故每次莅沪，必趋江寓起居师母，因事与小鹣时相过，我一时发发雅兴，眼见人家烦小鹣代求谭墨宝的很多，而且有求必应，所以也托小鹣代求一联，藉壮客室观瞻。不出三日，果然交卷，展视之下，写的是行草，当然笔酣墨舞，精彩非凡，不过上款的贱名，草得我竟不识，认为美中不足，过了几天，烦小鹣再去写一副，结果送来一观，字体虽然已变更，但是慕琴两字还是我认不得它，觉得有些诧异，于是我便发了傻劲，好得和小鹣又系熟友，索性一不过二，二不过三地再要他和我去写第三副，过了几天后倒给我办到了，打开一看不好了，仍旧是草书，不过又变了一种字体，字倒仍旧写得很好的，但是横看竖看，两字贱名，终觉有些不类，即使草如《十七帖》上似的慕琴两字我还认得，问明小鹣未曾拿错，也许我非书家，对于草书素无研究，惟这种上款不像我名字的对联高悬，似乎毫无台型，至此使我终不能无疑，疑他有意和我开玩笑，报复我昔日在报上骂他的插画吧？这是以小人之腹，度君子之心，特三联皆如此，遂令我怀疑了。这三副楹联还未装池，一时不知搁在何处，将来待找着时，拟请几位名书家给我鉴审一下如何。

"对牌"与"挨城门"

///

最近某报载阿毛哥大作，谓在清时，深宵欲归城内，如遇城门紧闭，欲令守者启城，须由一人纳费两银毫，曰"照会"，则启门先容纳资者先入，余亦可沾光。藉此而进曰"挨城门"云云。大意如此。其实此"照会"两字名义之来由，尚不如所言之久，依愚所知叫城门而耗费金钱，有代名词，乃系"对牌"，非"照会"也。"对牌"之意义，大概从公差所悬腰牌蜕变而来，故曰"对牌"。此事在未拆城之前，愚固常为之。时当清末光绪年间，愚年尚未及弱冠，习业于老北门内之昌泰典肆，日间无暇出外，故凡沐浴观剧等等，胥待晚间为之。及深宵言归，城门辄早紧闭，而伫足城外者恒多，是皆守候有较紧要事愿出资之人，对牌后，始可不名一文，得鱼贯而入，但以十余人为限，过多有烦言，此即"挨城门"之谓，向时吾侪出城机会殊鲜，月不过一二次，故每次"对牌"所费，率多由吾侪负之，当时亦堪称豪客矣。第有一事，愚常视为畏途者，盖老北门城门至低，凡判死罪之囚，行刑后之首级，大都于老北门城门口示众，该处毗邻租界，且为进出要道，而所悬挂者有时多至四五众，时街灯昏暗，阴气懔人，每过其下，辄心悸不宁，更无仰观之勇气，故宁牺牲"对牌"费，愿速离此恐怖境地也。

醉疑仙嫁后倨傲

///

　　在战前，弦边婴宛，因由横云阁主之介，所识至多。时睦公亦豪兴正浓，环龙路寓邸，每夕约有醉疑仙、谢乐天、小天师徒等长堂会遣兴。嗣小天父事睦公，行仪之夕，文艺界同人出席者殊夥，逸兴遄飞，有宾至如归之乐，以此吾侪与诸婴宛益为相熟。及先慈七十寿辰，不佞五十初度，事前辄由横云携来寒舍，杯酒联欢，奏艺助兴，自后过从益密，其中尤以醉疑仙、亦仙母女为甚。时有同性书迷酷爱醉艺者，每强不佞偕与往访，藉伸仰慕之忱，醉母女接待亦必尽礼尽欢，一时亦仙几亦欲以父礼事不佞，坚辞始未成议。醉母，大郎先生曾为命名曰"醉蟹"，令人忍俊不禁。迨疑仙退藏于密，始不相往返者数载。"钰""荫"事件轰传社会一年后，一夕老友瘦鹃代"荫"邀清磬与不佞就宴于杏花楼，盖为丁香牌纸烟登记事，有事于清磬也。是夕客反先莅，主人"荫"则迟迟及八时许，始携"钰"姗姗而来。不佞与"荫"系初见，意"钰"为素识，又为主人地位，且暌违已久，必能罄谈尽兴，讵出不佞意外，"钰"觑在座之客，视若无睹，反由瘦鹃一一代为作介，始稍颔首，较前竟判若两人。体亦痴肥，不如往昔昳丽婉转，颜若冰霜，难得轻启檀口，即笑亦皮笑肉不笑。不佞大异，询及"蟹"与亦仙之近况，始略答其梗概，决非如素识者之有说有笑也。"荫"虽初识，似亦久知不佞者，故尚能尽宾主之谊，然总不明"钰"之如此做作，其意何在，岂自为一作富家妇，非如此矜持不足以增其身份乎，是诚绝大怪事也。

谭延闿尊敬师道

///

写到了谭延闿和江家关系，前一时我曾将他们许多的故事，贡献给凤老，这时凤老恰在《海报》写谭组盦轶事的辰光，他虽用笔录我的口述，但尚多不符处，现在索性再让我来连一连，想读者或不屑我为炒冷饭吧！

揆楚为小鹅胞弟，先就职于易培基所主的实业部，易也系他尊翁的门生，不过实业部清寒，拟谋高迁一比较优越些的职司，乃请江太夫人亲自晋京，面托谭院长设法，结果，为谭绍介在孙科主持的铁道部里谋得一缺。当江太夫人莅京之日，以长婿潘绥三任事津浦铁路，故下榻于下关一小型旅舍，名"通商旅馆"的，盖在便于照顾。谭既闻师母来京，即轻车简从的，亲赴"通商"晋谒。

主持"通商旅馆"的系一个女掌柜，在江太夫人辟室于该馆之初，原以寻常旅客视之夫并不十分优待，及见当时赫赫显贵的院长降尊纡贵，亲临拜谒这位普通旅客，而且执礼甚恭，不明其何等来历，于是一反以前的倨慢，竭力趋奉，恭维得这位慈祥和蔼的太夫人非常难受。在她临行返沪时，那女掌柜还备了席丰盛酒肴饯行，更使她受宠若惊，窘不堪言。返家后和我们谈及此事，说："谁好意思去扰他们，反累我白白地耗了不少赏银。"当谭晋谒师母，日寒暄之余，且偕绥三、揆楚，就邻近一带作闲步，途中忽睹一茶叶号兼烟纸油漆肆内，悬有黑地金字阳文雕刻之匾额一方，细视署款，乃系他先师江建霞太史的手泽，一时如获瑰宝，意欲向该肆婉商见让，否则容日假来拓印。经说明所以，肆主始知该额之价值，当表示愿代为宝视此匾，决不使其湮没。讵时隔数月，谭再亲往观瞻，则该额已为肆主髹漆一新，变成蓝地金字，面目全非，俗不可耐，谭为之懊丧不已。据说该额还是在江太史初进科场时所书，昔年该肆为一徽籍人所设，专营皮丝茶叶油漆等货，江原籍安徽，或许因乡谊而为亲题匾额，并也见谭延闿尊敬师道的一斑。

谭延闿大礼参拜

///

前记亡友江小鹣寓所事，兼及谭延闿氏之不忘故旧，当江寓迁至贝勒路天祥里九十五号时，一日谭氏自京公干来沪，乃亲造江寓，省视师母，是亦氏最后一次之莅沪也。去时随身携一马弁，江宅前门，固终年关闭，出入具从后门，谭亦从后门而进。时小鹣外出未归，只剩小鹣二姊文波及介弟揆楚，当由两人伴老母接待。谭每次谒见，必行大礼，江母以谭年齿已尊，坚辞不敢受领，始行常礼，就坐仍据半椅，每答必欠身，一如往昔。谭平素本嗜雪茄，终日不离口，马弁见主人久未燃吸，遂从身后潜授之，谭反手挥拒，意在尊长之前，恣意吸烟是大不敬也。适为揆楚瞥见，知谭嗜烟，乃向老母进言，谓："院长以未得老母命，不敢擅吸。"江太夫人即请其不必拘礼，尽吸无妨，己亦向烟罐取卷烟吸之，谭始从马弁手中接燃，可见谭之长厚风仪，迥异恒流，得成一代完人，初非幸致也。

英 茵 三 年 祭

///

　　英茵去世已三周年了，现在来记述她一些过去的往事，三实回忆录中。最不能使我忘怀的我和英茵的第一次接谈，和最后一次的共席，这些都给我以很深的印象。英茵初本明月社社员，和四大天王们堪称不二之选，逢到公演独唱节目如《夜花园》《漂泊者》等，总归她担任独唱，但独唱没有化妆表演的动人，是一桩吃力不讨好的任务，所以观众对她也没有多大的好感。那时我虽和明月社的男女社员都很熟悉，和她却从没有招呼过，旁人总以为我们一定很熟的了，所以也不给我们介绍。有一年夏季，明月社社址已迁至新闸路的沁园邨，我因有事要和锦晖接洽，就于下午八时许到他们社里，不料锦晖已外出，逗留社中的只有英茵和白虹等几人，白虹那时还小，不会接待客人，于是由英茵出来招待，不知那夜是否她另有酬酢，所以穿得特别漂亮，觉得艳光照眼，比了平时大大不同，又加见了人一般和蔼温婉，笑靥迎人的态度，当之如沐春风，使人陶醉。她当然早认识我的，也用不着寒暄客套，就谈得十分契合，这是她第一次和我接谈的印象。后一次，在她外埠归来，来践我们的一个宴会之约，席设在舍间。时在冬季，她穿了黑色皮大衣，怀中还怀了一头白色小犬出席，是夕到的文艺人很多，她周旋于众宾之间，谈饮至欢乐，事后报端多有记载，视为一时盛事。自此她忙于剧务，寒舍也无暇常临，直到她陈尸万国殡仪馆时，我始得瞻她最后的遗容，哀哉。在她生前，我最爱听她和夏霞两人柔糯醉人的谈话，今英茵早已魂归天上，夏则远游未回，环顾友好，欲如她俩富具磁性的京话，已杳不可得，不禁使我神往无既。

马连良、徐慕云交恶原因

///

马连良有一年给上海票界捣了一次不大不小的蛋，于是铩羽归去，一连有好几年没有好好的红过。这个起因，可以说小得可笑，所以说"小不忍则乱大谋"，是不错的。原来马连良在高亭公司初次灌片，是徐慕云经手的，地点在北京，及灌收事成，急于南返，不曾把唱片唱词向马摘录，徐以为须生老戏，即不抄原词，凭自己能耐来听录，决无多大困难，岂知事有不然，连良所灌片中，正有几段冷门货，像《祭泸江》《雍凉关》等等，虽不致只字不辨，但要其完全一字不错实不可得。翌年农历新正，恰巧连良南下搭班，当然日夜有戏，慕云屡次要他抄录唱词，以时间所不许，一再延期，坐是慕云大怒，绝裾而去，和他介弟筱江联合，授计于各票房，作有组织的"倒马运动"，连良竟中了他这一记冷拳。事后连良曾对我表示，说慕云太不原谅他们，实在因为新正日夜有戏，忙得透不转气，抄词小事，而会掀起大波，初非连良意料所及也。

斗 酒 往 事

///

昨晤李祖韩兄于中国书苑，握手道暌违，并谓读本报拙作，从未一日间断，前记定山十云伉俪所雇殊色女侍"阿小妹"一文，认记述详实，又询斗酒一役，尚能回忆否？因忆定山居龙华别业时之豪情胜概，诚不胜缕记，兹先为读者述斗酒事于下。

吾侪酒量，本不宏大，第好饮而善喜谑而已。一夕集祖韩秋君、小鹣芝英、定山十云、愚与拙荆及一瘦铁共九人，忽发豪兴，共图一醉，分两人为一组，瘦铁屈居孤丁，盖无异性伴侣也，各引巨觞豪饮，致所备太雕立时告尽，一时无其他佳酿可代，乃取家庭工业社出品之葡萄酒充数，结果瘦铁先呈不支，掀榻间彩色毡毯裹披肩头，张两手上下展动，表演其"三蝴蝶"歌舞剧，其状之怪，使人绝倒。小鹣定山继之胡闹，芝英家学渊源，徐氏家风，向有"灰堆头"雅号，几亦被醉，结果秋君冠军，十云、祖韩与愚夫妇量无多大出入，虽醉神志犹清，故尚能谑浪笑傲，在旁助兴。曩日九友，除小鹣作古外，芝英客滇久不思归，今沪居只剩吾侪七人，欲如以往必欢必邕，恐不可得矣。言念旧游，感慨万端矣。

我 的 戏 迷 传

///

日前曾说我自己对于音乐歌唱的入迷，有不作第二人想之慨，但是从前年轻的时节，于京戏的爱好，也不下于今日之歌曲音乐，有几次为贪听好戏，不惜作不平凡的憨举，时过境迁，思之可笑。记得一次谭鑫培搭九亩地的新舞台，一天夜戏贴《全本洪羊洞》，这样好戏，不去鉴赏，实在有些对不起自己，但两竖光临的前奏曲已在吹奏，身上有些发热，并且也曾和老友李新甫（常觉）兄约定，去听他的《洪羊洞》的，那时我们在新舞台没有相熟的案目，欲占佳座，只有牺牲夜饭，提早入场。我们两人，在下午四时就去购好票入场，对不起，所得的座位已在旁边十一排以后了，无法可想，只得将就。傍晚两人胡乱购了些面点充饥，只待好戏登场，俾极视听之乐。不过我是个抱病的观众，觉得遍体冷飕飕的好不难受，而且要从开锣戏直等到大轴子，时间多么长久？于是抱了"既来之则安之"的态度，横竖底下有好戏可听，即使听过了后，就当场和"杨延昭"同时归天，也很情愿的，好容易等到老谭出场，全场听众的精神，顿时为之一振，并且鸦雀无声，即使缝针坠地，也能清晰可闻。

当老谭唱至"我杨家……"进病房一场，一般坐后的听众，大概要认认老谭的近貌，三三两两地都跑到台前去观赏，仰起了头，看个明白。新舞台的台前空地极广，即容四五层人，也不觉得拥挤。我们两个傻子坐在那么的后，一见有例可援，也不甘后人的一往直前，拥入了核心，我的前面已有三四层人了，后来的又加围了两三层，我们赛过睡眠在新翻丝绵的重衾厚褥里般的，一股热气似自脚底心里直冲上了天灵盖，一场不大不小的寒热，就从这一身极汗上面发泄殆尽，终算也似老谭在台上假戏真做，"杨延昭"没有归天。听戏而竟能除病，也只有我这位宝货了。

一次杨小楼和梅兰芳搭老天蟾，梅悬头牌，杨唱压轴，票价三元五角，那时的三元五角，比现在三千元恐怕还不止吧，但是梅所演的，俱是些《上元夫人》《天女散花》《洛神》等等非驴非马古装戏，编剧的没有舞台经验，只卖弄了他们的辞藻，唱词高雅得人家听不懂，全凭主角一人在台上死唱死做。

这时戏里的配角，也和我们观众一样的，稳坐在台上，看过明白，《洛神》里的曹子建就是很好的一个例子，所以我对于天蟾舞台的正梁角儿梅大王，等于多余，我所要赏识的是杨小楼，但是为了看他一人的戏，要耗那么大的座价，似乎总有些不合算，况且当时我的境况奇窘，竟会排除万难，要看好戏，不惜举债典物赴之；而且出了这样大价，一待小楼戏完下场，就抽签往外就走，人家或许当我是来专捧小楼场的，天知道，我和他那时根本不认识，人家或许笑我像梅大王这样的好戏都不屑一顾，认为是快将入疯人医院的人物了，所以一个人不能有所特嗜，一进了入迷状态中，自有种种可笑的举动表演出来，"玩物丧志"就是我的评语。不过话要说回来，试问现在剧坛上，还有第二个老谭和第二个小楼吗？如今即使人家请我去听所谓一等名角的好戏，不耗我一个钱，我真的也懒得去赏光呢？

年宴席上趣讼

///

农历年底将临，从前市面较好的辰光，又要忙着到处去吃年夜饭了，因为我对于游艺界方面，都很熟悉，平时帮助他们的事也很多，他们一年下来，收支结算有余，为答谢我的照顾，并盼来年的帮忙起见，都是既恭且敬地请我们去吃年夜饭，尤其是说书先生和唱苏滩的，妻儿老小全体出席，招待殷勤，而且都是家厨自备，比了普通的宴会，的确要有兴趣得多。记得一年沈俭安和薛筱卿在沈寓合请年夜饭，在座除他老师魏钰卿、道中黄兆麟外，座中还有许多女客，济济一堂，极一时之盛，席至半，我们正在兴高采烈之际，忽来了沈、薛的两个学生，为钱债纠纷，特向在座的太先生和老师互诉是非，要请他们判一曲直。原来他们向在无锡搭场子合作，不知如何，沈的学生欠了薛的学生二元几毫钱，屡索无着，争端于是而启，他们两人一直从外埠争吵到上海，还是得不到解决，那天知道师傅宴请年夜饭，并有太先生在座，就趁此机会，要求师长们给他们一个合法的解决，一口吴侬软语的各说各的理，糯得不能再糯，真好听煞人，俭安和筱卿不作左右袒，始终未发一语，钰卿处太师地位，略为表示意见，结果，倒是一位郑太太爽言快语地给他们一个了断，于是一场纠纷，片言立决。至是我认为是意外收获，因为他俩起端至微，竟为二元数毫的钱债纠纷，不惜从无锡搅到上海，再从上海搅到老师台前，老师不置可否，而另由一不相干的太太为他们判决曲直，诚滑稽得可爱，最妙的两人诉辩时候，一口吴侬软语，无论如何，在书场上是听不到的，那晚的一幕趣剧，深深的印入我脑际，至今未泯，不过两小名字已忘，但记筱卿的学徒似名唤陈文卿，胖胖的身材而已。

作 弄 天 真 之 一 幕

///

女相家天真，刚刚出道的时候，税一室于扬子饭店，设砚和人看相课命。那时年纪很轻，颇醉心银幕生活，苦于无人汲引，对于一般电影明星编导，都是十分的歆羡。时适黎锦晖和徐来合组清风社乐队，在扬子舞厅伴奏，为便利起见，也辟一室于扬子四楼作办事所，得暇常去游玩。一夕我们有好几个朋友又到扬子溜达，顺便到了天真的房间里聊天，话题谈到了现代的明星和导演，刚巧徐来也跟随我们在一起，我们就问天真，"徐来和黎锦晖你认识吗？"她说："徐来我是认识的，在某一个场所，由人介绍而认识，黎锦晖倒不大相熟。"于是我们就把徐来指给她看："这位是谁？"她摇摇头，表示不认识，我们就说："这位就是徐来小姐。"她疑我们作弄她，表示不信，以为明星派头，没有这样随便，哪有跟了我们在旅馆里闯东闯西哩？她起初实在不知锦晖和徐来所开的房间，就在她的左近，于是我们大笑，又把她拖到锦晖那间屋里去，给她介绍锦晖，说这一位就是黎锦晖先生。但天真见了锦晖，她还是疑我们吃她豆腐，有些将信将疑。至此徐来也忍不住大笑了。我们要表示真实起见，先指给她看墙壁上所悬的一方镜架，系清风社乐队的规则，再检起一本《明月之歌》的歌谱，给她看，因为扉页内刊有锦晖的照相，教她对准古本，那终不致于说谎了，她仔细地一对，果然真崭实货，于是连徐来也不是冒牌了。当时她就要我们介绍，父事锦晖，锦晖也很有趣，说那么就改名唤"黎明真"吧。一桩笑话闹过兴犹未尽，又把她领到程步高的房间里去，那时步高也辟长房间于四楼，我们对她说："这位是当今大导演程步高先生，你要进电影界，应该拍拍他的马屁，那么包你成功。"天真到这时，当然再不会疑心我们的瞎说了，十分兴奋，不料步高坚不承认他是程步高，临时胡乱，造了一个假名字，反说我们是吃他豆腐，来作弄她的。至此，弄得天真一时莫名其妙，真真假假几疑刚才给她介绍的黎锦晖和徐来，也是假货了。我们见她天真得好玩，笑话也闹得够了，就此一哄而散。

黎锦晖自杀未成

///

黎派歌曲，在当年的确风靡一时，第以时代的巨轮，不息地推进，新陈代谢对于靡靡之音的黎派歌曲，当然渐归淘汰之列。不过锦晖腹有诗书，所作歌词，都很通顺流畅，黎氏之后，似不多见，故吾人不应并锦晖的歌词也一笔抹煞。锦晖秉性，本一玩世不恭浪漫派的艺人，金钱到手辄尽，常常弄得捉襟见肘，过着孵豆芽的日子居多。一年寓于愚园的蝶邨，景况稍为好转，徐来固是位宅心温良的女性，所以蝶邨寓所，时常宾至如归，不能使锦晖静心的写作，于是约定凡徐来的朋友，让徐来招待，锦晖的朋友，则归锦晖周旋，假使双方都相熟的，又作别论，或共同，或单独，视谁得空，谁当其役。如此相安了好久。后来徐来交际日广，几成海上唯一交际之花，而所来往者，又都一时所谓显要闻人之类，此来彼往，几视蝶邨为俱乐部，偶然兴至，谑浪笑傲，喧腾一室。

锦晖对徐来此种交际，苦之，见他们过于放浪形骸，太不成体统，便一再向徐来、张素贞们劝告，但是效果极微。后来不知如何双方发生了一个绝大的误会，锦晖愤极，独自出走，秘密辟一室于扬子，预备吞烟自杀。至此急坏了徐来，立刻倩人分头找寻，结果被我们在扬子发现，那时他已喝得酩酊大醉，说："活不下去了，非自杀不可。"口中还连连大骂："这些混账东西，太不把我放在眼里。"完全一股气话。我们极力的劝慰他，不要做出无意识的话把戏来，给人笑话。横劝竖劝，好容易，总算把他劝好了，我们就逼他当夜回府，一场绝大风波，就此风平浪静。锦晖作有《自杀尚未成功》一曲，由王人美灌有唱片，不料他自己却先来实地表演一番，也可见艺人究竟是不平凡的。

《黑籍冤魂》故事来源

///

　　近报载夏荫培和潘海秋们，因染了恶嗜好，竟落魄江湖，或甚至路毙收场，鸦片流毒之既酷且烈，诚吾民族莫大之祸患。日前他报提起夏、潘两人之父执，早年的确不失为有心人，所编的《黑籍冤魂》新戏，在新舞台公演时，唤醒了不少黑海沉冤，孰料其后代子弟，竟会搬演这不能自拔的惨果，这是谁都料不到的。在《黑籍冤魂》上演时，主角夏月珊特拍了张"现身说法"的照片，是用分身法摄的，照上坐的一个已经戒绝嗜好肥头胖耳，衣冠端正十分神气的绅士典型人物，旁站一个乃扮成衣衫褴褛的吸毒瘪三，左手挟了条稿荐，右手拎了把破茶壶，是一个很明显的对照，当时他特地放大了一张三十余寸的照片，悬在该舞台门口，作当门屏风，还制了铜板，用铜板纸精印了说明书，分赠观众。关于《黑籍冤魂》这出戏想读者中曾经看过的一定很多，我不必来介绍剧中的故事，不过当时大家只道是夏月珊手编的，岂知大谬不然，他完全抄自《月月小说》上我佛山人的原著，情节一些也没有改动。当《黑籍冤魂》上演，《月月小说》一书，早已停版，所以有许多人都不知《黑籍冤魂》本事的来历。

　　这一篇《黑籍冤魂》小说，我从小就读过，印象很深，他头上还有一段楔子，说得很有意思，大概这样说："一天在张园安恺地开全国禁烟大会，他也出席参加旁听，台上演说者痛陈嗜毒的祸患，甚于洪水猛兽，劝同胞速速警醒，但后文又述及鸦片之祸，中国来源，则分明近乎神话，未可轻信。据谓当年羹尧大将军征西藏的时候，忽然军粮不继，诚恐军心涣散，闷闷不乐，一天带了个小兵在一座大寺院里游览，抬头忽见三世如来和五百尊罗汉，全部都是铜铸的，顿时心血来潮，得了一个权宜之计，就跪下去暗暗祝告说：拟借诸菩萨金身暂用，用以熔铸铜币发饷储粮，藉救一时之困，一俟班师回朝，即奏明皇上，当重塑金身，决不食言。不料后来年大将军被雍正皇帝杀死，这笔佛债大家都没有想着去还，于是三世如来和五百尊罗汉大怒之下，想出就地产生出一种罂粟花植物，熬成了鸦片膏浆，来贻害中国，以报中国皇帝赖债之仇。还说，当年大将军将诸菩萨金身熔化时，忽发现三尊如来佛的本身是纯金的，一时无法提炼，乃在'康熙'的'熙'字旁，多竖了一竖，预备回朝后再收买回来，重新提炼，所以那时'康熙'铜钱，有一种罗汉钱很值价，就是'熙'字旁边多一竖的。"实际这段演词，完全是我佛山人自撰的，大会散场已近黄昏上灯时候，他踽踽街头，脚下忽被一物所绊，俯身一看是个就毙的瘪三，手中还擎着一卷纸物授了他，要他代为宣传劝世，等他携还家去打开从头细看，就是这个瘪三的一篇日记，于是他就衍成这篇《黑籍冤魂》的小说。

观戴婉若演四凤

///

演戏，不但要有天才，而且一定还要胆大，亲见两位小姐具有这两项条件，而成功的，一位是寄女顾文绻，就是标准太后江泓的姨表姊妹行，她父母单生她一个，一向宠养惯的，实在她也有惹人怜爱处，所以父母的对于她总是有求必应。一年忽发戏兴，就从李琴仙学旦角戏，研习了不到半年，在一个阴历的岁暮，因校中发起公演，她就被派了出大轴子累工戏《探母》，还邀请了名票孙钧卿配演四郎，假更新舞台（现在的中国）大台上演，多么的危险！那晚她的姨表妹江泓也演了出二本《虹霓关》，不过戏码甚前，到了那时，她的爹妈和我，都代她们担足了心事，不要上台唱僵，那才笑话呢。岂知江泓的演出成绩当然在水准以上，文绻的公主成绩奇佳，谁都看不出她是初次登台的，于是我们就佩服她的胆大，这样的大戏，她居然会担任下来，应付裕如，又不得不佩服其天才了。还有一位是我的表侄女戴婉若，芳年不过十八，又是一位独养女儿，得父母的宠爱，当然不必说，也是言听计从，从未拗背她的，我也很喜欢她的天真活泼，具孩子气，她常常有意外的要求来麻烦我，一回儿要参观摄《春江遗恨》哩，一回儿要李香兰照片签字哩，层出不穷的来找我，我总丢了自己正事，去替她效劳。

　　不知如何，最近婉若忽发生演话剧的兴致来了，瞒了她的爹妈，向青春实验剧团，偷偷地报了名，以票友姿态，从事于话剧，直待该团在二月一日假共舞台公演有期，她才拿了三百元的戏券三十张回家，要她父母代销，她父母方始知道这宝贝小姐已经变了话剧票友了，深怪她太会胡闹。她在事前就打电话来约我去指教，要我当天到她家里午膳，和她爹妈同去作座上客。她在该团三个短剧凑成的《青春交响曲》里的最后一出《雷雨》第二幕一场中，饰剧中的四凤，我和她的爹妈也代她捏了把冷汗，这不容易演的四凤，看她如何演下去？岂知又是出人意料外的收获，演出成绩，真不含糊，一向不会说国语的她，上了台对于国语台词，居然十分纯然的对付，嗓音响亮，冠绝侪辈，饰繁漪的雷蕾，和饰鲁妈的兰心，全给她盖罩了，口中回答一声"嗳"，听觉敏锐的，耳鼓也要被她震聋，尤其是动作老练，悉绳准墨，谁又知道她是一个刚刚踏上舞台的新人呢。可惜那天停电，减色不少，婉若的化妆也未臻美善，以后须要研究一番，那将来一定有很高的造就。总观两位的小姐成功，全恃她们天才和胆大，否则决不能达到此境的。

七 年 前 的 姚 水 娟

///

　　姚水娟最近以肺病咳血，遵医嘱谢绝红氍毹生活，遍登各报，略谓从事越剧七年云云。的确，在民国廿八年的时候，她搭班天香，尚未十分成名，当时要藉文字宣传，由魏晋三、田越民诸位拉梅花馆主和我代邀文艺界同人，设筵致味馆饮宴，预备筹出特刊，以壮声势，水娟出席招待，质朴无华，完全越女本色，谁都不信她后来竟会这样的腾踔，几执越剧界的牛耳。宴罢，重邀在席同文为天香座上客，是夕演的《沉香扇》，她双饰剧中丫头和小姐，扮相娇艳入骨，演技细腻动人，观台上演出的，谁都不会相信就是刚才同席的那位朴实女伶。自后梅花和我分头代征文稿，幸承诸同文厚贶，计得文字五十余篇，题字百余，书画六幅，琳琅满目美不胜收，尤其可贵者，凡见赐的胥属海上第一流的作品，于是用铜版纸及重磅道林精印，集版十英寸半长，七英寸半阔，铜图照片和锌版题字等占一百四五十帧，封面制以三色铜版，共计四十页左右，自有特刊以来，堪称空前"豪华版"，如以目今，物价计算，那所费实属庞大惊人，不审姚姝行箧中，尚留有此专集作纪念否？

追求王人美第一个失恋者

///

　　谈及黎派歌曲，人家总道全是黎锦晖自己制的，岂知大谬不然，歌词的确是他的手笔，制歌谱的，实另有其人，此中以张氏弟兄效力最多，兄名簧，弟名弦，都是湖南籍，和锦晖同乡，系明月社基本社员，弟兄俩长得都很俊逸，秉性也温良仁厚，恂恂如儒者。尤其是张簧，静默谦抑，致力于乐艺历数年如一日，待人接物，礼貌很周。时四大天王之一王人美如奇花初胎，天真活泼兼而有之，歌喉之美，冠绝侪辈，因是张簧对她情深一往，刻骨倾心的恋爱起来，人美对他当然也有好感，不过张簧身躯殊弱，似患肺疾者。后来明月社隶于联华影业公司，人美和金焰因摄《野玫瑰》而缔成良偶，张自知失恋，无术挽回，乃自撰歌词制成《回忆》一曲，泄达蕴藏在心头的情愫以遣意，歌词甚美，歌成，其初大家咸未措意，嗣不审为何人发觉，于是争诵一时。歌词录后："回忆！回忆！太不堪把往事重提起！两年前相见，我们俩情爱依依，形和影，不分离。到如今，你变计，我伤心，没奈何地失意！回忆！回忆！你常在我心头眼底。往事如潮，在心头烦搅，谁能知道这前途渺渺？还是你负了我，将信约抛；还是我负了你，欠些周到？回忆！回忆！把往事再从提起：你脉脉深情，还深深在我的心坎里。你怎样爱我，我怎样爱你，我一些也不曾忘记。我如今想你；你可曾相忆，我一迳是这样迟疑！"卒由白虹主唱，在高亭灌成唱片，销数不恶云。

祁太夫人的旧戏单

///

读了最近张肖伧先生在他报述及"旧戏单"一文，忽忆及往年苏少卿的大拆滥污，使我对不起一位祁太夫人，认为生平最负疚的一回事。这位祁太夫人，就是常在这回忆录提及的祁佛青的令堂太太，今年刚巧六十晋九大庆，从小生长北京，她封翁系一位不大不小的京官，而且是位十足十的戏迷，这位太夫人年轻时长得十分美丽（包天笑先生和佛青的尊人有葭莩亲谊，太夫人于归祁府时，乡里争誉，盛称为绝代美人，包翁可证之）。故深得封翁怜爱，每逢听戏，总带了这位千金同去欣赏，随时还把戏里的故事，和角儿演技的优劣，都既详且尽的告诉了她。祁太夫人本秀外慧中，对于翰墨也十分精娴，其亲笔诗文手稿，我都拜读过，更因封翁一旁指点，也成了剧学精湛的戏迷。那时所谓程大老板长庚、余三胜、汪桂芬、何桂山、王楞仙们许多最初名重梨园一等一的名角儿（据说那时谭鑫培尚未成名），都给这位太夫人看得像现在大家看麒麟童、童芷苓一般的平常，资格之老，可以睥睨目前无论那位评剧家。

祁太夫人她知我也是个标准戏迷，每逢相晤，谈的总是剧坛盛衰兴替，和今昔迥异不同之点，如数家珍，听到她当年闲话，真不胜心向往之，就是批评到现下各个京角的优

祁太夫人（© 丁悚家藏）

劣，也都一针见血，悉中肯綮，使人钦佩无既。这位祁太夫人既属戏迷，并兼爱蒐集各种戏单，什袭珍藏，历几十年如一日。在她远嫁时，就把这些名贵的"旧戏单"随妆奁具来，作为她从小看戏的宝贵收获。那时的戏单大半用各种纸张手写的，而且都是楷书，还有宫里传戏的戏折和戏单等等，五光十色，美不胜收，真是梨园瑰宝。在民国十余年时节，少卿常来我寓盘桓，知道祁府藏有这许多稀世之珍，拟假来一读，可藉此得到很丰富的梨园史料，但他和祁太夫人并不认识，而且祁太夫人平时也轻易不见生客的，由我担保商借，太夫人充我面子，慨然允诺，将几满一网篮的戏单交我，转给了少卿。不知如何，他是否想吞没自私，据为己有，或真的遗失，因此屡索不还，后来又值一·二八之战事发生，少卿适寓于闸北，再问他要时，他就指天发誓，说是给炮火毁了，真是天知道的，试想这一网篮的"旧戏单"，现在弄得一页也不剩，多少可惜，使我如何对得起这位祁太夫人！

发掘陈云裳的是谁？

///

说句笑话，现在已成汤太太的陈云裳，她在影坛红得发紫的时候，与电影界总算还有些熟悉的我，她的影片当然看过，但是这位明星的庐山真面目，到今天为止，绝对未曾见过一面，更谈不到认识不认识了，这也可算异数。不过我曾闻得有一个半可靠的消息，发掘这位陈云裳从香港介绍到上海进新华公司的，倒是我的儿子一怡的功劳，但是一怡和陈在香港也未曾相识，虽有人要替他们介绍，却是给一怡回绝。事实是这样的，八·一三后，一怡和光宇、正宇们就作客香港，编《良友》画报，后自办大地图书公司，空时当然喜欢看看电影和歌舞表演，一方面也可收集些材料。据说一次忽在红氍毹上发现了这位未来的明星陈云裳，给他很好的印象，他就写信给龚满堂*，告诉香港有这样一位大可派甪头的未来明星，不妨动动脑筋。一怡在家信里，也曾提起过，说将来一定会超过胡蝶的，原信尚在，倒可以覆按。大概龚得了一怡的信，在张善琨面前露过口风，张胸有成竹，到了香港，一经亲自审察，果然名不虚传，大有造就红明星的希望，于是几经策划之下，陈云裳就一步登天，卒成了一时无两的明星，小儿的眼力也总算不错，但如果陈云裳没有天份有过人之处，也决不会侥幸成功的。

　　*注：龚满堂，龚之方。

新 春 忆 旧

///

假使我还是小孩子，或在承平之季，我宁可放弃了阳历新年，愿过农历新年，一切的环境，似乎很含有神秘性的，最低限度把读书年假来论，似乎也是依农历而行，来得实惠，因农历十二月中旬，是天气最冷的辰光，在那时放年假，刚逃过了一个冷汛，一过正月元宵，大概立春已交过，那么天气也渐渐地暖和起来了，二十左右开学，用寒假两字，也很得当，不像现在遵守了国历，实际还是农历年头岁尾，来得着重。最感痛苦的，作了家长，在那急紧凋年之际，为了儿女一笔庞大的学费，要赶在农历年关内交清，真是一种虐政，不像从前，学费都要在正月半以后，那调调头寸，也便利得多了。

废话少说，还是来谈谈我对于从前度农历新年的憧憬吧！

在我十二岁的一年上（光绪廿八年），初到上海，这年五月下旬进老北门内昌泰质典，当一名候补学生（老式典当所订制度之缜密周详，并不逊于目前只重形式的科学管理，若要详细的写述，恐怕连载四五天，还登不完，暂姑从略）。从候补学生晋升一级为学生末，才算为实授。至于学生头则等于学校里一级的级任，中缺则高学生一级，期间账、包、钱、饰四位，居最高地位，尤以账房一职为甚，其职权等于现在的总经理。我进典当学业，是按级晋升至中缺最高一级，任坐账台写票之职，足足十年，从未越级升跳，所以从扫猫屎拌猫饭起，件件做到，真正可说是三考出身，资格挺硬，同文周天籁学生和我同业，不知他做到哪一级了。

凡是典当学生地位，平日不准出大门一步，等于处了有期徒刑，假使要洗浴等事，须由中缺的带领，事前也必经向四大巨头之一请示允准方可。一年中只有四个半天例假，可自由出外，贺年玩耍，那就是每年的新年了。因为典当在大除夕通宵营业，元旦势必休息全天，初二至初五，则只开半天，这五天中每天由五个学生轮流守值，以便外客来时任取烟端茶之役，故事实上每个学生只有四个半天可任意外出。试想一个被拘禁了一整年的人，一旦盼望到这个新年，多么的兴奋和快乐，但是我常常有五个半天的优越权利，这是从努力工作所得的酬报，这可贵的半天，因何取得呢？就是仅大除夕的一日一夜，计算寻包的号数最多，超过其他的学生才得多享受一天假期，这个例是账房先生定的，他恐怕人人偷懒，妨碍工作效率，遂想出这条奖勤罚懒的好法子，谁得的号数最少，就罚他多看半天门，因为小除夕、大除夕两天，当赎的人特别的多，要比平常增加三四倍，小除夕大概开放到九时许，大除夕通宵，进出的忙碌，简直吓坏人，假使每个人工作稍怠一下，就要被赎当的人啰嗦。我小时身体伶俐，做事敏捷，所以每年的锦标，我总能稳取荆州。其外还有奖励金可获，所得不过制钱一千文，但已不啻百朋之锡，至于食和嬉的方面，是月大廿七谢年，月小廿六，都有年夜酒席享受，初五财神酒元宵元宵酒，十三上灯，十八下灯，也有小小的点缀，还有从谢年起，至十八日下灯止，夜夜有年锣、年鼓可敲，还有柜台先生，酬谢我们侍他们一年的辛劳，请我们全堂看戏。我足足度了二十年的农历新年生活，觉得其乐无穷，现在回首前尘，竟是如同隔世了。

江泓的家世

///

　　标准太后江泓，既有声于剧坛，大概她不善交际之故，有一时剧评人笔下，对她常有诽议，都说她有些恃才傲物。但我和她很熟，征诸以往，不信她的待人接物，会骤变常态，因此向不写稿的我，为了这一点，曾用化名，写过一张稿，为她申述家庭状况，和她平素为人的可爱点，这都出于我自动，也所谓好事也。江泓原名文珍，是王汝嘉兄的令堂甥女，她居长，还有一个弟弟，一个妹妹。她的爸爸在郑州车站任职，已有十余年的历史，家境优裕，早年也喜欢玩票，学的旦角，有一年特在上海定制守旧、椅披、桌围，和全堂行头，这足见他爱好戏剧的一斑了。从前他因为国内发生内战，因职务关系，不能南迁，离沪北居，后始回到上海，寄居萨陂赛路＊，现在又迁寓同孚路＊的旭东里。江泓的母亲，和我寄女顾文绻的妈是姊妹行，以女排行，也是居长。江泓的大母舅，就是最初新民社时代和凌怜影、李悲世们有声于一时的王惜花。她们住在萨陂赛路时，常常伴了她的母亲和弟妹，到嵩山路顾家溜达，我是顾家的常客，所以在那边，时常和她们相遇。她一股惹人爱怜的娇态，谁都对她发生好感。有时她独个儿来时，总穿一双溜冰鞋代步到顾家，可见她的顽皮好弄。有一次我看了她的《清宫怨》后，在一个宴会中相值，就提供了她台上有些宜改正的地方，她很竭诚地接受我的劝告，还说："希望丁家伯伯常常来指导我！"态度还是像不曾演剧时同样的诚恳和可爱，而且还是像从前那种小孩子般的娇态，所以我终不信人家说她的骄气凌人态度。最近她在兰心上演《党人魂》，曾寄一柬给我，并附了一信，要我去看戏，不料信到已迟，不及践约，后来又因事所羁，《党人魂》也就没有去看过。总之江泓的个性和剧艺是值得人一捧的。尤其是她的演戏乃业余性质，并不藉此为生。

　　*注：萨陂赛路，今淡水路；同孚路，今石门一路。

灯 彩 戏 的 滥 觞

///

　　前天在我这《新春忆旧》里，不时提起典当柜台先生，为答谢我们当学生的一年劳碌起见，总是在元宵节边，向戏院里定了位置，请我们看戏。那时新式舞台尚未建筑，都是些老式茶园，戏台是方形的，正厅设座用方桌，以单靠椅作座位，两旁设长凳座，统称边厢，楼座称包厢，女客率多登楼，妓女出戏馆堂差，则不分上下。一到元宵节边，所贴的大轴，都是些新排灯彩应时戏，极尽争异斗胜之能事，当时以《洛阳桥》《斗牛宫》两戏，卖座历久不衰，戏中串戏，投看客所好，热闹非凡，场子编得也很紧凑，头牌角儿间也参加，素以观众更认为意外收获，我意现在各舞台既以电流限制綦严，不能利用灯光，那么何妨就将往年的《洛阳桥》《斗牛宫》重新编排，炒炒冷饭，俾一般未曾看过从前灯彩戏的观众，新新耳目。我想生意眼一定很有把握的。

出 租 小 说 的 始 创 者

///

已故名医兼小说家之陆士谔先生，在他生前成名后，我们往来甚少，可记的只有两次，一次施济群兄之宴客，一次表兄陶芑生宴客，其外虽有时相值，也寥寥无几。殊不知我认识陆先生至早，不是在他治小说有声文坛时候，也不是在他悬壶济世名重杏林之后，乃在清季末年，我就开始和他认识了。他那时人很清瘦，并不像晚年那样痴肥，境况似并不优裕，所以我每次见到他，总是穿一件褪色的玄色羽毛纱长衫。擅口才，好高谈阔论，一口青浦话，说话时指手画脚，书腐腾腾，当时我知道他能治裨官家言，所以深深的印入我的脑际，至今未泯。至于我们俩发生关系的经过，说来也可笑，原来那时我在典肆当一学徒，月规所入，只制钱二百四十文，因为幼年失学，对于读书，感到特别兴趣，四书五经，当然看不懂的，只有选择家弦户诵的什么《珍珠塔》《三笑》《玉蜻蜓》等弹词小说入手，绝取《小五义》《七侠五义》《水浒》《三国演义》等白话小说浏览，等渐渐的看得懂了，旁及新出版的新小说，但是我每月所入甚微，实无购阅力量。

有一天，见报纸刊有"小说赁阅社"的广告，称备有很丰富的小说，普遍出租于人阅读，取值百抽十的代价，按期派人接送调换。这时我正感到不能出门的痛苦，看到该社租费甚廉，又能按期上门调换，有此百利而无一弊的阅书机会，岂肯交臂失之，就写了封信去，要他们派人来接洽，信去两天，果然在一个下午，有位穿了褪色玄羽纱长衫文士模样的文人，手携一大皮包，自言来自"小说赁阅社"的，我遂知道此人是替我携精神食粮的来了，就喜不自胜。他站在高柜外面，和我作第一次的交易，当下互通姓名，知他是姓陆名士谔。以后继续不断租阅了有一二年光景，又知道"小说赁阅社"就是他个人办的。后来他大概放弃了此一行不干，专事于著作，我们也就再无相晤机会。自从他做了医生之后，第一次相晤，是在表兄陶芑生（也是国医）在蜀腴宴客时，由慕章表侄给我介绍，初意以为他总还记得起我，讵知不然，仍和普通友朋交接一般，说了"久仰"等等几句寒暄话后，就此完了，我疑惑他或许恐我提起往事，所以故意装作不相识，也未可知，我每次要想问过明白，总是提不起这股勇气，现在他已早归道山，这个谜让它永远地谜下去吧！不过出租小说倒是他最先创办，现在已成普通事业，这不得不归功于陆先生开的先河。

个性相反的姊弟

///

谈起徐志摩、陆小曼，往往总联想到志摩的德配张幼仪夫人，我们称她一声才貌兼具，确非溢誉。这位张夫人精明干练，而复具着丈夫气，和普通的女性完全不同。从前江小鹣和许多文艺之友，创办云裳时装公司，张夫人也是股东之一，事前一切擘划，得其助力至伟，开幕时更形忙碌。那时她已剪发，穿了玄色长袖旗袍，质朴无华，绝对不事修饰，洵巾帼之奇才也。不过她的令弟景秋，和他的姊姊作风，完全相反，乃是十足的女性化，一切举止谈吐和起居服式，靡不力事揣摹女性，且擅女红，所治针黹，较诸真正女工，有过之而无不及。最使人大惑不解的，乃是他不愿娶妻，或作狎邪游，虽很爱和异性过从，但终以礼自守，故至今犹系独身光汉。人或疑其患有隐疾，或具性感反常态度，征诸吾人相处之久和他接近的友辈，视察所得，咸可力证其非，斯诚百思不得有解已。景秋行七，友好都以老七相呼而不名，任事中国银行已很久，他一个人就寄居同孚路中国银行分行楼上，即同孚大楼的公寓，室内陈设，十分华丽，无异闺阁绣阃。有一年宴请春酒，招待周到殷勤，他以一光身独汉，置办了如许烟茗糖果，精细名点，有条不紊的，给亲友享受。是夕菜肴堪称特别，并不是满汉全席，乃出自备厨房中，特别丰盛的番菜。餐后余兴，烟赌俱备，所邀男女宾客，好在都是熟不拘礼的仁兄，于是各就有所好表演，无不逸兴遄飞，直至午夜始尽欢而散。景秋玩票，擅花衫剧，江太夫人七十大庆那年，假徐园祝嘏，堂会彩串，他和姚佛阁（宋江）、小鹅（张文远）合演闹院杀媳。光宇、正宇们好弄，临时将送给江太夫人寿堂上的花篮，换上卡片，移来假作捧景秋彩串的礼物，景秋不察，忙不迭地道谢说："喔唷！真正勿敢当格，还要倽笃破钞，叫奴哪哼好意思！"吴侬软语，女性口吻，我们莫不捧腹大笑。

伶俐聪明忘忧草

///

　　生平最爱天真无邪，伶俐活泼，豆蔻年华，假使长得清秀美丽，面目如画，那真对之可以忘忧，如再加以娇憨跳踉，尤使人感到心头上的温馨。早年我曾遇到过这样一对的姊妹，是如兄潘绥三的两位千金，大的名承德，小的名承瑞，年龄相差无几，颇似孪生姊妹，都是长得明姿照眼，娇艳动人。江小鹅、挨楚昆仲，是她俩的三舅舅和四舅舅，这两位甥女对于这两位舅舅，是一些没有怕惧的，因为小鹅和挨楚都是温吞水脾气，平日常以阴噱取笑别人，这两位甥女在那时正值豆蔻年华的辰光，于是也拣中了这两位宝贝舅舅当豆腐靶子，常常出以奇袭，弄得他俩啼笑皆非。一次小鹅晨睡未起，他是侧身而睡的，头部下垂，鼻息停匀。晨梦正酣之际，她俩见有机可乘，就将小鹅临睡卸下来的臭袜子，给它翻成了一个罐形东西，去安放在小鹅的鼻子下边，是请他闻闻自己的臭袜意思。人家见了这个神气，无不喷饭。迨小鹅睡醒，一见自己的袜子乔迁在鼻下，知道是这两位顽皮甥女所摆布的，就皱着眉头说："又是大官（承德乳名）或则二官（承瑞）弄的把戏，真顽皮！"

　　她们姐儿俩则躲在门后窃笑。一次也是乘小鹅晨睡未醒当口，她们俩一人拿了罐牙膏，一人拿了柄牙刷，一个从侧门踮起了脚尖进去，一个放轻了脚步从正门而进，要如何给她三舅舅开玩笑，不得而知，大概牙刷太硬，恐易惊醒了他，结果将用剩的半罐牙膏，全部挤捏在小鹅上唇小髭髯上，事后要我们去欣赏她三舅舅的怪相，我们目睹着这一副睡态，和他唇上涂满着白腻腻的东西，不禁又是大笑。这样的作弄，层出不穷，有时给他口袋里东西，暗中更易地位，使他一时找寻为难，有时给他大衣的带子，暗暗抽了去，使他出去时不发觉，回来才抱怨，已是来不及了。揆楚有时给她们搅得讨饶。总之她俩一有机会，就得设法捣蛋，实则也是两位舅舅嘴上不好，常去讨她们小便宜的酬报。现在承德远嫁天津，已是三个孩子的母亲了，承瑞住梅兰坊，也有了五个孩子了。前日她的第三个十三岁的女孩子苹苹，跟了外婆到我家拜年，也是个活泼可爱的女郎，长得很高大，很像她当年的母亲，也是跳跳好弄的孩子。三舅公早已故世，四舅公揆楚仍旧不时来往，于是这几位孙甥女也抄袭了她们母亲的老文章，进展了一代，向这位专受小孩子欢迎的四舅公进攻，那揆楚就永远成为小孩子们的豆腐靶子了。

张丹斧怀恨严独鹤

///

最近胡雄飞兄在《社日》上，发表了一篇连载大作《踏进了新闻圈后》，其中有一节说："在我试办小型报时期，《晶报》正在风行一时，为了丹斧挖苦了独鹤先生，澹盦、济公、芙孙等便集资办了张《金钢钻报》，以示对峙"云云，独鹤待人接物，一向抱不得罪人宗旨，尤其是在同文圈里，更是谦和，但丹翁却一次二次，一遇机会，尽在文字中，极挖苦之能事，有好几年之久，也可说直至丹翁死后方休，鹤自己也不明获咎之由，后来方始知道，这实是出于误会，真乃冤哉枉也的事。原来《新闻报》向来没有报屁股的，后效尤《申报》的"自由谈"，也拟增开一和"自由谈"类似的副刊，俾和《申报》对峙，正在物色主编人选时，这个消息给丹斧知道了，颇有意企图膺任，在他的资望和文章，当然胜任愉快，自问也舍己莫属，不过馆方以张之文字固佳，但似不大合大报副刊体裁，结果就请了严独鹤担任，《新闻报》遂有"快活林"之创刊。问世后，获得广大读者的欢迎，尤其是每天的一篇"谈话"，更是风靡，丹斧逐鹿不成，眼巴巴一个优越的地位，给独鹤占了去，他如何不恨呢。因是一遇机会，就在《晶报》文字上尽挖苦之能事，但独鹤编"快活林"，是由馆方主动聘请，并非独鹤毛遂自荐，迨丹斧一再在报上寻他开心，弄得他莫名所以，后来给人道穿，方始恍然大悟。当时还有位贡少芹也想谋这个位置，当然也属于失望，他和丹斧是同籍，于是这个气，气得越发大了，所以常藉笔端来挖苦独鹤，似消心头之恨，实也是文坛的趣事。

我 的 跳 舞 经 验

///

　　在两三年前，假使和爱跑跑舞场的朋友同餐，餐后，常常被他们拖到舞场里去摆拆字摊遣兴。有时友好情殷，往往介绍舞伴，强要我下舞池躧步，或竟以其夫人或女友们见介，恐我一人寂寞，非如此，似不足以言热络也。试想过时宿货的我，怎能和她们在大庭广众之间献丑，有时真逼得我极汗直流，虽然也可勉强拖黄包车般的对付一下，但终不登大雅之堂，所以后来视跑舞场为畏途。不过我的跳舞，也曾受过朋友的指导，那时年龄还轻，兴致甚高，每夜总聚集在天祥里祁佛青府上，他的卧室，是一个很广阔的过街三楼，我的寓所即在祁寓的前弄，当时天祥里先后所居文艺友很多，如严独鹤、潘竟民、毕倚虹、江小鹣、江红蕉、汪亚尘、张光宇、正宇、叶浅予们有十余家之多，一时称为文艺之弄，事实上可说都受了我的影响，因为我第一个搬进这天祥里的，搬来时弄内的水门汀尚未铺就，无异天祥里的"哥仑布"，弄中住了如许友好，更加外来嘉宾，所以每夜饭后无事，全都挤在祁寓的三层过街楼上，各就其所好，寻其快乐，以遣良宵。
　　正宇、浅予们是标准舞迷，再加入位石世磐，也是个非舞不乐的朋友，于是专择了对象，大跳其舞，小鹣和佛青是饮过太平洋水的仁兄，舞艺当然允称标准，我本全部外行，他们就公举石世磐做我的跳舞教授，教了一星期左右，居然也懂得些什么三步一拼咧、几步转弯咧、福克斯咧、勃罗斯咧、华尔兹咧，从此再也不会踏痛人家的脚尖了，天哪，谁知世磐教的是女方的，我所得到的步伐，全是女方，一旦要我做男的，那就不兴，只会跟人蹰步，自己不能搂着女方展开步伐，成了颠倒局面，岂非绝大笑话？后来索性不学了，一次，和香君五娘们共宴，因饮酒过量，很有些醉意，餐后，香君坚要我们上巴黎舞厅去跳舞，我自知对于此道，无法应付，很想婉辞，但她绝不容人犹豫，就把我拖下了舞池起舞，她是硕人其颀，高矮几和我相等，体力健，舞术精。兼之我又是个被酒的人，走路脚步，已觉踉跄不稳，何况又加舞艺不佳，给她几个圈子转下来，我几乎当场晕倒，这一次的舞，真可说是跳过跳伤。

母女两代皆校花

///

　　不久之前，我曾记表侄女戴婉若演四凤稿于本录，现所述乃是婉若母亲黄岫冰的往事。岫冰单名冈，武进籍，父为名孝廉，只生她一个女儿，从小就聪慧异常，于是深得老父宠爱，在家即课以字课，及稍长，就读于上海神州女学，及笄之年，出落得非常美丽，有校花之目，所以校中凡有会集，她总被推荐为中心人物。一次举行恳亲会，就派她来一个单人舞蹈的节目，要她登台表演，在当时这种"舞蹈"的玩艺，还未十分盛行，露了大腿，在台上蹦蹦跳跳，多么难为情的事，但是节目早经排定，况且这节"单人舞蹈"，为压台之作，无论如何不容你推诿，她无法摆脱，只好勉为其难的上去表演。实在她长得太美，身材又窈窕，天资又敏慧，台幕启处，已经觉得艳光四射，再加舞艺精湛，表演动人，于是疯狂了台下的许多观众，恰巧画家沈泊尘也在座，就画了张速写在报端披露，艺坛传为佳话。时我们那位表弟戴冶华，尚未找着对象，既醉心于岫冰的才貌，复爱她天真活泼，幸表妹月冰适也在神州肄业，戴寓离校至近，因是近水楼台，由月冰作介，邀了这位未来的嫂子，常作戴府座上客，时日一久，爱苗互生，卒得双方家长同意，缔为秦晋之好，而育这位唯一结晶的婉若。婉若视登台表演若常事，或也受着母亲的遗传所致吧。

观 影 沧 桑 记

///

近几年来，因战事关系，欧美影片几将绝迹于海上，间有德、俄、法影片放映，恐大多系旧片了，从前我也是个标准影迷，要谈到看电影之早，恐怕目前的上海，没有几人了吧？当我观影之初，苏州河南，还没有正式影戏院开设，有之只有现在北部新世界西首的一块空地上，临时曾用芦席片搭了个场子，取名"幻仙"的一所影戏场，专映"开司东"*班一类的滑稽片。那时卓别林还未成名，常在片中当配角，我和瘦鹃就很赏识他的演技，说将来一定有出人头地的一天。还有一处是在四马路青莲阁下，不成其为影戏院，弄了些残缺不全的旧片放映，设备的简陋，像现在附设在游戏场中的什么镜、什么光学等等还要不如，而且时间短促，开映无定时，客满就映，完全骗骗乡下佬，欺欺小孩子的玩意儿，我上过一次当，下次就不去了。比较正式的都在桥北的乍浦路和海宁路，但也不过两三家而已，不要说"爱普庐"还没有造，更谈不到"上海"（ISIS）和"奥迪安"了。我们观影的伴侣，大概总是常觉（李新甫）、瘦鹃、小蝶（定山）和我四个人，小蝶和我是不懂英文的，凡临影院，总请常觉、瘦鹃给我们作舌人，那时映的都是默片，事先看了说明书，逢映到字幕，再经他们翻译，片中的情节，当然就了如指掌，无格格不入之患了。

后来有声片抬头，许多精警地方，不再靠表情来表现，都用言语来传达了，从此我这不懂英语的影迷，像不懂京戏的听唱工戏一般，即受了致命伤，观影就远不及从前高兴了。起初我们只知在上海放映的影片，全是美国出品的，其他英、法、德、俄虽有，也稀若凤毛麟角，不易多见，偶然发现，其成绩水准，也远不及美片来得悦目。不料有一次竟给张光宇发觉了一张浩大的德片，是乌发＊公司出品的，译名《斩龙遇仙记》，分上下两集，在卡尔登开映，光线之明朗，角度之奇突，演技之洗练，故事之动人，常看惯了美片的软性作风，忽然换了一色辛辣刺激口味，其兴奋实无以形容，我们连看了好几遍，尤其是喜欢研究绘画的朋友，更获得深切的快感，堪称空前杰构，自后虽纵有乌发佳片上演，然终无有超过《斩龙遇仙记》之纪录者，不审此片现在流落何处。还有《最后的一笑》一片，是爱米尔强宁斯主演的，全片只有三段字幕，一、片端简单说明；二、一页报纸特写；三、一页书信特写而已。也不借重女主角作号召，片中虽有着一女性，乃绝不重要，是饰片中主角之女，全片从头至尾，全恃表情来表现，但故事深刻动人，观众莫不为之泣下，或谓此片故事寓有寄托，那我们不去管它，即以观影眼光来看，亦不失为一特殊佳片。

其次，卓别林的片子，无论是他主演或导演，从未遗漏过一次，也表示十足"卓"迷之意。他第一部导演的影片，译名《巴黎一妇人》，这片名还是我拟的，那时在虹江路上海大戏院开映，事前该院经理曾焕堂先生，为慎重起见，请了报界文友参观试片，并征求华文译名，或谓《巴黎一女》《一女人》等等不一而足，最后决定采用我所拟《巴黎一妇人》之名。《赖婚》*一片，我曾看过七次之多，《乱世孤雏》*也看了好几次，大概格雷菲斯*、殷格赖*等的作品，也可说全看的，西席地密尔*伟大作品，不过太重宗教色彩，刘别谦*作品，俏皮轻松，最适合我胃口，他的导演手法，有一特殊作风，许多镜头，都是用"门"来表演的，恐怕只此一家，并无分出。裴斯开登*主演片，也为滑稽片子上乘，罗克和劳莱、哈特等胡闹片，我素所不喜，其他自郐以下更不足道了。以往所观的片子，真浩如烟海，记不胜记，又以年代过久，强半遗忘，兹聊志一二，无非观影沧桑之一鳞半爪罢了。

　　* 注：开司东：Keystone
　　　　乌发：UFA，德国电影厂牌
　　　　《赖婚》：Way Down East, 1920 年
　　　　《乱世孤雏》：Orphans of the Storm, 1922 年
　　　　格雷菲斯：D. W. Griffith
　　　　殷格赖：Rex Ingram
　　　　西席地密尔：Cecil B. DeMille
　　　　刘别谦：Ernst Lubitch
　　　　裴斯开登：Bust Keaton

毛剑秋头角初露

事变上半年四月十八日，为先慈七十寿辰，事前承诸友好发起公祝，假新新酒楼为礼堂，复经郑过宜诸君主张添加堂会助兴，几经讨论，卒底于成。剧务由刘叔诒、郑子褒、马直山诸兄负责提调，名伶名票参加的，都极一时之选，戏目之弹硬，平常堂会，实不多见，大家异常兴奋，戏将派定，章秀珊兄忽然来寓，说有位从汉口来的名坤伶毛剑秋，在上海从未露过，现在适省亲来沪，闻这里有盛大堂会，拟请参加，并知当日来宾，定有不少文艺胜侣和顾曲周郎参与其盛。初以戏目过多，时间上难予支配为辞，嗣一再易排，硬抽去了周翼华先生和胡梯维兄的《坐楼》，因梯维恰旅杭未及返沪，始将毛剑秋的《宇宙锋》排在倒第三，及扎扮登台，新声初试，唱做俱臻上乘，尤以嗓音亮，饰相至妍，舆论一致誉美，认为意外收获，于是口碑载道，翌日各报好评潮涌，尤以龚之方先生之逢人苦誉，日在共舞台的三楼同事中，赞不绝口，周相国给她烦得厉害，似也有些心动，拟向张当局举荐。一天，适又值黄家花园堂会，也有剑秋的《探母》，周亲自出马一观，果然名不虚传，遂定聘毛之局，大概也是前世注定的姻缘，在共舞台搭班，恰遇着了王椿柏，不知如何七缠八丫叉的结成了情侣，据说，后来出码头搭班，境况并不十分见好，甚至她父亲毛韵珂去世，也不及奔丧回来，仅短短的七八年，人事荣枯，有那么大的变迁，诚不胜感慨系之。

1937年5月28日申报丁太夫人七旬寿诞举行公祝启事

1937 年 5 月 28 日《申报》丁寿之堂会戏

定山居士顶屋趣话

///

定山居士自建华龙别业落成后，择最大一宅自居，房屋的结构，可说尽善尽美，屋样也是他自己订的，能得"娇小玲珑"四字的赞语。后来住了几年住腻了，拟出顶于我同事蔡君，蔡君正在觅屋，得其所哉，一切条件都讲定，择日迁移。不料那天蔡君把所有家具全部车到，大小家件有的从扶梯上搬上去的，有的从窗口吊上去的，岂知后来搬到了两口大橱，就无论如何搬不进去，因为橱巨窗口小（而且已经拆去了两扇活络玻璃窗），扶梯方面，更容纳不进。一定要把这两口巨橱从窗口搬进，除非把窗口从新开大，或把巨橱拆毁方可，否则，绝无办法。在事实上也不可能，一时两下的窘状，至堪发噱。结果，蔡君敬谢不敏，谓无福消受这美轮美奂的住宅，只得白白地损失了一笔搬场费。我谓这是定山生平得意杰作之一，因为定山的家具，全部照房屋的大小定制的，削足就履，奈不适用于"毁橱进屋"何？定山贤乔梓恒有这类意外作风。

陈定山（© 丁悚家藏）

我 的 家 庭 教 师 生 涯

///

往昔除任美专、神州、晏摩氏、同济等教授外，从未单独录取学生个别教授。去年春，有冯生承范，其尊人养源先生，与顾克民先生友善，以承范性喜绘事，爰托克民先生作介，愿列门墙，师事不慧，告以笔墨久疏，教法或已不适于请代，坚辞不获，始勉允其请，入手授以铅笔水绘等初步基本练习，适届一年，以天资尚佳，稍有成就，第寓向无画室及石膏模型人体写生等设备，不能耽误其前程，乃转荐冯生入张充仁先生画室求深造，则将来造诣定有可观。因及冯生，忽忆曩昔为家庭教师往事，而所授之弟子，胥属女性，前后共得十余人，皆系按时登门教授，如涂云修、蔡绣月、单毓英、宋佩珍及其嫂氏（名已忘）、顾文绮、顾文绻（后又以父礼事愚）、经如莲等，涂、蔡为逊清名宦后裔，宋乃西湖宋庄前主之女公子，曾卒业于晏摩氏，后留任该校教授，授课之余，尝入不慧所主之美术特别班实习，秀外慧中，成绩至佳，顾氏姊妹本属世交，如莲为新世界主人经氏之掌珠，以与绣月等为圣玛丽亚同学关系，见猎心喜，故亦列为弟子，惟为时至暂耳，且吾侪于新世界初创时，以来往至频，早成素识，及后又介识黄楚九之三女迟菊来习画，盖悉属圣校同学也。

万籁鸣、梁中铭二家之孪生画家

///

　　霞飞路之万氏照相，福煦路之万籁鸣照相，以及万氏卡通等等，是皆为万氏弟兄之事业，读者当亦耳熟能详，毋庸笔者词费。万氏昆仲四人，超尘、涤凡之外，籁鸣与古蟾为孪生弟兄，声音面貌皆相同，身躯修短胨瘦，无不相同，诚为奇迹。古蟾曾卒业上海美专，与愚忝忝师生之谊，有时道左相遇，卒不敢询其为籁鸣为古蟾，盖恐缠夹，嗣在校细心观察，始获知古蟾眉中多一黑痣，籁鸣则无之。万氏之外，尚有梁氏孪生弟兄，亦同属画家，为鼎铭之介弟，一名中铭，一名又铭，作品散见首都各刊物，以讽刺画居多，梁姊雪清，亦擅绘事，曾共事于英美烟草公司，后主编《文华》画报等刊物，鼎铭本上海美专学生，在校成绩，互冠侪辈，愚常留其作品，揭悬成绩栏内，藉此鼓励其他同学，中铭、又铭之画，系从其兄学者，造诣稍逊，两人声容笑貌，举止行为，亦靡不一一相似，猝见实莫辨，孰"中"孰"又"，诚令人目迷，所略异者，"中"稍胨而"又"较瘦耳。又铭娶盛守白，乃挽愚执柯，守白亦擅画，曾共事于英美多年，遂与又铭又以师礼事愚，梁、盛联姻，卒成永好，战后转辗内迁，鱼雁久沉，不禁兴云树之慨。

范雪君印象

///

范雪君在中南时代，我从未去听过她的书，大概在前年了，有时家居无聊，常常启旋收音机收听各种节目，在一三三周率的苏州电台，有女说书弹唱《啼笑因缘》，京语相当纯熟，口齿亦极老练，似不像朱、赵的本子。有时播送流行歌曲，也尚动听，认为弦边婴宛中之隽才，后来留心报告，始知是范姝，不料她进步如此之速，值得一捧。每逢横云，总将范雪君的书艺作话题，这一次膺聘仙乐，我曾作过一次座上客，也是说到《别凤》一段，去凤喜，不弹《四季相思》，弹的也是《平湖秋月》。一次在凤集相遇，横云特地慎重介绍，后来谈到了新书问题，她和她的母亲，拟开唱《董小宛》，我极力反对，说《董小宛》书未尝不好，不过不合上海听众的口味，与其说《董小宛》，不如唱《秋海棠》，《秋海棠》已经给话剧、电影等做红了，能收事半功倍之效，而且书中高潮很多，一定能受听众欢迎的，她们大概深韪我言，今年起，就将《秋海棠》应市，开书以来，卖座成绩果然大佳，假使换了《董小宛》一书，其号召力恐怕要不如《秋海棠》吧？

沈俭安、薛筱卿之《杨贵妃》纠纷

///

　　一昨沈俭安因久安里之房事纠纷，至我治事之所，有所请托，并涉及其最近生活，谓搭场子六处，总收入不下五十万元，在去腊岁尾物价而论，可有盈余，开春生活指数计算，竟不敷所出，言下喟然，余乃忆及若侪往年为擅播《杨贵妃》一书，而引起一小小纠葛，傥亦为书坛逸事欤？

　　《杨贵妃》弹词脚本，作者为吴简卿先生，吴素擅文墨，尤善制开篇，曩时说书道中所歌新篇，大半出诸吴手笔，素性好此，初不为利也，时沈、薛除《珠塔》外，手中固亦有《啼笑因缘》新书，应电台播音所需，目的当然拟与朱、赵竞一时之胜，结果，沈、薛之《啼笑》太侧重旧书气息，不为听众所喜。

　　此时，适吴之《杨贵妃》一书脱稿，先由沈、薛假来，拟抵《啼笑》之缺，如书路易于弹唱，则作正场新书开唱，后向吴再提酬报条件。讵沈以《啼笑》既无号召力，手头恰有《杨贵妃》新作，遂不暇考虑，即以《杨贵妃》贸然播送，书中如有不合沈、薛意之片子，乃请女作家陈姜映青临时增易，事为吴知，大为不满，吴固一好好先生，乃引起文友之不平，施济群兄等当即对沈、薛大加笔伐，甚且有引起法律解决之谋，沈、薛于是大恐，亟挽愚作鲁仲连，愿道歉了事，事后复假四马路同兴楼邀同文杯酒联欢，一场风波，即告平息。此役想九公兄当犹未忘，如有遗漏差错，希代补正为感。（九公按：依愚记忆所及，当时沈、薛绝对不承认《杨贵妃》播音脚本，系吴之原本，谓系另请他人代撰者，但吴则坚称无线电中听到者，尽为本人所撰，故虽联杯酒之欢，真相仍未大白也。）

黄兆麟趣事

///

　　光裕社社长黄兆麟，近悉已在姑苏因病逝世，从此说书业中开讲三国，擅去关羽和马嘶的又弱一个，老成凋谢，言之慨然。兆麟生前和我，虽不十分知己，但时常共宴游，也并不十分生疏。一年定山华龙别业落成后，雅兴很高，请了黄兆麟做堂会，每周两次，悉在夜间，开说《五义图》，公馆堂会，听众寥寥，似提不起说书的兴致，定山乃以绑票式作风，常来拉愚夫妇去作陈府堂会座上客，藉壮声势，好得我们都是熟友，于是上下打成一片，每次总以阿芙蓉供给兆麟吞吐，我说定山有些洋盘，兆麟擅长《三国》，反不教他说，偏偏要他说这冷门《五义图》，我们听的感不到兴味，所以希望最好再来一档小书，那么我们不邀也会自至。

　　后来就想到请沈、薛弹唱《珠塔》，加入一档堂会，这是我主动的。有时我不惯熬夜，常告缺席，因此大受定山的闲话。一次，兆麟去书中的坐骑，现身说法，双手撑着方凳，后臀高耸，形似一马，恰巧女侍阿小妹端茶旁过，见着兆麟的后臀掀得那么高，用纤手虚张声势的作打屁股状，兆麟专心一志的表演，当然无暇后顾，我们听众，洞若观火，两人一个耸着高臀，一个虚击屁股，一个是老的，一个是少女，这个镜头相当发噱，大家都忍不住的大笑了，兆麟马上立直，初莫明我们发笑之由，继恍然大悟，说："这一定又是阿小妹捣的鬼！"给他料个正着，于是我们更忍不住地纵声大笑，此情此景，似在目前，现在兆麟已作古人，未卜阿小妹芳踪何所，缅怀旧情，不胜感慨系之。

愿 为 夫 子 妾

///

愚任教某校时，一年春假，有少数学生发起，作短距离之小组旅行，某生本云间籍，倡议作云间游，当日即能往返，众从之，并邀愚参加，愚唯唯否否，卒从众请，偕往同游，日晡将言旋，某生为尽地主之谊，坚留一宿，诸生乃欲展宽游期，以畅所欲，愚以性别师生有关，未便同行止，只得独自先归，讵是时另一吴江籍之女生，愿与愚共返，及抵车厢，某生乃倾其肺腑，腼腆谓愚曰：此次不辞离乡背井，投考某校，实为夫子而来。愚猝闻之，几无地自容，窘迫万状，第犹知自惜令名，初无师生相恋妄想，某生饰貌固妍，似亦不足动我方寸，而某生深情款款，絮絮为愚道景仰之殷，已非一朝一夕，后乃经愚多方劝慰，谓愿永缔精神之好。某生经此一度倾谈，自后凡愚授课，渠必盛装艳服而至，非愚授课，辄告缺席，于是同学诽语纷起，生知难逗留，遂自动辍学，返里后，鱼雁常通，愚十答一二。翌年春，生只身走沪，税榻于逆旅，以函诓愚往，及晤见其个人辟室，询知其隐，益为不安，拟即兴辞，渠则坚留共膳，并谋剪烛长谈，愚一时进退维谷，窘不堪言，自审苟为当前美色所迷，将坠万丈之渊，行见不克自拔，设或坚拒，渠必羞愧，变生不测，乃虚与委蛇，允共晚膳，膳后，复推诿另有要公，始放愚行。自此渠深知落花有意，流水无情，陷于绝望之境，据云，归后曾患大病，病中犹以雁书见达，三年后，音讯遂绝。

可怜的干女儿

///

　　朋友们调侃起来，总说我收录了很多干女儿，尤其是指几位已很出名的红艺人，像我这样一个穷途潦倒的老悖，既无财，又无势，哪里有这资格做她们的干父？其实行过拜师典礼的女弟子没有几个，其余的都不过叨在从小就相识了，因爱护她们，就好像处于长者地位了，至于亲友而不属于艺人的干女儿，我倒有几个，这都是自幼由她们父母作主而过寄的，当然不在此例。不过在我四十九岁的那年，给几位同文好友怂恿，处于被动地位，收录过一位艺人，但是不幸得很，这位天真无邪的好女儿，也许因拜了我这倒霉的干父，连累了她的命运，竟把她的锦绣前程完全断送，还受尽了非人生的折磨。时隔未久，读者大半或尚能回忆当年这一幕的悲剧。

　　这位干女儿，唱的是青衫，她姊姊擅须生，本在南京鬻艺，因为战事发生，她们一家老小八九人，就避难来到上海，税居于汕头路，一家生活大半靠她们搭的小型歌场卖唱来维持，收入无多，境况当然窘迫，但是她们身家倒很清白，父母双全，有一兄弟，刚离学校，长得也相当气概，谁都看不出她们是歌女家族，阖家老小待人接物都真忱恳挚，尤其是这干女儿，盈盈三五年华，娇憨跳踉，正不知人世间，有魑魅魍魉，日侍其左右，欲得而甘心。

　　我既被动地和她们作了通家之好，有时外间如遇应酬，下值过早，总往她们家里去盘桓一些时候，因是过从既密，亲若家人，而她每见我去，更喜悦逾恒，小鸟依人般的依依膝下，问寒嘘暖，极尽殷勤之能事，就是我自己膝前娇女，决没有这样的亲热，内子对她也爱逾己出，可见她的惹人怜爱了。一次，老友松风也收录了一位献身歌坛的义女，众友好发起公宴于餐室，并要我邀她们姊妹出席，以襄盛举，在义不容辞之下，我们准时报到，席间兴高采烈，逸兴遄飞。不料因这一次的宴会，就害了她的一生，来宾中有一年高望六的老者，系老友的朋友，不知如何，忽垂青于她，着起魔来，这是谁都想不到的，他即席就要我代邀约她们吃饭，又要我引领他们到她家里去游玩，我以为她们不是平常歌女的家庭，只好应酬敷衍几句，说过算数，事后也就不放在心上。过了几天，我又去看她们，不料这一位老友和那个老者，已不用我作先容，竟自会访寻到了她们寓所，已经先我而在，我很诧异，当时就由那老者提议出外晚膳，表示热络，推辞不获，姑与同往，不过冷眼旁观，这老儿一双色眼，实蓄着很不可靠的邪念，不断的盯紧了她的面上，似乎一口可以吞得下去似的，方知他已不怀好意，但女方却反木木然，一些也不觉。后来我去时，又发现了几次老者独自在她那里，一次，时值岁暮，他竟藉请吃年夜饭为名，在她们寓所宴客。

　　直到那时候，她们竟尚未觉察这老儿的野心，还当他长者看待，我深悔上次不该邀她们赴宴，不得已，只好在背后郑重地警告她们，请她们谨慎，不要中了他的诡计，她们也深以为然。不料过了不到一个月，一次我又到汕头路去时，却已是"人去楼空"，阖家迁移，据同居的说，她们刚在昨天搬出去的，问他们搬到哪里，回答不知，这个哑谜一时竟使我猜透不出，假使她们迁地为良，何以不事前来个通知，即使临时匆促，不及相告，但同居方面，最低限度当然也要留出个新居的地址，以便亲友们去探访，就我们双方过去的感情而言，无论如何，不会瞒我的，孰料事实上竟单单地瞒了我一人。这件事直隔了半年，才水落石出，原来这个老儿仗着他的阿堵物，不惜用了软硬兼施的手腕，要把她藏诸金屋，恐怕她们不易说范，遂甘言厚币的答应维持她们全家的生活费用，再给她们顶好一幢两上两下的房子，除自己住用外，余屋分租的租金，也归她们收用，她们那时正在窘迫的时候，度日维艰，万不得已，只有把这位含苞待放的娇女作牺牲品，以图目前安乐，但是她见了这个可以做她祖父，面目可憎，言语无味的老人，一时如何肯屈就？就把利刃来割她自己的手臂，并用锐针来刺她自己的心胸，许多悲剧络续的表演，结果还打不动他们的铁石心肠，竟委屈地充了他的下陈。一次在宴会中，我们忽然不期而遇，她一见了我，像疯狂般地奔了过来，和我问长问短，表示过去的歉意，又说了不少不可说的泪语，老者搭讪着过来，也假装殷勤，寒暄

一番，又说即日就到我家来问好，并要我不时去看她，那晚
她们还用了自己的汽车，送我回去，但是到现在她还没有来
过，想一定是给这老儿禁止住了，不许她来看我，她的地址
我早已知道的，既然她存心避我，我也不便去看她了。

开麦拉艳屑

///

假使在从前，能擅摄影技术，自备了具摄影机，只要不肉麻软片，那么到处占着便宜，尤其是时髦的女性，而且女性可以包括一切女伶影星歌女等等，没有一个不对摄影发生好感，甚至因此而结为腻友，进一步竟缔成鸳侣，这例子是很多的，如但杜宇和殷明珠、黄绍芬和陈燕燕、徐晚苹和周鍊霞、郎静山和雷小姐（就是现在的夫人，芳名已忘，不过他们是因购照相材料而热恋起来的）们实不胜枚举，还有许多现在的大导演，从前都是开麦拉的专门技师，他们因近水楼台，和影星们常有罗曼史的演出，读者中当也有不少耳熟能详，大家心照不宣，但间亦有失败的，如陈嘉震和袁美云、宗惟赓和王人美、黎莉莉们，林雪怀和胡蝶，以前还有个黄梅生，也是到处碰壁，这是例外，大概女性多爱美天生，只要那具有艺术手腕的摄影者，将她的倩影摄入镜头，待冲晒成就，比了本人更加美丽，他们无有不欣喜若狂，对你发生极大好感，从此一有机会，你总得替她永远服务下去。

假使摄影者有自备暗房，自能冲晒，那更好了，她要逼你立刻去冲洗，那你还有意外的艳福收获，实不足为外人道也。往昔我也爱好摄影，惜技不如人，但摄摄人像等小件，尚可对付，坐是为了这一些，也常大忙特忙，免费出

潘雪艳

潘雪艳

潘雪艳

雪艳琴（© 丁悚家藏）

差，每周不断，幸亏以前底片价廉，所费犹能担负，倘使换了今日，那真力有所不逮了，现在我的一具过期镜箱，已成宿货，索性藏诸高阁，不去使用，否则这大四寸的底片，无论软硬，恐怕连市上货色早已断档了吧？最初我所摄对象是交际花陈小姐、杨小姐们，以愚园徐园作背景，幅幅可以入画，粘了两厚册，不下百余帧，给谢之光久假不还，现在并底片也无从寻觅。有一时，潘雪艳作了我的摄影模特儿，背景是兆丰花园，也近百幅。雪艳琴不上照，故不多摄，妓院莺燕以龙第凤辇一门七八人，常为我开麦拉中点缀品，所假背景，各处皆备，尤以虹口游泳池，和江湾叶园等几处为佳，历年所积，数也可观。各校女生，那是我应尽的义务，其数也不为少，可惜受了服装的过时关系，现在看了似乎都很可笑。

记张光宇的玩票

///

票友登台客串，不外乎两种，一种是剧艺精湛，经验丰富，视登台为家常便饭，观众也以观戏的目光来欣赏他们的艺术。一种是戏刚学会，忽逢着彩串的机会，或者也许自己高兴，或者给朋友们怂恿，硬拉登台，也不问自己是否有舞台经验，或嗓子做工身段等等，是否悉有把握，贸贸然的登台，于是笑话百出，使台下观众，皆大欢喜，所以听戏的目标也异乎第一种，好得皆系友好，唱做错误，也不生问题，甚至台上台下可以打成一片。往昔张光宇、杨清磬们和现在许多报友，皆属于第二种的居多，而往观他们彩排的目的，就要他们多闹笑话，方始人心大快，从前我尝见张光宇三度客串，除第一次和胡梯维（生）合演《武家坡》外，笑话尚少，其他两次都是台下老友们和他开玩笑，但却并非恶意捣蛋。

一次，光宇又在一品香唱堂会，他去的《鸿鸾禧》里的莫稽（金玉奴系戎伯铭饰），出场唱罢四句南梆子照例须倒卧在近右首台口，不料他躺得太进了些，于是台下老友们，众口一声地高呼："光宇！睏出来点！光宇！睏出来点！"试想他在台上如何能依了台下的话，从新再更易地位，他们见他不从，就将香烟罐、自来火等许多东西，往台上乱抛，

294

张光宇与汪永康（© 丁悚家藏）

因此大家笑声大起，戎伯铭几乎唱不下去。一次在俭德会公演二本《虹霓关》，他的王伯党，戎伯铭的东方氏，杨清磬的丫头，张正宇的老军。当王伯党被绑台口时，楼上包厢里的朋友们拼命设法引逗他笑，他倒很镇静，当然不去理睬他们，朋友们见嚎他不动，索性一不做二不休的，采用丢东西的故技，王伯党才有些窘态，清磬的丫头出场，也够资人捧腹，他是做得认真，扭扭捏捏地特别冒上，但这一般骚形怪状太过了份，那才贼腔呢。正宇又是个捣蛋鬼，一出戏给他们三人这样一搅，伯铭要规规矩矩的做也不可能的了，于是台下又是哄堂大笑。

模特儿与画家之罗曼史

///

日前曾记《开麦拉艳屑》一文，谓女性对于擅长摄影术者，每都发生好感，现在所述乃"模特儿"的对于画家，也有发生罗曼史的可能，而大都属于私人雇用的为多。在我国初期的"模特儿"，我想无论如何急色的青年教师或学生们，恐怕谁都没有那种胃口，因为那时的少女，要她体格适合健康美的是很少很少，而所雇用的，都是中下层社会里的脚色，不是营养不足，面有菜色，便是粗脚大手，臃肿痴肥，欲雇一个骨肉停匀，稍能看看的，真如凤毛麟角，像这样的模特儿，即使一丝不挂，也引不起全堂师生一些反感，更兼在卸衣去袜之际，还有许多难以形容的恶劣东西，接触我们的视觉和嗅觉，所以除把她各部轮廓描写外，只有丑恶印象而已。

从前有很多的朋友，要我领他们去参观人体实习，我总把实情告诉他们，请他们不要多此一举，反留一恶劣印象，这在习作的人，实是无法避免而才工作，不要以为我们独享这种眼福，而不与朋友相共，而表示遗憾。后来模特儿的职业逐渐普遍，大家已视为极平常的一种女子职业，于是雇用来的模特儿，人品也渐渐的登样了，兼之近来女子的体格也渐渐健硕了，全身的线条也够丰美了，那给予画家的感觉，当然也渐渐地好转了，假使画家年轻，雇用的模特儿也年轻，那么，一室相对，情感渐生，试问人孰无情，岂能无动于衷？至此，双方接触过频，因而结成情侣及夫妇的，遂代有其人了，往年名画家陈抱一兄，即其中之一，不过他的夫人不是国产，乃东瀛少女而已。

为瞿学士造像

///

摄影术未曾输入我国以前，欲留真容以垂后世，在生前可请画家对坐写生，技艺精湛的，也能颊上添毫，十分神似。如生前未及留容，大都在死后未殓之前，临时倩画工（稍具资望的画家不为也）对死者画像，俗称"揭白"（不知是否如此写法），以便在七内灵堂悬挂，待撤闱后，则逢新正再展悬斋供，先人遗容，得以向相继不替。在往昔，我得识善化瞿鸿禨子玖相国的第三公子宣颖先生，时宣颖攻读于圣约翰大学，国学造诣至深邃，常为《申报·自由谈》写作，因钝根之介而相稔。宣颖貌极清晰，待人接物，彬彬有君子风，完全是书生本色，绝无一些公子哥儿习风。一年，这位曾拜内阁大学士特授军机大臣的瞿鸿禨瞿相国，病薨于卡德路 *寓邸，宣颖知我能写真，乃邀我为其尊翁画遗容，预备出殡所用，但须到他寓邸去工作，起初以为要我去"揭白"，似有难色，后经宣颖说明，始知其尊翁生前摄有八寸半身的照片，须临摹照相就成。

况且他又说原照十分清晰，美髯拂胸，神采奕奕，那当然未便推托了，前曾传闻相国貌似清帝咸丰 *，观之果极相似，容貌清癯，容易着笔，于是约定日期，开始从事，工作四个半天，面部完全画成，其他一切衣服背景等等，另请有专绘遗容的名手补全，这是我对于人造遗像的处女作，不过他们究竟是宰相门第，一切迥异凡俗，除敬送了极隆厚的画润外，第一天去，就像敬上宾般的，备了席丰盛筵款待，由账房和幕友们一二人相陪，以后三天，每餐都是四盆四炒四大菜一汤的极精美饭菜，孝子在服，例不奉陪，那时我真有些窘态。相国共育三子，长公子似患有神经病，但是不说穿是看不出来的，因为也很文雅，已届不惑之年，次公子朴质无华，完全像位忠实老成的中年人，很有些像吾友蒋一定先生。后来宣颖远赴燕都，就国务院秘书长后，从此未曾一晤。再瞿府无虞领帖，所发讣闻，较之哈同那种似是而非的虚衔，相去诚不可以道里计，最初我就把它保留着，现在不知藏在哪里去了，将来找着了，看看一定很有趣味。

     * 注：卡德路，今石门二路。史称瞿鸿機酷似同治帝。

我 与 峪 云 山 人

///

日前朱凤蔚先生约我同赴萨坡赛路往访峪云山人徐朗西先生，那天恰巧大雨，我们并没有什么重大事务，假使换了别的，只要通个电话，无妨改期相晤，不过朗老、凤老和我三人，素来最能遵守时间，既经事前约定，临时决不肯延期，于是我和凤老雇车冒雨，准时赴约，凤老笑谓："我侪一股傻劲，不啻将踏雪访戴的故事，改写冒雨访徐！"

在途曾告凤老，我和朗老相识之始，似在民初间，其时他正在干革命工作，住在巨籁达路*一个里弄里，后来迁至天文台路*的幽林坊（现改永益里），在他任"上海总指挥"的时候，则搬在吕班路*，现在所居萨坡赛路的寓所，比较住得最久，他长我六岁，承他谬加奖饰，以友谊相待，认识到现在已近三十余年。

因为我们寓所和山人相距很近，故每周必赴妙斋存问，去必留饭，视为常事，"座上客常满，樽中酒不空"，徐邸当之无愧，座客大都籍隶燕赵，每膳所备面类居多，朗老和我不惯面食，如遇我去，必嘱厨房另备米饭款我。朗老陕人，客都北产，所以每餐辛辣一味，为家厨必需之品，在我虽系南人，然嗜辣也不下于他们，一次午膳，饮的是汾酒，席上备有黑色辣酱一味，我认为至多也不过和川菜馆所用的辣椒

徐朗西（© 丁悚家藏）

一般，并不加以重视，菜肴逢可蘸辣进食的，则每味必蘸，在座的已在投我以惊异的目光，不料食未及半，似有鼻涕流下，急用手帕揩抹，竟满帕殷红，不禁大骇，知是鲜血，还不明所以，于是阖座咸谓："丁君恐为多食两热（指汾酒和辣酱）所致，遂当场出彩。"盖初时众人已惊异丁君南人，何以也如此嗜辣，即在若侪，对此也不过少尝即止，从未敢多食，因此一盂辣酱，实至热至烈之辣品也。

嗣后逢食辣酱，遂生戒心。徐邸向由徐夫人主中馈，夫人待人诚挚，温良仁厚，贤声素著，扶危济困，数十年如一日，不幸天不假年，未登寿耄而仙逝。朗老秉性刚直，嫉恶如仇，无论友好或子弟门人辈，稍有差池，毫不徇情的当面斥责，前我曾记程砚秋当筵受窘一事，可概其余，于是友人背后都称他为"大炮"。我和他倒很投契，从来未曾遭着过他的疾言厉色，有时相晤，甚至互开玩笑，朋友们苟遇不易解决的棘手事件，犯在他手里，排难解纷之责，由我调停的居多。往年每逢令节，他常以乡产嘉珍见贶，使我感愧交集，他平时还常对朋友们说："我们相识三十余年的许多朋友中，只有他还是和从前一个样子，一些也没有改变过，这是值得敬重的"云云，逾份溢誉，益增汗颜。

*注：巨籁达路，今巨鹿路；天文台路，今合肥路；吕班路，今鲁班路。

明月社时代的周璇

///

周璇于廿九、三十、卅一三天，假金都大戏院，举行个人歌唱会，并有秦鹏章琵琶独奏，严俊担任报告，关宏达讲解歌名故事，由黎锦光指挥，所选歌曲，皆采自她最近所主演的《渔家女》《鸾凤和鸣》《凤凰于飞》三巨片中的插曲，如《渔家女》《疯狂世界》《交换》《不变的心》《真善美》《可爱的早晨》《慈母心》《寻梦曲》《凤凰于飞》等等，都是近来风行一时的流行歌曲。事前我们曾举行过一次小组座谈会，考虑进行事宜，她表示这次的会，自己毫无把握，所以急得要命，尤其是自知歌喉欠亮，一再向我说："恐怕一定唱不好，因为我的嗓子自己知道还不如李香兰和白虹们的好，我真忧愁呢？"我教她不必示事先忧，这样将会发生嗓音影响的，索性胆子放大些，不要多愁多虑，况且以歌唱经验来说，在今日你也可算得着数一数二的一个了，假使你在登台时也这样的胆小，那时必定要弄出话把戏来的，快不要忧虑吧？但她总惴惴不安，我又问她《凤凰于飞》中插曲，调子动听的，还有好几支，为何不把它选入。她也虑到练习时间的短促，又未灌过唱片，只在摄影片时，连演带唱过几次，现在一时登台歌唱，恐怕要将歌词遗忘，反为不美。

总之，她这次开歌唱会，实在很虚心，就是对于票价

周璇（ⓒ丁悚家藏）

一点，她不愿过巨，人家劝她三千元座只有四排，比较五百元座还是占多数，还有一点，她的歌音不借话筒是不够送远的，所以他们筹备人，事前替她预备了"RCA"最好的话筒应用，以臻完善，使聆歌者字字入耳。于是我又想到从前在明月社时代的她，真够可怜，给人呼来喝去不知当她什么看待，在今日她的艺术虽然还谈不到登峰造极的成就，但是以今比昔，也可算扬眉吐气了。记得她那时见了社里所备的钢琴，当然十分爱好，私底下不时去弹弹弄弄，一次恰给王人美的哥哥人艺看见（人艺脾气很古僻，擅长手提琴），猛然一脚踢去，直把她跌得很远的一扇门上弹住，当时严华也在当练习生，实在有些看不过去，几乎和人艺吵起来，她是含了包眼泪，不声不响地走开了。至于现在的她，却有那么许多歌迷和影迷，竟把她当作天人看待，每个人都以一见其丰采为荣，就是我一方面的男女亲友，也常有人来要我介绍一见，我总是代她婉辞，实在因她身子衰弱，客气朋友，势必周旋应酬，于健康大有影响，所以我不常去麻烦她。在她未婚变以前，还常到舍间来盘桓饮宴，后来她出了名，不得了，有几次她来时，把我家的前后门挤得水泄不通，吓得她从此轻易不来了。后来再加婚变一役，她更表示羞于见人，我常安慰她，一切想得开些，不要太自苦，她答应我待歌唱会开过后，拟图畅叙一下。

文艺圈中之谋杀亲夫案

///

自詹周氏谋杀亲夫，分尸十一段案起，街头巷尾，阛阓闾阎间，莫不藉此资为谈助，日前本报北平先生亦追述宣统年间，其乡梓有类于此之凶案，相互引证，北平先生所记为蓄谋而未致毙其亲夫者，然结果法网难逃，卒判死罪，枪决了案。按过去三十年左右，在我侪文艺圈中曾亦有过一同样之恋奸情热下毒谋毙亲夫未遂，而潜逃一案，所差之点，乃为未曾惊动官府而已，直至十八年后，迨本夫病殁已久，奸夫因他案入狱，奸妇生活发生了恐慌，始携其与奸夫所生子女，重返沪渎，且曾遍访曩昔所识，请求救济，是诚为不平凡之异迹欤？

该案发生于民五六间，被害人颇有声于文坛，所识者向且金属文艺圈中人，又以事涉隐私，尚多健在，姑将个人姓名恕秘，被害人乃一落拓不羁，边幅不修之文士，既擅国学，又精理化，年近而立，犹未婚娶，一年经其戚作伐，与本城某姓女缔婚约，女怙恃早失，诸事金由其世父主持，惟早年弃养，未尝教育，虽略识之乎，实不能称通品，性复跳踉，不类大家闺秀，兼之管束乏人，率多任性行事，差幸尚未越轨。

婚约既定，男方以求偶心切，将圆鸳梦，至感兴奋，意画眉之乐，指日可待，遂走告其挚友某甲，甲犹未娶，年事较幼七八龄，亦属艺坛知名之士，丰神隽朗，性至温厚，二人交谊素深，故预倩甲代筹婚仪，甲一诺无辞。当结婚之日，出全力以赴，内外部署，有条不紊，深得其友心感。礼成，事竟，爰介见其新妇，谓与甲交谊之笃，无异手足，后嗣当以弟视之，况来日借重之处尚多，新妇首颔，第于答礼之余，觉甲风度俊逸，与其新婿并立，妍媸立判，从此对于甲之仪表，深印入脑际，新郎始料所不及。新郎堂上唯一老母，同枝只一胞弟，胞弟素另居，平日绝鲜往来，本人须日赴治事之所治事，关怀新妇深闺寂寞，乃谓新妇，如感岑寂，则可赴甲处盘桓，藉遣永昼。时甲寄居一商肆，屋宇广廓，事极清闲，新妇固所心愿，故未及三朝，即奔甲肆。甲初见新妇突至，殊感惊愕，以未及三朝，乃只身独出，视为创见。新妇自陈系衔薤砧之命，实非偶然。甲本问心无他，故亦坦然处之不疑。于是常邀甲赴其家，与新婿共杯酒，孰知新妇固别有企图，此甲初所不及料也。自此，妇时至其所，闲谈中渐吐其肺腑，甲固洁身自好，不为所惑，第苦不便向友宣泄其隐，恐伤其友之心。

　　翌年新正某夕，友赴甲肆共饮而大醉，甲亦酩酊，以归道殊遥，又恐友途中有失，乃雇车护送，及抵友居，友不令甲独返，欲留其同宿，奈友只一室一榻，奚能共寐？而友醉言模糊，坚执不令其返肆，时甲神智亦渐昏迷，而友已先登榻，入被酣睡，甲尚踌躇，讵新妇侍侧已久，忽情欲难遏，知其薰砧神智模糊，竟力揽甲体入怀，猛吻其颊几遍，并代甲解衣，强与其夫共枕，是时甲已疲乏，力呈不支，尽其所为，而妇亦卸衣在其脚后入被。迨至午夜，妇忽潜起裸体就甲，甲惊觉一跃而起，时友亦骤醒，睹此丑态，情至难堪，甲急披衣下榻，不辞而别。从此双方往来中止，甲颇自疚，似愧对其友，亦无术足以自白，讵时隔未久，妇忽私一流侠，以恋奸情热，一日晨，竟下砒毒于粥内。其夫入口味觉有异，弃而不啜，嗣侦悉其妻所为，怒不可遏，欲鸣诸官，恐有损其令誉，且其时尚疑妇之所私，犹为其友某甲，抱家丑不外扬之旨，隐忍不发，妇则自怀戒心，虑东窗事发，于己不利，遂忍心遗一女于室，随奸夫远走高飞。事经半载，甲友始知甲冤，一日与甲不期相遇，乃力陈其衷心苦痛，谓初未知其妇下流至斯，苟与子好，情犹可宥。于是与甲握手，前隙尽泯，言好如初，因谓固知子乃自爱之君子也，嗣友殷鉴娶妻之不易，遂以鳏终其身。殁后八年，妇乃携其与奸夫所育子女三人，自汉归沪，时其奸夫因犯贩毒案入狱，生活发生恐慌，自恃昔年待甲雅有情愫，竟将一子寄居其家，并遍趋其所识者，乞求援助，有应有不应，厥后不知所终。

广告画制图人才

///

　　近来报上常提及目前路牌广告，所作图文，绝少杰构，尤以图画方面，所绘欧美人物为多，实在莫名其所以，这确是一针见血之谈。不过在近年来，上海制作广告的人才，相当缺乏，尤以制图而擅制人物的为甚，大都艺术画家不屑为人绘制商品广告，专门广告画家，类都缺乏基本练习，要他自出心裁，构制幅生动的人物画面，那简直要了他的命，多数都是东抄西袭，剽窃成图，将外国图文并茂的杂志中插图作蓝本，所以目前和我接触的路牌广告，画的都是欧美人物，笔者往昔服务于商业机构有年，故知之綦详，其次历来各艺术专校造就的人材虽多，然都太不切合实用，比较图案系毕业生，尚可派一部分用场。

　　假使是美专正科高材生，无论他在校的成就，冠绝侪辈，一旦要他施之商业实用，辄多格格不相入，进一步不客气地说，竟不可能。所以现在上海欲聘一制作优良，擅绘人物的商业化实用画家，实稀若凤毛麟角，假使专制素描的，或许还有，要一全能，实在很少，而担任广告画师的，类多半路出家，在这情形下，要制一人物广告画面，不教他抄袭外国杂志上的作品，他实在无法对付。不过有一部分画师比较聪明，或许也曾受过不彻底的画理和实习的，那么他们遇有舶来品的杰构，不妨将它翻译，把西装的改穿华服，技艺高明的，可以改得天衣无缝，非遇识家，决不给人看出破绽，不过这样的作画，在能者看起来，认为苦事，远不及自出心裁构图的痛快。所以我们现在希望一般在艺校修业时的未来画师，在校悬的不要太高，凡遇实习人体写生时，务须忠实地描写，将来万一不能成就，跻入大画家之林，那么退而为广告画师，一定胜任愉快，不禁企予望之。

名票列传：朱耐根

///

生平认识的名票，假使要我每位写篇传的话，简实说联续地可以写它一年，不致感到缺乏材料，不过这样地写下去，读者决不会欢迎，编者也要感到头痛。现在姑且先写三位吧，一已故世、一隐于商、一则红遍票界，说出来都不十分生疏，已故世的是朱耐根，他是淮扬籍，家很富有，自幼随其先人作客旧京，完全是位纨绔公子派头，声色犬马之场，常印其游展。对于戏剧，尤为爱好，尝从陈彦衡习谭派须生有年，故造诣颇深，和苏少卿堪称一时瑜亮，偶然登台，身上也十分边式，可惜厄于声带关系，唱念不如少卿，染有嗜好，某年漫游沪壖，常共吾侪宴游，一夕，尝偕友下顾，天适大雨，欲归不得，乃下榻蜗居，剪烛长谈，间亦引吭高歌，十分欢畅。嗣又曾携其夫人雅南见访，适我外出未晤，乃留雅南剧照一帧见惠，此后遂未获把晤之机会，直至他去世。

另一位是名票张小渔，他本名四非，曾从苏少卿研习剧艺，深得谭派菁华，唱念做工都在水准以上，生平对于罗小宝，推崇备至，实是罗小宝的忠实信徒。罗在高亭公司所灌各唱片的报名，都是由小渔担任的，他自己在大中华公司，也灌过唱片，但十余年来，未见其登台彩串，我和他相暌已久，从友人方面闻悉，他现在很喜欢研究佛学，仍执业于某保险公司云，我的确很怀念他，不知他还能记得我们在杭州湖滨旅馆的一幕吗？

名票列传：孙钧卿

///

孙钧卿大名，谁都知他是一位名票，起初我和他本不相稔，只佩服他台上的玩艺，给我很好的印象。一次，义女顾文绲登台彩串《探母》，倩钧卿为配四郎，事前文绲宴钧卿于酒家，本拟由其尊人宏声兄出席招待，临时以事不克分身，乃托我代表致意，席间钧卿申述和我有莩葭之谊，盖钧卿太夫人与内子为表姊妹行，经钧卿说明旧居城内之沉香阁邻近，方始记起，确有这一门亲戚，于是使我更为兴奋。翌年，钧卿忽见顾，欲我代邀报友小叙，询其原由，据说将开个展，并出其近作书画多件。展观之下，觉诗书画造诣之深，堪称三绝，虽内家不如也，以是使我更惊奇心折，他对于剧艺及书画，有这样的修养，诚不愧多才多艺，且宅心敦厚，待人谦恭，实近代社会中不易多见，所以我对于钧卿尤深一层的钦服。

忆狮子夫人"邦子"

///

日前曾在《模特儿罗曼史》文中，述及名画家陈抱一之夫人，娶自日本，记忆所及，画家娶日本女子为妻子的，还有好几位，今先试述刘狮的一位吧。刘狮又名狮子，原名福田，是艺术大师海粟的胞侄，小时候在蓬莱路龙门师范攻读，以年幼多感，身体羸弱，甚至咯血，父亲游宦云南，在沪起居，都由海粟夫妇料理，后来龙门毕业，也改弦更张，从事艺术，身体日渐健硕，遂赴日求深造，艺事猛进，成就极速，不愧为后起之秀。在日本当然也不能例外，闹些桃色事件，以资点缀，大概艺人并此而无，似乎太对不起自己，结果，给他找到了一位友邦对象，并非"模特儿"，乃医院中的护士，长得十分漂亮，女方家长，绝对反对他们的结合，尤其是刘狮要把她携回中国，但是女心向外，反对又有什么效力？刘狮于是载得美人胜利而归祖国，起初住在萨坡赛路他婶母刘张韵士的家里，给她改穿了华装，教了她不少应酬对答的华语，她的芳名唤"邦子"，翌年又添了个白白胖胖的宁馨儿，十分好玩，我们去时，照样"丁家伯伯""丁家姆妈"地唤过明白，穿了旗袍，谁都看不出她是日本少女，不过有时不留意地立着，那么她的双趺，和我们中国女子两样一些罢了，相差只有这么一点。

后来邦子做了两个孩子的母亲，人也渐渐胖了，没有刚到中国时美丽了，刘狮待她也渐渐的坏了，甚至常常欺侮她，但是她的秉性来得和婉温厚，从来未曾和他正面冲突过，可怜她在中国又是个举目无亲的人，吃了亏，只有忍气吞声的不计较，至多奔到陈抱一家去向抱一夫人哭诉，抱一夫人念在同胞之谊，有时亲至刘家向刘狮警告，劝他不要太欺侮她，她是够可怜的一个弱女，她为了他和父母反叛，远适异国，再要这样的凌辱她，问心有愧否？我们也都很同情她的，常帮她责备刘狮的不是，尤其是一英，和她很相契，因为她也天真得和小儿女一般的可爱，后来他们从萨坡赛路丰裕里，迁至陶尔斐斯路*，翌年，刘狮忽作内地漫游，就丢了她母子三人，独居于沪渎，生活等费全然不顾，于是邦子去谋了个小学教员，以教读所入，来维持这个家庭，偶遇不敷，间向其婶（时海粟远客未归）去求救济，后来刘狮音讯久杳，她担任的学校，又因事停办，她失了业，实在支持不下去了，王洁待她倒很好，曾帮助了她很大的忙，过了一些时期，后又闻得有许多朋友劝她改适，现在不知怎样了。记得当她住在陶尔斐斯路时，有时我们深宵夜归，路过她的寓所，一英好嬉，总大声"邦子，邦子"地呼唤她，她必起来俯在窗口答应，甚至还攀谈上几句，因此我很怀念她，希望她得到美满的归宿。

*注：陶尔斐斯路，今南昌路东段。

金佩鱼的往事

///

在拙作中，曾一再述及业余歌唱集团益智社和金佩鱼的大名，但是未曾给他单独的写过，现在略述他过去的一些琐事，以实本录。佩鱼赋性固绝顶聪明，可惜用违其长，不肯走正路，聪明反被聪明误，他青年时代就犯了这个毛病，他的爸爸金宏基律师，完全一位好好先生，忠厚得使人几不能置信，他的胞兄铭石，也很朴实，不似佩鱼的浮滑，所以结果互异，现在青年大可借鉴。他最大的毛病，乃是犯的夸大狂，我和他认识的时候，虽尚有汽车代步，实在已经外强中干，但对外辄自炫其家富有，出手奢侈，挥金如土，所置的汽车，倒值得一提，系购自杨耐梅的，车中装有无线电收音机，开行时，能收听各电台播音节目，如此汽车在一二十年前，上海确没有几辆，他和他老兄合办益智社，一个玩魔术，一个玩歌唱，完全公子哥儿派头，预备用脱两钿的，所以广招社友，藉此遣兴。

凡益智社中社友，能有一技之长，家境平常的，按月还能得到社中的资助，对于电台播音，或请他们客串表演，完全免费义务，其目的乃在好玩，并不为利，惟恐人家不来请教，小金对于音乐虽谈不到好坏，然钢琴、吉他，普通的歌曲还能对付，因为他懂了些皮毛，就不愿去求深造，后与严华合作新华社，在扩充的辰光，我就替他担忧，暗地里问他，假使将来收入方面绝无把握，那么何以为继。他答得很漂亮，说办新华社的基金，挪用的都是从前小时候所积蓄压岁钱的利息，他的口气多么大，幸而后来我代他们尽量的开源，他们合作一年，收入开支可以两相抵过，假使不是小金浪费过巨，还大可以有多余呢。他新娶的夫人很贤淑，是孙宝琦的族孙女，长得也很秀美，但是他还不知足，见了女社员略具姿色的，莫不思染指，初追求周璇，周璇佯作不解，无法进行，严斐和欧阳飞莉们几个懂事的，他是吃不消她们，只有更易目标，从天真无邪的小姑娘入手，中有一虞姓的小姑娘，贪嘴好玩，他窥准了她的短处，就乘隙而入，投其所好的常常给她吃和玩，时日既久，后来在外埠表演时，竟中其计。

在虞的前，还有一个顾姓的姑娘，据说也在外埠给他引诱上的，后来顾竟香消玉殒，死得很惨，他和虞既有肌肤之亲，为时也并不长久，这两件桃色案，都在新华社解散以后发生的，假使在严华合作时，那是绝对不可能的，因为严华律己甚严，以身作则，至少有些顾忌，佩鱼那时还染上了嗜好，他的夫人见他日趋堕落之途，爸爸也死了，家也毁了，遂和他无条件的离了婚，至是他更没落了。至于大金，幸内助有人，在他夫人持家时，至少还有些积蓄，他虽曾一度荒唐，和江曼莉赋同居之爱，后来还是他的夫人贤惠，强迫他回去，遂不致流落在外。后来小金生活无着，一度服务于陶陶社，因他有小聪明，深得该社主人的界重，不料在社不久，又故态复萌，和一个导女谈情说爱的鬼搭搭起来，该社立法至严，如遇社中执事和导女发生不规则行为，立即斥退不贷，小金当然不能例外，因此又漂流无定所了，最后嗜好既深，复患恶疮，衣不蔽体的曾至我治事之所告贷，还深讳其境遇，似愧对故人，说是从广慈医院溜出来的，所以衣服也没有穿好，试想他已到了这穷途末路的时候，还死要面子，不肯自承其贫苦，这岂不是患着夸大狂吗？据说后来病殁在苏州，未审确否。

錬师娘酒后自白

///

越昨严大生医师，忽电约严华，携带佳酿十余斤，并佐酒品若干式，下顾寒庐，图共一醉。饮至半，金闺国士周錬霞忽偕一陈小姐亦惠然莅止，幸皆熟客，遂洗杯更酌，开怀畅饮，抱不醉无归之旨。在座酒兴以錬霞最豪，其次数内子和严华，大生量虽宏，第不能称豪爽，愚向不惯快酒，然所饮之量，较他人未曾稍让，陈小姐浅尝辄止，谓适病喉，不宜多饮，故所饮最少。席间，偶谈及日前拙作《开麦拉艳屑》一稿，愚亟向錬霞致唐突之歉意。錬霞谓愚只知其一不知其二，急询其故，则谓："吾俩结合，虽不能谓尽由'开麦拉'始，然亦不能谓与'开麦拉'无一些渊源，盖除双人之外，尚有两双木生，同时极力追求，几成四角恋爱，两生亦皆擅'开麦拉'技，同亦蜚声于艺坛，惟一则嫌其过浮滑，一则太不解风情，舍短取长，双人其选乎，时衷心确至爱后一双木生，第恨其未能了解侬一片真情耳。"錬霞隽爽，酒后真言，值得令人钦服，此一双双木生，与愚俱属旧识，但不相晤叙已久，岂皆作客外埠乎？

秋姑临走的前夕

///

　　婴宁公子 *与秋姑之恋，当时文艺界曾盛传几遍，当他们俩离开之前，尚有一点足供补述，原来秋姑曾参加先慈七十寿辰，在新新酒楼堂会演出，时隔未久，她就和婴宁公子出走，因此这次的参加，便成为与海上友好作临去之秋波，事隔九年，现在重翻这笔旧账，不知婴宁公子得勿怪我饶舌否？提起那天堂会参加者，有马直山的《投军别窑》、郑过宜和杨南英的《汾河湾》、王唯我和刘斌崑、马春甫的《打严嵩》、沈秋雁夫人和朱国樑的《女起解》、孙克仁和史悠宗、易立人的《捉放曹》、徐善寅和王壁人、白玉麟的《庆顶珠》、沈少飞和周晓人、马春甫的《四进士》、陈十云的《法场换子》带《双狮图》、毛剑秋的《宇宙锋》、周志斌的《雅观楼》、徐琴芳和包幼蝶、包小蝶的《探母》、秋姑和郑国钧的《戏凤》，都是精彩纷呈，咸认为难逢的盛会，竟有冒失的年轻宾客数人，对于沈夫人和秋姑两人，更倾倒备至，要我介识，意欲缔为腻友，我回答他们是物各有主，快快收拾起野心，切勿胡思妄想，也可见她俩的色艺动人。当日戏码次第上演，每出由杜鳌、穆一龙诸君担任摄影，临时摄取舞台即景，留作纪念，而对于秋姑的《戏凤》一剧，摄得独多，各式姿态俱备，都二十余帧，可谓洋洋乎大观了，事后我把底片取来，择优的各放大一帧，装置镜架，由我亲自致送于剧中人并面谢参加盛意，其余全数送迄，只剩秋姑一架，一时竟无从送达，欲觅婴宁公子踪迹也杳不可得，诧为奇事，时隔月余方始道他们俩自从参加这次堂会后，就双双远走汉皋，不知我却为了他俩的不别而行，空劳往返了好几次呢。后来他们重返沪壖，人事已非，这一架《戏凤》倩影，我也不敢再重事奉献，至今让它成立件无法投递之礼物罢。

　　* 注：婴宁公子，陈蝶衣。

我们的女友

///

　　《社会日报》复刊，胡雄飞兄为谋读者兴趣起见，邀同文三十人，各写一篇《我值得纪念的一件事》为题的文字，排日隐名登载，令读者竞猜，猜中多数者并有奖品等可得，名谓纸上打擂台，诚匪夷所思，叨在老友，要我也来轧一脚，根本不会写文章的我，何来技巧，故弄玄虚，遂不得不实事求是，仍本我一贯作风，记账式的胡乱凑成了一篇《恨不相逢未娶时》付之，以期不曳白卷。一夕酒楼共饮，雄飞即指我的一篇，至容易给人猜中，最难猜的要数包天笑先生的一篇，完全改变了他平素的作风，而且故事也是向壁虚构的，果然，逐篇登刊之后，我的一篇，就给阿毛哥猜个正着，承他还来一篇似索隐非索隐的文章，来证实他的言中有物，使我读了啼笑皆非，不过说到这位女友始末，知道得最详细的，要算瘦鹃和定山两位老友了，那时我们三人事相共，年相若，意相投，出入相偕，又都年轻未娶，故亲如手足。

　　其时，我们先后各结识了一位腻友，瘦鹃的一位，故事最哀感顽艳，他为了她所写的文字，恐怕几近百万吧？可说情深一往，最近我曾问他，尚通鱼雁否？据说与其藁砧远客内地，故音讯久疏了。定山的一位，故事比较少一些，不过说起来也够使人神往的，是他爸爸情侣的女儿，时肄业于圣

母利亚，不过在她之前，杭州还有过一位更动人情侣，因为
我知道的太少不敢胡言，据说醉灵两字，就是和她有关的。
其时我们三人作事，一切公开，关于爱侣，也是各人披沥真
相，知无不言，言无不尽，互述其意向，或遇约会需要配角
的时候，那么我们三人也会互相扮演参加，虽赴汤蹈火，从
来未曾推诿过，甚至我的英文秘书，也必由瘦鹃担任，足见
我们三人的交谊了。现在瘦鹃已是一位阿家翁了，唯定山和
我还是少爷班子，所以回到家里，佣人们以少爷唤我，真使
我又惊又喜，我倒很希望永远少爷下去，多么的有劲！

胡雄飞（© 丁悚家藏）

王雪艳葬兄养亲

///

王君达和王美玉的过去，在本录里我也写过了不少，最近从阿毛哥笔底，透露消息，说是王君达已经病故，想必非虚，战后我和他们接触的机会很少，所以得不到确实消息，否则的话，我倒很有可能地详详细细来报道读者了。不过上星期某日，我在旧亚尔培路＊福煦路＊口的电车站等车，恰巧遇到了小妹子雪艳，她的寓所就在邻近的四明邨，那天同了一位女友溜达，所以不期相遇，我就问起君达的噩耗和美玉的近况，她说他的哥哥——君达是死于烟毒的，幸亏疾终时适在父母的家里（西门路），否则恐有路毙可能，后事所耗，大半是她担任的，且已卜葬于大场乡下。又说他哥哥今年恰值四十九岁，大概是一个关口，逃不过，想到了他的过去，这样的结束了他的生命，也够可怜，说时两眼微赤，似将泪下，又据说其嫂——美玉现在医院戒除嗜好，我问她谁给她戒的，她答："也不很知道详细。"继询及剑心夫妇，她也说："现在都自顾自了，谁都不来关心谁！"又说："老父老母七八年来的生活，全由我个人独立担任的，想想爷娘也真苦恼，我再不去奉养，谁来顾到他们呢？"听小妹子的话，大概他们骨肉之间，这几年以来，为了各人的生活不安定，已经疏远得很了，尤其是在小妹子的立场而论，因为她

的锦片前程，大半受了她兄嫂的杀害，直到如今，还凤泊鸾
漂地得不到一个较好的归宿，难怪她的芳心有些隐痛了。

　　* 注：旧亚尔培路，今陕西南路；福煦路，今延安中路。

冶游溯往

///

在从前应酬频繁的时节，上酒楼菜馆，叫条子似为一件无可避免的例行公事，即使你没有相熟户头，友好们也用不着征求你同意，会替你代叫打样堂差来伴陪你，至少即席在他们所征来的转局给你，免得你身后萧条，抱向隅之叹。有时叫来较红的倌人，知道你是丹阳（谐音单洋）客人，往往架子十足，不但得不到片刻温存，反而受到了一时的窘迫。以往我也常碰着过这种的局面，认为是一件虐政，幸而后来因席间转局，遇到几个比较投契的倌人，就开了个户头，专叫条子之用，好得她们还能了解我不是沉迷花丛的冶游浪子，所以从未要我做过花头，不当我普通狎客相待。这样的白相，一直混到了现在，举我历年记忆所得，印象最深的，前后不下八九人，略志梗概，以留鸿爪。最早是晚霞老四，后嫁吾友方君，时老四自铺房间，自主觞政，对于我侪文人，相当重视，曾知照房中做手，谓吾人去时，必须竭诚接待，不能以平常狎客相视，故一时文艺之士如海粟、亚尘们过从甚密，相处甚欢，时出入吾侪寓所，海粟几欲为之写像。

丽容、丽娟一家，主政也行四，年事较轻，貌甚美秀，禀性和婉温厚，如接春风，我常带了内人和小儿们，阖第光临，每次临行，她们必馈小儿们很多的玩物糖果，吓得后来不敢常去，迨丽容嫁了亡友吕克箕兄后，和她们的交谊就告一段落。至往返最频，历时最久的，要算西福致龙第凤簃的一系了，她们虽在前年收歇，但主政老七及其先后已嫁的小姐们，至今尚庆吊常通，如亲友一般的来往着。七之长处，在待人以诚，绝不类娼寮中之鸨母，以此凡出自七门的养女，对七都生好感，虽已遣嫁，犹不忘七之恩泽，常携其婿归省，往来无间断，而七所蓄养之女，不论已嫁或未嫁的，和我们都熟如家人，于是众口一辞的呼我为叔叔（一说是根据田寄痕把贱名悚字变音念成叔字），唤内人为婶婶。友好们如逢酒后无处消遣，总跟我至西福致去溜达，凡烟茶糖果等，无不供应如仪，好得房间内上下做手，和我们也都有好感，故奉侍周到，有宾至如归之乐。七每进一新人，有时总教我先行审查一番，谓此人将来有否出息，我也随口地敷衍一下。

有时我逢着个人上馆夜膳，感到寂寞时，或电邀她们任何一个来陪我共膳，那是她们认为求之不得之举，不过吃豁边的时候也有，满拟来一二人足够了，情调也较佳，但是她们一家一共有五六人，有时全体出席，而且个个能饮，几如吃冤家般的，往往使我啼笑皆非。七每逢春季，必往杭州进香，归时必带些火腿茶叶之类回来，叫她的部下亲自送到舍下相馈，有时她们房间适值空闲，则自备了几色私房菜肴，邀我们去小叙，如是往来好多年，实堪回忆。二年前汪永康假浦东大楼娶侄媳，我也贺客之一，不料在座相晤她们先后已嫁的小姐和老七八九诸人，恰围坐了一桌。她们一见了我，把我拉去加入她们的集团共酌，当时各人还到别桌去，各拉了她们的藁砧来和我介绍，人家真不知当我是什么。永康另一位如夫人，乳名弟弟的，即娶自七之门下，她们有这渊源，所以也全体出席，参加这次的喜筵。一次七的藁砧故世，五虞假蒲柏路庄严寺设奠，礼尚往来，在我不能不到一到，岂知那些出嫁的小姐又全部都在，而且都服了重孝，有几个还携带了结晶品抱给我看，这样的倡门世家，也可说不易多得的吧！

　　*注：蒲柏路，今太仓路。

凤第老十（©丁悚家藏）

王美玉之申辩

///

日前在本报所写《王雪艳葬兄养亲》一记，当天就来了个意外的反响，原来那天王美玉带了本报并携了她十三岁的儿子寿民，亲临寒舍，有所申述，谓有几点与事实不符，拟请我更正，以正听视。她说这一次君达的死，的确很奇怪的，起病在两足患冻疮，不良于行而已，农历二月初二病殁，三日前，食量奇佳，能健饭两三碗，或啖五味斋菜饭等，及稍有寒热，即死的上一夜，尚食面包和可可茶充饥。翌晨本拟送广慈医院去治疗他的冻疮，不谓上午十时许，一个翻身，即一瞑不视，时美玉另居城内，还在给他打点进医院手续，及赶到已不及送终，这个病死得的确有些奇怪，小妹子说是烟毒，也未能证实。又说这一次后事，小妹子和大妹子（爱玉）两人共送来三万元，在现在的物价，实在谈不到算葬兄，至于养亲，在她们未去苏州以前，向由本人奉养的，小妹子之担任家用，还是近几年来的事，每月不过两三万元。关于婚事耽误，也加以申辩。我就说这是鄙人猜想，小妹子根本没有和我表示过。又美玉对于剑心们也有些不满，骨肉之间，已不十分融洽，那是铁一般的事实了，美玉又谓：嗜好已在普济医院完全戒除，经过良好，深自庆幸，现在寄居嵩山路她的老兄家里，为将来起见，预备努力向上奋斗一番，不要资人话柄，我们长谈了三小时之久，遂留她在舍间晚膳而别。

严独鹤绰号"老板娘"

///

日前青鸾*在他报提起，说从前施济群兄，以身材魁梧，任编辑《红》杂志，并自制"脚肿丸"出售，朋友们见面，都戏呼他为"老板"，济群也乐予承受，不以为忤。不知当时还有一位"老板"的对象"老板娘"，这恐怕青鸾所未知，即比较客气点友好，晓得的也不多，他就是现在文坛元老，从前"快活林"主编的严独鹤老兄。这个绰号来源是这样的，从前鹤兄手指上三老官"金约指"，起码总有两三枚，他的脾气又很近乎女性，他又和施老板合编《红》杂志，我们见了他手指的三老官，总不期起了会心的微笑，尤其是常觉和我一共宴游，常把这几枚三老官来取笑他，说他很像豆腐店里的老板娘，有时济群在座，我们就把他们拉拢，好在一个本已荣任"老板"头衔，教鹤兄就配了济公罢，不必再去做豆腐店西施了，他虽极力不肯接受我们的美意，加以否认，但是我们不去管他们这些，尽"老板娘"地"娘"下去，这并不是我胡诌，只要去问问鹤兄和济公，就知道货真价实了。

　　*注：青鸾，陈灵犀。

严独鹤、陆蕴玉夫妇（©丁悚家藏）

严斐第一次大醉

///

近来报上常常说刘琼的夫人严斐，因为肚皮不争气，不能给老刘生个小刘出来，所以心中苦闷，常常借酒浇愁，而且非沉醉不肯罢休，有时还硬拉了个乐队里的朋友西征夜总会等去处，这不知是否事实？不过今年新春元宵前一夕，我和他们俩在一位朋友府上会见，还像从前一般，并没有什么两样，因此想起了她饮酒的往事来了。在我们认识了十余年来，同席不知有多少次数，从未见她醉倒过，而且有时我常常命令式地要她干杯，也从来不曾饮醉。有之，只有她在结婚的那一晚，大醉过一次，因为那一天到的都是圈中人，捣蛋的居多，此起彼落地敬她的酒，简实是灌，她一向又是豪爽惯的，来者不拒，焉得不醉。席散，回府时已不省人事，幸亏王人美热心，一直从菜馆维护到了他们家里，当夜还伺候了她半夜，呕吐狼藉，都是人美代她收拾的，老刘也酩酊大醉，假使没有人美，不知弄到怎样地步，事后人家都赞美人美的为人，是常人所不可及的。

严斐（© 丁悚家藏）

沈卓吾一二事

///

　　沈卓吾与张冥飞，在当初的确可算一对文坛怪物，冥飞的许多可笑逸事，谈的已很多，我不必再来啰嗦，而且所谈的，十分十是事实，现在我不妨谈谈沈卓吾吧，卓吾江苏以北人，所以谈话还不能尽脱本乡口音，不过还不十分刺耳，"后期礼拜六"发行人田寄痕的身材相貌谈话等等，和卓吾有异曲同工之妙，我认寄痕是卓吾的缩影。在卓吾办《中国晚报》时，我们过从较密，因为他在多方面的活动，需要借鉴之处很多，承他看得起我们，认我们为先知先觉，总是很谦虚地要求我们来指导他，最妙的平时他对于自己认为值得重视的朋友，不厌求详地制成了一张朋友的姓名录，高悬在他的《中国晚报》编辑部里，并时常关照编辑先生，凡来稿中有不利的文字涉及了这表格里朋友，务须一概删去，以免得罪友好，所以在他的报上，很少有闯祸的文字发现，这也是他做人之道的一端，所以后来给他巴到了财次地位，是并非偶然的。

一张古董照片

///

　　最近标准西太后江泓，在华懋和王文虎举行婚礼，堪称一时之盛。归寓适检到了从前承吴天居士送给我的一页当年曾在《游戏杂志》上刊过的一张宿货照片。其中所扮女角的王惜花（已故），就是江泓的母舅。那天王姓族人到的很多，因为他们是大族，且都有声于阛阓，汤团大王王汝嘉兄即其一，现在本报拟添插铜锌版图照，我就把这一页旧照片先来漏一漏吧。并可见历年来的服装变迁。（以下为吴天居士题照辞）

　　国事蜩螗，河山破碎，国难之靖，不知伊于何日？佣书之暇，辄向故纸堆中讨生活，忽于旧箧中睹斯影，马介甫本为聊斋志异之一段，共和肇始，新剧盛极一时，欧阳予倩、冯叔鸾、罗曼士（铁城），俱以文学之士作革新戏剧运动，此影似摄于洪宪以皇帝自娱于新华宫之时。钝根、慕琴方同事于中华图书集成公司编辑部，与此中人极为稔熟，年少好弄，戏摄此影，今日重睹诸君，已逾哀乐中年，由壮而老，不见已有人呼慕琴为慕老乎？晨间戏示慕琴，亦跃起狂喜，喜得见其少年罗曼史，慨然以悲，悲似水流年之容易过去也，更相喏曰：钝根晚节不终，雪琴（即双宜）、瘦梅困顿局蹇于小剧场，不胜今昔之感。惜花亦昔时第一流名角，今亦作古，其门第亦世族之家也，慕琴欲留存纪念，因感慨而赠之。

铜图说明：

自右至左：1. 张雪琴（即廿年前在笑舞台搭班之风骚泼旦张双宜），2. 许瘦梅（亦新剧家），3. 王钝根，4. 王惜花（已故，民国初年之新剧名旦），5. 本文作者丁慕琴，时年不过弱冠许，浊世翩翩，标准小白脸，今则已变成丁聋矣。

此照片刊登于 1913 年第一期《游戏杂志》，合演新剧《马介甫》

记蒋纪生

///

　　二三十年前的我，在游乐地界，也可算兜得转的一个，中西菜馆、大小戏院，从来不行现款交易，大都签字记账，有的还怕你不去作成他们，所以全是十分迁就，有几家西菜社，每逢令节，甚至以整只熏烤鸡鸭和名贵西点洋酒等礼品馈送，实则我个人和他们交易尚微，代他们介绍的生意反居多数，寓有酬谢照顾之意，因此，每家上自老板经理，下至堂倌西崽、学徒苦力，对我相当熟悉，到处占着不少便利。从前结交异性朋友，进行的第三部曲，和现在也大有出入，约宴一项，占最重要地位，尤其是上西菜馆进膳视为时髦高贵，远不如现在携女侣，辟室幽会，视为常事，以最初我上西菜馆进膳，西崽先必恭询今天曾约某小姐否？假使约的，邀客条子，你交给他们办好了。

　　他们对于我异性朋友的地址，都很熟悉，保管办得十分周到，万无一失，而且还先在房间内用了座屏风遮掩，再另备了杯具和化妆品等等，应有尽有，使女宾尽量使用，如在自己家里一般的舒服。前在倚虹楼当一小西崽的蒋纪生，尤为其中最为体贴周到的一个，纪生后来步步上升，从小西崽升到了头目，由头目做到了老板，自创太平洋菜社及沪西福来饭店等事业，先后不下十余种之多，每逢开业，事前必亲自登门请求为代擘划，如欲宴请同文，更非我具名邀请不可。先慈七十祝嘏之日，寿堂下午和半夜，每人一盒的干点，还是他亲自来主持代办的，因此来宾在观剧之际，如遇饥饿，不用离座进点，而秩序亦因之维持不乱，亲友莫不称便。纪生一生克苦耐劳，谦恭仁厚，实所罕见，但是他的事业，都未十分发达，而结果未臻腾踔，岂非天命？事变后，闻其在江阴原籍被炸惨死，我得到了他的噩耗，为之不欢者数日。

沈泊尘的冷隽语

///

亡友沈泊尘，在拙作里已记过了好几次，现在我再补述他一些冷隽阴语，足使受者啼笑皆非，和江小鹣有异曲同工之妙。从前锌版未发明时，吾人所治插画，都指定了三马路一家唤文焕斋所刻的，老板韩世孟和我们都很熟，因为他们的刻工，的确使我们十分的满意，所以他做了我们画插画的独行生意，后来锌版发明了，我们和这家文焕斋就此疏远。泊尘平时所作的画，在报上发表的，不欢喜缩印得过小致精彩全失，一次《新申报》主人席子佩先生，为经济篇幅起见，嘱副刊主编王钝根先生将泊尘的插画缩得小些，泊尘很不高兴，请钝根转达买办（朋友称席的头衔），明日可先向亨达利定购显微镜三千枚后，再事缩小插画，凡购《新申报》一份，奉赠显微镜一枚，避免伤目力。一次在夏天的一个晚上，我和他两人溜达大世界，因游人众多，一时欲找座椅而不可得，冷饮场中所备的帆布椅虽多，但是早到的许多不顾公德的游客，都是一人占坐了两椅，一椅用以搁脚，当然十分的舒服，而却不知我们无椅之苦，泊尘心愤不平，暗暗地咒骂，说我们去买些花圈来送他们吧。

江小鹣的幽默

///

日前曾谈及亡友沈泊尘生前的冷隽妙语，今又连带谈江小鹣的嬉话，也足使人解颐。他住在方斜路庆安里时，他的二姐夫祁佛青，常从老远的北车站升顺里赶来拜谒岳母，并藉此和我们几个言不及义的仁兄相晤聊天。佛青是个急性朋友，每次叩门，总像后面有人杀得来，叩门声急如雨下，不知底蕴的，真的给他吓一大跳。一次时已深夜，小鹣亦在，佛青又来作不速客，照旧的把门环叩的既急又猛，小鹣给他吓了一跳，遂冷冷地回顾旁站的小大姐阿宝，说："阿宝，你明天去买两毫钱的猪肉挂在门环上。"起初大家听了一愕，后来忽然想到佛青是个食肉家伙，使他在门上看见了块肉，不会再穷凶极恶地打门了。

后来，他住在虹桥路时，我们也常常去玩的，那时他们铸金厂的工友给他代装了一具无线电收音机，当然谈不到好，一次我去，他开给我听，因为隔音不清，同时三四处电台播音，都在一个周率上听到，杂乱无章，实则一档也听不清楚，他说这是便宜货，你们家中的收音机，能一听三四家吗？总之，他不启口便罢，无论什么话，一经他渲染，必使人啼笑皆非。还有一件要观察他囊橐充实与否，只要看他吸的纸烟，就可以知道他的存底，有时他自己也说，假使今天出去，囊橐空空，车子当然坐不起，但是走路一定要格外当心，尤其是在碗店门口和碗担等碰不起的东西，必须绕道而过，否则万一不慎撞翻了，当场剥衣赔钱，太不雅观。

祁佛青（© 丁悚家藏）

江小鹣和他所造的陈英士塑像（© 丁悚家藏）

荀慧生初次灌片记

///

荀慧生在艺名白牡丹时代，绮年玉貌，固红极一时，孰料晚景坎坷，犹在红氍毹上讨生活。记得当年我们介绍他，在百代公司为第一处女作的灌片，是在一个春光明媚的下午，各人分乘了汽车，直赴徐家汇百代总厂，因春风尚厉，他怕风伤了他嗓子，一路乃用手帕掩住了口鼻，为态殊婉妙。那时旧法灌音，不藉电力，故机件至简陋，那天共灌《贵妃醉酒》两段，《玉堂春》倒板和慢板两段，《西湖主》一段，《樊江关》一段，共计三张，以荀初次灌唱，未得其法，有时距离喇叭过远，声浪恐不能送达，技师法人辄在慧生背上用手悄悄向前推送，俾和喇叭接近。慧生觉背后有人推送，当然有些不快，当即表示反对，谓彼已知接近喇叭的必要诀窍，于是技师不来干预，遂得顺利灌成。当时有人曾将灌音情形，摄成两照，因年代过久，摄时并未预备镁光，故已模糊不清，不能制版刊登，否则可睹当年白党诸健将的庐山面目，和灌音机构之简陋一斑。

庸医杀了我们的皇后

庸医杀人，在报端常常看到，最近《语林》又刊登一篇怀宝所作《庸医杀我一块肉》的文字，不期引起我七年前的一幕"庸医杀我一块肉"的悲剧，怀宝的一块肉，还是未曾产育而服药错误致遭杀害，我们的一块肉，已经是两岁的玉雪可爱女孩子了，并非自夸，曾见到过我们那块心头肉的亲友们，没有一个不说她的伶俐好玩，且平时向不啼哭，处处惹人怜爱，实在可爱的成份太多了，她原有一兰的名字大家不唤，都尊称她为"皇后"。我的长儿一怡未去内地之前，每夕无论如何的深夜归来，必定要走到他母亲床前，看一看他的最稚小的妹妹，方始归寝，或许她醒着时，更疯狂似地，欢喜用怪声怪调来引逗她的欢笑，视为一乐。一怡于八·一三后，即远游香岛，每次家报中总还提及到她。

岂料一怡去后一年的春天，我们的小皇后，忽患着痧子，因为我们俩所产育的结晶品太多了，所以对于小孩的痧痘疾患，经验还算丰富，当每个孩子患着不可避免的痧痘时，或延中医服药，或请西医诊治，只要避风使它发透，经过都是一个个十分良好。这次的事，也是几个不幸凑成了这个惨果，那时刚好吴天翁家里也有一个年龄相仿的女孩子，在两周前患的同样痧痘症，来势险恶，就请了这位杀人不用刀的医生治好的，于是天翁就把这位医生介绍给我们，因为他们小孩的治愈，确系事实不虚，所以我们十分信任他，不过他每次来诊察，我总觉得他太大意，总有些疑虑，后来"皇后"鼻腔喉里全有发炎，他还诊察不出已经变了白喉险症，及至两颊已呈肿烂现象，还说不要紧，事实上则已险象环生，他上午来诊治，还说不妨事，下午我从治事所返家一看现状不佳，就雇了一辆汽车赴愚园路福幼医院求治，经该院医生检视，证实十分十的白喉症，说医得太迟了，无能为力，不肯处方和打针，即签了一张证书，教我们立刻送隔离医院去医治。

不料车至该院，以病人额满，无法收留，又询知我们是居于法租界的，又嘱我们送马斯南路*广慈医院附设的隔离医院去治疗，我们急得没法，只得由原车再赴马斯南路去找寻这十分生疏的医院，因为我们平时并未注意及此，一时竟找不着该院门口，且时已夜间九时，路灯暗淡，状甚凄惨，再赶到金神父路*的广慈医院门房去，问明了方向，遂在一个转角处找到了，在隔离医院门口，叩了好久的门，方始有人来启，走入该院，又经过了很邃长的人行道，又经过了很多的时间，始有一西籍看护妇下楼来接洽，一见病孩现状，也说医得太迟了，总算答应了我们，就把我们的一块心头肉接了过去，问明了我们的住址，教我们再到金神父路广慈医院去办入院手续，这一块心头肉，因为她已经很懂事了，我们又不能陪她住院看护她，据说即使望病，每星期也只有二、四两天的下午四时至五时许，方许家人去探望，当时我把她交给了看护妇后，她还双眼灼灼地望着我们，我们真心里痛得如刀割，因为她从出世到现在，从未离开她的母亲，不料从此一别，竟成永诀，她也永远看不见她的父母兄姊了。

过了两天，适逢星期四，我们预备下午去看望她，满希望她能从死神手里夺回来，岂知上午十时该院即派人来关照，教我们去收殓，说已经不治了，于是我们一家大恸，我和内子更不忍再去看她的死状，就托了祁夫人和亡弟们去把她盛殓。她这一条小生命，完全伤害在这个庸医手里，岂有病人患白喉已经明显到如此地步，他始终说不妨事，一直到险恶，他还把她当作患疹痘引起的发炎症来医治。你想该死不该死，我们的皇后，从起病至病笃，只短短的一周，假使他能早一些发觉了白喉，那时还来得及治疗，结果却究全被他耽误，他和我同姓，从前诊所和住宅设在洁而精菜社隔壁，皇皇大市招，十分神气，现在路过该处，他的那块大市招似已失踪了好久了，因此想到他的玩忽业务，决不止我们一家吧？不过我们一位白白胖胖的"皇后"，竟无端牺牲在他手里，真不啻杀了我的一块肉。"皇后"在民廿七年的五月五日去世，这篇文字算为父的给她的七年祭。

*注：马斯南路，今思南路；金神父路，今瑞金二路。广慈医院，今瑞金医院。

三 个 成 功 的 匠 人

///

生平最爱好音乐，对于玩留声机器唱片，尤具深嗜，当年和我同好的，除任子木、舒舍予二位外，尚有谭廉逊先生一人。那时谭先生担任商务印书馆编辑，因爱好唱片，遂自出心裁地草拟了特制的唱机图样，委托他们厂里（商务印书馆兼制教育用具的工厂）专制风琴的工匠于霭宝，按图制造。于甬籍，为人谨厚笃实，无时下浮滑习气，向在"谋得利"琴行专制钢琴的木匠技手，所以改制风琴是驾轻就熟，胜任愉快的，他给谭先生代制的唱机，更具巧思，于是颇得谭的信任，知我和他具有同好，特郑重介绍给我，我也就照他的式样，重制一具，果然价廉物美，十分满意，许多友好见了这具唱机，都认为美观新颖，转托代制的先后不下数十具。他不特能制造乐器，普通房间家具，也全能胜任，还承他介绍了两位和他联系关系的分工合作匠人，一位是擅长髹漆的毛惠金，一位是善修机件的铜匠夏永金，我认识他们时，还都依人篱下，不料后来这三位匠人渐渐地好转了，于先独创永义昌唱机厂于闸北，毛和夏也都自开工场，居然老板地位，不过他们对我自用的工件，总还是亲自动手，或督制，而所取之值，悉照原料来价，工资是向来分文不收，原因为我平时帮他们的忙很多。

　　像现在舍间所用的那具大双发条台形唱机，内部所装的机件和唱头，完全是 Brunswick 公司出品，那时候一共只费了一百四十元的代价制成，试问现在还有这样的便宜货？日前因那具唱机使用年久，一根发条给小女绞断了，问大声公司徐小麟兄处配换新的，特别折扣，尚须八千元，据来代装的匠人说，现在这具唱机的市价，即出六十万元，还没有这样的坚固精致呢。我们家里除了唱机及唱片橱外，所有房间内所用的各种家具，大部分出于他们三合一的手泽，我们的一对棕绷柚木床，连穿棕棚匣子也完全是柚木，他只取了我九十六元，厚玻璃礬石面的面汤台和五屉橱梳妆台等等，每具从未超过二十五元以外，现在听听，真有些海外奇谈。一年，严独鹤续娶蕴玉夫人，也教我介绍于霭宝代制全房十三件家具，式样由自己选定，教他照样制造，制成以后，平素最擅挑剔的鹤兄，居然也认为无瑕可击，满意万分，给他四百元的定价，似乎觉得太菲薄了，于也非常客气，还谦说太多，我几疑踏进了君子国。数年来，他的事业蒸蒸日上，因尚有其他的发展企图，而他自己又感到不识字的苦处，承他信任我，并知道我没有什么资产的朋友，不要我下资本，愿意和我合作，荣任经理之职，说了好多次数，我自问对于贸迁之术，绝无把握且也不感到兴趣，自虑万一弄得不好，把他的资产泡了汤，这岂不是太对不起他了，所以当时我就很婉转地辞谢了。

　　在无线电盛行时，唱机生意一落千丈，他就放弃了唱机事业，专制汽车玩具等品，现在营业处迁在白克路五四一弄的二〇号，还以制造玩具为主，分销于各埠及四大公司，事业尚称发达。毛惠金现在也弃去了髹漆工作，专以制唱机机件为主要营业，推销于各大公司，前年曾在国华大楼 RCA 胜利公司相遇，还是十分的客气，给了我一张名片，说：有事仍请关照好了。他的寓所也装有电话，可以电话通知。夏永金在战后，也独自创设德胜唱机厂于闸北香山路，最近（上月）还曾来给我这具唱机服务，他有一绝技，无论欧美名厂唱头，坏得人家无法收拾，他能修理如新，我的一个原配 Brunswick 唱头，旋针的螺丝钉，也因使用的太年久了，螺丝变成光滑，不易旋紧，不料他厂里还留剩下这样的一个唱头，他割爱让给我，我问他代价，他坚不肯说，逼得他没法，结果说了二万之数，我听了一吓说："二万太大了，目前我力不胜任，给你六千如何？"他说："你的话，还有什么还价，即使一文不给，我也决不会争的，好吧，就六千好了。"事后想想，他从遥远的闸北赶来，假使单付车资，也就要耗去一半以上，只有将来再图补报了。总之，他们三人的成功，全在乎待人以诚，耐劳刻苦，事必躬亲，所以才有今日，我认识他们至少有二十余年以上了，他们都能腾踔，只有我还是故我依然，思之惭愧。

龚、陆、江三亨通力合作的一幕趣剧

///

在薛玲仙住在小客栈内，还未曾达到不堪收拾的地步时，曾有过一幕趣剧，演出登场人物，有陆小洛、龚之方、江栋良等几位通力合作，虽已事隔多年，玲仙的墓木早拱，但回忆当年情景，倒有一记的价值。

那时玲仙穷途潦倒，孵在小客栈内，每日命她的长女小玲出外，四处求援。一天，小玲又持了她母亲的亲笔信函，到共舞台三楼办事室，去找之方请求帮助。当时同室治事的几位朋友，见有异性书信下颁，认定龚有不可告人艳秘，都要他公开宣布，之方早已洞悉是玲仙的告贷信，故意藏匿，不允公开，他们更认定所料无虚，窥秘之心益切，之方遂提出公开交换条件，每人须纳资若干，讵众人都愿如数交纳，待公开宣布，始知上了他一个大当。之方就把所收获的钱，全数交给了小玲带回去，那时小洛、栋良都在那里，且和玲仙本系素识，顾到她的生活可怜，大家想代她谋一个彻底办法来帮助帮助她。恰巧当时二马路的新旅社和斜对面的时代剧场都在表演歌舞话剧，正当双方竞争剧烈之时，因小洛认识新旅社一档的后台老板，就公举了小洛前去，用噱头向新旅社的一档方面推荐，说薛玲仙是当年和王人美齐名的四大天王之一，苗头弗是一眼眼，假使你们不早些去设法聘来，给人家请了去，就后悔无及了。

当下凭小洛的许多夸张谎话，果然堆老摆进，后台老板一口约好了日期，面订合同。但一方面却在顾虑着玲仙孵在小客栈，恐怕不能见人，于是他们就分工合作的，派栋良到栈房里和玲仙接洽，栋良一见到了她的神气，果然十分狼狈，正躺在被窝里狂吸纸烟，身上旗袍香烟洞满布，这副卖相，如何能去见后台老板，于是再由之方代她去借到了几件旗袍，以便她随时替换应用，一切舒齐停当，进行顺利，双方果签订了合同，先付了半数以上的定洋，约好了后天到社正式排练。不料到了那天，玲仙竟影踪全无，并不到社实践排练，后台当然要向这三位居间人是问了，不料玲仙反说定洋没有拿到，所以不去，因为那天的定洋是由栋良转手的，栋良一听她的胡赖口吻，几乎气得喷血。（公按：大概此公的肺病，即由此而起，一笑。）当下他们三位，见她已到了自甘堕落，无药可救的地步，大家只有摇头乱叹其气，都怪自己热心过度，反招来了这个不应有的是非，真有些那个。小洛、之方、栋良三位今又共事在一处，三亨碰在一起，从此天下又多事，想他们还不曾忘记这一幕的趣剧吧！

江 小 鹣 怕 蛇

///

　　近来看到一册范雪君的特刊，其中有一段她写自己在香港时，有一次被邀请出席一个很豪华的宴会，说是吃的特肴"猴脑"，害得她几乎当场呕吐，并且在进门时先见到了陈列在门口的许多活蛇活猫，已经引起特奇的反感。这的确是个实情，不要说她们娘儿们（潘柳黛例外），就是我们男子方面，也有怕蛇的朋友，江小鹣就是此中一人，小鹣生前，无论什么东西，都难他不倒，只要你一提起一个"蛇"字，他就会吓得手足无措，甚至掩耳而逃，有时我们同行，故意和他开玩笑，每经过广东食肆，往往骗他上当，说："这里有可口的粤品名点，我们不妨带些回去尝尝异味。"待他走近一观，陈列橱窗里的，就是他生平最畏惧的大花蛇，吓得他来不及地奔避，大呼恶作剧不置。有时人家请他到广东馆子进膳，他总先问明了门口有不有这样东西，假使有的，他宁可谢绝出席，有许多老朋友知道他的忌讳，假使请他吃饭，总避免了粤菜馆，至低限度，是门口没有蛇猫陈列作幌子的馆子。

　　后来我问小鹣，为什么见了"蛇"要这样的惧怕？他说有一个缘故的，这个起源还在小的时候，一年的夏天，在书房念书，书房外有个花园，因从小好弄，一天课余无事，在园中东寻西搜地玩些什么，不料在乱草中发现了一条小青蛇，他也不知这条小蛇的厉害，就把它捉住了玩着，很为得意，忽然给他的伯父霄纬太史看见，知道这条小青蛇，并不是普通的小青蛇，实在是条有名的毒蛇（这个蛇名我已忘了），厉害得很，赶快教他放手，幸而还未被它噬咬，否则有立刻丧命的危险，他受了这次的恐惧，就深印在脑筋里，永不泯灭，从此一见了"蛇"，就怕得要命。在东京留学时，同寓的朋友都知道他有这个怕"蛇"的毛病，一次和他开玩笑，在白纸上画了条"蛇"，安放在他的卧房门口，他见了竟然也怕得不敢踏进这间卧室，宁可出外另觅安眠之处。有时他和我们开玩笑使得我们受不住时，我们最后的法宝，只要把"蛇"的形状做给他看，问他怕不怕，他立刻讨饶，有如响斯应之效。

关于裸画：峋云山人之裸体油像

///

刘郎先生最近写过一篇《裸影》稿子，意思是深悔年少好弄，一年，夏天浴后，恰巧摄影名家席兴群见访，一时兴至，请他拍了一张混身一丝不挂的裸体照片，送给朋友传览，有好几张还流落在友好手里，万一将来有升梢的一日，实是他毕生污点，又说其他以文字出身，后来致身仕版的朋友，都没有他这样的荒唐云云。大意如此，其实刘郎先生是一向很率真坦白的热情朋友，摄几张裸体照片，算不了什么，像德高望重的峋云山人徐朗老，他还曾倩钱鼎画家，给他画了两幅一立一坐三尺左右的大幅裸体油像，以资观瞻。立的一张至今还高悬在妙斋；坐的一帧，曾刊诸《美术生活》，我以为我们男子清白身躯，只要道德上没有缺憾，全体裸露，又有什么关系？刘郎先生还虑自己身体并不健硕，又恐人缠到歪里去，这似乎是多余的疑虑了，往年，我也很喜欢收集不论男女双人或单人的各国裸体照片，刘郎的一张，在我的收藏中，似乎也有，不过一时忘记谁给我，但决不是刘郎送我的。

裸体照之集藏

///

在我收集裸体图照最多时，几有千余种，西人所摄的秘戏占大半，一部分是江小鹣从法国带来的，在他行装卸后，给我搜到了，全部没收。国产不多，佳者绝少，单人的还可稍稍寓目，日本夸张画面的有十余种，西洋名手所制的，也近十来叶，线条至美，构图奇突，可惜已是照相复印，不过现在十九都已割爱于同好友人了，其间，亡友袁寒云取去不少，都是替友代求他的法书，作交换品的。目前所剩已不满百数，又因子女长大，家藏不便，所以都遣散在我治事之所，同时有不少禁书，也先后出松，分赠爱好友人，让他们去保留。据我所知，前辈须弥室主[*]所藏最富，且类皆精品，一向想去观光，藉广识见，卒以尘事羁人，迄今犹未偿所愿，辄引为憾事，友人陈乃乾先生处所珍藏的以古籍为多，其他恕我孤陋，知道的很少，想海内同好的，一定甚多，颇想交换见识一番，饱饱眼福。

[*]注：须弥室主，钱芥尘。

356

礼 拜 六 时 代 及 其 他

///

　　当走过所谓文化之街的河南路时候，不禁总缅怀从前发行《礼拜六》的中华图书馆，中华图书馆的总经理是叶九如，协理席复初，馆址在河南路靠近广东路，靠北是扫叶山房，对面也系一家书局，似名锦章，在我们所编《游戏杂志》及《礼拜六》之后，他们也请孙玉声先生主编《繁华杂志》及《七天》等刊物，座东朝西介乎广东路的两个转角，是两家广东茶店，一家市招似锦芳？铺面都是出售广东茶食，楼上皆为茶座。一天下午，在我们对面的一家茶楼，忽然发现了一对年轻男女的茶客，靠着窗口品茗，女的支颐仰面坐着，男的斜倚着栏杆，俯首对着女的絮絮情话，往年男女社交不像现在公开，这样的画面，认为奇迹，当时恰巧约来摄中华图书馆门面的摄影者在着，马上教他上楼偷摄了这一对男女的情话镜头，待印出后，竟然制版刊入《游戏杂志》，视为独得之秘，这种画面在现在视之，就认为平凡之至，毫无新奇价值，若要动人，除非男女赤身裸体，或许使读者感觉到一些刺激。回忆陈迹，堪发一笑。

　　中华图书馆那时靠了《游戏杂志》月刊和《礼拜六》周刊的销数浩大，盈余了很巨的利润，于是聘天虚我生来沪，编《女子世界》和王大错编的《香艳杂志》两月刊，同时发行还有《戏考》一种，销数也很可观，虽不定期出版，每月也至少出一次，这《戏考》直出至四十期才停止，每出一期，我至少取二十册以上回来，现在舍间一册也不剩了，老早都给朋友们拖完了，在那时并不稀罕，意为你们取去好了，我可以向馆中补全的，后来中华图书馆被夥友侵蚀，以办理不善而停业，我们编的几种定期刊物，早已停止印行，所以这一种很有价值的老《戏考》，到如今自己手里竟一册也没有，真不胜遗憾之至。关于这《戏考》材料的来源，是从上海梨园公所所藏的戏本抄来，由老伶工兼教师的张和福担任，每出代价五元，较长加倍，特长再议，所以编辑列名除王钝根、王大错等外，有张和福校正字样。

后来各书局所出类于《戏考》的刊物虽多，但终没有《戏考》那样的搜罗完全而准确，并且还有很多不常见的冷门戏，所以更加来得可贵。又中华图书馆发刊《游戏杂志》的动机，乃自《申报》副刊"自由谈"小品文字蜕变而来，起初是选"自由谈"已经刊过比较精彩的文章，重新排印成单行本发行的，不料一经问世，不胫而走，销数着实可观，发行两期以后，遂由游戏杂志社出面，另行独立征稿，改名《游戏杂志》，《礼拜六》是后《游戏杂志》出版的，从第一期出至一百期止，因故停顿一时，后来复刊，从一百零一期起至二百期止，始告一段落。这是《礼拜六》过去由盛而衰的一页沧桑史，后来几经人事变更，中华图书馆实力也今非昔比，吾人也先后脱离，该馆主持人更无意于此，过了好些年头，始由田寄痕顶名出版，那时已经面目全非了，《女子世界》和《香艳杂志》等的寿命，都不及《游戏杂志》《礼拜六》来得悠久，从前这些刊物我都有大量的保留，现在可以说残缺不全，所剩的一共不满十余册，实在全给朋友们拖散大吉，思之感慨。

说部丛谈

///

从小爱看稗官野史的我，不论中外（译本），无分新旧，只要是说部，都喜浏览，现在大中剧社在新光上演的《恨海》，这部小说，笔者还在三十余年前看过的，故事缠绵悱恻，迄今尚深印在脑际。我佛山人的作品，大都侧重于社会方面，写情的大概只有这《恨海》一部吧。最近而已先生在他报上曾说，我佛山人《恨海》之作，动机是受了一部不为书局重视，给退回来的《禽海石》影响，这部《禽海石》是他友人所著。后来《禽海石》出版，我也拜读过，不过故事已模糊，虽然也哀感顽艳的言情之作，似不及《恨海》来得简洁深刻，也或许我那时的鉴别力不够。林琴南的小说，无论译著，我都爱读，尤其是他和魏易合译英国名小说家却而斯迭更司的作品，可以说百读不厌，凡《块肉余生述》《滑稽外史》《孝女耐儿传》《贼史》《冰雪姻缘》等，前后一共不知购阅了多少次，每书至少阅过五遍以上。

不过每书看毕，总给朋友们借去完结，所以旋购旋读，旋读旋失，现在十九绝版，市上已无从购买。《块肉余生述》一书，商务印书馆或许还有出售，以战前此书曾摄成美片，运华放映，且因此而倾销一时，其他如《贼史》《双城记》（迭氏此书由天虚我生和常觉合译，当时排日刊登《申报·自由谈》，名《二城风雨录》，未出单行本）等小说也都曾搬入银幕，据我观感所得，勿逮原作远甚。《滑稽外史》及《孝女耐儿传》两书，五年前曾登报征求，乃承家庭工业社陈尔玉先生割爱见赐，《孝女耐儿传》一种，还是商务印书馆初版印行的，诚不啻百朋之锡，感奋之至。《块肉余生述》现在所剩留的，乃是新版，字颗较小。《贼史》和《冰雪姻缘》两种，现在我很想征求重读，不知读者中有藏此两书否，如不愿见让，则恳借阅也可。迭氏更有《旅行笑史》一种（原名辟克威），由天虚我生、常觉合译，中华书局出版，虽不失迭氏作风，惟远不如林氏诸作，愧我不识原文，未能阅读原作，不知原作如何？林氏译笔质朴简练，如读古文，后来不少作家，都模仿林氏笔调，几蔚为一时风尚，有人说姚鹓雏、张慧剑们的文章，也近林派，恕我腹俭，不敢武断。

不过在《礼拜六》周刊盛行时，有位不甚著名的作家，笔名"韦士"，似姓罗，作品仅见于《游戏杂志》和《礼拜六》，他的文章作风，倒很似林氏，而且比林氏更来得质朴简洁，所写全是短篇创作，以中级社会或乡村人物为题材，论理写情兼擅，至情毕露，深感动人，写得委实太好了，谁都爱读，文言居多，白话绝少。记得有一篇《两全难》的短篇小说，刊在《礼拜六》上，书中主要人物只一寡居后母和一前妻所生之子，另一别姓女郎，乃系前妻子的对象，并一佃户乡老，没有一个坏人，后母慈、儿子孝、女郎贤、佃户义，都是好得不能再好，但是故事结果之惨，任何人预料不到，而却不违乎人情之外，真使人掩卷不忍卒读。那时定山诗文已很可观了，他也受到了韦士作品的影响，不期而然的模仿，足见他的作品动人之深了。这位先生和我缘悭一面，一再要求钝根和我介见，因为不常亲自送稿，所以识荆无缘。一傍晚八时许，他忽然枉顾，以钝根不在故未登楼，我知道了，急忙从楼上一个走马楼似的窗口下望，见一位个子长长的少年，面貌清秀端正，年龄不过二十左右，态度蕴藉，有一股和蔼可亲的神气，因无人作曹邱，遂失之交臂，不期自此一见，他即赴修文之召，天妒奇才，为之黯然。当时要他们蒐集韦士作品，出一册《韦士专集》，嗣以人事变迁，卒未果行，徒呼奈何。

金锁记

///

　　张爱玲小姐的《传奇》里，有篇小说，以《金锁记》名题，现在我也拈"金锁记"三字为本节题目，并不故意剽窃，事实乃追述十余年前程艳秋（那时还未改砚秋）灌收《金锁记》唱片的经过情形。当我和梅花馆主主持蓓开公司灌音提调时，真可谓不惜一切牺牲，竭尽智力为公服务，差幸未有越阼，近以成绩堪称不恶，我们占着极大便宜处，是对于任何角儿，都有些交谊，小小面子，总很卖帐，绝少闹过别扭。一年，艳秋南下搭班，下处圣母院路*的梵皇宫，我们正在进行灌片工作，他是四大名旦之一，当然为我们心目中的重要对象，好得彼此都是老友，进行十分顺利，而且顾到我们的友情，代价奇廉，议定六片十二段，只酬三千金，文武场面一应包括在内，结果还额外奉送一片，一共七张，面子十足。戏目事先由双方协定，皮簧新旧各占其半，当时他的享名作《金锁记》中最精彩的反二簧，我们也曾要求灌唱，但大概因这段戏太累之故，他很婉转地商请改唱《玉堂春》，我们因已占到了极大便宜，为了这些，也不好意思和他坚执，遂约期举行。

　　到了艳秋灌唱的那一天，凡和公司方面有渊源的朋友，得到消息，认为这是免费参观四大名旦之一程老板庐山真面的好机会，谁肯放过，尤其是几位花丛程迷，无不千方百计的设法，欲参与其盛，但是灌音室虽广敞浩大，旁听过多，究难免发生夹入杂音之虑，遂不得不稍稍予以限止，是故人数尚少。是夕有名花翠芳老七，和已嫔我友之惊鸿老五，联翩莅至。此两人乃十足程迷，和蓓开当局也沾些亲谊，当然接待参观，她们探询我们预定的戏目里，没有《金锁记》一出，认为极度失望，临时怂恿我们向艳秋要求更改，我们接受了玉人的意旨，就和艳秋婉商，他立刻加以拒绝，推诿时间掐不准，不肯更调，我们当然不便强制执行，只得作罢，但是她们见我们交涉失败，又用激将方法来鼓励我们，也是我们好胜之心太重，又以面子有关，不得不再度要求，但结果又告失败，于是我们俩为了面子丢尽，不期然而虎起了脸，对于艳秋颇有介介之意，幸艳秋解人，见将成僵局，似乎既讨好于前，不如交情索性卖到了底。

艳秋在将灌《风流棒》之前，始表示在《风流棒》灌成后，不妨再试试《金锁记》反二簧的时间，能够恰容两片否，但是我们早已预备过了，三段慢板转原板，和一段散板，刚合四段，不致有十分出入，只要他允许考虑时间问题，一定有转蓬希望。结果，竟如吾人所愿，唱得真赞。事实上艳秋为灌唱这两张片子，的确够累，不料在末了，馆主却被他碰了个小小橡皮钉子，因为临行时，程有保镖两人，例须由公司方面略酬予酒资，讵主持人吝啬成性，教我去要程自己开销，自问这个差使难办，当场推辞，馆主自恃和程交情素笃，自告奋勇，他不曾顾虑到刚才我们一幕硬干的镜头，艳秋一肚皮的委屈，正在无由发泄，来得正好，对了馆主正言厉色道："哼！你好意思。"要言不繁，害得馆主哑口无言，别转屁股向后转，结果还是由资方奉送酒资如仪。

* 注：圣母院路，今瑞金一路。

程砚秋（ⓒ丁悚家藏）

友人之妻

///

这位友人之妻，同文已谈过一谈，最近我也在九星大戏院左近遇到了。近来因为车价贵得吓人，有许多路线又搭不着电车，总是安步当车的时候居多数，那天从治事所公毕返寓，路经该地，觉身后有一女性钉靶，向我絮聒，要求救济，我向来对于自甘堕落的瘪三，不大情愿布施，所以并不向后一观究竟，后来一听口气很熟，且似乎在呼我姓氏，遂不得不反身相认，一见了她，原来就是同文笔下的"友人之妻"，我就给了她一个极少数目，不便和她多兜搭。但因此引起我对她过去一切的回忆，远事同文谈得太多了，不必再来辞费，就追述她第二次和我友人结婚的一天，和婚后邀我去吃饭的一夕，历历如在目前，他们婚前曾要求我担任现成介绍人，并请一英作她傧相，因为她第一期的藁砧，也是我的老友，似乎不好。一英因为从未当过这个差使，也不肯担任，所以都给婉辞了，不过在我立场，朋友情殷，不能全部不管，当时只有代为招待一番，以补我过。那天，她还介绍一位妙龄女郎见我，说是她的外甥，事后方知是她的亲生儿女。在招宴的那天，我友处处奉承她，惟恐不恭，从此能革面洗心，力争上流，当然还不失为上策，或能和我友偕老也未可知，怎奈她积习已深，复染上恶嗜，大概吾友受她的累也弥巨，于是不得不弃诸如敝屣了。她从前长得真够漂亮，谁都赞美，就是目前年龄还并不十分算大，正可重新做人，但一入了黑籍，似永无超生之日，嗜好真不知害煞了多少意志薄弱的男女，思之心寒。

我所知之丁廉宝、范雪君联姻

///

范雪君下嫔丁廉宝的风传，近来各报不断登载，大旨谓丁以条子二十作聘，范愿屈居第三位，顷以丁廉宝丧母，婚事遂暂缓进行云云。丁、范两方对此传闻，似乎都已默认，从未出来声辩，因此谈者益发言之凿凿，似乎信而有证，笔者最近受老友之托，代雪君接洽灌收唱片事宜，和范氏过从较密，而且和丁廉宝也曾一度晤面，现在将我观感所得，忠实报道于读者，至是否较外间的传说有所出入，将来且待事实来证明吧？

雪君现在的寓所，大家都知道是威海卫路谢氏别业，楼上一连四间，特辟为范氏应用，靠南的一间，比较宽敞，乃是雪君卧室，其余则是应接室和她父母弟妹的卧室。我们接谈处所，以雪君卧室居多，雪君对于报上的各种传说，从未加以否认，但从他们的言谈中，探得一些个人所具的观念，则和外传又绝对不同，因此知道这丁、范联姻一事件，似乎距离尚远，决不是因丁母丧而暂缓举行的。

范玉山对女儿婚事的议论是这样的：他说在这兵荒马乱的时候，婚姻大事，最好暂且不谈，等到时局平靖后再说，他又郑重表示，频年颇有积蓄，以后生活无忧，对于出卖女儿的事情，绝对不干，她母亲表示外间沸沸扬扬说我们拿到条子二十，其实连廿张纸条也没有拿过，至于雪君本人呢，她平日对于普裕社弦边婴宛的归宿，很代她们惋惜，似乎自己不至于这样很平淡地结束了她的锦片前程。那么也许有人要问，报上这样传说，她何以不去声辩呢？其实她往日的作风，一向如此，前年她在苏州时，纷传将下嫁某显宦，她尽人家去说，置之不顾，后来事实毕竟也证明谣传的不差了。我和丁廉宝向不相识，最近在雪君那边见到一面，是一个三四十岁的中年人，这个被人称为"苏州杜月笙"的闻人，在外表上尚还看不出过分的伧俗气。我是和他初交，不便探询他的意旨，不过他和雪君的感情的确很好，也许有藏娇金屋的意思，但是他的家中已有一妻一妾，而雪君又绝对不肯屈居第三位，中间有此隔阂，恐怕不易解决，外间种种传说，未免说得太早一点了。

最近雪君在场子上，忽唱忽辍，原因大概因为天气太热，或将剪书歇夏。雪君的身体，实在太羸弱了，近日患扁桃腺肿胀甚剧，前日又患慢性盲肠炎卧病在床。上星期六（二日）下午，我们在她寓所相晤，并邀郑传鉴、黄正勤和琴师们，代她整理《秋海棠》的插曲《惊梦》和《罗成叫关》两段，预备灌入唱片，那天她就对我说：扁桃腺肿胀，嗓子不能提高。整理完毕，我与她约定星期一（四日）下午同去参观李香兰灌片，以资借鉴，并预定星期二为她灌音期，她听了能见李香兰灌音，十分兴奋，不料四日清晨，她们来电说雪君病倒了，不但当日不能践约参观，就是她自己的灌音也须改期，所以场子上也同样请假了。雪君对外界酬应，十分矜持，其实在家时完全像个顽皮小孩子，她有一位妹妹长得很好看，年龄十八九岁，芳名未详，只听得她们唤她叫做"毛头"，据说也能弹唱，将来或许继雪君之后也未可知，雪君和玉山或毛头，常常开玩笑，足见她稚气还未脱净。至于汽车问题，大型的一辆，属于丁氏所有，车牌 75号，小型的是范自备，丁氏一辆因停放便利起见，也安顿在谢寓，我所知所阅仅此，这倒完全是实在情形，丝毫没有虚假的。

初见白光

///

闻名已久，迄无缘识荆的白光，最近在百代公司由黎锦光、白虹们介绍晤面了。那天是李香兰的灌片日期，表侄女戴婉若乃一标准李香兰迷的信徒，她所搜集李的照片，我恐李本人还不及她收藏的丰富，凡李演的影片、灌的唱片，也无不爱如瑰宝，她得悉了这个灌片好机会，如何肯轻易放过，当日我就约了本报杨君和她，不辞长途，在烈日之下，买车直赴贝当路＊该厂灌音室，领她去参观。既至，李香兰、白光、白虹们都已先在，吾女一英也先在，她本预备陪她母亲同来参观的，因天热惮远行，遂不果，故一英独至。白光的面貌和身裁，都很合乎美的标准，尤其是她谈吐爽利，似胸无城府，说她平时锻炼一种健身运动，不能或辍，偶然停止了多天，身体马上就会发胖的。

我忘记询问她在杭州有没有受辱的事，一英说她很率直，起初她们也本不认识，因并肩相坐，遂滔滔不绝和一英说了许多她所要说的闲话，很像对一个十分相熟的朋友一般谈着，足见这是她可爱处。白虹对于吉报《白虹之恋》一稿，因和事实相去太悬殊，表示不服，拟向作者交涉，以正视听。李香兰比了去年似乎又胖了些，个子还是那么高，她的笑声，直像音乐般的好听，她在灌音室里，忽从玻璃窗中遥远地瞥见陈歌辛进来，觉得他刚从理发室整容而来似的，就大呼陈先生是刚理发的，应该请客，接着一连串的憨笑，其美真不可方物。那天她上下午都在百代灌片，灌的日本歌，歌词我们听不懂，不过调子很轻快动听，由服部良一指挥，词曲大概也是出于他的手笔了。据说本月廿六日，有假座大光明歌唱会之消息，确否待证。

　　*注：贝当路，今衡山路。

欧阳飞莉和梅熹的一笔宿账

///

欧阳飞莉在新华社的时候，他（她）们都唤她为"标准神经"，不知其意何指。或许她有一些戚门陆氏作风，所以给她取了这个绰号，她在社里挨着第三块牌子，地位不谓不高，不过常常和社里闹别扭，我在新华社根本不负什么责任和名义，但是她的交涉，社方往往感到棘手，无法可想，总是挽我去和她解决的。那时梅熹还未成名，和飞莉以从前明星传习所同学关系，比较亲昵，新华社如逢到公开表演的时候，梅熹必到后台来帮忙，不是换布景，便是打灯光，人缘很好，飞莉对他更有好感，双方接触既频，人非草木，孰能无动于衷，尤其是热情奔放的男女，加了环境的诱惑，就造成了他们的一页罗曼史。据同社虞丽华小姑娘泄露消息，说在某一个晚上，因播音完毕，时间已迟，无法归社，他（她）们三人就耽搁在另一个宿处，室无余榻，三人遂同衾而眠，当然虞是被摈在他（她）们的脚后，从此双方益发亲昵。

数月后，飞莉常向社中请病假，不是说头昏，就是说脑胀，一再缺席，社方当然不能容忍，又要托我去一探虚实。那时我也怀着很大的疑惑，不要她真的患了普通的女人病，那才笑话呢，但是见了她后，委实看不出什么，也问不出什么，我就不客气地对她说："你一再请假不到社，究竟为了什么？对我不妨实说，无须隐瞒，再荡下去，对于你的健康，都是十分危险的。"她和她妈总是含糊其辞的敷衍着我，看情形究结不出什么来，就让她们去罢。后来梅熹弃了她了，她改名红樱，隶名联华公司，曾上过银幕，演技还不错，不过未获当局重用，战后转辗西移，据说后来在内地，已得到很好的归宿。去年春间，因小儿家报之便，坚要小儿附寄她和她的两雏近影一张给我，并带问好，以示不忘旧谊之意。刚巧那天我因事到徐家汇三厂去，在陆洁办公室里遇见了梅熹（那天他适扮了一乡人，拍《春江遗恨》），我就取了那封信，和飞莉照片给他看，问他还牵记她吗？他仔细地读了小儿来信，和飞莉照片，含着笑脸，没有什么下文回答我。

钱芥老和我的辈分记趣

///

　　包朗翁在他报说《语林》主编青年作家钱公侠先生，是钱芥老的族叔，以友谊而分起辈分来，古稀之年的朗翁，对于这位公侠先生，当然只好自低一辈了。大意如此，因此想起我和芥老排起辈分来，比了包朗翁较为复杂，在芥老齿德俱尊，且为我党先进，即我的踏进新闻圈，确是承芥老的提携，始获滥竽其间，有此渊源，当然为我的前辈。讵知有一年（民五六之间），芥老忽带（这时只好称带了）了一位青年，下顾蜗庐介见，说这位是家叔东生，拟投考美专，要我先容作曹邱，予以便利。起初我听了家叔两字一呆，恐怕听错，因为年龄太不相称了，假使易地相称，尚觉近似，不得不重询一遍，芥老乃为说明辈分关系，方知确是叔侄。东生既考进了美专，做了我们的学生，以一日为师而论，那芥老不但不能比我高一辈，反而要连降两级，岂非笑话？其次，芥老少君余庆曾肄业同济，我和他又沾着了一些师生之谊，那芥老和我又属平辈了。复次，据说公侠先生令侄海一先生，年届知命，向执教鞭于大同附中，小儿女受其薰沐已非一日，这样的排起来，那么芥老仍和我是平辈，如此排行分辈，岂非复杂可笑，那也不过说说罢了。芥老究属是我们的前辈，东生（即台生胞兄）战前曾担任《晶报》插画记者，不通音讯久疏，十分怀念。

记 都 杰

///

　　都杰在目前女歌手队里，也可以算着一个了，她有婉转的歌喉，具悠久的历史，面貌长得也很秀丽，只可怜她从小患了这不能长成的残疾，现在芳龄，大概已在二十以外了吧，但是还像十余龄的小姑娘，我们对之，真表示同情的不幸，想她自己也必定十分苦闷。记得当年，她刚欲从事练歌的时候，知道我们家里是歌唱明星的俱乐部，一天，她的姊姊和闲人兄同了她到舍间来，要我代她介绍给当时歌坛的几位权威歌星，俾资请益，那时她的年龄，看来至多十岁左右，不过她到了室内，不肯就坐，总是背靠墙壁，或靠着家具之类站立，初时我以为她谦恭客气，后来方知她的背部有微驼，如此才可以避去人们的视线。

　　当时的都杰，她已能歌好几支流行歌曲，她们给她弹着琴要试试她的歌喉如何，结果成绩奇佳，一致赞许她将来定有很好的成就，后来她的蜚声歌坛，以艺问世，或许就在那天奠定了她的歌唱基础。近年她一向鬻艺的歌台舞榭，我是不常去的，所以和她很少有晤面的机会，偶然从人丛中见到了，我也不去招呼她，怕她特来应酬我。如此差不多有十余年了，最近在泰兴路丽都左近同途相遇，她行在我前面，有一少女伴行，我特赶上几步，向她回顾，试试她还能认识我否？不料她一见了我，即能相呼，并还介识同行的少女，足见她的记忆力特强，实则也是她的天资聪颖，所以她的歌艺造诣能出人头地。

四大名爹之一·谭小培

///

最近他报谐叟先生所记《四大名旦到四大名妈》一稿，兼及四大名爹，对于谭小培的批评是"鄙吝万状，极不理于同行之口，对于亲子，直如鸨母之待养女，每到人家，见有可爱之物，辄赞不绝口，必主人持以赠之，住口不言，此犹四十年前司坊狼人之故智，殊失角儿风度"云云。按此论深获我心，确把谭五描写的活跃纸上。关于过去小培给我的印象，我早预备将它实吾回忆录中，现在经谐叟先生先我而言，不得不提前发表，以饷读者。

谭富英的个性，大概是幼年癖嗜太深之故，一向是"郎德山"派头，不说从前小的时候，就论现在还是那么一贯作风，原因就在他的爸爸谭五撑在前面，不容你单独地对外，无论一切公私，都由小培擅自作主，况且小培究竟是他的爸爸，既然有爸爸在前，他落得图个耳根清净，大烟抽抽，何等写意舒服？一年富英南下搭班，由我介绍替百代灌片，知道小培好货，就向公司提供意见，教小培也灌几面，不去管它销数好坏，借此谈判富英的公事图个便利，他们依了我的计划实行，果然很顺利的解决。

又一年，蓓开亦请富英灌片，又由我去谈判。在原则上当然仍抄了过去百代老文章，但是还不能满他的欲望，结果捡了几个合作的戏，如《捉放》《八义图》等，除金少山外（也由他去支配），他自己当然也可拿一份戏份了；但是，他还要在他富英单独的唱片里，也想占一些光，我们躺在烟榻上（从前小培和富英吸烟，分两个床铺的，现在已拼成一个了）谈判，他屡向我诉苦，说自从他夫人去世后，都由他儿媳主持着家务，他得不到多大的好处。那时我的听觉已经不太灵敏，他似乎很恨我的重听，恐高声谈话，给富英听去不妥，于是不得不借重笔谈了，原意是假使富英要问起灌片代价，教我以多报少，好得富英死人也不管的，一切签合同领款子，都是由小培一手经理，不过也有他的好处，就是在灌片时，由他调度，省力不少，但是粗制滥造抹词马前，也就无法避免。这种情形，只要检取已往各唱片公司所灌收谭富英的唱片就可窥见一斑，而且《定军山》《法门寺》等几张片子，都是别家灌过了又灌，犯着唱词重复，这实是不足为训的。一样像梅博士、程砚秋们几位就不同了，他们都能顾到自身名誉，和公司营业前途，同样唱片，是绝对不灌的。富英本是个毫无主张的角儿，公司方面只知道他有这几出拿手好戏唱，也不管人家曾经灌过与否，而小培则只知有钱好赚，还管他妈的这些，这就公司营业而论，是两败俱伤的政策，我认为不智之至。

关于小培贪鄙的行为这里还可以举一个例子，譬如他见了可爱之物，往往非设法到手，不肯罢休，一夕峪云山人朗老在他妙斋宴客，富英因身子不适，没有出席，由小培代表致意，时届初夏，天气有些燠热，主人备了好几种各厂商夏季所赠送的广告团扇，他一见认为十分可爱，要求主人给他多带些回去，朗老因为这不值钱的东西，尽他去取好了，于是他满携而归。这样作风实在是成了他一种习惯了，在旁人看来，真有些不顺眼。还有他有求于你的时候，什么都肯俯就你的，假使你反转去求他时，那他对你至少要打个很大的折扣，这还是指有交情的而论呢，否则那真够你受气了。此外，他又最喜欢在前客刚走时，马上对后客批评前客的种种短处，有一次给我听到了，真教人坐立不安，立刻想离开他那里，试想他这样的待人，人家对他还有什么好感？还有每个京角儿的下处，总有不少串门子的商贩，一天他对我说："刚走的那个家伙（商贩），一些规矩都不懂，连咱们的××（名已忘了，是跟包）那里，也不开销一些个钱。"这还像什么话，总之他实在太好货爱财了，才造成了这样的鄙吝个性。

袁美云问我"那个"

///

　　无论是人的品行，物的价目，口头术语，笔底成句……总没有像现在的上海，变迁得迅速，在短短数年中，真不知产生了许多新的，泯灭了不少旧的。我想事变之后，一班远游的朋友，一旦归来，或许有多少弄不懂的？从前老滕（树谷），在《时报》写稿，涉笔成趣，风格别具，拥有广大的读者，尤其是在含有深意，不便明言的句子，即以"那个"两字代替，点铁成金，允称神来之笔，写稿同文，很多效尤，蔚为一时风尚，驯至今日，已绝少引用，可见目前上海人善变的一斑了。当时袁美云尚未下嫁王引，《时报》老滕大作，她当然每天拜读的，一天我和她在金城大戏院观新华表演，她忽然提出"那个"两字，问我作何解说？我一时几被她问住，后来强为解释："那个者，即那个也，盖妙在尽在不言中，让你自己去猜想，神而明之，深得个中三昧矣。"美云似悟非悟，好像很不满意我的解答，小儿女的天真可爱，就在这种地方。

轿饭账补遗

///

久不涉足花丛的我，在事变后，承友好所邀，似曾吃过一次花酒。那时生意浪的规矩，和八·一三前还没有什么大变动，大概因为房屋缺乏关系，正式房间，已高居在三层阁楼之上，虽然尚觉宽敞似乎总感到有些异样。那晚主人的设宴，并非做花头性质，乃是一种特殊的宴客，主人和有几位来宾，并且都携带了夫人出席，席间一切规矩，也不因此而稍异，照样征歌选色，逸兴遄飞。不过这天主人假座会宴，并非双叙，故客人毋庸缴纳花税义务，房间里的轿饭账当然也在豁免之例。日前无怀氏先生在他报述及花间旧例，大意说从前设宴日客至，当偿车力，花税仅三金，轿饭账亦只数百文，然如以现钱授客殊不雅，则镌铜牌以代之，款式不一……迨我辈涉足平康，铜牌已废，易以轿饭票，每纸值钱二百文。

但依我所知，花间轿饭账的变迁，在铜牌以前，大都是因陋就简，不当一回事，大概是在开筵就座后，由主人，或人头较熟的陪客，于代写局票时，即在本堂空白局票的背面，书一客人的姓氏，如请的九公，即写一蒋字，下面就圈了两个大圆圈，代表二百钱的意思，当将局票分发给在座的来宾，假使知道来宾有自备马车等代步品的，那么该多圈两圈，变成四百或六百文了，我们两脚车的朋友，带回去都是赏给治事所的茶房和出店去兑现。至于铜牌是后来几个时髦妓女改用的，一时大家争奇斗胜，踵事增华，其值几超过原价数倍，于是客人携回，都不忍随便送给仆役，后来铜牌数目日短，周转不灵，于是又由会乐汕头间的个烟兑店，发行一种小型纸币作铜牌的代替品，主客咸称便利。至以手帕赠客之举，则竟如昙花一现，并不普遍，这也可算冶游花丛的一页沧桑小史吧！

半老徐爷的牢骚话

///

　　近来他报常有"半老徐爷"笔名的大作，起初我还当是老友李阿毛˙写的，后来发现他所谈，辄多当年漫画界许多朋友的逸事，方始知道他是吾友王敦庆兄的化名。最近又见到了他署名"柳园"的一张《有朝一日的我》自画像，画得形容毕肖，面前罗列了餐具，右手执杯，左首置六〇六美酒一瓶，盘中满贮衰头美色，背后又大书"黄金万两"，旧式商店字招字样，大概敦庆还依然故我，未臻腾踔之境，作此亦聊以自娱之意。记得从前我们常在一起的时候，我服务在英美烟草公司，每月固定收入，似较敦庆为丰，他自己是大学毕业，满腹经纶，精擅英文，并能译作，对于漫画，犹有特长，他的夫人也是大学生，兼执教鞭于某校，虽系多产（子女）作家，而为了减轻家庭负担，不得不忍劳耐苦，堪称贤妻良母了。但是他们俩这样多方面的收入，似乎还不及区区，并且他知道我是个从未进过校门的仁兄，于是他慨乎言之道："我们枉为大学毕业生，反不如你远甚，真教人有些怄气。"他虽也是位乐天派，但是生活的鞭子，抽得他透不转气来，平时和我一样，在苦闷的时候，总是借酒来浇愁，所以觉得较为苍老。二年前在同孚路邂逅过一次，他是去民立授课的，以后就没有机会相晤了。半老徐爷，我还住在老地方，得便请过来喝几杯苦酒，借此我们可以谈谈，好吗？我等着你。

    *注：李阿毛，徐卓呆。

颜鹤鸣穿童装游欧

///

日前本报老凯兄述及胡蝶游欧趣事，同行有周剑云夫妇，和颜鹤鸣、陶伯逊诸人云云，读后，忽想起当年颜鹤鸣在苏联购衣之一桩笑话。按颜鹤鸣在默片盛行时，发明了片上发声的鹤鸣通，这是值得教人佩服的。同时他也是位有趣朋友，虽然不声不响的温吞水作风，但是作弄起人来，实在相当幽默，从前瘦皮猴韩兰根是他作弄的对象物，因为兰根见了他像老鼠遇着猫般的怕惧，常常口呼他"爷叔！"就是请他饶赦的意思。颜身材瘦小，在中人以下，他的衣服，当然非定制不可，那次跟随了胡蝶出国，到了苏俄因为衬衣不够替换，想就近添置几件应用，可是跑遍了不少的莫斯科商店，无论如何，像他那种小尺寸的衬衫是没有的，后来无可奈何，只好在童装部里去选择，方始购到了尺寸相仿的衬衫。至此我又想着从前徐善宏兄曾穿十三寸衬衫，两人身躯的瘦小，真可谓无独有偶了。

黎莉莉的幽默

///

黎莉莉在当年女星中，身体的健硕，除黎灼灼和她不相上下外，其他都够不上她。在明月社时代已以大腿健美著称。歌唱虽不及王人美、白虹们动听，但唱时樱口启合的曼妙，真使人蚀骨销魂，当时有甜姐儿的绰号，就是指此。有时我故意要她唱歌，以便欣赏她的美态。十四年前的一个仲夏季节，她们一伙好游泳的明星，去兰园兴罢归来，到我们家里玩儿，那时小女一薇产生尚未弥月，躺在榻上午睡，未满匝月的小孩，皮肤色泽大多红紫，莉莉见了，问我她是否也天天在兰园游泳，何以这样的黑，一时众人都哄堂大笑，于是一薇就有了"小黑炭"的雅号，我们一直叫到如今未曾改口，尤其是严斐弯了舌头，叫起来必填一儿字，真是有声有色，今天（农历五月十六日）是她十四岁的生辰，乃记起了黎莉莉给她起的绰号。的确，小黑炭比了她的兄姊都来得黑，也许是莉莉的语谶吧？

马连良忌讳又一说

///

啼红先生说，马连良有一怪忌，以回教徒戒食猪肉，并讳言猪，《捉放曹》剧中有杀猪宰羊款待你我，马奉教义甚虔，每来沪，非清真教门不食，故不忍演此云云。不过据我所知，马对教规并不绝对的恪守，即以非清真教门不食一点而论，一次我友顾子言宴杨小楼于南京路冠生园，陪客有马连良、刘砚芳、刘公鲁、严独鹤、周瘦鹃、郑子褒和我们十数人，他虽不大喝大嚼，但总不能绝对不饮啖一二。其次不唱《捉放》，仅指不登台串演而已，一夕峪云山人朗老设宴于前天文台路的寓邸，宴马连良们一行南下人马，同座有徐碧云等十余人，餐后发起清唱，连良为宾中之主，当然义不容辞，乃回首问我要听什么，我说他二簧较西皮动听，那么就来段《宿店》罢，连良欣然应命，而且唱得十分卖力，听者莫不击节赞美；不过台上确未曾漏过。还有《卖马》一出，也在他怪忌之例。意谓《卖马》者，就会卖脱马连良的，伶人多忌讳，于此可见一斑。

丁悚和马连良扮演《盗宗卷》剧照（© 丁悚家藏）

沈俭安、薛筱卿唱片杂话

///

日来为了生活苦闷，百无聊赖的时候，只有找一些精神上的慰藉，来调剂暂时的痛苦，假使真的急出病来，那可不是玩的，幸亏别无他好的我，开开唱片听听，还能自得其乐，好在所藏尚富，不必外求，唱针向由严华免费供给，可尽量的开听。本来所开唱的以最新流行歌曲居多（大都是周璇和白虹送我的）藉此可以得到精神上的安慰，越昨忽然心血来潮，乃检出久未开听的沈（俭安）薛（筱卿）许多《珠塔》唱片，次第开唱，又觉如食谏果，其味弥永，较之场子上所聆听，尤感兴趣。计我所有是《赠塔》两张，《干点心》一张，《托三桩》三张，《婆媳相逢》两张，《二次见姑娘唱道情》两张。以上十张系沈、薛初次灌片的处女作，那时俭安嗓音充沛，十分精警，是得胜公司出品，《婆媳相逢》和《二次见姑娘》……数片，其中佳腔突出，美不胜收。

又俭安所灌《方太太寻子》一张，《小夫妻相会》三张，系百代出品。《寻子》系俭安独唱，并无筱卿的琵琶伴奏，但短短两段，已精彩纷呈，九公兄来时，必要求开听《寻子》唱片，寻声模仿，颇得神似。《小夫妻相会》的结构紧凑，在各片中允称上选，向横云阁主称俭安的《打三不孝》

中"想到一旦别离千里外，真所谓是三更魂梦往来频"片子为绝唱，不谓《小夫妻相会》里有"故而我这道情唱破你们红尘的梦，可要左右无聊你听一听"两句，尤极抑扬顿挫之妙，不禁令人击节叹赏无已。《见娘》和《打三不孝》各一张，为胜利出品。《打三不孝》俭安当时也自许为佳构，不过其中或含有桃色成分。

所谓桃色成分，乃是因有一次俭安的如君秀英下顾寒舍，那时城开不夜，我们吃喝玩儿，都要等着俭安各处场子或电台全部公毕后，往往总是午夜一时许，再方始开怀找乐。秀英"风华绝代"的相貌，见过的大概不致否认吧，尤其好饮，量宏可压倒吾侪，那天来了，俭安忽要我开那张《打三不孝》的唱片给秀英听。他们听着各自发出会心的微笑，我猜此中一定大有道理，不过为了隐私就不便去追根溯源的询问他们了。蓓开出品的我只留了一张《哭诉》，是他们最后灌音的作品。沈唱薛弹，堪称双绝，所灌的片子当然不止此数，但是我"去芜存菁"地保藏了十七片，虽不足称为大成，然沈、薛的绝诣于此可窥其全豹，得暇拟邀横云、九公几位书迷，大家重来畅聆一番如何。

爱俪园的追忆

///

老凯兄在日前本报，记述为了好奇，曾和黄转陶、田寄痕们亲到爱俪园区去，探视留养在该园的逊清太监，并说我恐怕亦在局罢云云。是的，从前你们的游玩，我是等于药料里的甘草，总要挨我一脚的，记得那天同去的还有陈觉是、陈廷桢们几位，好得我还摄有不少照片在着，只需回去一查，就可以知道究竟了。那时老凯兄的尊腿尚健好，兴致也是他最浓，从前如游龙华、游叶园、游兆丰花园，他是无役不与的。还有一次，我们带了西福致龙凤家诸侣，漫游兆丰，也摄有很多的可笑照片，尤其是老凯的几个特写镜头，我都保留着，现在为节省物力起见，不预备给它制版了，否则倒是挺好的材料。爱俪园的探视逊清太监，这是我最后一次游玩该园了，在以前去过次数是很多，那时正是该园最灿烂的时代，有几次是参加仓圣学会去的，不知是哪位老友，代为介绍入了该会，不必尽物质上的义务，而可以享受精神上的权利。

本来平时爱俪园内，门禁森严，即使要去游览，事前必须想尽方法，方始如愿，早期须找乌目山僧˙脚路，后来是姬觉弥当道，允许之权，全在他们手里，假使没有渊源于朋友，要游该园，是相当困难的，但倘一入仓圣学会，既有

田寄痕（© 丁悚家藏）

证书，复有徽章，凭了这徽章，就能自由出入通行无阻。一年一度的仓圣诞辰，大约在三月里举行吧？例有一番盛大的祝典，凡属该会会员，事前接有邀帖，不但可以畅游，还有极视听口福之乐。有一次是为了某省赈灾开游艺大会于该园三天，卜昼卜夜，盛况空前。我是在一个晚上去的，火树银花，真说不尽当时的美丽境界，尤以加入了海上名门闺秀，交际之花在园中兜售糖果花朵，如穿花蝴蝶般的在人丛中来来去去，使人目不暇接，假使你携了情侣偕游，那更如刘阮入天台，益发教人乐而忘返了。此后爱俪园以外，后虽也常有伟大的游艺会及夜花园等举行，但总不如那一次的园游会风光远甚，所以不特空前，而且堪称绝后。

    * 注：乌目山僧，黄宗仰。

周文玑与周文珠

///

明星香水厂厂长周文玑女士，是周邦俊先生的掌珠，曾任宁波地方法院法官，有周青天之目。周女士肄业晏摩氏女中时，学名文珠，貌甚昳丽，惟皮肤稍黑，同学中金戏呼为印度美人。且是影迷，知道我和电影圈中人，类多相识，课余辄要求我讲述他（她）们身边琐事为乐。那时影星周文珠正在熠熠发光时代，不过私生活，颇多不检之处，因此女生们对于她，更不厌求详地询问，要我忠实报道，实则项庄舞剑，志在沛公，明知同班着此一同姓同名之印度美人，是蓄意的开她玩笑。我当然比他们明白得多，谈到影星周文珠的逸事，言简意赅，适可而止，恐令周女士受窘，且邦俊先生和我谊忝交末，复沾父执关系，所以特别谨慎，后来改名文玑动机，大概就基于不愿和影星同名之故。在我四十四生辰的那年，承友好假徐园为愚夫妇发起公祝，是日邦俊先生偕文玑女士亲自出席参加，使我十分奋感，那时适巧周女士由甬返沪省亲，得获一晤，自此彼此公私羁身，迄无机缘相遇，为之怅怅。

记浪漫画家卢世侯

///

画家卢世侯，在读者心目中，也许尚不致十分生疏罢？战前在艺坛上相当活跃。事变后始远离沪壖，前一时曾盛传流浪香岛，因恶嗜几至不克自存云云；继又说传闻不确，秋翁在他报为了这，也写了不少文字。按世侯于未离沪前，因所寓离我们不远，时相过从，他的家境从前很富有，且多从事于金融，只有他不喜货殖，以艺自娱，所娶夫人系北产，约束藁砧綦严，世侯有时在敝寓奢谈忘晷，甚或通宵，明晨返家，最低限度，必须要求我们所雇女佣伴往，表明终宵不归，确在丁宅之意，否则必遭其夫人严斥。他好餐霞，那时我们已经很看得出了，因为从前我们家里也备有这种敬客的东西，他来了总很喜弄弄的。

他擅于效学北伶各种特殊腔调和动作，可说维妙维肖，尤其是学小翠花的念作，我们每飐他表演，真使人击节赞赏，可惜都是一鳞半爪，不能厌我人所望为憾事。他为人磊落，所谓不修边幅者是。那时吾女一英尚幼，不懂礼貌，一次他来时，我们都不在家，大概是腊底，厨房置有自制汤团，他一见大悦，向女佣要来就地在厨房大吃，一英见了羞辱他不准他吃，好得我们太熟了，不拘这些小节。后来他告诉我们，我们大笑，把一英训斥了一顿。他作画，都是不惜工本的，一次要制作几帧故事画，特地绘了各种刀枪剑戟、羽箭等等武器图样，教行头店里照图定造，以备作画时应用，安放在自己家里，又恐夫人呵责，因此全部寄顿在我们亭子间中，有人见了，都莫明所用，经我们说明了，始知世侯的作品，自有他的真价值的。

某前辈的一姬人

///

前辈某先生，我报坛名宿，文采风流，素为吾侪所景仰。记得二十余年前，他在冶游场中认识一花丛冶叶，长得肌理莹澈，娇艳若滴，尤其是对勾魂摄魄的翦水双眸，洵是人间尤物。不久即被藏诸金屋。藏娇之所，就在英华街永安公司对过一条里弄内的过街楼。先生的太夫人和夫人们所寓，则在白克路。前辈先生出门的时候居多，有时言旋，为起居便利计，亦十九辟室旅舍，白克路老宅是难得去的。那时太夫人知道我和前辈常共宴游，如遇要事寻访，辄扶其令孙不辞跋涉之劳，来至舍间询问，厥后这英华街秘密金屋，不知如何，被他夫人侦得，曾表演过打房间一幕喜剧，最可惜有不少名贵唱片，都被他夫人从窗口下摔，打得粉碎，自此即迁地为良，不敢另筑金屋，只辟常室于大东。我们一班跑熟的朋友，得空也常去蹓跶。

当年某诗人也为座上客之一，不过当时人家对他的印象并不佳妙，不如现在这样的到处受人家恭维。每次走后，前辈先生总是蹙紧了眉头，表示厌恶。这位叶底娇虫，和前辈相处了好几年，后来不知因何原因，忽和东北系一显要暗合，秘密地筑外室于我们的文艺交流弄内。因为这位娇艳若滴的如君拙荆们都曾会见过，一次无意间给她发现了她住在最后的一条弄底，特问我前知否？那时某前辈适又远游，个中消息，遂多隔膜，其后还是先从《晶报》上获得一些略而不详的报道，再从各方面汇集所得的前因后果，方始证实她已下前辈之堂，和某显要赋同栖之好。他们在我们弄中住得并不长久，我们倒不好意思去看她，一年以后，也就芳踪杳然了。

　　*注：白克路。今凤阳路。

配 给 香 烟

///

在这几年来，花样真多，假使主持家务的，神经衰弱，记忆力不健全的话，准被它搅得七荤八素，就是谈到配给品吧，也够受累，几号联票买什么东西，非弄清楚不可好了，现在这些配给的东西，久久不至，倒也可省却一番麻烦。因日用品配给而使我想起当年任事于某烟公司时，每星期也有本厂出品的香烟配给，起初这家烟公司是没有什么配给办法的，但坐写字间的朋友，工作忙迫之后，空下来抽口香烟，当然是天经地义应有的常事，那时不知谁使的促狭，似乎在香烟公司服务，还要自己掏腰包买香烟吸，总未免那个，于是心生一计，专门购买在当时和本公司对敌地位的某公司出品香烟来抽吸，将吸剩的香烟纸壳，不经意的随地乱丢，目的促使该公司当局注意。这一计果然如响斯应，为日稍久，该公司当局当然觉得了，于是开了个董事会议，把这配给同人自吸的香烟议决下来，即付实行。最初每星期每人两听，配给了好久，除了舶来品茄力克等牌子，未曾配着过外，其他都有过，起码是大前门。那时我最爱一种金叶牌和七七号的使馆牌，后来五卅？（或一·二八记不清了）风潮后，受过一度打击，因出品不敷支配，减成半数，直到我离开该公司，未曾断过，以后详情不得而知。

四十年前的物价

///

　　在今日上海的人们，因物价漫无止境的高涨，莫不感到极度痛苦，想是非常时代，应有的变态吧？即将事变前的物价来相比，也已差的不知所云，难怪人人相惊伯有，或竟认为是海外奇谈，神经衰弱的朋友，真有发疯可能。最近我们治事之所的一个茶房，也不知道是否算好意，在米价狂窜的时候，也像演《空城计》里的探子般往往一天连来三报，我这经验不足的孔明，吓得几乎连人带椅翻倒，那里还能够遣兵调将，再来哼几句散板呢。后来又加了现钞缺乏的痛苦，使我们遭到层层剥削，几不知处于人间何世，那只有咬紧牙关，听它演变到什么地步吧。但回忆到从前我们使用制钱时代，和现在一比，真令人有隔世之感。记得在光绪廿八九那两年，我适在昌泰质肆，管理伙食账职务，每天伙食费规定制钱四百八十文，由厨房承办，早晨粥菜两桌，每桌计四碟，如油条、黄豆、果肉、乳腐等等，饭菜四桌，每桌三荤两素，计四菜一汤，一日间三餐，等于须备二十八碗菜肴，一共只费四百八十文，折合银洋，只值大洋三角六分。这是我每天的公事，记得十分清晰，一些不会错的，那时铜元还未出世，银洋每元合制钱八九百文，我最初得到的月规，只有二百四十文，一年积下来，居然还有盈余，那时的日子，真好过，以后恐怕终我的一生，也不会再回复到以往的日子了吧？

老宗初次失恋

///

在从前联华影业公司鼎盛时代，有位活跃于报影两界的双栖人物，大家众口一辞的呼他为"老宗"，他名叫宗惟赓，读者对之，大概不致于十分陌生吧！他有很健硕的高个子体格，长着毋庸电烫而自卷的头发，方正挺直的高鼻，完全希腊型的面庞，卖相司马脱˙，一口纯粹的国语，倘欲其讲南方话，可以笑煞上海人，问他原籍，倒是的的刮刮是苏州人，可是无论凭他哪一点，要称苏籍，总觉勉强，不过他并无冒籍嫌疑，大家也就免予深究。生平擅长摄影，兼能绘漫画，也善写文，待人接物，的确挺够和气，且肯负责，任劳任怨，常为朋友效力，鞠躬尽瘁，至死靡辞。他和联华有联系关系，故对所隶联华的女星，接触的机会当然频繁，书报杂志如需用影星照片，不必他求，老宗夹袋中尽你捡剔，假使嫌现存的陈旧，不妨出题点品，他也会给你满意的办到，坐是双方对老宗的印象弥佳。

老宗本光身独汉，和女星相接既频随时有和她们发生友谊好感的可能，第一个目标对象，就是王人美，他的追求人美，确用了好几年的水磨工夫，那时老金和人美尚未曾有接近的机会，直到孙瑜摄制《野玫瑰》，他们方始发生了恋爱的萌芽。从前我们假使要邀人美参加任何集团，老宗也常不离左右的跟随，一次高桥饭店新屋落成，约我代邀电影明星参加，那是在高桥游泳场开辟的翌年，适届盛夏，炎阳如炙，正是海滨游泳的极好机会，所以那天被邀的男女明星，可说全体出席。我耳闻老宗大名已久，未曾遂识荆之愿，那天他们始给我介绍认识，他很诚恳地说，在他北平临行之时，有许多朋友教他到了上海，有一位丁某，向在艺坛活跃，非去认识不可，今日相遇，真是值得欣幸的快事。

自此老宗常为蜗庐的座上客。他也好饮，不过量不大宏，且常被人捉弄，有一次在我们家里喝得太多了，因此呕吐狼藉，甚至连蛔虫都一齐呕出来，龚天衣[*]事后张一文于本报说老宗"吐得出奇制胜"，当夜就醉卧在舍下，遂成了一桩话柄。后来人美既和金焰互矢爱好，他当然受了极大的刺激。惯会使促狭的老滕，在金、王结婚的那天时报上披露了一段幽默消息，最使人啼笑皆非的是："今晚十二时后，在黄浦江边，有一卷发少年，行将投浦自尽"云云。事变后老宗西转，娶了前中央摄影厂演员林静（艺名少琴），貌甚昳丽，两人十分爱好，老宗内助得人，遂放弃了艺术生活，致力于货殖，收获至美茂，在桂林曾开过京戏院，想见其在内地的地位了。忠厚老实的人，天必佑之，我于老宗，即有此想。

　　*注：司马脱，英语 smart 音译。龚天衣，龚之方。

梅兰芳灌片记秘

///

从我懂得听戏以来，在伶界中，发现三个特出人才，就是谭鑫培、梅兰芳和麒麟童，因为他们都有创造毅力，能革旧更新而臻成功之境地，驯为后生楷模。此中尤以梅为难能可贵！能将以前旦角的老腔，运用他的天赋奇才，保守旧剧固有的精华，创制了悦耳动听的新调，扮相方面，除古装戏外，可说更得到极大的成就，毕竟实至名归，饮誉全球，初非幸致，其他对于艺术上的努力，一丝不苟的服务精神，都给人留着极好的印象，至于梅所歌动听的腔调，据说大多数得力于其二胡琴师王二片少卿，他们相互切磋而成功的。这句话，后来从他在蓓开灌收唱片时，证实了此说。梅对于服务道德，向极重视，即以灌片一事而论，可概其余，当我们为了灌片接洽既定之后，他就每天和琴师们不断地练习，尤其对于行腔使调，不论新戏旧剧，小小的一个关节，也总不厌求详地和二片反复研讨，以期尽善尽美，这是我亲眼目睹的。及至排练成熟举行，他还战战兢兢，惟恐陨越，一次灌收《刺汤》一片，既毕，旁听者，大家都认为十分满意了，可是他自己觉得有一个小腔使得并不婉转，要求技师重灌，技师对于他的要求，当然唯命是从，那时赵叔雍、文公达、贺芗垞诸先生皆在侧，惟恐梅多唱太累，咸劝其不必

梅兰芳（© 丁悚家藏）

重灌了，梅卒不愿草率，仍旧依了他，重新唱过。直待他认为满意而后止，这都是他郑重将事的美德。有一点，开听梅片，大家恐怕从未留意吧？现在告诉读者一些秘密，无论哪个公司出品的梅兰芳唱片，有二胡伴奏的，其音常较京胡为高，这是什么缘故？因为梅的京胡琴师大都是徐兰沅伴奏，他给梅托腔，须视王二片的二胡手法为进退，方能丝丝入扣，所以收音时，二片二胡的座位，总在兰沅的左首，这地方往往是邻近话筒一面的。灌入唱片，京胡之音，几常被二胡遮掩，当时我们为了这曾反对过，经梅说明了原委，无法改动，遂听其自然了。读者不信，可开听一试，便知分晓。

经济娱乐

///

娱乐，可以舒畅身心，过了份，就近乎玩物丧志，我并不讳言，对于这娱乐，似夙具特嗜，除昆曲太高雅，稍嫌沉闷，地方剧太肤浅病其粗俗外，其他可算都很爱好，所以无论什么玩艺儿，皆喜涉猎尝试，此中经济实惠兼具而更饶风趣的，该数从前"苏滩"是尚了。那时物价低廉，一席高贵的翅筵，不满二十大武，假使约定了志同道合的友好八九人，随便假座那位的府上，作劈硬柴之举，临时再唤班"苏滩"来助兴，代价连酒饭茶资，一共包括在内，也不足二十元，照样灯烛辉煌的豪华场面，又像喜庆堂会。开筵之前，先来几个比较差一些的男女开起场来，人虽平常，艺术倒并不推板，事前例须请宾主点戏，会点的当然使他们心诚意服，知道你们是识家，先点前滩，如《达旦》《游殿》《合钵》《借茶》《活捉》《戏叔》等等，这都是些普通的，使大家容易懂得，假使要热闹些，那么点《和番》等出，不过要点《和番》事前先须声明，恐怕班中乐器未曾带全，省得临时再去携取的麻烦。在前滩将完未完之前，班中重要的主角（大概女的），如以前张素兰、王美玉、范醉春、王彩云、赵佩英等等遂姗姗而至，那时我们已经酒过三巡菜过五道，兴致更高了。于是再点唱后滩，由班中主角承之，如《卖橄榄》《捉垃圾》《马浪荡》《荡河船》等等，好在其中并无限制的，随意可穿插各种时曲小调，如现在搬演《纺棉花》《盗魂铃》等舞台剧仿佛，并可由在座的我们，尽量的点唱，只要你点得并不外行，她们也很乐于接受，不要过份超过时间，决不推诿，时间大概二小时左右。试想那时的我们，一杯在手，面对着色艺兼优，明眸善睐的少女，莺声呖呖，歌着曼妙富有色情气氛的小调，有时还穿插一二豆腐资料，真可说是极视听口福之乐，每人所费不到六七元。这样的娱乐，现在只好梦想而已，况苏滩已成式微，几于无人请教，可是恶形恶状的滑稽堂会和粗俗浅薄的的笃班，反被目前暴发户，视为无上的"钧天雅奏"，那还有什么可说呢？

杨小楼灌唱《拜山》内幕

///

我这四十年艺坛回忆录，一天未断地足足写了一年以上了，其中所谈唱片的遗闻轶事，似乎已经好几次了，今天所述的又是一件关于唱片的秘辛，未审读者尚愿乐闻否？不过现在所谈的这张唱片，目前市上已成稀物，人家保留或许还有，是为百代公司出品，杨小楼和李连仲合唱的《连环套》的钻针片，《戏考》上刊的是杨和苏廷奎对唱，唱片上标帜印的，头段是苏廷奎合唱，二段忽变了李连仲，其中究竟玩的什么玄虚，如不加以说明，谁都不会了解的。因为从前旧法灌片，都是用蜡筒录音，蜡筒质脆中空，携带远不及蜡盘之便利，偶一不慎，即有磕碎之虑，其时百代在中国尚未建厂就地制造，每次灌音完毕后，辄将录音的蜡筒，寄到法国去制造，翻成了唱片，再运回上海发售的。一次百代公司北京代理人，在北京灌就了杨小楼、李连仲合唱《连环套·拜山》唱片一张计两段，遂将这两个录音的蜡筒，和其他所灌收的大批蜡筒，全部运法，不知是否是装置欠妥，或上下搬运不慎，及抵巴黎该厂，卸装开箱检视，岂知这（33076—1）的一个蜡筒震碎得不堪应用了，迨发电至华查询，始知是小楼的《连环套》头段一个蜡筒，当时灌音技师也是跟随蜡筒返国的，决不能为这一段戏再远涉重洋到中国来补唱，最感麻烦的打碎是个头段，否则削去了二段，勉强和其他的片子拼凑成一张，也可将就，坐是无法可想，不得已只有期待着下次来华灌片时补收了。及至第二次来时李连仲适和小楼南北异地，不在一处搭班，但百代急于促成《连环套》唱片实现，其时恰逢苏廷奎和七盏灯万铁柱等灌唱《乌龙院》唱片之便，就地请小楼和廷奎合作补唱了这段毁坏的《连环套·拜山》，俾成完璧，此片销数奇佳，乃在小楼中年时所灌，精神饱满，衷气充沛，堪称佳构，后来高亭、长城各公司复重灌这数段以飨爱好杨艺的，不过所配的窦尔敦，已易郝寿臣了，这也是杨小楼唱《连环套》唱片的一页沧桑小史。

初次履沪观感

///

在我十龄的那年一个冬季，先君就抛弃了我们，到了另一个的世界里去了。那时我们住在一个偏僻的乡下。先君见背后，就此失学，家中只剩先慈和我及舍妹亡弟四人。舍妹年只六岁，亡弟尚在襁褓，一家生活全恃先慈十指针黹所入，维持其凄凉困苦生活，情况诚不堪卒想，差幸我们有两位姑母都嫁在上海，一位姑丈是开米行营商，一位姑丈是前清的秀才，青了一衿后，就没有去试举子业，即在江海关的联系机关，源通官银号任事。这两位姑丈，平素很相投契，两位姑母也友爱情笃，所以同居在一个寓所，彼此便于照顾。他们知道了我年幼失怙，在乡下一定习于荒野，不得不使我离乡背井到上海见见世面，谋个较好的出路，顺便再观察观察我的材料，究竟是从商或继续攻读，也好有一准备。好得两位姑丈商士各擅，总有一门着落的，于是在我十二岁的那年，含泪拜别了慈母和弱妹们，携了极简单的行李，只身来到了这从来未到过的上海。

自此一行，我就作了四十余年的上海寓公，纵有稍远的旅行，可笑从未越出过江浙两省的地界，低能无用，言之徒增惭恧。记得其时从我们家乡通达上海的路线，不要说火车，就是内河小轮，还未驶行，坐的是小民船，在船上足足地耽搁了两天一夜，始抵达上海的日晖港停泊登陆。岸上的代步只有三种，一种是野鸡马车，是从十六铺到带钩桥往来路线，一种是高身铁皮包钉木轮的东洋车，其高度比现在的黄包车，至少要高起三分之一，一种是一轮明月，就是至今还在专装货物的小车，从前这是平民化的交通工具，在上海城墙未拆时，沿城河浜，和城内城脚下一带往来的独多一轮明月，因为这两个地方的道路实在太狭隘，东洋车不便行驶，马车更不能通过，所以只有让它专利了。还有一种并不普遍的坐轿，大概以城内官府或其他乡绅眷属和医生们所乘居多。

但轿舆上各有标帜，一望而知。城外所谓十里洋场，在傍晚的时候，常见有来往不绝的漂亮乘轿，这是属于妓女专用品，坐着出堂差内。我初次到上海，小姑丈特地带领我到各处观光一番，藉扩眼界，乘坐马车，从十六铺至带钩桥，车资每人需制钱十六文，坐满四人开驶，返家时则进老北门，出小南门，是沿城河走的，坐的只有小车子，因路狭，半个车身已离岸，我们的座位下面，就悬临护城河上，我素胆怯，恐一不小心，有跌下去之虑，虽不灭顶，也尽够你受用了，因是视坐小车为畏途，有时宁愿舍车步行。至于那时全市夜间所用照明之具，殊不一致，城外电灯尚未发明，比较热闹的地方，是用煤气灯代替，城内路灯大抵火油洋灯，或纸灯笼等点缀，较富的住家用美孚灯照明，已算是豪华之举了，普通率都用油盏火。我对于用油盏，颇有心得，最近上海复古，重用已绝迹四十余年的油盏头，家人们当然都是外里外行，非但不亮，而且反伤耗油量，一经我调整，油既省光复明，所谓积四十余年的经验，这也算是足以自傲的一端了，一笑。四十余年前的上海，和今日一比较，可谈的很多，让我再随想随写吧。

莎翁名剧初次观光

///

　　老友瘦鹃，生平有好几种特殊嗜好，除爱莳《紫罗兰》其中有美丽的故事，为人人所深念外，且复爱读各国名家如莫泊桑、嚣俄*、大仲马、小仲马、托尔斯泰、莎士比亚等名著，拿破仑则是他心坎中的崇拜英雄，并爱观舞台名剧，相反的痛恶京剧数十年如一日，假使你现在去问他，《三娘教子》是出什么故事戏，或《四郎探母》演的是哪个朝代的人物，不必论西皮二簧了，准会给你问得目瞪口呆，回答不出一个所以，但假使你去问他西洋舞台剧，电影的渊源，或此中著名人物，保能胜任愉快，对答如流，决不会吃螺蛳的，这就表示他性之所近，平时耳濡目染，就把这些掌故罗网在胸臆中了。当年上海话剧尚未盛行，只有新民社一家，西洋话剧尤寥若星辰，一年中难得上演几次，直类业余剧团客串性质，那时的兰心戏院，建在圆明园路，是专演话剧和开音乐歌唱会的一个标准院子，我们国人的足迹，是很少有踏进这座高贵戏院的机会，一则口味不合，二则地点偏僻，遂不为一般普通娱乐所注目。

　　一年的秋天，兰心忽贴演莎氏名剧《肉券》，当然刊的是西文报纸，我是不会知道的，瘦鹃喜涉猎西文，带着也关心西洋娱乐，知道了这个消息，喜心翻倒，事前巴巴地预购

周瘦鹃（© 丁悚家藏）

了入座券两纸，特约我同去欣赏。对于各种娱乐，绝对感到兴趣的我，一听见有戏可观，如何不乐，且于这西洋话剧，确未寓目过，当然欣然从命。待我们晚餐毕后，八时莅院，耳目所接，颇多新奇感觉，院子里整个的呈着静穆严肃，加以灯光的柔美，不期然也自觉雍容华贵起来了。因为在座的看客十九是西人，全穿了晚礼服参与，兼之当年我们是进惯了杂乱无章的旧式茶园的，一旦身临其境，自有一种说不出的感觉了。九时幕启，台上演的好坏，因为不懂英语，不敢胡乱批评，只觉得布景逼真，演员动作，富于戏剧性趣味性而已。瘦鹃能通英语对白，当然比我知道的多，况他又为莎氏信徒，于他是观得津津有味，直至观客鼓掌，演员谢幕而散。

　　*注：嚣俄，雨果。

方 言 趣 谈

///

在上海一隅的朋友，或卖艺的人们，总喜欢将各地方言，如宁波、绍兴、常熟、江北等等，过份的形容，藉博听者一笑，确有意想不到之效力。从前的王无能，现在的江笑笑们，即以善效各地方言成名。亡友叶庸方，虽系甬籍，生前也极喜效学各地方言的一位，和梅花馆主郑子褒兄为莫逆之交。子褒籍隶余姚，与人接谈，乡音未脱，我曾在本录记过他代潘雪艳灌片报名的趣事，大概甬绍人说话，尖音特少，或应用互异，一次子褒和我，为了一个晋福里的"晋"字，他总念"景"音，缠了半天，迨用笔述，方始明了，他跳脚说，你知道我们没有尖音的，偏偏要我念成尖音，那如何能够呢？因忆庸方恒形容在天津高中肄业时，一位年尊齿德，迂气十足的越籍国文教员，一天校中举行毕业典礼，这位老夫子登台致辞勉励，一口绍兴土白国语，尤其是在华北，听了当然使人捧腹，我记得不多几句，如："……诸（济）君，……我们（明）……一旦分（粪英切）离，不（必）胜（新）依依，……勉（米）之勉（米）云，余有厚望也。"最后一句，把头一绕，"也"字拖了个长腔，书雾腾腾，腐气十足，我每次听到了他这副腔调，不禁为之喷饭。

黎明健的"面孔"

/////

黎锦晖的明月社，在最后一期社员中，黎明健也可数的一人。同肩的是白虹、张静们。白虹嫁了锦光，现在还脱不了这个艺术圈的生活。张静本来很静，在明月公开表演时，她已不大粉墨登场了，至多奏奏钢琴而已。该社散后，久未获其鸾栖何处？明健在事变后，冯大结婚时，她曾往贺，当夜还跟随到我们家里，那时作风已大变，不事修饰，一络前进派头。不久即转辗西移，于内地邂逅郭沫若，竟结成忘年鸳侣，咸认为艺坛佳话。回想明健当年旧事，实堪令人追忆，她的天真无邪，社中诸女，谁都及不上她，貌仅中姿，歌艺也平庸，她唯有健硕的体格，仅够舞蹈条件。不擅上海话，唤丁师母为丁师"妈"，尤其说"面孔"两字，吐音之怪，听者莫不捧腹。因为那时社中上下一体，用的都是国语。周璇国语之纯粹，实得力于明月社中。王人美念上海话啤酒为"皮球"。当时人美在社中素以善沪语著称，尚且牵强如此，其他更无论已。严斐念什么东西，变成"啥格莫斯"，也成笑话之一。八·一三后，她们大家竞学沪语，成绩以白虹较优，锦光和严斐不相上下，我倒喜欢她们操国语来得动听，沪语不说也罢，实无关宏旨。

气 球 与 飞 艇

///

阿毛哥说："上海第一次看见飞机（从前统称飞艇）是法国人环龙驾驶。"云云，遂想起我从前看放气球的一些往事。在当年空中飞行工具未曾发明以前，只有一种气球，作为航空唯一的工具，在空中行动，虽云能升诸天空，利于测试气候，但是远不及现在那些操纵自如的新型飞机，神通广大。有一年，也不知哪一国的外国人，携来了氢气球数具，假张园隙地，作升高公开表演。沪壖士女，一向好奇，当时轰动全市，欲穷其上腾时之究竟，当时规定看客须可购券入园观览，表演的人即恃券资收入为挹注，假使肉麻券资，那么气球高升后，不特不入张园，可观其全貌，即在城厢内外也到处都可看见的。是个朗日和风天气的下午，事前场内预掘了深潭，潭中满储木柴以为燃烧所用，上系坚韧布质所制的气球一具，球的四围下垂着不少绳索，都紧紧地扣住着地下木湦。

那气球的下端，系有可站三四人之藤篮一个，球本中空一待球中之气灌注满足，形成了圆形后，遂把木桩上的绳索解脱，球始冉冉上升，高度至少也有千尺左右，顺风飘荡，直至气泄球瘪，球始只会渐渐下坠。下落地点，并无一定，乃是他们派有专员遥望着的，觇定了下落地点，即驾车

前往接归，完全一种游玩性质。我前后见过两次，当时认为
新奇可观，颇感兴趣。至法人环龙的飞艇表演，已在气球之
后了，那时我在老北门肆中晒台上看到的，见它下坠时，还
当时作惊奇的技巧表演，后来一看不对，始知驾驶不慎肇祸
了。据说当飞艇下坠，环龙的夫人在场目睹其藁砧跌毙，也
立刻昏厥，经人施救始甦，后来法人念其功绩，遂将其遗体
卜葬于顾家宅公园的一隅，立碑纪念，并命公园前一条马路
曰"环龙路"*，直至最近更改路名始告取消。

　　* 注：环龙路，今南昌路。

参观电车行驶

///

现在非常时期，大众化的交通工具，电车，也若有若无，一般薪给阶级，受到了极大的威胁，笔者也是其中的一份子，痛苦不堪言宣，一时有没有恢复的希望，这是大家无法担保的了。说起电车，令我想起从前通行第一天的一个晚上情景了，我们为了好奇心驱使，特赶到南京路抛球场*一带去参观这新奇大众可坐的代步品电车之行驶。那时我尚在习贾，因为我们肆中的经理先生，曾在数年前与人合伙，设一衣肆于遥远的秦皇岛，以所托匪人，经营不得其法，宣告亏蚀而停闭，他亲赴该地，办理结束，迨返沪后和我们谈及旅途所见，谓道出津沽，得睹津地电车行驶的奥妙，说是车厢顶上，有似发辫的东西一条，一搭上空中所悬铜丝，就如飞的往来不绝，我们听了，不禁为之神往，恨不得飞越津沽，一观其实，后来知道上海也有铺设路线，行将通行电车的消息，遂抱有百闻不如一见，所以一闻公共租界电车实行通车有日，亟欲先睹为快，日间无暇出外，一待晚膳过后，就约了几个同事去观光，以扩眼界。

到达了抛球场，果见灯光耀眼的电车一辆，由南京路自西往东而至，车中无多乘客，所谓车顶辫形东西，始知前次所闻，并不尽合，大概所谓辫子，当是上海人打话"翘辫子"了。那时对了那辆行驶如飞，灯光耀眼的电车，发生极好的印象，自此搭乘电车，视为常事，也曾为了乘车，学习了上下跳车本领，原来从前并无铁门装置，随时随地，只要你身手敏捷，都能一跃而登，一跃而下，万无一失。不过曾经跌过一次，地点在南市机厂街相近，是一个小站，车过有时不停的，我自恃跳车本能不坏，在车未停止时，即一跃而上，不料偶一疏忽，未曾把手握住铜梗，这个行势来得厉害，遂着着实实地跌了一跤，幸而并未受大伤，不过擦碎了一条夹裤，跌破双膝的苦皮，以后虽仍跳跃如常确未再跌过。倒是三年前，因上车被人拥挤，一个不留神，把右脚踝给车轮轧伤了，医了一个多月，方始痊愈，足见年老力衰，一切都不济事了，唉。

　　* 注：抛球场，今福州路宁波路间的河南路。

从嫁女说到婚礼仪式

///

　　最近为长女一英，于归顾氏，在这样炎热的天气，警报频传之下，承许多亲友不辞骄阳盛暑跋涉之劳，玉趾亲临，隆仪颁赐，寸衷感奋，楮墨难宣，事后又荷凤老、之方、漫郎、柳絮、含凉、老凯、闲人、茜蒂诸同文，宠锡宏文，分别记述当日花絮，散刊各报，兼及婚礼仪式问题，加以善意商讨，益使我铭感五中，现在趁我们双方繁文俗节次第举行告一段落之时，爰将顾丁联姻始末，和当日擅订仪式经过，忠实报道于读者及友好之前，藉申谢忱，并志我过。

　　我们所生的子女，假使全部存在，至少有一打以上，长子一怡，现客内地，次孪生子，一临褥即殇，所留一个字一恟，年五龄患痧痘夭折，三女一芬，六龄时患肺炎，不治而亡，四女即一英，今廿三岁，五子一琛，六产一男，生存只一个多月，故未命名。七女一蔷，八子一骅，九女一薇，一薇以后的十女一兰，及十一女一芝，都在一两周岁之间患病而殇，现所剩的，就这三男（一怡、一琛、一骅）三女（一英、一蔷、一薇）而已，人家见了，总说我们好福气，可是我以往的事业，和眼前的生活，都是给这个食指繁浩的家所毁灭。因是一怡得到了一个很好教训，将老父的前车，作为殷鉴，所以他行年三十，还不作家室之想，况又远适内地，度那到处为家的流浪生涯，单身独汉，也比较自由自在得多。至于一英婚事，向来她的长兄一怡是极关怀的，在家信中时常提及，总说能够等他回来最好，让他代为选择，加以慎重的考虑，可是他返乡遥遥无期，一英的年岁一年年的长上去，他老兄不回家，不能就把她终身耽误下去，所以前几年常有亲友来作伐，我们也加以接受，不过谈的虽多，结果总以种种条件不合之下而作罢。其次在我们的家庭管束子女，向不取严厉态度，相反也绝对不任意放纵，监护之责则不容稍缓，期在适可而止，所以一英男友虽有，大都同学或亲戚关系而已，她虽活了那么大的年龄，对于选择对象目光，尚感不足，她的脾气在姊妹行中最为暴躁，但宅心尚仁厚，兼之胸无城府，人家不论好歹的对待，她都会原原本本在我们面前尽情泄露无遗的，她和顾衡权的认识，是由一位和一怡从小同学，亲逾手足，视一英也向如弱妹般的瞿德谷介绍的。

德谷世兄的尊人子良兄和我也属三四十年的老友，其本人娴文艺擅美工和漫画，少年老成，为青年中不可多得的佳子弟，我们一向当他子侄辈看待。他和衡权也是自幼同学及长，且共事了好久年数，迄今仍在一处治事，相知綦深，交谊弥笃，他很明瞭衡权和一英的个性，适对方求偶心切，遂由他动议，征求了我们的同意，给一英于衡权友谊的开始。以我们素重德谷为人，兼重其友，且鉴于他和一怡过去的交谊，当然十分信任他们，在这两重关系之下，由他们相识了

丁一英（© 丁悚家藏）

半载，订婚了一年，迨双方都认为满意，始宣告举行婚礼。至于当日的仪式，事前衡权曾和我讨论过，拟不用嫔相，我也赞成，不过照不用嫔之礼，新娘应由父或兄搀扶登堂的，我因畏热，就命一琛代表了一怡的职务，由他搀扶了。关于这点柳絮、一方、凤老诸兄所举的理由，也各有其是处，嗣后大可加以参考，一日本报漫郎先生所记丁一英和顾家奶奶大作，文中顾家奶奶恐是顾文绻之误，文绻是我们的义女，嫁汪姓，衡权和她们以前是素昧平生的，文绻为独养女，绝对无亲属关系。郭小姐是一英同学，新生药房主郭云良先生的掌珠，她们三人，交称莫逆，确是实情，至于乾媒瞿子良即德谷尊人，坤媒李新甫（常觉），也是我们俩的老媒，请他作了第二代介绍人，爰缕述始末如上，藉代当日礼堂答辞致谢。

阿毛哥 "哭" "笑" 难分

///

说也怪事，蜚声于文坛的笑匠，阿毛哥李阿毛，不但他的法书像小儿涂鸦，歪歪斜斜十分有趣，最妙的就是写"哭""笑"两字，也使人分别不出，日前他自己果然在《力报》上来了段《我不会笑》的自供文字，大意说在二十年前给《半月》杂志，写过一篇短篇小说《笑而不答》，一待刊出，所有"笑"字全植了"哭"字，又说最近替某团体代撰了副挽联，挽某老太太的，因急于应用，托某笺扇店代写，结果，将联中"拈花此日笑如归"的"笑"字，又变成了"哭"字，当事人不察，煌煌然悬诸高堂，使他啼笑皆非。的确，阿毛哥的"哭""笑"不分，由来已久，记得从前某刊物请他撰《东洋俗语图说》（是否此名，已记忆不清，如前时本报闲人君所作的一类。）如"娘入箱""马鹿""腰挂"等等，由他写文字，我担任图画。画图当然先读他的原稿，一看他的草稿，真像天书般的难懂，尤其凡是"笑"脸，总变成了"哭"脸，我几乎给他"笑"歪了嘴，实在他写"笑"字的竹字头，总是寥寥草草的点了两点，宛像个"哭"字，于是看者一个大意，当然"哭"定的了，最可发噱的，是他既会讲笑话，又能写幽默文章出名的笑匠，一个极容易简单的"笑"字，竟永远写不像，结果写出来的"笑"字，会全变成了"哭"出胡拉的腔调，这不得不使人认为滑天下之大稽，实是文坛的奇迹。

徐卓呆（© 丁悚家藏）

过房爷素描

///

现在任何人，一提起"过房爷"三字，似乎都没有好感，尤其是在这非常期，独多这类，以暴发户的姿态，活跃于社会上的，几乎遍地皆是，洁身自好之士，更感到恶劣万分，不幸此时此地，适逢某会，这位好好先生的史致富现在也竟给上海人目为标准过房爷的一员了。因为他是事业择得不好，是被人视为容易发大财的西药业。过去我们不谈，就把最近轰传一时的话剧演员丁芝又有拜史为"过房爷"之举而论，因是又引起舆论一致的非议，讥讽双方都不该接受。我不讳言，和史也沾了一些通家之谊，虽不常共宴游，但他的个性行为，我倒知道五六，此记动机，决不代为喉舌为之文过饰非，这是我可自尊自信的。闲话表过，且看下述：日前在一个平凡的宴会中，不期邂逅了这位"过房爷"史先生，他也是被邀的一位，我一遇了他，看了他那股勿死勿活的神气，就对他一阵傻笑，说："你又吃着流弹了。"他知道我发笑的原因，仍旧不脱他一贯温吞水作风道："阿是说丁芝这件事吗？"我真难煞了，我又是被他们捉弄，事实是这样的，一天承同文某某先生和某某先生们几人约我去吃饭，座有丁芝，他们在席间就一致竭力的怂恿丁芝拜我做义父，教我一时如何回答，当面加以拒绝，使丁芝下不落台，欲不婉辞势难承认，只得说从缓再议。

不料外间不察，竟然把丁芝拜我为过房爷事，据为信史，加以攻击，骂着丁芝，必带着我，教我有冤无从申辩。我说："这几位同文，都是大笔如椽，何不请他们出来声明一下，解铃还是系铃人，岂非直截痛快？"他说："他们也是存心吃我豆腐的，恐怕不会肯写吧？"真的，我知道他的收干女儿，大多数是在这种情形下促成的，从前支兰芳拜他干爷，也是这样的促成，我也是这喜剧登场人物之一，初他坚决不肯接受，给我们一班事前串通好的仁兄一再劝进，于是就这样促成的。我问他："现在你一共收了多少干女儿了？"他从怀中摸了半天，摸出一个旧皮夹，在这塞满了许多纸件的皮夹中，抽出一张长不满五英寸，宽不到三英寸的，从日记簿上撕下来的白纸，用铅笔很模糊地抄录了许多干女儿的芳名，每个名下，并记录了年月，从吴素秋：廿八年九月起，至李蓉芳：卅三年十一月止，内包括童芷苓、梁小鸾、白玉艳、张淑娴、李砚秋、张文涓等等共十八名，他说这都是正式拜收的，并谓他自己根本没有记数，这记录还是从他好友金信民处抄来的，此外各舞场舞女，甚至舞女大班，现在都会滥喊他"过房爷"。

这在致富自己也弄不清楚怎么一件事，大概也是豆腐性质，我问他："做过房爷，有何好处，硬伤究竟是事实。"他回答得很妙："我们公会要唱义务戏，我当然担任了提调，要她们义务登台演唱，她们都很快地一口答应我的。"我说：

"她们演过戏后，万一有些借题发挥，来向你'过房爷'要求，到那时也不容你'过房爷'不答应吧？"他说"那是另一个问题了。"他又说："人家也曾发生过疑问，说我为什么只收干女儿，不收干儿子，我以为女子胆小，不容易闯大祸，且肯听话，秉性温柔的多。男的就难说了，大都粗暴，或许假借名义，胡作胡为，那就讨厌了，实际男子正式拜我的也有，不过不为人注意罢了。"又道："我给报上骂得也苦了，幸亏平日信用尚好，否则不但我的生意做不成，连万国药房只好关给他们看。"以上云云，确是实情，我从来不曾见他动过怒或发过脾气。有一次，我们三人同行，从他药房里出来去吃饭，不料后面跟了个瘪三，向他要钱，他会心气和平地同他讨价还价。不过他有一个唱慢板的毛病，据说他请客吃饭，常常弄得自己会晏到，人家请他更不必说了，这也是他的温吞水一贯作风而已。

白虹的订婚印戒

///

最近，白虹忽然和黎锦光反目，不别而行，事后由白委托律师，提出离异，且于八日由律师代表刊登《申报》，声明脱离同居关系，此事颇惹社会注目，是非曲直，姑不具论，以白虹自幼常出入我家，间有一二往事为外间所不知者，用实吾录，倘也为读者所乐闻欤？

锦光系锦晖之弟，平时顺口咸不名而呼锦光为七爷，人言这是小白子个人对锦光的尊称，这是不确的。据说他原籍本有原配夫人，大概在他和社内一位女社员发生关系后，始赋仳离的，他和那位女社员的结合，并不十分公开，且为时甚暂，其时白虹在社里，已出落得一表非凡，虽盈盈十五之年，因早熟之故，已具十八九岁少女典型，人金加以青睐，同文某先生，曾为之颠倒着魅，不惜形诸楮墨。她本旗籍，和周璇同庚，与锦光年龄相差的确悬殊，似不相称，彼时社中公事，锦晖不常顾问，大都锦光作主，他对于白虹，固也是因怜生爱而起，和严华、周璇的结合颇相似，如此经过了好几个年头，始渐趋成熟，卒赋同居之好。至于结婚与否，似未曾行过正式典礼，惟双方确曾订过婚约，当时且有一订婚印戒为凭，戒上镌横列篆体阳文，白虹的新名

"锦霞"两字，我曾寓目，不过晚近几年，从未见她戴过，平时我们对她一向小白子、小白子的叫惯了，在幼时倒无所谓。

白虹与黎锦光

///

现在白虹已成了三个孩子的母亲，如在大庭广众之间，这样的呼唤，似乎总觉不大妥当，我一时曾改唤过"锦霞"来代替，结果，继起无人，渐渐的把这个外间不大为人知道的芳名，重又湮没了。她和锦光同居了十余年，况已育有三个孩子，既经共过患难，人类是有情感的动物，在情在理，应该彼此谅解一些才是，至于人言白虹感到锦光人事不满足，或谓生活不安定云云，究不知孰是，只有他们自己知道了。近来我因接洽灌片等琐事，和他们接触较多，一次去访锦光，未遇白虹，询知她忙于排戏（即《赤子之心》），黎即说："她的事，我向不预闻的。"上月廿一日万象厅一英归，他们俩倒是人礼全到，不过白虹来时，已在婚礼行过以后，茶点将散之时，追锦光至，为时更迟，贺客行将散尽，乃植于梯次，特向我致晏到之歉意，谓昨宵牌局，入眠已将天曙，午睡失时，及醒后赶来，致不及参与盛典，言时适白虹偕王唯我们来告别，彼此晤面，仅一颔首而已，未曾双携赋归，因他们平时行动，原是各自为政，已成习惯，顾绝不疑虑有他，实则此时白虹早蓄异志，第吾侪未获前知耳。越日，我又以事和锦光通电，锦光谓："小白子已四夜未归，其母痛女有失，悲泣几废寝

食。"我问:"报纸纷传和钱某同游宴,有诸否?"锦光答:
"小白子初未自承"云云,孰知悲剧的幕序,就在此时展
开的。

初 会 王 渊

///

　　那天香雪园王渊一席上，除鍊霞、十云外，杂凤老、梅花两人为伴，适合梅花之数，他们自喻，为演《三娘教子》，凤老认饰老薛保，梅花屈居小薛琦，王渊年最幼，又恰是姓王，当然去王春娥的三娘了，不过他们没有想到戏中大娘二娘的身份，所以我说周、郑两人，似乎太冤，代替了"张刘二氏，一个个反穿罗裙，另嫁夫男"，做了再醮妇，更不知把定山和晚苹置于何地？阿毛哥、天健、含凉和我一席，适与这《三娘教子》毗邻，连带还可得视听之乐，虽没有场面配合，幸生旦唱念，尚未走板黄腔，"花月小宴"，馔虽欠丰，味实至美，大快吾人朵颐，尤以清虾仁、乳腐肉，和西点半甜半咸的鸳鸯酥数色，为人赞不绝口。园中不期遇值刘琼、韩非和余静小姐们几位，偶及白虹近事，一致加以慨叹，外传锦光提有脱离条件，老刘认为不当，翌日得严折西电告，谓条子的事，根本不确，究竟如何，须待事实证明。

为索画兼答老友

///

　　生平欠的债，在银钱方面，这几年来，确已届无法计算的一个庞大数目了，好在友好一时不会来向我索讨，否则即使鬻妻卖子，也还感到不够，而况生活尚在一天天飞涨上去，所得各方面的酬报，益觉得藐小得可怜，综上月杪所得收入的正常款项，只够购硬柴四百十五斤，黑市米三斗，其他全部落空，试想七口之家，现在只待我一人生产，如何可以持久？长子久客内地，无法为老父轻负担，次子虽已有业可执，但目前也只能够他个人衣履所需，下学期三小儿的学费浩大，势必不能复担，只有听其失学，惟惜两女学业成绩优越，心有所不忍，但如此年头，我已陷入呼吁无门的境地，即求最低的生存，恐也不可得。最近忽有两位老友向我索久远的画债，的确，我已允许他们好几十年了，到最近才想到还清这两笔宿债，其间一位已经在动笔中，不过在度这种非人生活的辰光，柴米萦心，我真打不起这雅兴，况我对于艺事久疏，即使成就，也不堪入目，那位朋友所委托的，计有四幅，比较费事些，大概半个月之间，可以交卷。不料还有位陈肃亮兄，忽在日前寄了封匿名信给我说："……我常常拜读大作《四十年艺坛回忆录》，足证阁下的记忆力强人一等，可惜欠我的一幅画，想不到偏偏健忘了，那时我们虽不翩翩，都还是少年，如今呢？不必说了，但是那张画尚未在神妙的腕底下产生出来，还是我加紧的坐索呢？还是等阁下自动的赐给老友，也可使我回忆到幼年的生活，如何豪放，反映出目前的颓唐。或者得到了尊画，可以重新鼓励些我的勇气，上面所说的是一张《乘风破浪图》，想必阁下可以记得，亲口允许过谁？光阴并不算快，这句话亦不过三十年，再隔三十年，我们还只有九十多岁呢。"

其实我对于陈肃亮兄的委托，是不会忘记的，小女出阁那天，还承他大驾光临，大概见我忙碌，当面未曾提起，总算顾念旧谊，既承你提起过去，那我索性公开的补充一番如何。肃亮原名天骏，是民立出身，丰神俊朗，有子都之目，和瘦鹃、叔理们同学，向称莫逆，少怀大志，初习海军，所以有《乘风破浪图》之索，继入仕途，历任古巴、墨西哥等处领事，曾一度代理公使。未出国以前，间亦涉足花丛，作狎邪游，在风尘中，得识香君五娘，相见恨迟，遂互订齿臂盟，既论嫁娶，始携之远涉重洋，遨游各国。五娘丰容盛鬋，颀身玉立，豪爽胜须眉，固擅英语，且娴辞令，凡逢盛会，乃出与各地仕绅应接，进退有据，具大家风范，坐是蜚声于交际场中，迨返国，两人因故仳离，第旧情未断，常藉鱼雁通契别，战后，又在香岛邂逅，大有余欢重拾可能，奈在理在势，破镜无术复圆，徒呼负负。若侪往事，已两度实吾回忆录中，今闻肃亮少君，腾踔有为，代为老友庆幸，所索拙作，当提前践奉，藉了一重宿愿。

吃过两次屁股

///

讲起典当学生吃屁股原因，是这样的，其被责罪名，大多是做错了事，或和同伴打架相骂，形势相当严重，始有吃屁股希望，学生地位越小，吃屁股的机会越多，真正老长老大的学生，总不好意思教他自己脱去了裤子，给先生打的。当时被责情形，执行者是管账先生（即经理）或管包先生，率多在夜饭之后，执行地点在柜台间包凳上（就是安放当户，当时当下来衣服的一种特制长凳），管账或管包拖了根特制长竹板（大约三尺左右长，四五寸宽），暗置在身后，高踞着柜台先生日间所坐的高凳上，将犯罪或单独，或两造的学生唤到，当面审问，是非判明，先数着他们罪状，继就教他把自己的裤子脱去，俯伏凳上，即重重地责打，其数大率四五下即已，边责边问再敢动犯否，被责的，当然不迭求饶，立誓永不再犯，有时被责过严，号啕痛哭的也有。我做学生时，被责了两次，犯了什么典规，一时也记忆不起了，总之，不外乎淘气打架而已，那时管账的，是我姑丈的兄弟行，我向呼他伯伯的，不幸被打，自己自有一种阿Q精神，譬如给我亲长责罚，无啥道理似乎不以为耻辱了，后来想想，总觉有些难受。我放弃典业之心，就在这个时期，幸亏后来也自己识相，不再犯规，他们总不能把我无端的责打吧！故终我在学业时期，前后就吃了这两次的屁股，也是一生值得的纪念。

昌泰质典当行（© 丁悚家藏）

记陈抱一

　　最近逝世的名画家陈抱一氏，在我国可说最早研求西洋画的先进，也是我们一群最初提倡西洋画的中坚份子。氏粤籍，父为商轮买办，姊陈鸿璧是位毕生致力于教育事业的教育家，家颇富裕，不失为有资产阶级。氏自幼爱涂抹，于民元前已东渡扶桑，专攻西洋画学，返国后，和我们志同道合，创图画美术学院于乍浦路（即上海美专前身）。起初我国研讨西画者，类多临摹是尚，实不足为训，氏即提倡写生为基本实习，为西画人们之初阶。那时所有教师颇多不稔教授之法，区区也是此中的一人，事前极感忧虑，恐贻后学者笑，氏慰藉有加，教我不必耽忧，并谓似我天资，毋须半天，定能尽得其穷。翌日氏亲至我治事之所（彼时我尚未完全脱离商业），临时授我写生中几部重要法则，循循善诱，词简意赅的不足一小时，固已触类旁通，尽窥其堂奥，请复试，完全无讹，深自庆幸及期实行，竟能上堂大胆教授，缅怀已往，不禁汗流浃背。氏后又复东渡求深造，迨归即携其日本夫人同返，始建私人画室邻江湾站铁道之东隅，时美专尚未建有台式玻璃画室，我国画家之自建画室，亦自陈抱一。一次祁佛青和我觅得一欢场尤物，拟摄模特儿裸影，一时苦无适当地点，乃乘汽车赴江湾，假氏画室实行，结果光线柔美为任何普通照相馆所不及。传氏逝世，身后萧条，绝鲜余蓄，纯粹艺人生活，率皆类此，实可为而不可为也，一叹。

陈抱一（© 丁悚家藏）

女 性 美 的 我 见

///

　　审美眼光仁智之见，出入互殊，即以笔者管见而论，亦有异于常人，盖凡女性，须具标准健全体格，浑身绝少缺憾者，始适合美的准绳，至于面部皓丽人，只认为得几分之几条件，绝对不能称完全标准。不过在三四十年之前，正我们追求异性活跃时间，欲求一上帝杰构，那实难若登天，尤其是在胸前双峰和腿下双跌，因刚从束胸缠足时代达到解放地步，而自幼穿惯紧袜紧鞋紧身小马夹的结果，这胸前双峰和腿下双跌的足指，能不受到影响者，其可得乎。所以我在那时赏鉴女性美的目标，总是自下而上，虽不能透视到里在鞋袜内肩圆胸前的起伏，然脚样平整，胸前饱满的，至少不会十分到恶劣地步。在三年前，我遇到过一位交际花，确真够得上称标准，不但肌理莹澈、面目如画，尤其是在一双光致致六寸肩圆，左右十个足指排列平匀之美，实不作第二人想，不过现在像这样的少女，并不足贵，也许遍地皆是了。从前可认为稀有之珍。于民初，曾在游乐场中，得识一雌，尚够我理想标准，双方都抱享乐主义，实际她是有代价的肉类，绝无条件的缱绻了好一时期，后来她给人量珠聘去，从此深入侯门，我变了陌路萧郎了。仪态美的女性，我殊不取，以总不如肉感健康美，这是我对女性美的一种管见。

故 画 家 的 感 慨 语

///

缅怀共和鼎革之初，一切皆具盛世风范，那时社会各事业，绝鲜畸形发展，也无所谓囤货居奇，藉时代演变，征取非法暴利，而造成种种牛鬼蛇神的暴发户者，而当时一般艺人的品性，更是清高，身无雅骨，稍拥资产之徒，辄不屑一顾，所以书画家订润鬻艺的，实不多见。犹忆一夕钝根、泊尘、病鹤和笔者们聚自由新室聊天，各挥己见，互呈雄辩，滔滔无已时，我所持论调，比较平衡，泊尘最尖刻，病鹤在诙谐中寓愤世之意，他说："卖画的痛苦，任何人所意想不到的，假使托画的是个一窍不通的人，他要你画面上画个人，头上要顶把夜壶，或在树上画一尾鱼，意为绝妙佳构，他指定须要照他的造意给他画成，你要是不依他画，那么这一注生意，就只好放弃，依了他呢？在绘画的如何能够落笔？但你不要忘了自己是靠此为生的！"并不真有这么一位求画的笨伯，不过是讥讽俗子附庸风雅，求画点品不中程式，慨乎言之而已，读十六日本报晚苹兄《不得不俗》一文，联想及往事而记之，深叹自古已然，于今为烈。

泊尘与病鹤

///

在晚清末年各报治插画，鼓吹革命的画家，实少得可怜，欲求全材，更寥若晨星，况那时锌版尚未发明，只恃木刻或石印二种刊行。近来黄次郎*兄，一再提及亡友钱病鹤和沈泊尘两氏的过去功绩，确是值得一记：尤以泊尘作品造意深刻，笔锋锐利，当者无不啼笑皆非。泊尘初业绸缎商坐庄，庄址即在今之哈同大楼地方的一条弄内，庄号已忘，本桐乡望族，且是一诗礼传家，邃国学，曾从潘雅声习仕女，深入堂奥，书法挺秀，能得右军神髓，所以作画线条之美，似不食人间烟火，奈狷介疾俗落落孤合，天不永年，赍志以殁，诚我道莫大损失。病鹤作风虽称大胆，但不足以比拟泊尘，当时两人共治某画刊，泊尘喜观剧，常有速写排日付之，泊尘之画传神，极获读者激赏，或遇泊尘因事缺席，病鹤辄为庖代而署沈名，传貌遗神，在我人固一目了然，读者或许不辨真伪。泊尘微有口吃，病鹤有一口头禅："格一来好！"乃寓"这才好"的嘲笑词，两人皆湖州籍，与人接谈，乡音皆未脱尽，尤以病鹤为甚，今两人墓木早拱，后起同人年龄较稚的，或恐茫知早年吾道中有这不可磨灭的两位老前辈吧！

*注：黄次郎，王敦庆。

因狂欢忆及聂耳

///

苦闷了足足八个年头，度了四个年头的非人生活，衷心的私愿，不期一旦实现，光明重见，老怀之欢欣，实不足以言宣，友朋把晤，相互庆幸，佥谓应尽情狂欢，一抒历年的积郁，在最近曾集卅年老友数人，数度畅聚，第以体力日衰，昕夕连饮，顽躯已感不支，老态颓唐，辄为之惄惄，因忆过去也曾有两次类似的兴奋狂乐，虽不及这一次的有价值，可是也值得一提。一次是辛亥鼎革，汉族重兴，因在年轻，快乐得几废寝食，那时的兴高采烈，实无法可形容。一次是一·二八之役，误传某大将被难，也得到了一时的快感，当时居住于城南闸北的亲友眷属，有不少以避乱寄寓于舍间和邻右，我素置有陈瑜（即田汉代名）和聂耳等合制的《风云儿女》中《义勇军进行曲》，《桃李劫》中的《毕业歌》《铁蹄下的歌女》《扬子江暴风雨》等插曲唱片两张，由袁牧之、陈波儿等灌唱，歌词激昂，为爱国歌曲中成名杰作，传说聂耳竟因此数曲而罹害于彼岛的，可见其价值，于是置酒高会，轮流开听这几面唱片，藉志庆贺。

待 子 归 来 痛 饮 旨 酒

///

　　吾人何幸，得躬逢有史以来，大中华民族最光荣的一日，因置酒高会，同庆这千载难遇之纪念，此正其时矣。忆当八·一三战事发生后，亡友吴莲洲医士，即因病谢世，他的夫人不期年，也追随她的藁砧于地下，在她生前知我好饮，曾馈我法国白兰地两甒，一向不忍启饮，后又承张君惠我英国惠司克*，及万君所赐醇粱等多瓶，凡此皆属市上不易多得的佳酿，若依两年来的价值的估计，也实堪惊人，故纵缺乏杖头沽酒之资，也轻易不敢擅动，惟私愿一旦和平实现，待吾子一怡归来，在骨肉完聚共庆我族重兴之时，当与家人痛饮，以抒八年来的颠沛困顿之苦，一畅身心。

　　* 注：惠司克，今译威士忌。

丁悚夫妇和丁聪（© 丁悚家藏）

我是绘图像圣手？

///

　　十龄左右，我还蛰居于乡下，那时已能握管代人经纪账目，并爱东涂西抹的学绘画了，穷乡僻地的农民，居然以神童目我，先严在时，凡遇亲友庆吊，皆被请去做经理账房，先严去世后，遂都来请我去庖代，当临时的账房，事后辄以豚蹄羔脯等见惠，作为酬劳，先慈见之，每为之展颜。再吾乡独多五圣堂，几遍地皆是，庙貌渺小，较土地祠尤不如，诚所谓一箭之高（俗传五圣初有功于某朝帝王，请求帝敕赐建一箭之高之庙宇，原冀与箭之放射高度等，疑难照办，帝因之大忧，嗣由其廷臣某得一妙策，以箭本身长度作标准，遂成如此渺小之庙貌）。以庙小率都不塑偶像，皆以白漆水牌一方，上绘彩色神貌五数，即以代替五圣，如此设置，当然不会久远，乡人患病，大抵问神祈福，不重药治，且病后还愿，都是整新庙宇，和重修神像的多，因是这绘图五圣神像的差使，在乡僻无人可求教，又是我的专门独行生意了，那时我并未从师习练过什么中国六法，西洋透视等等画理，居然画神像神，画鬼像鬼，应付裕如，足见我的天才，不同凡俗了，一笑。

关 于 画 像

///

因记童年和乡人绘五圣神像一事，联忆及我自会涂几笔画，被人称为"画师"之后，曾正式为人绘过的油像，实只寥寥可数的几幅，因自知艺事幼稚，距离成功之境尚远，遂不敢献丑，恐贻识者讥笑。亡友涂筱巢兄（著易堂书局主人），生前面容丰腴，双颊红润如涂丹硃，入画必极可观，我尝允许为他写照，自后每逢相晤，屡屡催促我履约，说："倘使你再不给我从事，那我面上的血色，一天天地衰退下去，即使画就，也黯然无光了。"讵于事变后，君忽一病不起，此愿成虚，不胜遗憾。泊尘一幅是他故后，其介弟能毅发起开追悼会时需用，只可用照片来临摹了，幸结果还十分相肖，总算对亡友无愧。至于给女生画像，有方静我、高璞等几帧，不过大都不甚惬意。若说生平所绘水绘素描，就无术统计了，最荒谬的一事，先大父琴若公，生前绘有画像一帧，以年代久远，破碎不堪，屡思重付装裱，卒未如愿，在民初爱重摹彩色水绘一帧，给了我一位六姑母收藏，留作纪念，原有的一帧，当时不知是否被大姑母取去，或系画轴过旧，随便的一搁，因为那时我尚未成家，寄居在两位姑母处的。

后来人事变迁，姑丈姑母相继去世，居处一再迁移，这

丁悚画父亲丁文治（© 丁悚家藏）

一轴硕果仅存的先大父遗像，我家历祖历宗的喜神，本来全有，红羊劫中，尽遭遗失，就此杳无踪迹。而大姑丈无后，当然更无法寻觅，六姑丈只独子单传，且病聋哑，先人故世，也移居法华乡下，我重摹的一帧，幸承他们保留着，未遭遗失，七年前，蒙这位亡表弟，送来给我，真是喜出望外，重看自己三十年前的作品，诚幼稚得可怜，不过先大父面目还十分相似，当然要把它好好重摹，以传后世，遂在四年前即发奋从事，不料动笔画了十之四五，一时不知为了何事，竟一搁直搁到如今，还未完成，世上荒谬之事，宁有逾于此？还有先父子光公，曩昔本摄有照相多种的，据先慈说，全部都给我在小的时候弄完了，因此先父既捐馆舍，竟无遗容留存，这一件事，更为大逆不道，儿子虽然一个蹩脚匠，但连自己父亲的遗容，竟付缺如，真是罪该万死，后来凭幼时的记忆力，虚构了一帧，画就之后，给先慈观看，她说有四五分相合，请她指点不合的地方，也好让我修正，但她说不出有什么部位不对，于是就草草不恭地将它悬挂起来了，现在即使再要请一位和先父相熟的父执来纠正我这帧四五相似的先父造像，实已不可能了，悲夫。

李毅士画师的遗泽

/ / /

生平极爱摄影，尤喜摄自己的肖像，至少一年一度，从前都是选择上海第一流人像专家的照相馆留影，因爱留影，当然也喜画像，同道中，不乏高手，请求写真，易如反掌，无有不乐于允诺，或求其次，不妨自画。可是我的脾气，总因循耽误，因为太便当了，就不搁在心上，不当一会事的任它过去。大概在我三十岁左右的一年，马徐维邦尚在上海美专肄业，见我摄有四寸身像尚佳，索去代我临摹油像一幅见贻，以照片平面临摹，远不如立体真人画上画面为有神，又以双方咸鲜余晷，遂无暇继续重行画过。厥后留英人像专家李毅士任教美专，和我贴邻而居，谊属同事，素称莫逆，以寓处迩迩，遂请求他代维邦，改造这幅不大惬意的画像，承他一诺无辞，约在每星期日的上午从事，于是工作了四个半天，面部轮廓，完全告成，至于衣服部分，好在已有原底，稍加修改，也就天衣无缝了。这幅画像现尚悬在寒舍室间。毅士墓木早拱，画也黯淡无光，思之喟然。毅士生平杰构全部《长生殿》画册，允称艺坛精品，各种美术刊物，曾转辗影印，藉光篇幅，这册名贵的原稿，现在不知有谁保存着，不胜系念之至。

因画像而种恶果

///

当江小鹣未去法国之前，江太夫人，一再促其成婚后离国，不得要领，知我和小鹣谊笃，言听计从，遂要我代为劝解，依从慈命。小鹣原配朱氏湘娥，苏之荡口籍，乃由小鹣大嫂作伐，亲上加亲，平时不特鱼雁常通，也恒亲赴荡口把晤，感情尚称不恶。我既受太夫人之嘱，屡劝其毋背母命，小鹣以为成婚之后离国，多一挂念，反而不妙，结果要我向其太夫人担保，返国后，无论如何，第一件大事，即和湘娥结褵，决不稽延。平时太夫人是十分信任我的，知我决无虚言，所以双方因此谅解，而卒允其赴法。小鹣返国后，幸果践诺言，慎重筹备婚典，极富丽堂皇之能事。新房即设西门林荫路的艺苑，婚后双方，也极融洽，讵小鹣在新婚后，每天邀韵籁小阿媛（后下嫁秦某，为桃色纠纷，击毙于浴室）在其画室画像竟种下了他们日后脱辐之因，这是谁都不及预料的。

当时我们一般文艺朋友，和韵籁老六，都是十分相熟，往来如熟友，小鹣婚仪，她们当然也来参加，况他一向是位交际惯的艺人，视小阿媛和平常女客一般，决无他意的。那时的小阿媛尚系小先生，不过长得实在艳丽，所以小鹣就看中了她的美丽可爱，拟构成了杰作，预备在天马会画展时陈列的。可是他的夫人思想究竟有些异样，以为新婚燕尔，闺中即着一意外美人，自己新郎竟日的伴陪了画画谈谈，几置新娘于不闻不问之地，是可忍，孰不可忍。湘娥脾气虽很温柔忍耐，但言语之中，不免总有一些露骨表示，小鹣是个一些不肯受屈，倔强个性的人，要是你无中生有的冤枉了他，那他的反响比任何人还大，他们俩就在这时种下了恶果。其次小鹣性颇慷慨，又好面子，湘娥则反是，处处为家庭着想，以节俭为美德，复次小鹣喜得异性体贴入微的服侍，这一点湘娥虽能胜任，但是要比后来的之音夫人，似还逊一筹，于是因了这种种关系，卒造成了无法避免的不幸事件，仳离分散。据说现在湘娥，自食其力担任某姓巨室家庭管理的职务，生活十分优越，且亦常以我们为念，因及画像，爰濡笔记亡友的故事如右。

"三脚猫"的作品

///

　　王小逸先生写《十八般文艺》特别体裁小说，以文素臣率领妻妾婢仆南游上海作题材，其中还穿插了同文朱凤蔚、郑过宜、周鍊霞、潘柳黛诸位作陪客，一会儿章回小说，一会儿笔记，一会儿滩簧，一会儿传奇，诗词歌赋，网罗靡遗，滑稽梯突，读之不禁为之喷饭，尤以"滩簧"双劝妹一节，将凤老和大小妹子鍊霞、柳黛以唱滩簧的姿态写出，刻画得恶形恶状，使我肚皮笑痛，诚匪夷所思。不过在王先生以《十八般文艺》为写作题材的十余年前，一个阳历元旦或双十节，我记不清了，那时瘦鹃主编自由谈，要出特刊，点缀令节，忽征稿及我，要我反串写篇小说，字数不拘，造屋请箍桶匠，如何能够应付，但是他坚决地要我勉力为之。

　　在无可奈何之下，我就来个奇峰突出体裁的作品，敷衍了他吧！即使行文幼稚，读者或以我体材特别，大可藏拙一下，当下就将曾在本录记述过的一段某女生被污堕落，打胎致命的故事作为题材，篇名《躺在门板上》，分成三小节，第一节写邻人报告噩耗，带叙带述，有似白话小说体。第二节写死女的母姊，向探丧的人带哭带诉，则又似话剧体。第三节用文言写成，完全笔记体述对方痛自忏悔，在某兰若拟剃度为僧，方丈某取了册书籍，给他自读，其中一页记的就是他们两人过去的一段罪恶史。统篇短短未满两千字数，用了三种写法，故事是联贯的，自以为很别致，瘦鹃也大加激赏，特用了三种方式编排，第三节排成线钉木板书页版口，十分美观。现在读了小逸先生的《十八般文艺》，当然空前杰构，那我的这篇拙作，不啻小巫见大巫，只好称它"三脚猫"作品了。

意 想 不 到 的 憾 事 !

///

　　最近它报连载鍊霞和晚苹贤伉俪的大作，拜读之下，始知是因同文几篇"吃豆腐"吃过了份，引起他们争吵的稿子，而尤其是晚苹兄的一篇《梦》及其他一稿，竟牵涉数月前本报拙作《周鍊霞醉后自白》似为他们反目的起端，实不胜惊讶之至，鄙人生平自问，对于异性，尤属谊关亲友的无论在交际，文字间从未有过轻薄口吻，豆腐滥吃的狂态表演，可以证之以往和我相识者，且能自信。我和鍊霞、晚苹的认识，不客气地说，至少要比现在和他们常共宴游的来得悠久吧！这样熟的朋友，试问鍊霞，我对于她，曾否有过失态举动，或言语不检，滥吃豆腐，有时同饮被酒，逸兴遄飞，仅他们熟不拘礼的放浪形骸，但我总不愿随波逐流的加入旋涡，占些小便宜，我非道学家，非不能为，实不该为，因我们至少要顾到自己一些地位和朋友们的交谊，所以即使我写的文字，也决不肯越出这为人为己的宗旨，那天晚上鍊霞大概酒喝得多一些，酒后的闲话，也许有些不足信凭，始给一个不擅为文的我，将他衍诸笔墨，当然辞不达意，有毫厘千里之差了，可是无论如何，我睡在梦里都不会想到，他们竟为了我这节文字，引起反目，不过我要向晚苹兄声明的一点，就是你说我加油加酱的描写，那我绝对不能承认，原文具在，可以覆按，且我平生对于鍊霞的才与貌，素来十分尊崇的，只有敬爱之心，从无轻薄之意。

不过在过去，人家十百倍于拙作的文章调笑鍊霞，我却未曾见到晚苹兄的反应，（苹按：亦会请鍊霞注意，并在《海报》同文自肃。）这却使我倒有些难解，况我记的还是鍊霞十八年前尚未和晚苹结合时，过去的陈迹，且所述仅仅说，对于另一林某，不过有一种爱恋之心而已，现在你们既结合了那么多的年数，已生了好几个小孩子的父母了，还要吃那么隔年宿古董的陈醋，反怪到我头上来，借了这点因头，和鍊霞争吵，似乎有些说不过去，假使以欧美人的女子贞操观念来批评，（苹按：根本无此事，不能硬说她。这事对她多少是有损名誉的，中国人究非欧美人。）晚苹兄的怨尤人家，那更说不过去了，总之我是不会吃豆腐的呆子，尤其对于朋友的眷属，不擅为文，因辞害意，这是我不否认，要是说因拙作而引起贤伉俪的失和，那是我绝对不承认的。

（苹按：我们的结合，既出于双方的恋爱，当时绝无第三者。而林某则只与鍊霞有数面之缘，鍊霞对他，根本未有爱意，更未说过有爱恋之心，更未有未嫁他的"遗憾"。丁兄患重听，以致缠讹。若妻子于所嫁之丈夫认为有憾，则尽可离异，不必强留，故以此诘鍊霞，而丁兄所记既于事实有出入，自不得不加声明，非吃隔年醋也。）

怀念梦云

///

现在河山重光，《正言》复刊，我们的朋友冯梦云兄，被魔掌抓去了两年多，迄今生死莫卜，消息杳然，尤其在这许多从前共同工作的同志，一个个踏上胜利之途归来，更使我们十分的怀念，最近力更、吉光、子佩、善宏，诸位曾登报访寻，也渺无迹兆，过去曾托人向魔窟中设法探询，据说在一年以前早已不住在那里了，只携归了一页照片，或云已被派遣至南洋作苦工，也许有九死一生之望！总之凶多吉少，无可讳言的事实。想到从前我们常共一起游宴的陈迹，更使人感慨系之，在他办《大晶报》时，我们过往最密，一年由他发起游览闵行，我们的兴致至高，他的未来夫人黄小姐，也在参加之列，当时同文同游的殊伙，所摄留的照片，迄今我还保存着不少，在他结婚时，所发喜柬，柬面所印的一对有翼小爱神的圆形图画，乃是向我借用的。

这幅图画是从西洋杂志封面上撕下来的，并非名作，不过因为好玩，所以将它配了圆形镜架装饰起来，悬在卧室作补壁，他也欢喜这幅爱神图画，所以特地借来作他婚柬封面之用。我承认梦云是富具思想的有作有为青年，且能说能行，和独多空论而乏实际的朋友，诚不可以相提并论。他还有一种天真可爱的地方，任何人所不及，以往曾和一班歌舞

冯梦云与陈灵犀（© 丁悚家藏）

女郎常相过从，居然会哼哼《桃花江》《特别快车》等歌曲，一次我们的四十四岁贱辰，承友好在徐园发起公宴，当时几位平素不肯登台的明星，如徐来、王人美、袁美云们，都破例登台表演，盛况空前，梦云派在台上照料，不知被那位朋友恶作剧，趁其未备，骤然将他推出门帘，一方面即指挥乐队奏《特别快车》曲谱，那时他无法避免，因为已被人包围着，不容退缩，又兼之台下掌声雷动，一再催促，于是他索性硬硬头皮，若无其事，照样唱过明白，不过这样的曲子，在一个身硕体胖的男子汉口中唱出，总有些可笑，而且还不期而然的带些表情，台下来宾莫不笑口大开。此情如在目前，还有我和他对于歌舞界的一段关系，明日再述。

漫 话 伪 钞

///

同事程君颖侯，有心人也，因痛数年来伪币祸民之深，莫可言宣。爰蒐集该项币券，自一分起至一万元止，分一分与五分各一种，一角与二角各两种，五角、四角、一元三种，五元一种，十元两种，一百元四种，二百元一种，五百元五种，一千元四种，五千元三种，一万元四种，共计三十七种，并附已亡国奴式的"居住证""预防注射证""收听费收据""保甲纳费证"，及"户口出生证明书"等等，五光十色，美不胜收！名其集曰"沪地沦陷八载以来之血泪纪念"。首列序言，都二千余字，备述伪钞之流毒，以及民众生活遭受空前之惨痛情形。并谓："其中凹凸版印者，概由中央储备银行发行，其余平面版印者，似为敌军所滥发"云云，鲍鼎先生即册为题三绝云："八年倭寇已披猖，作伥元奸卖国忙，请看飞交如雨下，小民痛苦最难忘；万元一纸实堪哀，廉耻全亡国本摧，可笑世人犹宝爱，应同粪土委尘埃；他年史料若搜求，辛苦程侯百计留，试把从头翻一遍，温犀禹鼎好增收。"

庄式如先生也题以跋语："钞票钞票，一日无此不可，惟在八年苦战中，正不知害人多少；中储中储，名虽显著，而南方数省人民，迄今还有忧虑；以二折一，已第前列，若

论财源环流，试问如何作结。"诚痛言也，总检册中所粘伪
钞印刷之良窳，以最初发行之五角、一元、五元及墨绿色百
元，赭色之二百元券数种较佳，最近滥发之五千与一万两
种，较冥票犹不如，岂自知末日已至，遂大撤其烂污耶！
上述赭色二百元之一种花纹中，暗雕有"美国人来"四个英
文缩写字母，分隐在正反两面，（U）字在英文面左下角 200
之 2 字前，（S）字在同面孙陵图右方之大 200 的 o 字之下，
（A）字在中文面总裁印鉴夏的花边内，（C）字在总理遗像
左方贰佰圆之百字与圆字的中间，字体纤小，须仔细搜寻，
方可获见，这位雕刻技师，定是有心人，具此巧思值得表扬
一番，或亦属伪钞中的一些史料？

与歌舞团接触的起源

///

当时上海所有歌舞团体，只有黎锦晖组织的明月社，和魏萦波组织的梅花歌舞团两个较具规模，曾公开表演，号召力不相上下。梅花台柱拥有徐粲莺、张仙琳、龚秋霞们，号梅花五虎将，和明月四大天王相对峙，不过那时龚年龄尚幼，声誉不若侪辈，徐最活跃，貌娇媚动人，交际手腕也高人一等，梦云与小平两位为之倾倒若狂，时梦云主编《大晶报》，常不惜为文，大肆宣誉，而小平和徐，竟有超过友情的交谊，旖旎风光，令人艳羡。梅花一度在南京路市政厅（今新新公司对面的一带地段）公演，声誉鹊起，自后梦云对于梅花诸女，延誉益不遗余力，那时笔者对于彼中人物，接触尚疏，虽承他们一再介绍，尚无深刻印象，而于明月更疏远。

大概九·一八之后，明月社方隶于联华影业公司的那年，为了九·一八之后，该社为发起救国捐事，假座黄金大戏院公演筹款，笔者震明月诸女之名已久，过去未获机会，一睹其艺，现在既公开表演，岂有交臂失之，遂连日往观，相形之下，明月实较梅花高明多多，于是拨冗致函梦云，和他讨论此中优劣，不料梦云将函公开答复披露报端，此来彼往了好几次，引起了个中人的注意。是时张光宇适编《时代》画报，也当我是此中内家，要我专写一篇关于歌舞的稿子，作为特载，固辞不获，观感所及，就将四大天王作为题材，并向联华友人，间接要了四大天王的照片，草草不恭地写了那么一节，敷衍塞责。孰知此稿一刊，影响更大，凡明月社方面的人物，引起密切注意，其后由但杜宇作曹邱，先介见玲仙和我认识，复由玲仙再介识人美、笳子、莉莉们，本来社会人士对于这新兴歌舞，并不感到兴趣，给我们一再鼓吹，人家也稍稍加以注意了，究其起原，都在我和梦云几封的信上，岂不可笑？

漫画家表演双洗足

///

　　大约是黄次郎兄吧，在报间说从内地来的朋友方面带来了一些漫画家在内地的消息，又说及张光宇在香港未沦陷时的随地"小便"给巡警瞥见，逼他当场具立悔过书，有"永不小便"字样的笑话，真不知光宇何以这样的欢喜小便，尤其是"随地"解决的作风，迄今未改，不是笔者在本录内曾述其游杭趣事，谓："不是购吃扦光地栗，便以随地撒尿"的一段故事吗？孰知他在外作客多年，此风依然如旧，但是他和他的令弟正宇，还有一桩是人家可笑的活剧，不知是否还在继续我行我素？大可资为谈助，光宇和正宇，他们都是患有严重性湿气病，一双尊足，一届夏秋之交，无论如何总要表演些惊人工作。有一年光宇的双足脚底心溃烂得不能履地有两个多月之久，向视为毕生受累之事，所以他们贤昆仲，平日无论寒暑，这洗足一项功课，是不能一天间断或忘却的，有时出外应酬，时间过久了些，那真要了他们命，在客气的场合，在无法解决之际，当然只有背人挖捏，藉以杀痒。

　　可是他们常年穿着皮鞋的朋友，远不如中国翻鞋的便利，于此足见他们的狼狈一斑了。特写镜头，是在比较不十分客气朋友家里，可以常常看到，大都是正宇主催，光宇被

动，他们一到了人家客堂，不管你们有何客气朋友，或女宾
在座，辄先将皮鞋脱下，隔了袜子，实行其捏脚丫工作，如
被光宇瞥见，立刻会传染过去，也就觉得自己的两足奇痒难
熬了，马上一切照样如仪的表演，如是彼此五官并用了好一
些时候，觉得还不够刺激和痛快，再不客气地大喊女佣预备
热水脚盆连演"双洗脚"活剧，假使逢着比较生疏的朋友，
不知就里，突然看到这个局面，谁都给他发愕的，从前他们
在杜宇、小鹣、定山家中，表演得最勤。舍间离他们府上太
近了，在"利权不外溢"的宗旨下，倒不常有，但正宇是向
来随遇而安的仁兄，对不起照样来的明白，那么那位令兄
当然也立时跟进，一次在定山家表演时，把个阿小妹笑得立
不直身，殷明珠见了这对宝货，也总说："有其弟，必有其
兄。"可见当时我们这班仁兄，该算得落拓不羁吧。

丁悚年表

/// 胡 玥

1891年　辛卯　清光绪十七年　一岁

- 9月16日（农历八月十四日酉时），出生于浙江省嘉善县枫泾镇（今属上海市金山区）。字慕琴，又署怀怡、怀怡室主人、心今等。家中长子。

  父丁文治（字国华，号子光），是年二十九岁。

  母郭氏，是年二十四岁。

  祖父丁鍠（字虞初，号琴若）。

1899年　己亥　清光绪二十五年　九岁

- 6月10日（农历五月初三子时），三妹丁蕙琴出生。

  丁蕙琴，嫁陈锦堂。

1902年　壬寅　清光绪二十八年　十二岁

- 3月12日（农历二月初三午时），五弟丁讷出生。

  丁讷，字惺琴。曾为《神州日报》（1907—1946）、《世界画报》（1918—1927）等报刊绘制广告、漫画和插图，随兄就职于英美烟公司（后颐中烟草公司）。画风肖其兄。

- 12 月 25 日（农历十一月二十六日戌时），父丁文治逝世，享年四十岁。

1903 年　癸卯　清光绪二十九年　十三岁

- 是年，离开枫泾镇只身前往上海投奔姑母和姑丈，进入老北门的昌泰典当铺做学徒。

1909 年　己酉　清宣统元年　十九岁

- 是年，向《图画日报》（1909—1910）投稿漫画。9 月至次年 2 月，《图画日报》发表丁悚《是为外交者》《诸君不见此强权世界乎》《自治局议员之金钱主义》等作品。

1910 年　庚戌　清宣统二年　二十岁

- 9 月，进入周湘创办的中西图画函授学堂，学习铅笔画、水彩画和油画。学至次年 8 月。
- 是年，陆续有漫画发表在《图画日报》、《神州画报》（1909—1911，1916—1918）、《时报》（1904—1939）等报刊上。

1911 年　辛亥　清宣统三年　二十一岁

- 4 月，与张聿光、钱病鹤、马星驰、沈泊尘和汪绮云等共同创办《滑稽画报》，仅出一期。《滑稽画报》是中国最早的漫画刊物之一。
- 8 月 24 日，《申报》（1872—1949）副刊《自由谈》（1911—

1949）创刊，王钝根担任首届编辑。

- 10 月 10 日，辛亥革命爆发。
- 是年，《烟界六君子比例》《乐用国货之比例观》等漫画发表在《民立画报》（1911—不详）上。

1912 年　壬子　民国元年　二十二岁

- 1 月 1 日，中华民国临时政府成立，孙中山就任临时大总统。
- 2 月 12 日，清宣统皇帝溥仪退位，清王朝灭亡，中国结束帝制。
- 3 月 10 日，袁世凯宣誓就职中华民国临时大总统，北洋军阀统治时期开始。
- 4 月，开始在《申报·自由谈》发表漫画，成为"自由谈"长期供稿人。1910 年代至 1920 年代初，丁悚为"自由谈"绘制大量漫画、插画和刊头插图，多次参加"自由谈话会"，发表数篇游戏文章、短篇小说和剧谈。
- 11 月，刘海粟与乌始光等创办上海图画美术院（后称上海美专），地址设在虹口区乍浦路 8 号。

1913 年　癸丑　民国二年　二十三岁

- 3 月 23 日，肖像照"投稿者丁悚"刊登于《申报·自由谈》。
- 秋，受邀加入上海图画美术院，担任教务长。在校期间，历任西洋画科、技术师范科、函授部和图案科教员，教授过石膏模型、临摹、写生、人物、水彩、铅笔画、图案制作、广告图案等课程。

- 9月20日，《自由杂志》创刊，编辑童爱楼，申报馆发行，10月停刊，共2期。丁悚绘封面。
- 11月30日，《游戏杂志》创刊，编辑王钝根，中华图书馆发行，1917年7月左右停刊，共19期。丁悚负责封面画和栏目题头插图。

1914年　甲寅　民国三年　二十四岁

- 1月，王钝根在"自由谈"的"自由谈话会"发起"俭德会"，提倡"一不狎邪，二不赌博，三不必以酒肉宴客，四不必华服，五不轻寒素之士"。丁悚和童爱楼首先入会，随后"自由谈"投稿者陆续加入。
- 4月，与徐半梅（卓呆）、沈心工、孙漱石、许啸天、周瘦鹃、周剑云等发起"育美音乐会"。该会由上海新剧同人共同设立，以"陶冶德性，涵育美感，补助新剧，改良社会"为宗旨。
- 5月1日，《新剧杂志》创刊，张蚀川（石川）任发行人，新剧杂志社编辑，是年7月停刊，仅出2期。丁悚绘首期封面画。
- 5月，《香艳杂志》创刊，中华图书馆发行，新旧废物（王均卿）主编。约1916年6月停刊，共12期。丁悚绘封面画。

- 6月6日，《礼拜六》创刊，中华图书馆发行，王钝根主编，孙剑秋和周瘦鹃先后参与编务。1914年至1916年4月出版满百期停刊，1921年3月复刊，1923年2月出版满百期后彻底停刊，前后共200期。丁悚为该刊绘制大量封面画，多为时装仕女画。

- 7月，上海图画美术院改名上海图画美术学院。

- 8月，上海图画美术学院聘张聿光为校长。

- 8月，《余兴》杂志创刊，有正书局发行，至1917年7月，共出版30期。丁悚绘首期封面画。

- 12月10日，《女子世界》创刊，中华图书馆发行，天虚我生（陈蝶仙）主编，1915年7月停刊，共6期。丁悚绘封面画。

- 7月，振青书画会成立。

  按：一般认为振青书画会是上海图画美术院教师同人团体，发起人包括丁悚、张聿光、徐咏青、刘海粟、汪亚尘、陈抱一等，丁悚任社长。（王震著：《20世纪上海美术年表》，上海书画出版社，2005，第55-56页；李超主编：《宏约深美：上海美专的西画活动》，上海锦绣文章出版社，2008，第26页；刘海粟美术馆、上海市档案馆编：《不息的变动：上海美术专科学校档案史料丛编（第一卷）》，中西书局，2012，第357页。）

- 10月，《振青书画集》第一集出版并再版。振青书画会集名人书画汇印而成，字有正楷、草书、隶书和篆书，画分山水、人物、走兽和花鸟，中西画法兼顾。该集收有吴昌硕、胡郯卿、胡伯翔、张聿光、丁悚、刘海粟等人的书画。

- 11 月，《振青书画集》第二集出版，收有吴昌硕"篆书花卉"、张聿光"风景走兽"、丁悚"仕女花卉滑稽"、刘海粟"风景走兽"、胡伯翔"仕女滑稽"等。卷首刊有书画家小影，全书 80 余页。

- 12 月，《铅笔习画帖》出版预告。收录张聿光的"风景"、丁悚的"人物"、陈洪钧（抱一）的"花果"、刘海粟的"走兽"。预计月出一册，每册 12 页，供男女校临摹之用。

- 12 月 31 日，《上海滩》（1914—1915）第二期出版，丁悚绘封面画。

- 是年，《铅画》第一集出版，上海图画美术学院出版部编辑发行，收录张聿光、刘海粟和丁悚的画作共 12 幅。丁悚入选《绣阁芳姿》《美女献花》《倚栏觅句》《持花归宁》等 4 幅作品。

  按：根据《铅画》第一集 1918 年第三版的版权页信息，初版于 1914 年出版，于 1916 年再版。然而，《铅画》第一集直到 1915 年 8 月才陆续开始在《时报》《申报》等报刊上登广告，且《铅画》第一集再版和三版中丁悚的作品上签署的时间为"1915"。由于笔者暂未见到《铅画》第一集初版，推测其出版时间有以下两种可能性：其一，《铅画》第一集于 1914 年初版，再版时更换了部分内容，如丁悚作于 1915 年的作品；其二，《铅画》第一集于 1915 年初版，1918 年第三版版权页上的信息有误。

1915 年　乙卯　民国四年　二十五岁

- 8 月，陈抱一、沈泊尘、乌始光和汪亚尘发起东方画会。该会以研究西洋画为宗旨，科目包括静物写生、石膏模型写生、人体写生等。
- 9 月，《振青书画集》第三集出版，收录丁悚画作。
- 12 月，《铅画》第二集出版，由上海图画美术学院出版部发行。收录张聿光、刘海粟和丁悚的画作共 12 幅。丁悚入选《少妇沉思》《课余击球》《少女浣衣》《梁任公肖像》等 4 幅作品。

1916 年　丙辰　民国五年　二十六岁

- 年初，与金素娟结为伉俪。二人合照刊登于《中华妇女界》（1915—1916）第 2 卷第 1 期和第 3 期以及《妇女时报》（1911—1917）第 18 期。

  金素娟，生于 1900 年 9 月 14 日（农历八月二十一日戌时），1994 年 1 月 3 日逝世，享年九十四岁。
- 6 月，《振青书画集》第四集出版，收录丁悚画作。
- 8 月，《铅画》第三集出版，由上海图画美术学院出版部发行。收录张聿光、刘海粟和丁悚的画作共 12 幅。丁悚入选《林琴南先生肖像》《侍婢送茶》《璋瓦并弄》《井臼亲操》等 4 幅作品。

- 8 月,《丁悚百美图》(上册)出版,国学书室发行。

- 8 月,言情小说《侬之影史》出版,中华图书馆编译,丁悚绘多幅插图。

- 10 月,《小说名画大观》(全 24 册)出版,上海文明书局发行。该套书籍作者包括包天笑、刘半农、梁任公(启超)、陈冷血、徐枕亚、徐卓呆、林琴南、周瘦鹃等,插图画家包括丁悚、丁云先、金少梅、周柏生、周慕桥、张聿光、钱病鹤等。

- 11 月 20 日,《新申报》创刊,席子佩主办,1927 年 3 月停刊。王钝根主持该报文艺副刊"自由新语"(后改名为"小申报")。初期,丁悚为该副刊绘制多幅刊头插图、漫画和画谜。

- 11 月,《神州日报》改组,与张聿光、沈泊尘出任该报图画副刊《神州画报》编辑。

- 12 月 6 日(农历十一月十二日卯时),长子丁聪出生。

  丁聪,字一怡,笔名小丁。中国著名漫画家,插画家,舞台美术设计师,书籍装帧艺术家。曾担任《人民画报》副总编辑,《装饰》杂志艺术指导和顾问。代表作有《现象图》、《现实图》、《阿 Q 正传》插图和《骆驼祥子》插图等。2009 年 5 月 26 日逝世,享年九十四岁。

- 是年,中华图书馆陆续出版天虚我生的《泪珠缘》《自由

花弹词》《潇湘影弹词》《孽海疑云》等著作或译作，丁悚
绘书籍封面。

1917年　丁巳　民国六年　二十七岁

- 1月，《小说画报》创刊，包天笑主编，上海文明书局发
行，至1920年8月停刊，共出22期。丁悚为包天笑、周
瘦鹃、朱瘦菊、毅汉等作家的多篇小说绘制插图。
- 2月，《丁悚百美图》（下册）出版，国学书室发行。
- 3月，《古今百美图咏》（四册）出版，中华图书馆发行。
古装卷为丘寿年所作，上下册共100幅。时装卷由丁悚绘
制，天虚我生题咏，上下册共50幅。
- 5月，以《神州日报》图画主任的身份加入上海报界俱
乐部。
按：1916年11月，丁悚出任《神州日报》图画副刊《神
州画报》编辑，最迟1917年5月成为《神州日报》图画
主任，约1921年从《神州日报》离职。
- 10月，《明星画报》创刊，丁悚任编辑，王钝根、寄梅发
行，上海新申报馆代发行。撰述者周瘦鹃，绘图者有刘海
粟、张聿光、杨左匋、沈泊尘、施峻波等。内容有古法人
物画、时装仕女画、风景画、纪事画、讽刺画、游戏画、
社会人物画、动物画、植物画、学生习画范本、戏剧画、
小说画、图案画、告白画等。仅出一期。
按：该出版时间的依据是《时报》1917年10月20日

至 27 日《明星画报》的广告。另有说法是《明星画报》
1918 年 6 月出版，由上海图画美术学校出版发行，是上
海图画美术学校成立后出版的第一份刊物，早于 1918 年
10 月出版的《美术》（1918—1922）。（许志浩著：《中国
期刊过眼录（1911—1949）》，上海书画出版社，1992 年，
第 5—6 页。）

- 10 月，作品《绣榻凝思》获得东雅印务有限公司月份牌比
赛第四名（并列）。前三名分别是丁云先《春暮凭栏》、梁
鼎铭《晨妆初罢》、徐咏青《香闺锦字》（并列）。

1918 年　戊午　民国七年　二十八岁

- 1 月，上海图画美术学院改名上海图画美术学校。
- 4 月 15 日，与王悆（济远）率领上海图画美术学校正科四
年级及二年级学生，赴龙华习野外写生。
- 4 月，《铅画》第四集出版，由上海图画美术学校发行。
收录张聿光、刘海粟和丁悚的画作共 12 幅。丁悚入选
《稚童》《踏青》《冬烘》等 3 幅作品。
- 4 月，《丁悚百美图外集》出版，上海交通图书馆发行。
- 5 月，黑幕小说《小姊妹秘密史》出版，上海交通图书馆
发行，丁悚和孙雪泥绘插图。
- 5 月 24 日，开始在《新世界》（1916—1927）连载"自由
结婚"系列漫画，至 6 月 6 日，共 14 幅。
- 6 月 6 日，中国广告公会成立，丁悚以《神州日报》图画

主任的身份加入。

- 7 月 6 日，上海图画美术学校第一届成绩展览会开幕，7 月 19 日闭幕。此次展览会展出两千余幅作品，分铅笔画部、石膏模型写生部、水彩部、油画部、函授范本陈列部、函授学生各科成绩部、技术师范各科成绩部及教职员画稿部等八部，展品分卖品和非卖品两种。丁悚担任此次展览会总主任兼石膏模型写生部干事，并有多幅作品参展。

- 8 月，与刘海粟、方涛、杨清磬等受聘于上海神州女学担任图画教员。丁悚教授水彩人物画。

  按：根据神州女学的报刊广告推断，丁悚大致在 1920 年之后离开神州女学。

- 9 月 14 日，开始在《时报》副刊"小时报（附录余兴）"连载"应改良而未改良者"系列漫画，至 1919 年 1 月，发表约 36 幅。

- 9 月，《世界画报》创刊，由孙雪泥编辑发行，至 1927 年 10 月，共出 55 期。丁悚担任第 10 期到第 28 期编辑，并为画报绘制大量封面画、漫画和插图。《世界画报》的绘图者有张聿光、刘海粟、但杜宇、杨左匋、张光宇、谢之光、杨清磬、贺锐、王济远等。

- 10 月 6 日，江苏省教育会美术研究会成立于江苏南京，由刘海粟倡议发起。沈信卿任会长，刘海粟任常务副会长。黄炎培、庄百俞、顾树森、张聿光等十二人被选为评议员，丁悚、沈泊尘、桂绍烈、王济远等十二人被选为编辑。

- 10 月，《美术》杂志创刊，上海图画美术学校编辑发行，不定期出版，至 1922 年，共出 8 期。首期刊登了丁悚的照片、水彩画和文章《说人体写生》。

- 11 月 30 日，开始在《先施乐园日报》（1918—1927）连载"社会怪现象"系列漫画，至 1919 年 7 月 29 日，共 48 幅。

- 12 月 20 日，《销魂新语》（全四册）出版，慕牺氏发行，发行所是炎社，总经销处为启新图书局。丁悚绘"情画"，刘樵山写"情诗"，王瀛洲书"情史"，蒋箸超著"情书"。

- 是年，卸任上海图画美术学校教务长。

1919 年　己未　民国八年　二十九岁

- 3 月 3 日，《晶报》创刊，余大雄主持，张丹斧等任编辑，1940 年 5 月停刊。《晶报》原为《神州日报》附刊，《神州日报》停刊后单独发行。早期每三日出一张，1932 年 10 月 10 日起改为日刊。丁悚为《晶报》绘制多幅漫画和插图，代表作为 1919 年 3 月 21 日至 6 月 30 日连载的"中国女子之今昔观"系列漫画。

- 4 月，进入英美烟公司广告部。

  按：丁悚入职英美烟时间的依据是《力报》（1937—1945）1939 年 4 月 6 日刊登的文章《老画师退休记》（作者"大

白"）。开始，丁悚在英美烟公司是兼职，每天去三小时，后辞去其他兼职，专事英美烟公司广告画。丁悚可能在1923年左右转全职。1921年，他在《神州日报》和《晶报》的漫画活动收尾。1922年，他还为南洋兄弟烟草公司画过《十二名画集》月份牌。1923年，在上海美专"教育部立案上海美专暑期学校一览（1923年7月）"的档案文件中，教员表里丁悚的履历写有"英美烟公司图画部主任"一项，那时他在美专教授"图案科广告图案"课。而且从1923年起，报刊上开始出现署名"丁悚"的英美烟公司的广告。

- 4月30日，《中法储蓄日报》创刊，中法储蓄会社出版发行，停刊时间不详。蒋箸超任主编，丁悚、郑子褒、施峻波等绘插图。

- 5月4日，"五四"运动爆发。丁悚绘制多幅声援爱国运动和抵制日货运动的漫画，发表在《神州日报》《新世界》等报纸上。

- 5月，张聿光卸任上海图画美术学校校长之职，本年度下学期离任教职，结束在图画美术学校的一切工作。刘海粟继任校长。

- 6月25日，《上海罢市实录》出版，海上闲人编纂，公义社出版。收录丁悚有关"五四"运动的漫画作品。

- 8月，《卖国奴之日记》出版，周瘦鹃著，紫兰编译社发行。丁悚绘封面。

- 9月，与江小鹣、刘雅农、张辰伯、杨清磬、陈晓江成立天马会。

  天马会是上海图画美术学校师生发起的美术团体。1919至1928年间，天马会举办了九届展览，囊括国画、洋画、雕塑、图案、摄影等多种艺术式样，一开中国美术展览之风气。刘海粟、汪亚尘、王济远、李超士、吴昌硕、吴杏芬、王一亭、高剑父、潘天寿、李金发、张光宇、钱瘦铁等画坛名将，都曾参加过天马会美展。

- 11月，短篇社会小说集《爱个丝光》出版，徐枕绿著，上海枕华出版部发行，丁悚绘封面。

- 12月20日，天马会第一届美展在西门方斜路江苏省教育会举行，展期至12月26日。丁悚与刘海粟、江小鹣担任西洋画审查员。丁悚有木炭画《蔡女士》参展。

1920年　庚申　民国九年　三十岁

- 1月，上海图画美术学校改名上海美术学校。

- 2月，《水彩画集》出版，胡镜蓉编辑，蔡元培等题签，收录丁悚、周柏生、沈泊尘、徐咏青、张眉孙、陈晓江、张聿光、胡伯翔、谢之光、张光宇、赵国良等作品。

- 2月，与徐咏青、吴杏芬、许慕衡、孙灏、冯飘尘、吴锡嘉等担任上海女子艺术师范图画科教员。

- 3月15日，上海美术学校举行开学仪式，首由校长刘海粟做报告，次由教员江小鹣、丁悚相继演说。

- 6月9日,《时报》副刊《(时报)图画周刊》创刊,至 1925年2月第235期改名《图画时报》,1937年停刊。戈公振任主编。初期为周刊,后改为三日刊。丁悚有多幅摄影作品和漫画刊登在该刊上。
- 7月2日,青年会中学校图画展览会举行,展期两天。丁悚有《沈泊尘遗像》等参展。
- 7月9日,上海美术学校第二届成绩展览会举行,展期至 7月15日。此次展览会由王济远担任筹备主任,李超士、丁悚、程虚白、褚昌言、谈炳仁、储甲等为筹备员。
- 7月21日,天马会第二届美展在上海静安寺路(今南京西路)寰球中国学生会举行,展期至7月27日。丁悚有油画《斜睇》等参展。
- 9月6日,上海美术学校开学仪式,校长刘海粟、教员李超士和丁悚相继发表演说。

1921年　辛酉　民国十年　三十一岁

- 1月1日,《新声》杂志创刊,发起人施济群,新声杂志社编辑出版,至1922年6月,共出10期。丁悚与但杜宇、张光宇、冯左泉、张眉孙、杨清磬、赵藕生、钱病鹤等担任绘图者。
- 1月1日,天马会第三届美展在上海静安寺路寰球中国学生会举行,展期至1月4日。丁悚有粉画及木炭画《人体》等参展。

- 5 月，中国南洋兄弟烟草公司推出的月份牌《十二名画集》，由潘达微主持。这套月份牌封面为谢之光所绘《美女饲禽图》，收录杨清磬《沉香亭北倚栏干》、杭稚英《新花低发上林枝》、丁悚《三月三日天气新》、丁云先《枝上柳棉吹又少》、尊我《红裙妒煞石榴花》、徐咏青《云水沉沉夏亦寒》、周柏生《湖上微风入槛凉》、但杜宇《霜落秋山黄叶深》、潘达微（景吾）《已凉天气未寒时》、张光宇《调急遥怜玉指寒》、谢之光《玉为风骨雪为衣》和郑曼陀《斜倚熏炉坐到明》等十二幅名画月份牌。

- 3 月 19 日，《礼拜六》杂志复刊，王钝根和周瘦鹃任编辑，中华图书馆发行，1923 年 2 月 10 日出至第 200 期终刊。丁悚为该刊绘制多幅封面画、插图和漫画。

- 7 月，上海美术学校改名上海美术专门学校。

- 7 月 5 日，上海美术专门学校十周年纪念绘画展览会在西门白云观和林荫路校区举行，展期至 7 月 14 日。丁悚与吕秋逸、薛演中、李超士、王济远、程虚白、钱铸九等任展览会筹备委员。

- 7 月 23 日，中国共产党第一次全国代表大会在上海召开。

- 8 月 4 日，天马会第四届美展在上海静安寺路寰球中国学生会举行，展期至 8 月 10 日。丁悚有木炭画《劳心》等参展。

- 9 月 16 日，《半月》杂志创刊，周瘦鹃编辑，半月社发行，

1925 年 11 月 30 日出至第 4 卷第 24 期停刊。丁悚有摄影
作品和文章刊登在该刊上。

- 12 月,《新法人体画图解》出版,丁悚、翁谊编绘,大东
书局发行。

- 12 月 11 日,同济医工学校在新舞台举行江苏水灾筹赈游
艺会,演出两天。游艺会节目包括跳舞、昆曲、京戏、钢
琴、古装舞、火棍、魔术、德国滑稽剧、英语口技等。丁
悚是同济筹赈会职员之一。

  按:根据丁悚《执教同济的回忆(上下)》(《东方日报》
  1944 年 11 月 13 日和 14 日)与同济校史,丁悚在同济任
  教的时间可能在 1918/1919 年至 1924/1925 年之间。

- 12 月 29 日,拍摄的《狼虎会游苏之影》发表在《半月》
第 1 卷第 8 期上。

  狼虎会是丁悚、周瘦鹃、陈小蝶和李常觉在中华图书馆
  办《礼拜六》杂志时发起的一个聚餐会,名字取自"狼吞
  虎咽"。其他成员包括陈蝶仙、严独鹤、江小鹣、毕倚虹、
  杨清磬、任矜苹、周剑云等。

1922 年　壬戌　民国十一年　三十二岁

- 3 月 17 日,天马会第五届美展在上海法租界霞飞路(今淮
海中路)尚贤堂商科大学内举行,展期至 3 月 19 日。丁
悚有油画参展。

- 5 月,开始在《盛京时报》(1906—1944)上连载讽刺漫

画。至 1923 年 3 月，日本拒绝中国废除"二十一条"与收回旅大的要求，全国各地掀起抵制运动，丁悚断绝与《盛京时报》的业务关系。丁悚在该报发表了约 70 幅漫画。

- 10 月 16 日，上海美术专门学校成立筹建校舍校友募金队。刘海粟担任募金队队长，莫运选为副队长，王济远任干事，薛演中为总书记。募金队共成立 22 支队，丁悚任第 20 支队干事。

- 12 月 18 日，《心声》创刊，徐小麟时主干者，刘豁公任编辑，王钝根任主撰者，郑子褒负责校订，心心照相馆发行，约 1924 年停刊。丁悚为该刊绘制多幅封面画和插图。

- 12 月 29 日，文章《读了〈谈海上名画家〉的评议》发表于《新申报》副刊"小申报"。

- 是年，所绘《谭鑫培之李陵碑》《杨小楼之落马湖》《金秀山之草桥关》《李百岁之戏迷传》《龚云甫之行路训子》《梅兰芳之天女散花》《朱素云之飞虎山》《小香水之算粮》《林步青之马浪荡》等十幅插画收录于《百代公司：唱片总目录》，五彩印刷。

1923 年 癸亥 民国十二年 三十三岁

- 1 月，《脂粉地狱》出版，海上说梦人（朱瘦菊）著，国宝书局发行，新民图书馆总经销。丁悚绘插图。

- 1 月，《家庭》杂志创刊，月刊，江红蕉主编，世界书局发行，至 1924 年 2 月左右终刊，共 12 期。丁悚为该刊绘制第 2 期、第 4 期和第 10 期封面，并有照片和插画刊登其上。

- 5 月 30 日，文章《画余随笔》发表于《半月》第 2 卷第 18 期。

- 7 月 1 日，《笑画》创刊，孙雪泥、杨彦宾发行，总发行所为生生美术公司，孙雪泥、许一沤（鸥）、徐卓呆、胡亚光、杨佩玉等参与编辑，1923 年 5 月左右停刊。丁悚有漫画刊登在该刊上。

- 7 月 13 日，加入晨光美术会。

  晨光美术会创立于 1920 年 8 月，由汪英宾、朱应鹏、萧公权、谢之光等发起，1927 年改名晨光艺术会，1931 年 5 月左右停止活动。晨光美术会以研究美术、发挥个性为宗旨。张聿光、陈抱一、张光宇、鲁少飞、张眉孙、季小波、胡旭光、胡伯翔、梁鼎铭、吴侍（大羽）等都曾是晨光美术会会员。

- 8 月 4 日，文章《天马会的发起和命名的历史》发表在《时事新报》（1911—1949）副刊"艺术"的"天马会号"上。同一天，天马会第六届美展在上海西门林荫路口美专第二院举行，展期至 8 月 12 日。丁悚有《一怡》《一芬》《娑婆生》《爱神》等多幅作品参展。

- 8 月，《全国小说名家专集》出版，严芙孙编辑，云轩出版部发行。丁悚绘封面画。

- 8 月，《紫兰花片》创刊，周瘦鹃个人杂志，大东书局发行，1926 年 1 月左右停刊，共 24 期。丁悚绘第 6 期"恋爱号"封面，并有照片刊登在该刊上。

- 9 月 15 日（农历八月初六午时），女儿丁一英出生。1945 年，丁一英与顾衡权结为伉俪。2010 年 11 月 30 日，丁一英逝世，享年八十八岁。

- 10 月，《滑稽》（全二辑）出版，包天笑主编，大东书局发行。丁悚有多幅漫画刊登在该刊上。

- 10 月 10 日，文章《我的上海画家派别谈》发表于《时事新报》。

- 10 月 23 日，中国文艺协会召开成立大会。中国文艺协会以"研究文艺，砥砺道德，本互助之精神，谋文化之发展"为宗旨。发起人为袁寒云、包天笑、官愚公、陈飞公、周瘦鹃、江红蕉、刘山农、余大雄、丁悚和毕倚虹等。大会选举袁寒云、包天笑、周瘦鹃、伊峻斋、陈栩园（蝶仙）、宣愚公、陈飞公、孙东吴、王钝根等 9 人为审查员，余大雄、周南陔、席时泰、江红蕉、谢介子、张光宇、胡寄尘、张舍我、严独鹤、赵苕狂、毕倚虹、刘山农、徐卓呆、丁悚、张冥飞、祁绂卿（佛青）、钱芥尘、戈公振、张碧梧、步林屋等 20 人为干事员。中国文艺协会活动至同年年底，无进一步消息。

- 是年，署名"丁悚"的英美烟公司广告画，开始出现在《申报》《新闻报》（1893—1949）、《时报》《时事新报》《民国日报》（1916—1947）等各大报刊上。

1924 年　甲子　民国十三年　三十四岁

- 2 月 5 日,《电光》杂志创刊, 同年 5 月停刊, 共 6 期。范春生担任主任者, 高亚生任编辑者。丁悚担任前三期绘图者, 绘封面画。

- 5 月 18 日,《月亮》杂志创刊, 至 7 月 16 日第 3 期出版后终刊。李浩然、严独鹤担任名誉编辑, 严芙孙任编辑主任, 沈壮吾任理事编辑, 丁悚任图画主任, 月亮杂志社发行。丁悚为《月亮》绘第 1 期和第 3 期封面画, 并在第 1 期发表游记《游湖谐屑》。

- 5 月,《电影杂志》创刊, 至 1925 年 9 月左右, 共 13 期。顾肯夫、朱瘦菊和程步高担任编辑主任。撰述者包括戈公振、毕倚虹、谢之光、余大雄、郑正秋、王钝根、严独鹤、周瘦鹃、徐卓呆、张光宇、丁悚、陈映霞、周世勋、胡同光等。丁悚的文章《对于影戏批评之我见》发表于该刊第 5 期。

- 7 月, 美术摄影学会成立, 会址设在白克路(今凤阳路)七号晨光美术会。该会"以结合同志务使共收切磋之效, 以发扬吾中华国光为宗旨"。发起者包括居停春、姚贵源、孙思九、李尊庸、陈南荪、褚保衡、戈公振、汪守惕、朱应鹏、鲁少飞、宋志钦、丁悚、胡伯翔、张光宇、傅彦长等。美术摄影学会活动停止时间不详。

- 8 月 2 日,《红玫瑰》杂志创刊, 1932 年停刊, 1946 年复刊，共 148 期。严独鹤、赵苕狂任编辑，世界书局发行印刷。丁悚有多幅摄影作品刊登在该刊上。

• 9 月，《人体模特儿·速写第一集》（共两册）出版，美术学会编辑发行。绘图者有丁悚、梁鼎铭、黄文农、沈延哲、胡亚光、胡镜蓉、蒋文钊、马瘦红和林映雪。

• 9 月 20 日，江苏省教育会美术研究会揭晓职员选举结果。沈信卿当选会长，刘海粟任副会长，王济远、俞寄凡、汪亚尘、刘资平、李超士、何明斋、李毅士、顾久鸿、杨清磬、潘天授（寿）、张辰伯和丁悚等 12 人当选评议员，薛演中、刘利宾、柳亚潘、薛席儒、徐逊、邓宏模、顾敦诗、李文华等 8 人当选干事员。

• 10 月，《人间地狱》（第一集至第六集）出版，婆娑生（毕倚虹）著，自由杂志社发行。丁悚、张光宇、庞亦鹏和黄文农绘小说插图。

• 是年年底，上海美术专门学校迁入菜市路（今顺昌路）新开辟的校址。

1925 年　乙丑　民国十四年　三十五岁

• 3 月 8 日，与梁鼎铭、胡伯翔、张光宇、万籁鸣、杨炳文等成立天化艺术会。梁鼎铭担任总主任。会址初为虹口虹江路广舞台后邢家桥路祥馀里，1926 年 5 月迁至虹江路香山同乡会隔壁 374 号洋房。天化艺术会曾召开多届展览会，活动至 1926 年底。

- 5 月 30 日，上海发生"五卅惨案"，全国掀起反帝爱国运动和抵制英货运动。

  按："五卅惨案"发生后，英美烟公司的报刊广告画上不再有画师署名。

- 6 月 6 日，《上海画报》创刊，由毕倚虹创办兼任主编，毕倚虹去世后，周瘦鹃、钱芥尘接办，1932 年 12 月底停刊，共 847 期。先为三日刊，1932 年改为五日刊。丁悚是《上海画报》前期主要编辑人员之一，为画报绘制多幅漫画，并有摄影作品和文章发表。

  《上海画报》第一期头版刊登了"上海美术专门学校人体写生科摄影"。

- 7 月，与潘达微、张光宇、周柏生、郑曼陀、谢之光、丁云先、徐咏青等游半淞园，并合影数张。

- 8 月 2 日，《三日画报》创刊，三日刊，1927 年 3 月停刊，共 169 期。由张光宇、刘豁公、郑子褒和徐小麟发起，张光宇任主编，黄文农、鲁少飞、张正宇、张秋虫先后参与编务。丁悚有多幅漫画、插画和照片刊登在该刊上。

- 8 月 10 日，天马会第七届美展在上海静安寺路赫德路（今常德路）320 号学艺大学内举行，展期至 8 月 18 日。丁悚有人物肖像《王敦庆》等参展。

- 8 月 15 日，文章《天马之凶》刊登于《上海画报》第 24 期。

- 8 月，举家迁入贝勒路新天祥里 31 号（今黄陂南路 847 弄

9 号），定居于此。

丁悚进入老北门昌泰典当铺工作后，住在铺内。1915 年左右迁至西门白云观附近，住了近十年，有"西门老画师"之名。（按：根据 1922 年的美专校友录，丁悚在西门的具体住址是"西门方斜路源寿里一号"，今方斜路 426 弄。）1925 年，丁悚数度迁居，从西门搬至牯岭路毓麟里 214 号（今黄浦区牯岭路 103 弄），再到平济利路桂云里 3 号（今黄浦区济南路 242 弄），最终于 8 月落户贝勒路新天祥里 31 号。

- 9 月 8 日，刘海粟在《时事新报》《申报》发表《为模特儿事致省教育会书》，质疑江苏省教育会禁止模特儿的提案。

- 9 月 13 日，刘海粟在《时事新报》副刊"艺术"发表文章《莫（模）特儿问题》。

- 9 月 26 日，上海闸北市议员姜怀素在《新闻报》发表《呈请严禁裸体画》，呈请北洋政府禁止上海美术专门学校的裸体模特写生。

- 9 月 30 日，刘海粟在《时报》发表《论模特儿驳姜怀素书》。上海美术专科学校的"人体模特儿风波"拉开序幕。

- 11 月，《国货评论刊》创刊，国货评论社编辑发行，出至 1933 年 4 月第 4 卷第 3 期后停刊。丁悚、梁鼎铭、张光宇、胡伯翔、谢康年、余彤甫等绘插图。丁悚有多幅漫画刊登在该刊上。

- 是年,《晏摩氏年刊(民国十四年季)》显示,丁悚担任晏摩氏女中美术科(Art)教员,他还是该年刊的美术编辑顾问(Adviser to Art Editor)。

  按:丁悚执教晏摩氏女中的时间可能在 1919 年至 1928 年之间。

1926 年　丙寅　民国十五年　三十六岁

- 1 月 4 日,电影《新人的家庭》在卡尔登戏院首映。丁悚与包天笑、严独鹤、周瘦鹃、毕倚虹、张光宇、郑曼陀、杨清磬、孙雪泥、张正宇等被摄入片中。

  《新人的家庭》于 1925 年开始筹备和拍摄,由明星影片公司出品,顾肯夫编剧,任矜苹导演,卜万苍摄影,包天笑撰写字幕,马徐维邦题绘,演员包括张织云、张美烈、王素筠、王元龙、王献斋,杨耐梅、赵琛等。

- 2 月 4 日(农历乙丑年十二月二十二日戌时),儿子丁一琛出生

  丁一琛,2002 年 4 月 7 日逝世,享年七十七岁。

- 2 月 15 日,《良友》创刊,至 1945 年 10 月第 172 期后最终停刊。伍联德、周瘦鹃、梁得所、马国亮、张沅恒先后出任主编。丁悚有摄影作品刊登在该刊上。

- 3 月 9 日,与张光宇、胡伯翔等拜访自法国归沪的徐悲鸿。

- 5 月 15 日,毕倚虹病逝,享年三十五岁。

- 5 月 16 日，长女丁一芬殇折，年仅六岁。
- 6 月 13 日，上海美术专门学校举行新校舍落成典礼，新校舍建于法租界贝勒路（今黄陂南路）与新菜市路（今顺昌路）之间，美专于 1925 年秋购入。
- 6 月 29 日，日本画家田中鱼幸为丁悚、梁鼎铭、张光宇、胡伯翔、梁雪清绘的漫像发表于《三日画报》第 100 期。
- 7 月，法国领事馆馆员发表声明，上海美术专门学校"人体模特儿风波"到此结束。
- 8 月 19 日，上海美术专门学校董事在《申报》《新闻报》《时报》《时事新报》上就人体模特发表宣言，指出"要之生人模型为描写人体真相者最后必须经历功夫，无之即艺术上留一缺点，而画科中将永无人体真相可见"。
- 11 月 10 日，天马会同人宴请日本画家桥本关雪。中方出席人员包括刘海粟、江小鹣、张辰伯、丁悚、杨清磬、王济远、滕固、汪亚尘、钱瘦铁、徐志摩、陆小曼、欧阳予倩等。
- 11 月 16 日，与张光宇、张正宇应梅兰芳之邀出席报界和票友在倚虹楼的宴会。
- 11 月 29 日，文章《与天翼君谈"上海之洋画界"》发表在《三日画报》第 150 期上。
- 12 月 4 日，出席江小鹣和朱素莲在一品香举办的结婚典礼。
- 12 月 7 日，与张光宇、王敦庆、胡旭光、张正宇、黄文农、叶浅予、鲁少飞成立漫画会，后来，季小波、张眉孙和蔡输丹相继入会。漫画会是中国第一个由漫画家自觉组织的同人团体。1927 年底基本停止活动。

1927 年　丁卯　民国十六年　三十七岁

- 1 月 1 日，文章《我的绘画经验谈》发表于《新闻报·元旦增刊》。

- 2 月，与江小鹣、常玉、张光宇、张正宇、曹涵美、刘海粟、王济远、汪亚尘、钱瘦铁、徐志摩、陆小曼、滕固、郁达夫等，出席邵洵美和盛佩玉的结婚满月宴。在场画家每人画一幅画以志喜，这些画结集成一本画册。丁悚绘一幅漫画，题名为《制造局》。

- 4 月 15 日，新天祥、旧天祥、恒庆等三里房客成立联合会。李毅士任主席，江红蕉、徐卓呆、丁悚等十五人任执行委员，袁观澜、汪亚尘、王缴奎等三人为监察委员。

- 10 月 30 日，漫画会全体合影刊登在《时报》摄影副刊"新光"第 136 期上。

- 11 月 5 日，天马会第八届美展在上海法租界霞飞路（今淮海中路）318 号尚贤堂举行，展期至 11 月 13 日。丁悚与高剑父、江小鹣、汪亚尘、张辰伯、王济远、唐吉生、杨清磬等担任本届展览责任委员，并有绘画《迟暮》以及摄影作品《晓雾朝阳》《秋柳暂息》《飞鸟》等参展。

- 12 月 6 日，天马会为扩充会所、筹措经费在夏令配克影戏院举办剧艺会，演出两天至 12 月 7 日。演出者有江小鹣、杨清磬、张光宇、张正宇、徐志摩、陆小曼、翁瑞午、俞振飞等文艺界名人。来宾包括魏道明、郑毓秀、伍朝枢、严独鹤、余大雄、周瘦鹃、徐耻痕、余空我、唐瑛、邵洵美、黄文农等。丁悚本要出演《玉堂春》里的一个小配角，然他临场露怯，请人顶替，最终并未登台。他在剧艺会里主要负责联络媒体和接待来宾。

1928 年　戊辰　民国十七年　三十八岁

- 年初，胡伯翔、郎静山、陈万里、黄振玉、黄伯惠等成立中华摄影学社，简称华社。丁悚是华社首批会员，曾担任华社影展交际干事。

  华社是中国 20 年代末 30 年代初影响最大的摄影团体之一，开美术摄影之风气。在活跃时期，华社举办过 6 次摄影展（上海 4 次，杭州、南京各 1 次），成员出版了《天鹏》（1927—1928）和《中华摄影杂志》（1931—1936）两本纯摄影杂志。社员包括蔡仁抱、陈山山（冷血）、陈万里、丁惠康、丁悚、甘乃光、郭锡麒、胡伯翔、胡伯洲、黄伯惠、黄振玉、郎静山、李崧、潘达微、祁佛青、钱景华、邵卧云、沈诰、石信嘉、唐镜元、张光宇、张珍侯、朱寿仁、左赓生等。1934 年后，华社基本停止活动。

- 1 月 11 日，与杨清磬、钱瘦铁等合办的新光理发部正式开张，地址位于云南路南京路南首大庆里口（一说云南路南京路口大罗天对过 199 号），特聘女性技师。

- 3 月 9 日，华社第一届影展在时报馆照相室举行，展期至 3 月 12 日。丁悚有《乐在其中》等作品参展。

- 4 月 1 日，《电影月报》创刊，沈诰、沈延哲担任编辑，管际安、周剑云为理事编辑，六合影片营业公司发行。1929 年 9 月 15 日出至第 11、12 期合刊后停刊，共 12 期（11 本）。丁悚与马徐维邦、张光宇、张正宇、黄文农、万古蟾、万籁鸣、叶浅予、鲁少飞、庞亦鹏等担任特约图画员。丁悚为该刊绘第 8 期"有声电影专号"封面画，并发表多幅有关电影业的漫画。

- 4 月 7 日，华社在杭州青年会二楼演说厅举行影展，展期两日。

- 4 月 7 日，《礼拜六》周报出版革新后的第一期（总第 251 期），该报原为《工商新闻》（1923—1929）副刊，革新后单独发行，亦随《工商新闻》附送。1932 年 4 月 30 日出至革新后 200 期（总第 450 期），改为周刊，1949 年出至第 841 期后停刊。王钝根、陈廷祯、陈觉是、田寄痕等先后任主编。20 世纪 20、30 年代，丁悚主持该刊摄影和图画，并为其绘制大量漫画。

- 4 月 21 日，《上海漫画》周刊创刊，1930 年 6 月 7 日出至 110 期后与《时代画报》合并，更名《时代》（1930—1937）。张光宇任《上海漫画》总经理兼总编辑，张正宇为副经理、副总编兼营业主任，叶浅予负责漫画版，郎静山、胡伯翔和张珍侯负责摄影部。丁悚有多幅漫画和摄影作品刊登在该刊上。

- 春，与郑子褒应蓓开唱片公司之邀负责戏曲唱片收音事宜。是年冬，实行收音。次年 9 月，开始发售。

  蓓开这次唱片收音活动，丁悚和郑子褒邀请到杨小楼、马连良、王凤卿、王又宸、言菊朋、贯大元、谭小培、谭富英、王无能、李桂春、杨宝森、陈德霖、梅兰芳、程艳秋、荀慧生、徐碧云、程玉菁、潘雪艳、卧云居士、郝寿臣、裘桂仙、金少山、马富禄、姜妙香等名伶，收录京剧、梆子、大鼓、北平小曲、昆曲、弹词、越剧、苏滩、本滩、滑稽、时调、音乐等 20 余类，计 200 余张唱片。

- 6 月 6 日（农历四月十八日酉时），女儿丁一蔷出生。

- 6 月 13 日，天马会第九届美展在上海西藏路宁波同乡会（今西藏中路 480 号）举行。丁悚与江小鹣、汪亚尘、张辰伯、杨清磬、张光宇、祁佛青等担任本届展览责任委员，并有《崇拜》《幽静》《春》等画作以及《倒影》《雨中》等摄影作品参展。

- 7 月 1 日，《天鹏》杂志出版第 3 卷第 1 号（总第 19 期），由《天鹏画报》（1927—1928，共 18 期）革新而来，天鹏艺术会编辑出版，出至 1929 年 12 月 1 日第 3 卷第 9 号后停刊，共 9 期。初为月刊，后不定期出版。改版后的《天鹏》专门刊登美术摄影，成为华社的发表阵地。丁悚有

《绿波萦客愁》《云想衣裳花想容》《柳下》等摄影作品刊
登在该刊上。

- 8月8日，文章《亡友泊尘》发表于《上海漫画》第
18期。

- 9月，从上海美术专门学校离职。

- 10月，巡捕房以"世界人体之比较"栏目中裸体女子照片
有伤风化为由，向临时法院起诉《上海漫画》。

《上海漫画》从1928年第11期开辟"世界人体之比较"
栏目，至1930年第98期，共出37回。《上海漫画》并入
《时代》画报后，该栏目还以"世界女性人体之比较"的
名称在《时代》发表了7回（全44回），序号与《上海漫
画》相连，至1930年第10期。"世界人体之比较"栏目
中的照片基本翻印自一本德文书，原书为丁悚所有。

- 11月9日，华社第二届影展在时报馆照相室举行，展期至
11月12日。丁悚有《溪畔》等作品参展。

- 11月11日，吴莲洲、田寄痕、汪永康、杨守仁、何五良、
滕克勤等于小观园发起就菊雅集，邀请上海文艺界名流前
往鉴赏。丁悚、张光宇、周瘦鹃、徐卓呆、吴天翁、黄转
陶、胡雄飞、柯定盦等均有参与。

小观园位于江湾，园主杨守仁开辟于1926年，经营种植花
艺，四季花汛不断。20年代后期至30年代初，杨守仁与
友人经常在园内召开就菊、观月季、寻梅等赏花雅集，丁
悚、张光宇、周瘦鹃、严独鹤、徐卓呆、江红蕉、平襟亚、

田寄痕、吴莲洲、吴青霞、陈觉是、王钝根、陈小蝶、陈灵犀、柯定盦、潘公展、胡伯翔、郎静山、张大千、张善孖、王一亭、张聿光等上海文艺界名流时常前往参观。

- 11月21日，法院驳回巡捕房上诉，宣判《上海漫画》无罪。

- 是年，吴莲洲等发起猜谜团体"大中虎社"，丁悚、张光宇等加入并绘制"画谜"。

1929年　己巳　民国十八年　三十九岁

- 3月3日，出席艺苑绘画研究所举行的春宴集会。其他到会者有何香凝、王一亭、狄楚青、吴湖帆、陈树人、陈小蝶、邵洵美、经亨颐、张大千、张聿光、李祖韩、李秋君、李毅士、徐志摩、周瘦鹃、钱瘦铁、郑曼青、商笙伯、郑午昌、张善孖、邱代明、方介堪、马孟容、吴仲熊、黄宾虹、王陶氏、唐蕴玉、王卓等五十余人。

  艺苑绘画研究所成立于1928年10月，由江小鹣、王济远、朱屺瞻和张辰伯发起，地址在西门林荫路19号。研究所设油画人体写生、素描石膏写生和水彩静物写生三科。1929年9月20日出版《艺苑》杂志，1931年8月10日出版第2期后停刊。1932年停止活动。

- 3月30日，封面画《社会先生的威权！》刊登于《上海画报》第49期。

- 7月6日，艺苑绘画研究所为筹募基金在西藏路宁波同乡会举办现代名家书画展览会，展期至 7 月 9 日。西画部展出丁悚捐助的作品。

- 8 月，《文华》创刊，梁鼎铭任总编辑，梁雪清任图画编辑，张亦庵（菴）、梁又铭、梁中铭等参与编务。1935 年 5 月停刊，共出 54 期。丁悚有摄影作品刊登在该刊上。

- 9 月 17 日，出席郎静山女儿郎毓英与张海容在大华饭店举行的结婚典礼。

- 9 月 20 日，与夫人金素娟在南洋西菜社举办双庆寿宴（二人合成七十之数）。吴莲洲和吴天翁担任宴席招待。

- 10 月 20 日，《时代画报》创刊，中国美术刊行社发行，张正宇、叶灵凤、叶浅予、鲁少飞先后任编辑。1930 年 6 月左右出至第 3 期后，与《上海漫画》合并，更名为《时代》继续出版。

- 12 月 6 日，华社第三届影展在时报馆照相室举行，展期至 12 月 9 日。丁悚担任本届影展干事，负责会场装饰等，并有《晓雾孤舟》等作品参展。

1930 年　庚午　民国十九年　四十岁

- 1 月 21 日，《金刚画报》创刊，梅花馆主（郑子褒）主编。同年 6 月出至第 14 期后停刊。1939 年 4 月 16 日复刊，9 月 21 日出至 26 期后停刊。丁悚担任《金刚画报》前期图画主任，为该刊绘制多幅漫画。

- 5 月 25 日，出席郎静山和雷佩芝在徐园举行的订婚仪式。

- 6月7日，《正气报》创刊，郑子褒主编。抗战时期停刊，抗战胜利后复刊，1945年10月停刊。丁悚有多幅漫画和摄影作品刊登在该刊上。

- 6月16日，《上海漫画》与《时代画报》合并，更名《时代》，半月刊。1937年5月出至第118期后停刊。张光宇、张正宇、叶浅予、邵洵美、黄文农、梁得所等先后任编辑。

- 7月，上海美术专门学校改名上海美术专科学校。

- 8月，开始与杨清磬轮流为《新闻报》副刊《快活林》（后改名《新园林》）绘漫画，至1938年止。

- 11月28日，上海美术专科学校举行创立十九周年纪念及新校舍落成典礼，上海美专位于菜市路（今顺昌路）的校舍建设完工。

- 12月19日，华社第四届影展在时报馆照相室举行，展期至12月23日。丁悚担任本届影展筹备委员，并有作品《残雪》等参展。

- 是年，吴莲洲、曹淑衡、孙玉声、范烟桥等创办《文虎》专刊，为"大中虎社"社刊。该刊初期是报纸形式，自1931年第2卷第1期改为期刊，吴莲洲和曹淑衡担任主编，停刊日期不详。丁悚是该刊主要撰作者之一，并绘有封面画。

1931年　辛未　民国二十年　四十一岁

- 1月14日，华社第四届影展作品参与南京市立民众科学馆举办的联合摄影展览会，展期至1月18日。

- 9 月 13 日，改良服装展览会开幕，由家庭日新会、普益社女子部、中华职业教育社、中华妇女节制会、三友实业社和女子职业学校联合会等 6 个团体共同发起，展期一天，地址在西藏路一品香。丁悚与潘公展、戈公振、江小鹣等担任展览会审查委员。丁悚与戈公振负责向明星影片公司接洽展会摄影事宜。
- 9 月 18 日，日本关东军发动侵华"九·一八"事变。
- 10 月 1 日，《中华摄影杂志》创刊，中华艺学社出版兼发行，朱寿仁等任编辑，1936 年 6 月停刊，共 11 期。《中华摄影杂志》是华社社员的发表阵地。丁悚的摄影作品《浦滨》《春色》《村落》发表在该刊上。
- 12 月 14 日（农历十一月初六卯时），儿子丁一骅出生。丁一骅，1998 年 10 月 10 日逝世，享年六十八岁。

1932 年　壬申　民国二十一年　四十二岁

- 1 月 28 日，日军突袭上海闸北区，"一·二八"上海抗战爆发。
- 4 月 1 日，《新闻报》副刊《快活林》更名《新园林》。
- 6 月 16 日，文章《歌舞琐谈》发表于《时代》第 2 卷第 8 期，介绍明月社（时名联华音乐歌舞班）的歌舞。明月社由黎锦晖成立于 1920 年，至 1935 年最后一场演出，活动时间长达 15 年。明月社先后培养了黎锦光、黎明晖、王人艺、王人美、严折西、聂耳、张簧、徐来、胡筋、黎莉莉、薛玲仙、白虹、黎明健、严华、严斐、周璇、张帆等乐师、歌手和演员，构成上海 20 世纪三四十年代流行歌曲创作及演唱的中坚力量。

• 7 月，文章《我的摄影琐述》发表于《中华摄影杂志》第 2 期。

• 7 月 30 日，《新闻报本埠附刊》开辟"康健周刊"栏目（1935 年 4 月更名为"康健专刊"），丁仲英、陈存仁主编。先为周刊，后为半月刊。1935 年 11 月 5 日出至第 3 年第 43 期后停刊。丁悚为该栏目绘漫画，每期一幅，共绘 143 幅。

• 8 月 1 日，《万岁》杂志创刊，半月刊，张秋虫担任主编，万岁书局发行，时代印刷公司印刷，现代书局上海总店代发行。1932 年 12 月 16 日停刊，共 10 期。撰稿者有张春帆、何海鸣、徐卓呆、张恂子、范烟桥、尤半狂、张恨水等，绘图者有丁悚、张光宇、叶浅予、张乐平、张荻寒等。丁悚为张恨水短篇小说《难言之隐》绘插图（第 1 期），并为杂志第 7 期绘封面画。

1933 年　癸酉　民国二十二年　四十三岁

• 2 月 14 日，小说《躺在板门上（上）》发表于《申报》副刊"春秋"。

《申报》副刊"春秋"于 1933 年 1 月 10 日创刊，首任编辑为周瘦鹃。1947 年 11 月 30 日，"春秋"出版最后一期后并入"自由谈"。

- 2月15日，小说《躺在板门上（下）》发表于《申报》副刊"春秋"。

- 5月28日，由永生无线电台、儿童晨报社、恒森无线电台等联合举行的儿童音乐播音竞赛，在南京路（今南京东路）中国国货公司二楼召开颁奖典礼。丁悚与徐卓呆、严独鹤、胡叔异等作为评判员出席典礼。

- 9月10日，《新上海》杂志创刊，黄春荪、胡雄笙任主任，王钝根、胡憨珠任主干，邵飘飘、王天恨任主编，陈柳风任图画编辑，吴连江任校对者，沪滨出版社出版兼发行。1935年9月停刊，共出版10期。丁悚为该刊绘制多幅漫画。

1934年　甲戌　民国二十三年　四十四岁

- 1月12日，文章《播送广告和听众心理》发表于《电声》（1934—1940）第3卷第1期。

- 1月14日，出席益智社音乐歌舞组欢送作曲家许如辉的大会，并发表演说。

- 1月，与黎锦晖、但杜宇等合股组设新乐公司，承接播音服务，拒绝外商约请，仅为国货商家服务。新乐广播部人员包括黎明晖、王人美、徐来、黎莉莉、白虹、胡笳等。

- 6月27日（农历五月十六日亥时），女儿丁一薇出生。丁一薇，2016年11月15日逝世，享年八十三岁。

- 9月22日，文艺界友人在徐园为丁悚与夫人金素娟举办四秩双庆寿宴。发起人有尤半狂、王敦庆、田寄痕、江小鹣、江曼莉、李常觉、汪仲贤、吴莲洲、金佩鱼、周剑云、胡考、胡雄飞、陆小曼、陈蝶仙、徐朗西、徐来、唐大郎、张光宇、张正宇、翁瑞午、袁美云、叶浅予、郑正秋、鲁少飞、黎锦晖、严华、严斐、严独鹤等七十余人。

1935年　乙亥　民国二十四年　四十五岁

- 1月27日，文章《我和新华社的关系》发表于《社会日报》（1929—1945）。
- 8月，与袁牧之、王人路、吴印咸、周剑云、程步高、张石川、费穆、黎莉莉、金焰、白虹、史东山、严华、周璇、曹聚仁、袁美云、赵丹、欧阳予倩等百数十人，联名发起聂耳追悼会。定于8月16日在金城大戏院举行。
- 10月21日，郭锡麒个人摄影展在南京路大陆商场6楼举行，展期至10月27日。丁悚与陈万里、甘乃光、郎静山、胡伯翔、胡伯洲、朱寿仁、张珍侯、邵卧云、钱景华、黄伯惠、黄仲长、蔡仁抱、刘旭沧、叶浅予、陈传霖、卢施福、黄警顽、周瘦鹃、严独鹤等相继前往观展。

1936年　丙子　民国二十五年　四十六岁

- 4月4日，李阿毛（徐卓呆）开始在《社会日报》连载"日本怪语新解"系列短文，丁悚绘插图。至7月30日，共出 110 期。

- 5 月，与褚民谊、蔡仁抱、郎静山、江小鹣、黄仲长、刘旭沧受邀担任由美亚绸厂发起的时装照片竞赛的评判。

- 5 月 10 日，《纺织世界》创刊，王一鸣编辑发行，1937 年 7 月 10 日出至第 1 卷第 18 期后停刊。丁悚为该刊绘制第 1 卷第 1 期与第 1 卷第 2、3 期合刊封面。

- 11 月，召集但杜宇、殷明珠、胡萍、刘琼、严斐、严华、周璇、王人路等参观上海啤酒厂。

1937 年　丁丑　民国二十六年　四十七岁

- 1 月 25 日，漫画《独撑破伞胡为乎》发表于《新闻报》副刊"新园林"。

  该漫画引起了南京国民政府中央宣传部的注意，作画者丁悚和副刊编辑严独鹤被传召去南京问话。中宣部的人见过漫画原稿后，发现是误会，丁悚和严独鹤得以脱身。

- 5 月 29 日，在新新酒楼为母亲举办七旬寿宴。此次寿宴由丁悚在报界、艺坛的百余位友人发起。

- 7 月 4 日，携作品参加星社在半淞园举办的雅集和趣味展览会。

  星社由范烟桥、赵眠云等 1922 年成立于苏州。星社是一个松散的文艺社团，主要活动是茶话会和雅集。30 年代由于社友相继至沪，聚会和雅集中心逐渐从苏州移至上海。活动十几年间，成员增长至百余人。星社第一次在上海举行雅集时,丁悚入社。郑逸梅将丁悚与陶冷月、朱其石和谢闲鸥并称为"星社之四画家"。

- 7月7日,日军进攻卢沟桥,中国守军奋起抵抗,抗日战争全面爆发。
- 8月13日,日军进攻上海,淞沪会战开始。

1938年　戊寅　民国二十七年　四十八岁

- 5月5日,女儿丁一兰殇折,年仅2岁。
- 10月8日,漫画《自由的耳朵》发表于《现世报》(1938—1940)第23期。
- 11月,与郑午昌、金雪尘、王守仁、杭稚英、贺天健、穆一龙、戈湘岚、姜丹书、庞亦鹏、许晓霞、胡亚光、胡也佛、颜文樑、汪仲山、汪亚尘、孙雪泥、徐朗西、李咏森等发起"征募难童寒衣美术展览会"。该展览会由中国工商业美术作家协会和中华慈幼协会合办。展览会11月21日开幕,展期一周,地址在南京路大新公司四楼。

1939年　己卯　民国二十八年　四十九岁

- 2月,题词"越剧三绝"和文章《我对女子越剧之见解》发表于《越中三绝》(全一册,中国戏剧研究社编辑发行)。
- 4月1日,《健康家庭》创刊,月刊,许冠群发行,潘仰尧、梅馥、陆伯羽、丁福保、徐百益等先后出任编辑,

1944 年 9 月 15 日出至第 5 卷第 6 期后停刊。从 1939 年第
2 期至 1940 年第 2 卷第 7 期（总第 19 期），丁悚担任该刊
图照编辑，期间发表多幅封面画、漫画和照片。

· 4 月，从英美烟草公司离职，加入新亚药厂。

按：丁悚大约在 1946 年之后从新亚药厂离职。（参考丁
悚的"上海市国民身份证声请书"；史难安《海派文坛
一百零八将（十）：做媒博士好好先生慕琴》，载《吉普》，
1946 年 5 月 20 日第 7 版；丁一蕎《丁悚传》，载上海市
文史研究馆编《上海市文史研究馆馆员传略（五）》，商务
印书馆，1998 年，第 33—36 页。）

• 6 月 1 日，封面画《母与子》发表于《健康家庭》第 3 期。

• 6 月，美嫩香皂发起"征题别号"活动，邀请丁悚、汪伯
奇、严独鹤、巴凌云、刘继明担任评判委员。比赛结果 9
月揭晓。

• 6 月 28 日，女儿丁一芝出生。

1940 年　庚辰　民国二十九年　五十岁

• 2 月 1 日，封面画《提瓮出汲图》发表于《健康家庭》第
11 期。

• 2 月 15 日，画作《流离失所的同胞》发表在《中行杂志》
（1939—1940）第 1 卷第 6 期上。

• 4 月 12 日，与王守仁从新亚公司广告部办事员升任为广告
部副部长。

- 5 月 1 日，摄影《多少家庭在此中》刊登于《健康家庭》第 2 卷第 2 期封面。
- 7 月，《蜗牛居士全集》出版，芮鸿初主编，丁翔熊编，上海丁寿世草堂出版。《艺人小志》卷收录丁悚小传。
- 9 月 15 日，在沧洲饭店礼堂举行五十岁寿宴。
- 10 月 6 日，出席郎静山在新亚三楼举办的宴会。宴会旨在联络艺人情感。其他出席者包括沈吉诚、陈云裳、李绮年、胡伯翔、陈传霖、张珍侯等。

1941 年　辛巳　民国三十年　五十一岁

- 4 月 27 日，文章《谈画》发表于《新闻报》。
- 5 月 31 日，画作《浮家泛宅图》发表于《健康家庭》第 3 卷第 2 期。

1942 年　壬午　民国三十一年　五十二岁

- 5 月 15 日，《女声》杂志创刊，女声社发行，左俊芝（佐藤俊子）、关露等任编辑，1945 年 7 月 15 日出至第 4 卷第 2 期后停刊。丁悚为该刊绘制多张大幅漫画。
- 6 月 1 日，文章《记薛玲仙》发表于《永安月刊》（1939—1949）第 37 期。
- 7 月 1 日，文章《流行歌曲琐谈》发表于《永安月刊》第 38 期。
- 9 月 18 日（农历八月初九卯时），母亲郭氏寿终内寝，享年七十五岁。

- 12 月 28 日（农历十一月二十一日巳时），弟弟丁讷病殁，享年四十一岁。

1943 年　癸未　民国三十二年　五十三岁

- 1 月 1 日，赠曹慧麟的《高山流水图》发表于《曹慧麟专集》（礼社票房戏剧丛书第一辑，非卖品）。

- 8 月 7 日，出席在引凤楼举办的首届凤集聚餐会。首届凤集共十三人，其他参会者有张健帆、胡力更、余空我、周小舟、李匀之、朱凤蔚、张晦安、王小逸、陈灵犀、汤修梅、谢豹（啼红）和吴观蠡（半老书生）。

  凤集是一个文人聚餐会性质的团体，成立于 1943 年 8 月，主事者是朱凤蔚（老凤，凤公）。凤集活动至 1944 年 11 月，共举办 15 届聚餐会。第八届凤集合影"甲申三月廿五凤集同人摄影"，曾刊载于《半月戏剧》第 6 卷第 6 期（1947 年 9 月 15 日发行）和《海派作家人物志》（1946 年 8 月 1 日出版）。

1944 年　甲申　民国三十三年　五十四岁

- 3 月 25 日，出席第八届凤集聚餐会。其他出席者有徐晚苹、张剑秋、卢一方、董天野、章秀珊、李云止、陈念云、苏少卿、谢啼红、程漫郎、荀慧生、沈苇窗、张晦安、王小逸、宋大仁、顾卧佛、唐镇支、申石伽、王效

文、干兰孙、周小平、梅花馆主、金小春、蒋九公、朱凤
蔚、周鍊霞和汪霆。

- 8月1日，应蒋九公（叔良）之邀，开始在《东方日报》
（1932—1949）连载"四十年艺坛回忆录"系列短文。

1945 年　乙酉　民国三十四年　五十五岁

- 8月15日，日本天皇宣布无条件投降。
- 9月9日，中国战区受降仪式在南京举行。
- 继续在《东方日报》连载"四十年艺坛回忆录"系列短
文。至1945年9月18日停载，共402篇。
- 10月10日，漫画《双十的光辉》发表于《礼拜六》第
704期。
- 12月7日，文章《上海的：标准钟点》发表于《吉普》
（1945—1946）。

1946 年　丙戌　民国三十五年　五十六岁

- 1月24日，文章《唱片漫谈：唱片和我们相见的……》发
表于《大美电台周报》（1946）第3期。
- 2月2日，封面画《谁来接收他们》发表于《真话》
（1943—1948）新1期。
- 2月4日，文章《唱片漫谈：当年流行的唱片……》发表
于《大美电台周报》第4期。
- 2月9日，文章《一群患重听的朋友》发表于《快活林》

周刊（1946—1947）第 2 期。文中提到自己患重听有二十余年，谈话时容易听不清对方发言。

- 4 月 6 日，《时代风》周报创刊，丁悚和张廉如（柳絮）主编，合众出版社发行，出三期后停刊。

- 5 月 20 日，《吉普》发表文章《海派文坛一百零八将（十）：丁慕琴》，史难安撰文，董天野制图。

- 9 月 1 日，短文《周湘山水画谱书后》发表于《永安月刊》第 88 期。

- 10 月 4 日，《沪光》（1946—1947）革新第 1 期发表文章《老画家与小画家交替：丁慕琴父子塑像！》，作者宗海。

- 11 月 1 日，文章《捧角趣史》发表于《半月戏剧》（1937—1948）第 6 卷第 1 期。

- 12 月，与丁浩、王守仁、田清泉、李慕白、李咏森、金肇芳、金雪尘、杭稚英、柯定盦、徐百益、徐进、张乐平、张雪父、张荻寒、颜文樑、蔡振华、庞亦鹏等发起艺联广告设计服务有限公司。

1947 年　丁亥　民国三十六年　五十七岁

- 1 月 15 日，文章《票戏须具傻劲》发表于《半月戏剧》第 6 卷第 2 期。

- 3 月 15 日，文章《听歌忆语》发表于《半月戏剧》第 6 卷第 3 期。

- 5 月 1 日，文章《从无线电谈到黑头唱片》发表于《半月戏剧》第 6 卷第 4 期。
- 5 月 31 日，开始公开鬻扇。
- 9 月 15 日，文章《十载沧桑话剑秋》发表于《半月戏剧》第 6 卷第 6 期。
- 9 月，《上海时人志》出版，茹辛、潘孚硕等编辑，上海展望出版社出版。收录丁悚的小志。

1948 年　戊子　民国三十七年　五十八岁

- 4 月 15 日，文章《歌场忆旧录》发表于《半月戏剧》第 6 卷第 8、9 期合刊。
- 6 月 25 日，文章《漫谈余叔岩唱片》发表于《半月戏剧》第 6 卷第 10 期合刊。
- 11 月 15 日，文章《听歌忆语》发表于《半月戏剧》第 6 卷第 11、12 期合刊。

1949 年　己丑　民国三十八年　五十九岁

- 1 月 15 日，短文《越跌越美》发表于《七日谈》（1949）第 3 期。
- 10 月 1 日，中华人民共和国成立。

1951 年　辛卯　六十一岁

- 1 月，加入中华全国美术工作者协会上海分会。

1954　甲午　六十四岁

- 4月2日，加入中国美术家协会，会员编号2028，签证人华君武。
- 4月，加入华东美术家协会。

1955年　乙未　六十五岁

- 6月，开始以"心今"的笔名在香港《大公报》连载"艺林述旧"系列短文，至9月停载，共发表25篇。

  按："艺林述旧"系列与"四十年艺坛回忆录"系列的短文有部分重合。

- 冬，右目失明，左目视力亦日渐衰退。

1956年　丙申　六十六岁

- 4月，被聘为上海文史馆馆员。
- 6月15日，文章《函授图画》发表于香港《大公报》。
- 6月16日，文章《六十年前的石印画报》发表于香港《大公报》。
- 夏，左目检查出闪光、白内障等病症，医嘱不能再劳目力，故辍笔休养。

1957年　丁酉　六十七岁

- 是年，加入中国美术家协会上海分会。

- 10 月 4 日，悼文《悼周璇》发表于香港《大公报》。
- 11 月 19 日，中央美术学院向丁悚回函并电汇资料成本费六十元，以感谢他捐赠资料，支持中国近现代美术史的研究工作。

1957 年，为开展中国近现代美术史研究工作，中央美术学院美术史资料室发布了征集资料的启事。经黄警顽介绍，丁悚等工作四十年以上的江南老书画家成为重要征集对象。回函所附的资料清单显示，丁悚向中央美术学院捐赠了以下资料：

刊物：《土山湾画馆图画范本》（十七张）、英文本《万国函授学堂图画讲义课本》（一巨册）、《绘事浅说》（二册）、《杭州艺专第三届毕业纪念册》（一册）、《天马会展览会特刊》（一册）、《天马会章程》（一册）、《新中国画报》（一册）、沈泊尘画《百美图续集》（二册）；

照片：上海图画美术学院（美专）初期师生照片（两大张）、美专绘画活动小照片（三十三张）、天马会会员合影（一张）、丁悚先生作品《水彩虎丘图》明信片（一张）；

史料：（一）土山湾画馆，（二）上海油画院，（三）图画美术学院（美专前身），（四）天马会，（五）美校雇用模特儿的开始经过。

1959 年　己亥　六十九岁

- 10 月 5 日，国画《松鹤长春》发表于《新民晚报》。

1960 年　庚子　七十岁

- 7 月 12 日，文章《报刊上的初期插画》发表于香港《大公报》。

1964 年　甲辰　七十四岁

- 5 月 16 日，出席周瘦鹃、郑逸梅、陶冷月三老七秩大庆，并合影。
- 8 月 28 日，中国革命博物馆（今国家博物馆）向丁悚开具了征集文物收据。收据显示丁悚捐赠了 13 张"有关五四运动的照片（原件）"和 1 张"有关抵制日货的照片（原件）"。

1965 年　乙巳　七十五岁

- 5 月 23 日，文章《忆张光宇》发表于香港《大公报》。

1967 年　丁未　七十七岁

- 3 月 28 日，在黄陂南路路口过马路时，意外遭遇车祸，被撞倒在地，头部撞在人行道边缘，受重伤。
  4 月 14 日，丁悚在写给郑逸梅的信中，详细记述了这一场事故："……上月廿八日那天上午，我因治疗右面颊的神经痛疾患，乘二路有轨电车从南洋医院回家，在卢家湾末站下车。这段交通，我已经乘了十余年的经验，认为经济便利，从未发生过事故。其时步行已到达黄陂南路口了，先已让过了两次自行车的经过，后顾背后没有什么车辆了，方始窜过马路。右脚已跨上人行道时，不料忽有一足踏三轮货车自后驶来。当时有人目睹，有二个十余岁的顽童，突从恒庆里弄内奔出来，不顾自己的危险，跳上行驶很速的车辆，作吊车逞勇的妄举，还将右腿向外直伸，于是把脚劲很差的我，猛烈地撞倒，向左侧倾跌着地，头颅恰撞在行人道的边缘，因此受伤很重。"（郑有慧编：《郑逸梅友朋书札手迹》，中华书局，2015 年，第 19—20 页。）

1969 年　己酉　七十九岁

- 12 月 3 日（农历十月二十四日子时），病逝于上海，享年七十九岁。

    注：
    1. 丁悚与金素娟生育过十多个子女。子女生卒年月的依据是丁悚家人提供的信息与当时的报刊资料。因信息缺失，并非所有子女的信息均收录进年表中，且每位子女生卒信息的详略程度不相同。文中除金素娟女士的享年参照讣告外，丁悚及其他亲友的年岁均按虚岁计算。
    2. 年表撰写过程中，丁夏先生、顾铮教授、陈建华教授、祝淳翔老师、赵姝苹老师、高鹏宇博士向编者提供了宝贵的资料和帮助，在此深表感谢。

后 记

///

2016 年初，为配合枫泾镇修建丁聪祖居（现为丁聪美术馆）内的丁悚生平馆，我开始收集整理祖父留下的资料和遗物。祖父丁悚，字慕琴，家中孙辈从小唤作阿爹。祖父是清末 1891 年生人，于"文革"中的 1969 年 12 月 3 日去世，其时我才七岁，刚上小学，虽然从小和祖父住在一起，但祖父留给我的仅是些模糊片段的印象，直到"文革"后，才从祖母、父辈家人以及来访的家里的老朋友们口中知道，祖父在 1949 年前曾是上海滩非常著名的漫画家，是漫画界的元老，他曾参与创办的上海美专就在离家不远的顺昌路上，他和张光宇等漫画家们一起组织成立的"漫画会"，牌子就挂在我们家门口。他曾长期身兼数职，既在几所学校担任美术教师，又先后参与几家报刊的美术编辑，同时又在英美烟公司负责广告设计。而且他为人和善，喜交各类朋友，尤其是报界和文艺圈的朋友，每逢周末家中常是宾朋满座。但是这些信息也只是长辈们平时交谈时的片言只语，特别是经历了"文革"的冲击之后，祖父被错误定性为"反动学术权威"，家中遭新民晚报（我父母当时所在单位）造反派的抄家，最后祖父的绘画作品、文献资料所剩无几，唯一比较完整的是他的近十本照片相册。但是仅凭这些资料要去完整梳理还原祖父的生平经历，我觉得困难不小，无从着手。

恰巧在 2016 年中，我大学同学王寅介绍我认识了复旦大学新闻学院的教授顾铮老师，顾老师在指导他的学生写有关上海摄影史的硕士论文时，发现了祖父的不少资料：他曾经是上海最早的摄影家团体——中华摄影学社（当时称"华社"）最早的会员，曾和郎静山、胡伯翔等组办过多届"华社"的摄影展览。顾铮老师在看了我祖父的相册后不久，恰好他所带教的在读博士生胡玥同学已经关注起我祖父丁悚，因此征得她同意，决定以丁悚为博士论文主题；顾老师还介绍我认识了复旦大学特聘讲座教授陈建华老师。陈老师是复旦大学与哈佛大学的文学博士，对民国时期的都市文化及传播有非常系统且权威的论述和专著，他在研究鸳鸯蝴蝶派的代表作家周瘦鹃时，同时发现了不少我祖父的材料，因为我祖父和周瘦鹃是至交，曾为周瘦鹃主编的《礼拜六》杂志画过将近一半的封面插图。陈老师告诉我目前图书馆已经公开了不少民国时期的报刊资料，只要花功夫还是可以搜集到丁悚当年发表的作品和活动信息，并且肯定这是桩颇有意义的事情。

在两位老师的鼓励之下，我所整理出的这本我祖父的《四十年艺坛回忆录（1902—1945）》，便算是第一项成果。

起先我并不清楚祖父当年曾在报刊上连载过《四十年艺坛回忆录（1902—1945）》，这个线索是我定居在温哥华的表姐顾景惠所提供。表姐长我十四岁，我们自小和祖父住一

後記

起，70 年代初去了海外与父母团聚。由于祖父年逾五十后耳朵患重听，六十岁后又得了青光眼，所以 60 年代后，祖父外出一般都由我表姐相伴，她对祖父晚年的一些情况比较了解，她回忆说曾听她母亲，即我的姑妈丁一英讲，祖父民国时在报纸上连载过自己的回忆录，但具体哪张报纸记不清了。我随即请胡玥同学帮忙检索民国报刊上是否有我祖父署名的连载线索，结果在 1944 年至 1945 年的《东方日报》上查到有署名丁慕琴的连载短文，题为《四十年艺坛回忆录（1902—1945）》。所谓四十年，是指 1944 年之前的四十年，即二十世纪的上半叶。连载方式是每天五六百字一段短文，持续约四百余天。幸好上海图书馆保存有这一时期几乎所有的报纸，继而在上图黄显功和王宏两位老师的支持下，我花了半年多时间，把图书馆保存在缩微胶卷上的连载文章全部抄录成文档格式，最后辑成书稿，并有幸得戴红倩兄介绍，将此书的出版推荐给了上海书店出版社的杨柏伟先生。在我祖父诞辰一百三十周年冥寿之年，这本《四十年艺坛回忆录（1902—1945）》终得以出版。

自 1944 年 8 月 1 日起，至 1945 年 9 月 18 日止，回忆录连载了四百多天，按理应是四百多篇，而本书全篇总共只 232 篇的原因，部分是由于上图所藏的这个时期的《东方日报》，其中缺失了数天；部分是因为我把原本同一标题分几天连载的文章都并在了一起；以及一些其他方面的原因。因此，希望以后在条件允许的情况下再补全缺失的部分，另出

522

增补本。

最后要感谢上海图书馆的祝淳翔兄在本书的校注时给予的帮助，以及所有关心本书出版的朋友们！

丁夏

2021 年 3 月 10 日于上海

新版后记

///

　　承蒙广大读者的厚爱和上海书店出版社的鼎力推广，祖父的《四十年艺坛回忆录》自去年春节面世后，未出半年，出版社就又加印了一次。此后并决定增加内容，再出精装典藏本。

　　正如著名学者陈子善教授所言："这部书犹如一幅绚烂多彩的历史画卷，丁悚极为广泛的交游，对海上艺坛文苑的独到观察和认知，都一一展示在他的妙笔之下，像他拍摄的珍贵照片一样，真切而又生动，均具史料价值，也颇具可读性，为研究海派文化所不可或缺。"

　　因此，此版典藏本除增补了初版时没能收入的十六篇回忆文字外，还增加了十几张未曾公开过的照片，以及胡玥同学辛苦了数年收集整理的两万多字的丁悚年表，以使回忆录更显完整，且更具可读性和史料价值。谨此以飨读者朋友！

丁夏

2023 年 6 月

图书在版编目（CIP）数据

四十年艺坛回忆录：典藏本 / 丁悚著；丁夏编
. —上海：上海书店出版社，2023.8（2024.3重印）
ISBN 978-7-5458-2289-2

Ⅰ.①四… Ⅱ.①丁…②丁… Ⅲ.①回忆录—中国
—当代 Ⅳ.①I251

中国国家版本馆CIP数据核字（2023）第098240号

责任编辑　杨柏伟　章玲云
封面设计　汪　昊

四十年艺坛回忆录（典藏本）
丁　悚　著　丁　夏　编

出　　版　上海书店出版社
　　　　　（201101　上海市闵行区号景路159弄C座）
发　　行　上海人民出版社发行中心
印　　刷　上海商务联西印刷有限公司
开　　本　890×1240　1/32
印　　张　18.625
字　　数　260,000
版　　次　2023年8月第1版
印　　次　2024年3月第2次印刷
ISBN 978-7-5458-2289-2/I.568
定　　价　128.00元